网　　眼

李晓燕　著

群众出版社
·北　京·

第一章

梁英俊坐在客厅那套蓝色沙发上，嘴巴上叼着“英雄牌”香烟，一阵风儿吹过来，香烟烟雾飘了一脸。他离开沙发，走到敞开的窗前。弯弯曲曲的湍河环绕着这座古老的县城，河堤下是一个连着一个的简易棚子，三五成群的人坐在棚子里喝茶聊天。凝望间，梁英俊仿佛看到了这样一幅画面：水面上，沙鸥时而浮水漂荡，时而展翅飞翔，水波缓缓地流淌，有渔翁乘着小船，哼着小调，撒开渔网，等待鱼儿落网。而实际上，此时并没明媚的阳光配合他的遐想，雾霾正朝他压过来，显得忧郁而沉重。梁英俊想，不知是什么时候，天空也随着时间推移，失去了过往的蓝天白云，而他，也在斗转星移中慢慢变老，慢慢失去昔日的秋月春华。

他想起早年那个梁英俊，从一个红色少年，成长为一个文学青年，再到一个派出所所长，荣誉的光环始终笼罩着他，那是何等的自豪啊！要是能留住光阴，留住荣誉，留住人们对他的赞誉和夸奖，他愿用生命去交换！这是他内心的真实想法，谁不想做个人人崇拜的英雄呢？

梁英俊出生在一个红色革命家庭，从小接受革命传统教育，少年时最喜欢看的电影是《英雄儿女》。那时候，他是一个情窦初开的少年，喜欢《英雄儿女》里的女主角王芳，穿着解放军军装，梳俩小辫儿，那双眼，水灵灵的；那张嘴，鼓嘟嘟的；敲着锣鼓唱着那首《英雄赞歌》，唱得梁英俊心生涟漪。为了看到王芳美丽的身姿，听她唱那《英雄赞歌》，梁英俊一次又一次地走进电影院。后来，当他第五遍观看《英雄儿女》的时候，可能是爱屋及乌吧，梁英俊突然喜欢上了王芳的哥哥王成。不止是喜欢，梁英俊完全是崇拜王成，看到王成抱着冲锋枪，大叫着“向我开炮”时，梁英俊不常流泪的眼睛里，分明有泪光闪动。从那以后，梁英俊有了英雄情结，他想做英雄，做大英雄，做拯救民族、拯救国家于危难之中的大英雄。

梁英俊生长在和平年代。他认为，和平年代当兵的人习武不打仗，所以，警察才是保一方平安的人。那时候，梁英俊非常年轻，年轻人都有自己的梦想，他的梦想就是要做王成那样的英雄。因为这个梦想，他很敬畏自己的职业。这并不是在说他是个思想高尚的人，这世上有许多思想高尚的人，但梁英俊坦言他不是。一个人，从事一种职业二十多年，就跟生个孩子养到二十多岁一样，感情的深厚程度可想而知。梁英俊就是这样，从八十年代起干警察，一晃二十多年过去了，这职业变成了他的孩子。谁能不爱自己的孩子呢？虽然这个孩子时时让他生气，让他不知所措，让他失望烦恼，他却一如既往地爱着他，爱得那样执着，有时候他自己甚至都在怀疑，这种偏执的爱是不是害了自己？

梁英俊打开家里那套沉寂已久的音响，音响里播放着《今天是个好日子》，这跟他当下的心情是那么不相符。他取出光盘，拿出儿子喜欢的西洋音乐的碟片换上，第一首是贝多芬的《命运》交响曲。开头的几个音符，“当当当当……”像是敲响了梁英俊的命运警钟。他想，要是当年选择了文学之路，他会不会成为中国的普希金、歌德？他想起老婆临出门时骂他的话：“圣人蛋，半文不武，半武不文，警察里的傻帽儿。”梁英俊的老婆常说他“半文不武，半武不文”，那意思是说他做文人欠水平，做武将欠火候。先前他不知道“傻帽儿”也能用在骂警察上，时代走在大繁荣大发展的道路上，老歌新唱，红歌翻唱，蛤蟆长出七条腿，毒蛇生出俩脑袋，老婆又是走在时代前列的人，这么用这俩字不足为奇。

梁英俊点上第二根“英雄牌”香烟。奶奶的，从今儿开始，老子自由行。他跷起二郎腿，左摆摆右晃晃，半眯起那双小而迷离的黑芝麻眼，想着评比竞赛的事儿。

雾霾渐渐散去，天空比之前明亮些了。梁英俊关上窗子，打着呼哨的风儿被关在了外面，他从反光玻璃中看见自己一副颓废模样。

梁英俊长得并不英俊。他那张脸，像女人脸上糊着面膜膏，没表情没神态；他那张嘴，跟上了铁链条似的，见人蹦不出三句话。县里人私下里议论梁英俊：那样一个大家族，咋就这老二混得不咋样。梁英俊也明白自己的性情。常言说，狗改不了吃屎，生就的性子不好改，梁英俊也常为自己的性子苦恼，可能怪谁呢？怪只怪父母没将优良基因遗传给他。瞧他那个大哥梁英杰，性子豪爽人俊朗；再瞧他的小妹梁英霞，美丽活泼又大方。看着他们，梁英俊甚至都怀疑自己是不是父母亲生的。

别小瞧这秉性脾气，可跟运道大有关联。

这不，梁英俊正为自己当前的运道烦恼着呢。前几天为配合工作路上执勤，碰上县里开宝马车的女人，他心里真叫那个根。咋能不恨呢？开宝马车的女人两年前在梁英俊辖区摆水果摊儿，见他总叫英俊哥，叫着手也不闲着，拿个塑料袋，装几个梨，再装几个苹果，跟梁英俊说，苹果养颜梨润肺。那时候梁英俊抱着不拿群众一针一线的态度，跟人家摆手说，多谢妹子关心，这几个水果，可是你半天赚来的，我要是拿走，半天买卖可全搭进去了。

谁承想摆水果摊儿的女人能耐大，在县里张罗搞房地产，没出两年开上了宝马，再见他梁英俊，眼皮子朝上一撩，装作不认识，丌着宝马一溜烟绝尘而去。梁英俊朝着车屁股一阵骂：白眼儿狼，得志就猖狂，也不看看爷在县里大小也是个派出所所长，轮得到你拽吗？骂过后，也真艳羡，都是人，自家干半辈子，屁股底下没着落，人家就两年，白花花银子砸身上。人比人真是气死人。

过了两天，开宝马车的女人被梁英俊拦下来，她先是愣了一愣，接着就给县里某个人物打电话，再接着嘴里开始不干不净。梁英俊身边跟俩年轻警察，见这女人骂骂咧咧，也就跟她理论起来。女人挥起胳膊，胳膊上的金链子跟手铐一样粗。梁英俊按下女人的胳膊，女人大呼小叫，都来看，警察打人啦，警察打女人啦。梁英俊皮笑肉不笑，站着看她还有什么花招儿。这时，县政府给县长开车的司机小孙赶过来，跟梁英俊一个劲儿道歉，低声道，这女人可是咱县里纳税大户，放一马。

梁英俊是个死筋蛋，却也不是死筋得一塌糊涂，只是活络的时候少，死筋的时候多。他这会儿也在权衡利弊，放一马落个人情，不放，可是方方面面的人际关系，这女人现今是县里政要的座上宾，得罪一个人，说不定得罪身后一群人。梁英俊脑海里很快浮现出一张人际关系图，梁英俊在这张图里，充其量也就是右下角那个注解，可有可无。

梁英俊是个将尊严看得重于生命的人，一向信奉那句话，己所不欲，勿施于人。他跟小孙说，可以放她，但骂人的事儿不能饶。小孙问咋不能饶？梁英俊说，赔礼道歉，就说先前那些话是骂她自己。小孙急忙替女人说先前那些骂人话是骂她自己。

为了小孙，为了县里经济繁荣，梁英俊放过了开宝马车的女人。事后他跟俩小年轻传授人生经验，逢上这事儿，谁骂你娘，你不要直接还口，还口组织上要批评你，巧还口，点到为止，善于保护自己。

几天前梁英俊还跟俩年轻人传授保护自己的经验，可这会儿他危在旦夕，竟不知该如何保护自己了。

昨晚，主管局长单独召见梁英俊，跟他推心置腹谈了话。

主管局长说，县里搞“下基层送温暖”活动，昨儿局里开党委会，会上研究暂时抽调你去县里“下基层送温暖领导小组”任副组长，时间不会长。

不久前局里开展评比竞赛活动，事先定了调子，评比竞赛三次倒数冠军免职。梁英俊不幸得个三连冠，这会儿全局上下都盯着这事儿呢。主管局长说，抽调也是没办法的办法。

那一刻，梁英俊心如刀割，组织上曾经说过年底考核提拔他，就为个评比竞赛，咋就要抽调他？这是要对他斩尽杀绝啊，他不能接受这样的结果。他想为自己辩解，由于自己没有犯实质性的错误，组织上这样对他不公平。

梁英俊刚想开口将心里那些想法说一说，一个声音伏在他耳边警告他，蛋白质（笨蛋+白痴+神经质），这是组织上决定的事，你一个菜鸟，敢跟组织上对着干，不想干了？

梁英俊欲言又止，按捺住心中的失落，跟主管局长表态，组织上叫去哪里就去哪里！咱是共产党员，要服从组织分配。说这句话时，梁英俊心里是一万个不愿意。

主管局长又指点梁英俊，抽调是个名儿，派出所的工作还需梁英俊点头，叫他分清哪为主，哪为辅，等待组织上做下一步的工作安排，或许还会有转机。

这一夜，梁英俊几乎没合眼。开展评比竞赛前，命运之神先给了梁英俊一张幸运通行证。辖区接连发生两起命案，梁英俊带人在很短的时间内破案，那阵子他在县里真风光，连孩子们碰见他，都追着屁股叫，所长是福尔摩斯，大侦探！县里局里对梁英俊报功表彰，县领导跟公安局领导表态，要将梁英俊列为副局长候选人，准备下半年干部考核后任命。

就在梁英俊春风得意之时，上级安排的评比竞赛如火如荼开展起来。梁英俊先是一喜，接着一惊，到最后就成一叹了。三次名次排列，一次不落，保持倒数第一，他经历了前所未有的精神打击。这些日子，只要想想评比竞赛的事儿，总有那么一股子谜团不断从他脑缝里冒出来，他寻思谜团形成的原因，翻来覆去地想，从头到脚地想，可那宗谜团却是越理越纷乱，越寻思越百思不得其解。

梁英俊本想瞒着老婆，等运道好转再跟老婆说。哪想到人算不如天算，清晨第一缕阳光照进窗口时，梁英俊的一个远房亲戚打家里座机，老婆接的电话，亲戚说得很详细，连公安局定的规矩都知道，说梁英俊得了三连冠，还说三次倒数第一要免职。老婆放下电话，瞬间从女神变成女魔，戳着梁英俊的鼻梁骨骂个不停。女人骂人是串串骂，先从工作上骂，骂着骂着，骂到性格上，骂到本事能力上，拿他跟这个比，跟那个比，比得梁英俊就是一泡臭狗屎。梁英俊强忍怒火，一言不发，等着老婆那句结束语。老婆足足骂了半小时，临了下了最后通牒：从灵魂深处找原因，恢复职务，挽回家族人的脸面，否则休想进家门！

梁英俊听着老婆噔噔噔的高跟鞋声渐渐远去，心里连连叫苦，虚荣的女人，就知道对男人指手画脚，不知道拿脑子想想，谁愿意落在后面？这里边肯定有猫儿腻！

梁英俊点上第三根“英雄牌”香烟。他现在的当务之急是弄清楚心里那些谜团——评比竞赛到底是不是有猫儿腻？警察都具备侦查能力和反侦查能力，梁英俊又在这个熔炉里熔炼了二十多年，虽说平时是个死筋蛋，但死筋蛋一旦活络起来，比活络人更活络。也就是笨鸟先飞吧，凡事一用心，就能找出答案。梁英俊吸口香烟提一提神，理一理纷乱的思绪，剥茧抽丝，擘肌分理，绷紧着思维继续想。

小张的电脑显示他们派出所倒数第三，开会时咋就变成了倒数第一？这一点是个谜。警察就是破谜的，警察不破谜，案子如何破？梁英俊开始破谜，先从源头破。哪儿是源头？新任局长见面会，恰好碰上评比竞赛第三轮总结，会上政委念名次，梁英俊听到自己派出所的名次傻眼了，明明最末一位是城东派出所所长廖坚，咋这会儿成了他梁英俊，会不会听觉出了问题？

梁英俊朝廖坚看看，廖坚朝他抿着嘴笑，他从廖坚眼神里看出点儿东西。是啥东西？他说不清楚。

梁英俊摆出一副认罪的态度，勾着头，低着眉，走上台，眼神跟机关枪似的扫在廖坚脸上，心里骂道，王八羔子，用三十六计耍我。梁英俊想到三十六计里的“瞒天过海”、“笑里藏刀”、“偷梁换柱”，廖坚只用这三招，就叫他梁英俊名正言顺地站上讲台，跟局长“平分秋色”。

廖坚这小子为啥要嫁祸于他？目的动机何在？梁英俊盘踞在沙发上，点上第四根“英雄牌”香烟，想着廖坚为啥选中他梁英俊做垫背的。

俩派出所，一个在城东，一个在城西，谁也懒得搭理谁，谁也没有得罪过谁。俩人的关系，也就是个同事，既不是仇人，也不是敌人，可廖坚为啥在几十个派出所里，选中他梁英俊做垫背的呢？

梁英俊左思右想，百思不解。会不会廖坚想着他梁英俊已蝉联冠军，再加一次顺理成章？这样想，梁英俊觉着也成立，廖坚选中他梁英俊做垫背的，似乎是最合情合理、合乎逻辑的。

梁英俊从心里认定是廖坚玩猫儿腻，继续抽着香烟想证据。没证据红口白牙说人家，就是血口喷人，冤枉好人。究竟如何证实廖坚玩猫儿腻，梁英俊暂无办法，那股子谜团继续萦绕着他，困扰着他，来去无定，摸不着踪影。

主管局长跟梁英俊说，局领导考虑，他在这里时间不短了，该换换地儿了。

在这儿一待七八年，真该换换地儿。梁英俊说。

梁英俊二十二岁从警校毕业分配到公安局，二十五岁调到派出所，从内勤到副股级侦查员，从副股级侦查员到副所长，从副所长到指导员再到所长。任所长的近八个年头里，梁英俊辗转几个派出所，可以说他的精力，百分之八十给了派出所。剩下百分之十九点九给了酒精，另有百分之零点一，留给家里那个戳鼻子骂眼的老婆。梁英俊立过二等功，荣获县里十大杰出青年荣誉称号，上过县电视新闻，胸前挂一排荣誉勋章。梁英俊打开抽屉，把一摞一摞证书摆出来，嘴里骂着这么些证书管屁用，跟先前的学生证、借书证差不多，就那一段有效期。

梁英俊掏出第五根“英雄牌”香烟点上，评比竞赛的猫儿腻谜团还没破解，由源到本查找还没结果，家里的电话却嘀铃铃响了起来。先前梁英俊不接家里座机，今早的事儿是个教训，要是抢先接了，跟老婆搪塞过去，哪还会被老婆扫地出门？

梁英俊拿起电话，一个女人声音传过来，娇滴滴地说着自己姓甚名谁。梁英俊听得心里咯噔一下，咋能是这个小老板？这小老板长得那个水灵劲儿，那个妖娆劲儿，那个玲珑剔透劲儿，狐狸见了都遮羞眼。中国的四大美人，也不过那般美丽，谁见了都会过目不忘，牢记心里。

电话那头音量顶多四十分贝，音速顶多三十迈，且慢且柔，且娇且轻，听起来就是天籁之音混杂着靡靡之音，靡靡之音混杂着弦外之音。她说起那个过世的姐夫，那个叫中意的外甥，外甥外号金丝猴，姐夫去世，姐姐远嫁，姐姐将外甥连带半山腰的那片空地叫她管理。外甥常夸所长，说所长有爱心，对外甥问寒问暖，关心照顾，一直想见见所长当面感谢，约在半山腰里，走一走，转一转，还有一个好项目见面谈谈，不见不散呀。

梁英俊将小老板嘴里说的姐夫和说的中意衔接起来，明白小老板是中意的小姨，酒吧女老板，县里有名的美人。美人约梁英俊去半山腰走一走，转一转，还有一个好项目谈一谈，听起来真是叫人馋。梁英俊那颗心荡漾起来，浮想联翩……真想美人相伴，促膝长谈，半山腰里笑声连连……梁英俊动荡的心摇啊摇。自己正烦闷，竟来了美人相约，美人是一剂良药。

梁英俊心动着，还有几分好奇，美人为啥约他去半山腰里？问电话那头，那头说，妹子想留个悬念给所长，先不说，半山腰机房见了再说。

这一悬念，叫梁英俊弄不清悬在哪些方面？念在哪个念想？他真想去，想破解这一悬念，又担心红颜祸水，万一引祸上身怎么办？命运之神正找他麻烦，要是应约，叫熟人碰见，如何跟人家解释清楚？梁英俊想拒绝，可电话那头天籁之音、靡靡之音、弦外之音，五音俱全，电话那头可不是一般女人，是县里有名的美人，咋好意思拒绝呢？

梁英俊犹豫着，不知道是该应约，还是断然拒绝。想去，怕，不去，心里总有那么一点儿念想，这念想一下子叫梁英俊忘记了评比竞赛的烦恼。他的心不知道咋回事，比平时跳得快那么两分，那张脸不知怎地，也有些热蒙蒙的，涨痴痴的，似乎电话那头再说一句，他就会毫不犹豫地应承下来。

电话那头说，知道所长是个细心人，怕谁看见了说所长跟我有啥关系，这样吧，叫中意在半山腰机房跟所长碰头，我在酒吧等，所长是我心里的偶像，我也是所长的一个粉丝，所长可不能不给粉丝面子，叫粉丝失望啊！

梁英俊听得心里一摇三晃，想着美人跟英雄的辩证关系。落魄英雄也会得到美人喜爱，比如项羽，虞姬爱风光时候的项羽，同样爱落魄时候的项羽，女人一旦爱上男人，没有理由借口，义无反顾，啥都不顾。电话那头，那个小老板一邀再邀，县里有名的美人真心实意，若是不去，岂不辜负人家一片好意？梁英俊想去半山腰走一遭，透透气，呼吸呼吸山里的新鲜空气。江山如此多娇，引无数英雄竞折腰，梁英俊想做英雄，那是他二十多年的梦想，英雄跟美人，自古就有割舍不断的联系，梁英俊是自己梦想里的英雄，他要去半山腰里的机房见一见中意，然后再到酒吧会一会美人。

第二章

梁英俊平素很少跟美人，确切地说是跟女人有单线联系。不是不想联系，是家里那个强势老婆，时不时明察暗访，时不时突袭查岗，时不时在他脑袋上敲一下：看见美女可以养养眼，动动心，断不能动手动脚，实体操作！要是敢“以身试法”，就不是剁手剁脚的事儿，而是从老婆手心里变成汗珠子蒸发掉。想一想结果，是为美女生死不顾，还是对老婆忠贞不渝，你梁英俊心里应该有杆秤。两条路，自由选择，你老婆我决不武断、专断加独断。

梁英俊想着老婆关于“接触美人”的那段骇人听闻的话，心里不觉打寒战。可今天不是他梁英俊要跟美人约一约，而是美人约他梁英俊见一见，要是美人对他动手动脚，实体操作，就跟他无关了，他是受害者。

梁英俊想着美人，哼着小曲儿，踏着轻松的脚步，噔噔噔走下楼梯。楼梯口站着卖早餐的老太太，看见梁英俊小跑下来，带着窥探的语气低声问，小同志，你平时可是积极分子，咋这钟点还没上班？咋晚电视上播放县里新闻，说的是公安局搞评比竞赛的事儿呢。

梁英俊听老太太说电视新闻播放评比竞赛的事儿，问老太太新闻说些啥？老太太正准备说，楼上下来一个三十来岁的女人，领着孩子来摊位上买面包酸奶，看见梁英俊，也亲热地问起评比竞赛的事儿。说，昨儿县里新闻报道公安局搞评比竞赛，评比竞赛名单一长串，想着你是派出所所长，就留心看了，一眼就看见你们派出所啦。

那是，最后一名，看得清。梁英俊悻悻地说。

电视报道说公安局评比竞赛搞得风风火火，警察同志们奋斗在一线岗位，热情高涨，难怪所长一脸疲惫，累坏了吧。女人说。

我说呢，刚才见他下来就没精神头，小同志，一次落后不算落后，下次迎头赶上就是，别挂在心上，谁不犯个错呢。老太太说道。

梁英俊昨晚没看电视，不知道县里新闻播放了评比竞赛的事儿，此时听说，不由在心里骂道，真混账，笼统赞扬一下警察的工作积极性就算了，有必要将评比竞赛名单在电视上播放吗，这不是叫全县人民都知道他梁英俊评比竞赛落后的事儿吗？人要脸树要皮，这不是往他梁英俊伤口上撒盐吗？就为了宣传公安局工作积极性，为了服务大局，叫个人尊严遭受损伤，组织上哪里是惩前毖后治病救人，分明是把他梁英俊当作反面典型，让他在全县人民面前丢脸。

梁英俊又想，自己的父母兄妹会不会也知道这件事儿了？

从政坛上退下来的老人，通常有两种心理，一种是认清看透了，人总有解甲归田的那一天，也就随遇而安了。另一种就是退下来后很难适应闲暇日子，就把心思全用在子女的仕途上，这样才觉得生活充实。梁英俊的父母属于后一种。若是他们从电视上知道评比竞赛名次的事儿，一场暴风雨就会来临。

梁英俊恨这个时代发展太快，手机、电视、网络，想捂个信息，就跟捂把空气似的，根本捂不住。奶奶的，播吧，电视不播，网络上传，网络不传，电话铃一响，真人传递什么也瞒不了。

梁英俊先前只想着评比竞赛的事儿，没想到评比竞赛连带出来一串子事儿，让他脸上仿佛写着“羞耻”俩字，跟古代罪犯脸上刻着字，走到哪里人们都要指指点点，说长道短一样。梁英俊此时此刻真想变成土地老儿钻进地下，变成云彩飘到空中，变成空气荡在云里。

梁英俊凝视远方，远方的山峦影影绰绰，山连着山，雾追着雾，十分气派。他看看表，差十秒八点三十五分，精确的数字体现他严谨的生活态度，他思忖究竟该不该去半山腰见中意？该不该去酒吧跟美人喝酒吃饭？

不去半山腰又能去哪儿呢？此时此刻，梁英俊不想见任何人，县里电视新闻把公安局竞赛评比的事儿报道出来，一传十，十传百，三天下来梁英俊会成为整个县城议论的焦点，肯定说啥的都有。这些梁英俊都暂时不想管了，他想先到机房看看有啥好事儿等着自己，山里这季节有看头，花开了，树绿了，山水是秘方良药，看山看水，啥烦恼都荡然无存。

梁英俊戴上墨镜，改个扮相，见熟人好躲避。公交车离梁英俊居住的小区不远，自从公车私用的禁令下达后，县局督察大队时不时偷袭、夜袭，检查派出所车辆使用情况。梁英俊是个稀屎胆，树叶掉下来都怕砸头，担心督察大队逮着，落个通报批评还算轻，弄不好落个免职。屁股上美一阵子，人格上降一截子，不值当。这会儿他找准常坐的那趟公交，低头上车。

刚坐定，一个声音迎面叫过来：哎哟我那个乖乖神，咋是你呀梁所长，想不到所长也坐公交。梁英俊顺着叫声看过去，是一个四十来岁的女人。

所长不认识我啦，我常给派出所门口那家副食店送货，老板说所长是个实诚人，今儿这一见验证了，所长不坐专车坐公交，可真是个实诚人！

女人边说边坐在了梁英俊的前一排，扭头打开了话匣子。所长呀，碰上啥事儿想开点儿，这世道就这样，时好时坏，好好坏坏，有时候又不好不坏。咱又不是老天爷，咱也不是土地神，上改不了天，下入不了地，就在这天地间做个自由自在人，健康第一，快乐第二，工作上那些破事儿全当一个屁，出溜一声滑过去，熏别人臭自己，一小会儿就销声匿迹，所长你说是不是？谁都知道所长是个实诚人，百分之百实诚人，大家都这样评论你。

梁英俊想，看来评比竞赛那件事儿，全县人民都知道了。

梁英俊先前最喜欢听人家说他是个实诚人，自打得了这个倒数三连冠，“实诚人”从褒义词变为贬义词，他不想再听这仨字，可女人偏就是一句一个实诚人。梁英俊闭上眼睛装睡觉，女人自觉没趣扭过头，梁英俊坐了四站下车，好不容易松口气，却听见车里传来六个响亮的字：实诚人，真实诚。

梁英俊从心里骂自己，实诚个屁，人怕出名猪怕壮，男怕没钱女怕胖，人就靠个装潢，一经改良，外表光堂，内里荒凉。梁英俊看过许多书，看待问题比较客观，他认为世界上没有绝对的恶，也没有绝对的善，有时候环境造化人。

前年梁英俊办理一起盗窃案，犯罪嫌疑人三十多岁，对方说，所长出生在好家庭，大学毕业进公安局当警察，警察惩治犯罪。而我呢，生在农村，好不容易讨到老婆，但生个儿子是脑瘫，没钱给儿子治病，脑子一冲动，就犯法进监了。所长生下来就有路，可穷人没出路，我那苦命的孩子呀。犯罪嫌疑人说着，两行眼泪流了下来。

梁英俊有些同情那个犯罪嫌疑人，他出生在好家庭，接受高等教育，这叫他懂得如何做一个文明的人，一个有志向有抱负的人，一个光明磊落的人。年轻时的梁英俊，怀抱远大志向，要像保尔·柯察金那样，为共产主义事业奋斗终生。多年从警，叫他有一种道义的冲动、良知的冲动，信奉邪不压正，也信奉“法网恢恢，疏而不漏”。县里有些人说他是个二百五，脑子里缺根弦，都啥年代了，谁不是围绕个人利益转。人家说“叫每一颗受伤的心灵得到愈合，每一个泯灭的灵魂得到救赎”，那是用在演讲稿子上，用在大会表态发言上的，可梁英俊呢，非要落实到行动上，结果是啥？曲高和寡，孤掌难鸣，许多人都不喜欢跟他来往。

县里也有些人说梁英俊的好话，说他不是脑子里缺根弦，而是脑子里多根弦，多那根弦，是个警绳，捆住不少坏蛋。说他根本不是个二百五，是故意装二百五，大智若愚。

有一次，梁英俊在火车站闲逛，碰见俩女人怀里抱着孩子，东张西望，神色紧张。梁英俊走过去，问俩女人是等车还是坐车？俩女人摆出可怜相，说四川老家遭灾，逃荒到这里来。梁英俊不像其他人那样，随便问两句，他追根溯源，问从四川什么地方逃荒过来，孩子多大，准备去县里什么地方落脚？俩女人经这一问，先前的可怜相变成警惕相，抱着孩子，匆匆离开。梁英俊紧追不舍，将俩女人带到所里一问，牵出一起拐卖儿童案。县里人说，梁英俊就是有点儿死筋，逢上啥事认死理儿，一根竹竿插到底，人还是个好人。

梁英俊穿行在山峦地带，山花烂漫，百鸟齐鸣，山清水秀，姹紫嫣红，可他哪有心思欣赏这美丽风景。他翻过山头，零落的山头凹凸不平，树木默然静立，梁英俊走进半山腰，走近机房，不大的机房被废墟包围，废墟四周是一片树林，树林不远处是一片山林，机房四周属于廖坚的管辖地带。

想起廖坚，梁英俊怒火冲天，诅咒连连。王八羔子，你娘生你下来就该生成个豁子嘴，说话漏风；成个独眼龙，看啥看不清；成个武大郎外加八撇子腿。你这种人混到革命队伍里来，这不是革命队伍里出的汉奸叛徒吗？总有清算的时候，等着吧，老子是正义的“来福灵”（农药），一定要杀死害虫。

梁英俊将心头所有怨气愤怒，都用诅咒的形式发泄出来，身心似乎轻松了许多。他掏出手机，设置到呼叫转移功能上，摘下墨镜，阳光耀眼夺目，照得他晕眩。环顾四周，没见中意的身影，他便匆匆走进机房。梁英俊觉得待在这儿县里谁也看不见他，电视镜头也捕捉不到他的身影，他一下子感到浑身轻松。

透过管道极目深处，地上有零散的花生皮，抛撒的快餐面盒子，最叫梁英俊意外的是竟有一个打火机。梁英俊弯腰进管道，拿起打火机。前阵子也是这个姿势，梁英俊带着副所长和两名年轻民警进管道找小贼藏匿的赃物，两个年轻人在梁英俊进管道前拽住他，不让他“身先士卒”，说担心里面有异常情况。

这鬼地方按常理不会有啥情况。当时梁英俊这样说。

这鬼地方按常理更不会有警察到此躲避人群，还想着有啥好事在此等自己。

梁英俊点上“英雄牌”香烟，坐在管道上，胡思乱想。

昨儿晚上，新任局长去梁英俊所在的派出所，见面先说一句他是个实在人。我是个实在人？讥讽式夸奖。这是一个啥时代？实在人等于死筋蛋，活套人等于实力派。谁能当面说我是个死筋蛋，只能说是个实在人。

梁英俊吸一口香烟，叹一口气，想着老婆临走说的那些话，从灵魂深处找原因。

啥人喜欢谈灵魂？要笔杆子的人。我梁英俊是拿枪杆子的人，臭娘们儿，叫一个拿枪杆子的人想灵魂，能想出个啥？顶多想出个灵魂出窍，咋出窍？一枪崩了，脑袋开花，灵魂出窍。

拿笔杆子的人想灵魂，那可是一想就想得灵魂深处妙笔生花，拿笔在脑瓜子里画图画，想咋画就咋画。要是叫所里弟兄们知道我梁英俊拿灵魂开刀，还不骂我是个神经病，放着正事不干，钻在半山腰里没事找事。

我梁英俊早放下笔，抗起枪来保卫和平，评比竞赛开始前，我梁英俊是县里破大案的功臣，县里局里，大会小会总拿我梁英俊做典范，那段日子，我走在大街上，就是县里的形象大使、电影明星，成群的孩子跟在我屁股后叫，所长是福尔摩斯，大侦探！这会儿不说吃老本，组织上起码也该念我梁英俊功大于过，不予追究才是。再说了，数据是个抽象的东西，看不见摸不着，派出所一天处理多少事？逮了放，放了逮，数据一天一个样，要是有人玩猫儿腻，谁能弄清楚？为一个难以弄清的数据，就要动真格的，要免职？

毛主席说过，基层政权是我们这个政权的根基所在。如何稳定基层政权？还不得靠我们这些基层派出所所长。

毛主席又说，枪杆子里面出政权。

我们基层派出所所长，也是手握钢枪的人，在斗争中成长，在斗争中磨炼，说觉悟话，为国为党，说私利话，为前途，为提拔。谁说想提拔的人就心存不轨，动机不纯？每个人都有梦想，早年我的梦想是做个像王成那样的英雄，现在我的梦想就是，在平凡的岗位上，留下不平凡的业绩。有业绩，就能提拔，就能实现梦想。

我梁英俊也是经过一关一关考核，经过一波一波淘汰，经过一轮一轮筛选，再经过一道一道关坎，最后经过马克思理论的教育培养，好不容易才提拔成派出所所长的。为评比竞赛一个名次排列问题，就对我梁英俊穷追不舍，痛下杀手，这不是高射炮打蚊子，小题大做吗？

我梁英俊不说是根红苗正，起码也是出生在一个千年文化古城里，这个古城留下了范仲淹的名句，“先天下之忧而忧，后天下之乐而乐”，“不以物喜，不以己悲”。我梁英俊居住在湍河南岸，大诗人李白三次千里奔波，拜访湍河，韩愈、柳宗元、元好问、李贤等文人骚客，曾在湍河岸边饮酒咏史，赏花吟月，为这个古老县城留下美丽的传说。这是一个集古典文明与现代文明于一身的县城，一个承前启后、继往开来的县城，一个与时俱进、共创和谐的县城。县城的传统古风，现代之韵咋能葬送在我梁英俊这一代人的手中呢？

要接过革命的枪，沿着先辈们开辟的道路，奋勇向前，遇上点儿困难挫折又算什么？失败乃成功之母，我梁英俊要用行动践行英雄的誓言，革命战士，不成功便成仁，我梁英俊不是英雄，要学英雄，我要吹响革命的号角，像王成那样，做一个名副其实的战斗英雄。

梁英俊两眼放光，挺起胸膛，英雄人物的形象在脑海里一个个闪过，向雷锋同志学习，牢记《雷锋日记》里那些豪言壮语，从明天起，做一个谦恭的人，从明天起，做一个无愧于时代的人，从明天起，做一个无愧于人民的人。

从明天起，梁英俊就要去县里虚设的临时机构里了。下基层送温暖活动搞了快一年，梁英俊心里盘算，不出半年，临时机构就会撤，他也明白，这是局里考虑到他“三连冠”的因素才调他过来，毕竟局里大会小会强调，“三连冠”所长免职，没想到真出个“三连冠”，这会儿自己正处在风口浪尖上，局里也是为他考虑，等这件事平息下来，临时机构一撤，再给他安排工作没人说闲话，梁英俊好歹也是个破大案的功臣，组织上不会为评比竞赛的事儿对他赶尽杀绝，还会给他一个将功补过的机会的。

还有一件事，是梁英俊眼下急切要解决的。他怀疑廖坚玩猫儿腻没找到证据，这几天要抓紧时间找证据。如何找？看来廖坚对《三十六计》、《孙子兵法》很熟悉，他梁英俊要想识破廖坚的诡计，应该以毒攻毒，将计就计，廖坚用啥计害他，他就用啥计还击。三十六计，十八般武艺，谁用得好，谁就能夺取胜利。恶有恶报，善有善报，不是不报，时候没到。等我证据在握，替天行道时，看你廖坚的狗尾巴花能盛开多久？

呸呸呸，不想想评比竞赛的事，可满脑子里就这件事。回过神来，梁英俊才注意到喜鹊在枝头叫。喜鹊叫，好事到，梁英俊听见一阵脚步声传过来。他走到机房窗口朝外看，中意的身影正由模糊到清晰——骨骼精小，细眉瘦眼，走起路来一摇三摆，哼着当下的流行歌曲《爱情买卖》，裤子松垮着，上衣紧绷着，脚上蹬双黑皮鞋，皮鞋在光线下一走一闪。梁英俊下意识地戴上墨镜，心虚人也虚，戴上墨镜换个人，他看着中意朝机房走过来，心里揣摩，美女约他来半山腰，究竟有啥好项目等着他。

第三章

中意见梁英俊戴着墨镜，一脸诧异，前后左右细打量，绕着梁英俊转一圈。几天没见，恩人老了有十岁，瞧这形象，点着香烟，行动诡秘，胡子拉碴，不修边幅，在屋里戴墨镜，要是熟人碰到，还以为恩人患上眼疾。别怪俺小青年说你，派出所长出门该注意形象，打扮得齐整些，光亮些，穿西服打领带，脚蹬黑亮亮尖嘴皮鞋，胳肢窝夹个公文包，边走路边打电话下指示，电视上那些大人物都这样。

男人逢上心情糟，二十四小时内就会由春光无限变成胡子拉碴，那句“一夜愁白头”有一定道理。梁英俊平素也常跟所里那群弟兄说，“勤洗头常刮脸，就是背时也不显。”这下可好，自己这会儿连形象也没了往日的光鲜。中意这样说有他的道理，哪有警察戴着墨镜钻在半山腰机房里长吁短叹的？难不成评比竞赛接二连三受刺激，内心压力过大，心理上形成疾病，考虑问题有偏差，才戴上墨镜怕熟人认出来？

梁英俊摘下墨镜，问中意约他来半山腰究竟有啥好项目？

中意说，这块土地是他老爸承包下来的，原打算在这块地上建农庄，哪想到老爸突发心肌梗死去世，母亲委托小姨代管这块土地。他跟小姨商量，想建农庄实现老爸遗愿。他认为所长是比亲人还要亲的恩人，昨儿想一夜，希望以后所长能成为他永远的恩人。

咋做永远的恩人？梁英俊并不明白。

中意说出了心里那个计划。这块地的合同上还有十几年到期，他跟小姨商量，合理利用这块土地，小姨说要是有所长做依靠，这件事就能有眉目。

中意接着诚恳地说，恩人想想，你不是抽调到县里下基层送温暖活动领导小组嘛，先前你就常为我一个小青年送温暖，这次要是出面帮忙，也算送温暖帮一个无依无靠的待业青年找到生活出路，这不就是政绩吗？我的事搞定了，成个名副其实的小老板，县领导还不把恩人树成送温暖的典型，评比竞赛的事肯定不会再追究，这不是两全其美的好事吗？小姨说，有恩人做后台，再由恩人家族势力拉一把，农庄的事十拿九稳。小姨还说，恩人为工作上的事抽调了，弄不好要免职，真要免职还不如辞职，凭着红二代的资本，凭着家族势力，在县里搞啥都能搞成，现今警察能比生意人气派？俺今儿就想跟恩人商量这事，无须恩人出面，只要您点个头，帮着联系人际关系就成。

这块地是耕地，国家有政策，耕地不能随意变更，建农庄要盖房，耕地变宅地，不好办。梁英俊说。

恩人是真傻还是装傻？县里盖房的哪块地不是耕地，你能在你家房子上再盖房？我是信任恩人，就想跟恩人商量商量，咋去完善手续，耕地变农庄。恩人想想，半山腰空气好，现今城里人喜欢住山里，大城市人放假都喜欢到山里找好空气，说是回归自然，是避暑。农庄的名字我都想好了，就叫逸舒山庄，意思就是叫大城市人过来避暑。咱不搞那种气派的，咱就搞那种民俗文化的，路边来个大红灯笼高高挂，房后建个农家小菜园、农家家禽养殖地，房前修个大水池，池里养鱼养老鳖，想吃鸡顺手抓个土家鸡，想吃鱼顺手捞个池塘鱼，档次高的吃老鳖，剩余空地搞个地下停车、洗车场，搞个利民服务站，再搞个健康美容中心，这解决多少人就业，帮助多少人挣钱？这些靠我一个社会小青年不行，我说到底是只金丝猴，恩人是狮子王，恩人要是出面帮着物色几个能人做后盾，再物色几个投资商做股东，中意这家逸舒山庄就能挂牌营业啦。到时候恩人也成了县里经济腾飞的功臣，几年下来，分你个百八十万不成问题，这可是名利双收的好事呢！

中意憧憬着未来美景，梁英俊也被中意描绘的那幅美景打动。先前他没接触过这个领域，但也明白这个领域油水多，他有点儿心动，想参与其中，又怕叫人知道，那可是丢饭碗的事情。百八十万确实诱惑着梁英俊，那可是梁英俊一辈子都无法挣来的天文数字。按他每月工资计算，一月两千三百块，扣除医保费、住房公积金，一年不吃不喝两万多，干到退休也挣不来百八十万。

梁英俊心里盘算钱的事，难免动摇，却也犹豫，就好比一个悬崖，你说跳下去不会摔死，是摔进一座皇宫里，说得口干舌燥也没人跳，因为你不知道下边到底是啥。可要是真看见悬崖下面有座皇宫，没人叫你跳，你也要千方百计跳下去。梁英俊眼下就这心思，想着百八十万，真吸引人，却又似乎遥遥无期，总不能为个遥遥无期的百八十万，失去眼下这个干了半辈子的铁饭碗，思来算去这个险他不敢冒。

中意说，这会儿恩人正在困难的时候，正处在人生的十字路口，肯定也在寻思免职后该干啥，这不，送条路来了。不叫恩人参与，就是个指点江山的事，这类钱不是行贿受贿，不是敲诈勒索，是俺自愿送给保驾护航的恩人，纪委找不到事儿，检察院找不到事儿，你那个督察大队也找不到事儿。看我这是咋啦，知道恩人心情不好，约恩人来山窝里散散心，采采风，呼吸呼吸新鲜空气，咋就说事论事了，我说得真不是时候，不过话说回来，也真是好事。

过两天我帮你介绍几个熟人，看能不能办，等赚钱了带我多吃几顿饭，给我买几条烟就行，你恩人保持一个底线，光吃不拿。梁英俊说。

恩人真是两袖清风，标准红二代，得恩人这句话就有希望，小姨交代中午去酒吧，说恩人常帮我，这会儿恩人心情不好，去酒吧消遣消遣，小姨陪恩人喝小酒，我陪恩人聊笑话。

梁英俊想着中意口中的小姨，依稀记得那个美人，也时不时听见关于美人的传闻，时而单枪匹马，时而俩仨男人，时而一个时期一个男人，只是不知道眼下有没有男人。梁英俊对此多少有些挂心，忍不住问中意，你小姨是名花有主，还是名花移主，还是名花正在点主？

中意神秘地说，跟恩人说了，别走露风声，小姨先前是名花有主，后来移主，这会儿正在点主。小姨说，谁点上她是谁的福气。在外小姨说自己还是个脆不生生，水不灵灵，娇不滴滴的待嫁姑娘，县城知道小姨结过婚的人并不多，先前的姨夫早在山窝里结婚生子了。恩人对小姨是不是有想法？有想法正常，知道小姨单身的男人们无一不想跟小姨交朋友，小姨会体贴人，懂得男人心，那些男人对小姨都爱不释手。

不能说爱不释手，而是如获珍宝。梁英俊纠正。

意思都一样，就是喜欢呗，女人单身像个裂缝蛋，谁都想叮一下。小姨有小姨的算盘，男人叮一下不要紧，这不，酒吧也是相互叮出来的财运。小姨说今生不做二奶，不做妻子，不被人打包收藏，要有毫不利己、专门利人的精神，做到人人为我，我为人人。

乖乖，这境界真高，有个高境界的小姨，你小子将来不愁当社会精英。

梁英俊思忖着该去还是不该去？去了好，还是不去好？他想去，又怕惹麻烦，要是叫熟人碰见传给老婆，说他跟一个单身美人在酒吧里约会，谈笑风生，喝酒碰杯，老婆会不会揭竿起义，打他个落花流水？工作被动，家庭再弄出个响声来，叫他如何处理？

可梁英俊还是想去，不全是美人诱惑，早晨老婆没做饭，他在老太太的摊位上买了面包酸奶打发胃，肚子早叽里咕噜一阵叫唤了，再说了，现在离开半山腰还真不知道该去哪里。回家？老婆说过，事情没弄清前不能回家。回单位？哪有单位可回，明天就要抽调到临时机构去了，此时此刻，除了酒吧，没有可去之地。

去酒吧怕啥？又不是跟女人喝酒唱歌搞派对，看人家那些活络人，天天跟美人喝酒跳舞搞派对，人家就不怕谁说啥，你这次去，又不是专门陪美人，也是想趁着抽调歇一歇，去酒吧喝场酒，化解心头苦恼忧愁。酒是男人的解闷药，半年来，为评比竞赛，梁英俊哪沾过酒？去酒吧过过酒瘾再说。

梁英俊被评比竞赛搞得头昏脑涨，四肢无力。在家那会儿，他对生活绝望了，不知道接下来的日子该干啥？临时机构是个啥机构？说白了，就是叫你闲着，又怕你一时半会儿无法接受，给你搪塞个去处。

梁英俊知道，县里有些人，说是抽调到临时机构，结果再没下文，半退休不退休，等于国家养个闲人。谁想当闲人？但有时候当闲人也是工作需要，你不当闲人，咋安排别人？梁英俊这次抽调，跟那些闲人不同，那些闲人是“被闲”，他是组织上为他考虑，暂做闲人，这一点他心知肚明。

酒吧女老板在他倒霉的时候约他吃饭，也真是罕见，人家那样一个人尖子，约的都是县里的排场人，咋能约他一个倒霉蛋？真是一团迷雾，一头雾水，究竟隐藏着啥看不见的谜底？

是不是人家看他悲伤颓废，怕他孤独，才约他去酒吧聚会，给一个倒霉蛋心灵上的安慰？如果真是这样，充分说明这个美人是个仗义美人，这个美人不是功利主义，不是私利主义，而是积福行善的温情主义。

中意在这种温情主义的影响下，也是这般有情有义，在他孤独倒霉时候，将前途命运交到他手里，左一句恩人，右一句恩人。这真是天上下雨地下滑，摔个跟头拾个金娃娃。梁英俊文学青年的热血沸腾了，他突然想作诗，那就作吧，作首啥诗好呢？打油诗还是自由体？好长时间没作诗，一下子找不到诗韵诗情。

之前满脑子评比竞赛，哪有兴致想诗韵诗情？想一想跟美人见面的事，脸对脸，杯碰杯，酒杯里流淌出幸福的歌。只要有酒有美人，不愁作不出好诗来，等着吧，去酒吧见到美人，跟美人喝得心儿飞，魂儿跑时，他梁英俊身上那些诗韵诗情就像那羞答答的玫瑰静悄悄地开了。

评比竞赛算啥事，值得你梁英俊魂牵梦绕？评比竞赛开始后，梁英俊熬得俩眼长眼袋，眼袋坠得跟个气蛤蟆似的。他带着所里弟兄们，打扮得跟游击队员一样，锁定目标，昼伏夜出，蹲点守候，迅速擒拿，就像电视里的蜘蛛侠，翻山越岭，攀爬峭壁悬崖，这一切都为了啥？还不是因为组织上要考验他，年底要考核提拔他，他应该拿出冲锋陷阵的劲头，抓逃犯，搞攻坚，争取名次上翻一番。哪想到怕鬼鬼偏来，想神神偏躲，自己没有躲过去“三连冠”的厄运，陷进人生低谷里。

呸呸呸，咋还想那件倒霉事，要想就要想即将到来的好项目，要想趁着抽调，没人管教，喝场小酒，寻找逍遥，叫心情爽朗起来，叫思绪飞扬起来，叫激情荡漾起来。男人苦闷喝酒，女人苦闷买衣，梁英俊苦闷，中意带他喝酒，酒能帮他解千愁，梁英俊要先美美吃一顿，再结结实实喝一顿，他要恢复文学青年的浪漫情怀，将生活幻化成一杯美酒，饮下这杯美酒。

梁英俊踏着快乐的鼓点，迈着轻松的脚步向酒吧走去。奶奶的，为评比竞赛快疯了，今天老子要吃得肚皮子撑大山，喝得胃里载小舟，谁要敢管我梁英俊，老子就压死谁，淹死谁。梁英俊自己跟自己打别扭，像个叛逆小青年，越遭到限制，越要朝那条路线走去，哪怕粉身碎骨。

这条街是县城有名的娱乐街，甭管身份高低，只要袋子里有银子，都能来这里消遣。想脑瓜清静去咖啡厅，想身体舒坦去足疗按摩，想借酒浇愁，更有的是地方。

梁英俊昂首挺胸走进酒吧。先前随指导员来过两次，两次都是过来当陪客，基于酒吧小老板是县里有名的美人，梁英俊心理有负担，怕来的次数多，停的时间长，谁说他跟美人啥闲话。先前来的两次，心里压力大没留意酒吧的摆设装潢，今天纯粹是没事消遣，梁英俊将酒吧看个遍。县里酒吧多的是，但上档次的酒吧不多见，这家酒吧裹着金子镶着玉，金碧辉煌，真是一座人间天堂。

梁英俊虽说没出过远门，没见过大世面，但也是县里小有影响的一个人物，哪家宾馆住着舒坦，哪家餐馆吃着爽口，哪家酒吧喝得尽兴，哪家茶社玩得开心，也知晓一二。

梁英俊没去过多少城市，除了去省城培训，见点儿大世面，半辈子没离开过小县城。从电视上梁英俊见过大城市警察，不穿警服的大城市警察个个都跟电影明星似的，穿得好，长得好，姗姗而行。大城市警察一开腔，普通话一句一句冒出来，听着就像奏琵琶，偶尔还能冒出来几个外文词，什么哈鲁，什么喔哈有。

光这外表还不算啥，人家大城市警察每月发薪水，一摞子钱来回查。小地方警察每月发薪水，月头拖到月尾，数来数去就几张，拿到手里没暖热，老婆没收，说要购置柴米油盐酱醋茶。大城市警察混得好的穿白衬衫，小地方警察混到死，蓝衬衫随着进棺材，顶多肩膀上扛个星，也算山窝里的顶级警察了。

梁英俊想，能怪谁？怪只怪投胎没投到好地方，投到穷乡僻壤里来，下辈子争取投胎到大城市，会说话时就学外文，学几国外文，英语、法语、德语、阿拉伯语，再来几句韩国话、日本话，走在街上巡逻，碰见哪国人，就说哪个国家的话，啥哈鲁，喔哈有，太简单啦，要说一句英语再说一句日语，叫那些老外都羡慕中国警察。

他又想，虽说生活在小地方，但咱这小地方，可不是一般的小地方，咱这小地方，是历史文化古城，《山海经》有“夸父逐日，道渴而死，弃其杖，化为邓林”的神话传说，古时邓林就是咱这小地方。咱这小地方素有“三省雄关，豫西南门户”之称，“中原之雄区，天府之亚选”的美誉……咱这小地方，名胜古迹三天三夜说不完，咱是警察不是导游，留给导游一个挣钱的饭碗。

中意带着梁英俊走到窗前的小雅间，说是雅间，其实就是用磨砂玻璃隔开的小隔间，遮一半露一半，能坐四个人，音乐时而紧凑，时而舒缓，时而缠缠绵绵。

梁英俊问中意他小姨在哪里。中意说小姨一点来钟过来，这也是策略，担心熟人多，不敬酒礼节上说不过去，敬酒，敬哪桌，不敬哪桌，不好弄。错开时间，客人喝到二八版上，顾着热闹，就忘记礼貌细节了。

中意问梁英俊喜欢哪类酒，梁英俊却问中意这顿午饭谁掏钱。中意说原本小姨请客，但他想表达个人心情，自老爸去世，所长就是他再生父亲，现今他也是成年人了，口袋里多少揣点儿钱，该跟恩人表示表示。

梁英俊想，既来之则安之，这会儿职务挂着，醉了也没人管，这等美人，这等佳酒，真是可遇不可求。欧阳修被贬滁州，沉浸在山水中写出《醉翁亭记》。早年他梁英俊也是县城小有名气的文学青年，也要像欧阳修那样，在失意中奋发，在绝望中奋起，说不定有一天，也写出惊世骇俗好文章，为这个文化古城长长脸，添添光，成为古城人民永远铭记的榜样。

梁英俊说，真男人要喝烈酒，上白的。

县里请客有规矩，起码要点四个菜，中意点两荤两素，荤菜是东坡肉、牛腩煲，素菜是麻辣豆腐、鸭血配黄豆芽，酒吧送俩小菜，一碟子花生米和一碟子咸萝卜丝。服务员端菜上来，梁英俊不再想评比竞赛的烦心事，他已经饿了，民以食为天。

梁英俊狼吞虎咽一阵子，东坡肉只剩下酱色汤汁跟小葱白，他停下筷子，瞪起那双黑芝麻眼，将酒吧里的男男女女扫了一遍。男人女人举着酒杯，频频碰杯，男人说，为合作愉快碰一杯，女人说，为心想事成碰一杯；男人说，为共同利益碰一杯，女人说，为共同致富碰一杯。碰得有情有意，碰得多情多意。一些喝醉的男人在女人肩上碰一碰，半醉的男人跟女人说着俏皮话。

梁英俊看着人家想自己，都是男人，人家活得有滋有味，活得雨露滋润，人家跟女人，想说啥就说啥，满嘴都是荒唐话。自己活得算个啥？想跟美人喝顿酒，想这想那，怕这怕那，啥都害怕，说怕也不是真害怕，要是真害怕也就不想了，说怕心里还在想，想跟美人喝场酒，究竟不知道是真怕还是假怕，还是又想又怕。

中意招呼服务员拿白酒，白酒有高、中、低三个档次，中意说，按所长级别，喝个中档五十多块。梁英俊说，穷小子别烧摆，喝二三十块的。中意说二三十块档次太低，喝着头疼，就喝五十多块一瓶的。

县城人喝酒跟县城人性格一样，大气霸气神气，从来不用酒盅喝，小摊小店用碟子，酒吧酒店用高脚杯。高脚杯有大中小三种，大杯能装三两酒，中杯装二两酒，小杯能装一两半酒，俩人要了两个中杯。

县城喝酒有县城的酒规，先喝三杯门酒，算个开幕式。俩人三杯门酒喝下去，中意的脸蛋由黄变红，梁英俊的精神彻底放松，再看酒吧的那些男女，他拉一把，她拽一下，拉着拉着拉怀里，拽着拽着拽胸前。

梁英俊又羡慕了，青山绿水在，几度夕阳红，人家过得情有独钟，自己过得言不由衷，人家追求的是心灵愉悦，自己接受的是人性的法西斯专政。人与人生来平等，为啥人家能那样，他就不行？要学人家那性情，天高任鸟飞，海阔凭鱼跃，人间世道，各人行着各人道，只要是正道，就尽可以我行我素。

梁英俊也跃跃欲试，可跟谁试？连个跃跃欲试的对象都没有，今儿只为喝酒，别胡想。

中意又喝三杯，说，先喝为敬，喝三杯，敬恩人三杯，再跟恩人碰三杯，凑成个九杯，九九九，顺风走，凡事顺。

你是不是还在想咋叫我帮忙搞农庄？梁英俊问。

这会儿，恩人心思正乱着，哪能说事儿呢。跟恩人碰三杯，第一杯，感谢恩人常照顾，第二杯，以后还得靠恩人照顾，第三杯，希望恩人永远照顾。

中意说着，斟酒，端一杯递给梁英俊，俩人碰酒，喝酒，再斟酒，连斟酒，连碰酒，九杯酒喝进肚子里，中意满嘴说着照顾的话。

梁英俊想，也不知道自己照顾他啥了，一句一个恩人叫着。先前跟他父亲，也是以文会友，关系浮漂，没有深交，他父亲去世后，念起有交往，偶尔去家里看看，也是一些表面文章，没帮啥实际的忙，他这样叫着，不知道的人，还以为自己对他有救命之恩，大恩大德。现今的青年人，个个跟着潮流走，靠一张嘴，游遍祖国大好山河，中意那张嘴，长此以往，肯定就是铁齿铜牙纪晓岚。只可惜这农庄的事，也是走眼看花看错人，他就不在县里打听打听，他梁英俊那能耐，那道行，是不是干大事的料？这会儿抽调到临时机构，谁知道以后还能不能干所长，能不能回到原岗位上？要是免了职，谁给他面子？或许这小子想得更长远，不止想到他梁英俊，还想到他身后那个家族，兴许家族那群人才是这小子惦记的人，他梁英俊不过起个牵线搭桥的作用。

中意问梁英俊是碰着喝，还是敬着喝。梁英俊说，不碰不敬，随意喝。中意说这样喝也行。俩人说几句话上一口酒，不知不觉，半瓶酒进了俩人肚中。

中意挽起袖子，胳膊上一条龙活灵活现。中意说，恩人瞧这条龙，是不是看上去很威风？是小姨带我去文的，恩人知道意思不？梁英俊摇头。

中意自豪地说，龙图腾。县里发财的，当道的，哪个不文个龙呀凤呀的，常言道男为龙，女为凤，图个吉利，图个高兴。小姨说，这是财主的象征，就凭胳膊上这条龙，将来不说是个千万户，起码腾云驾雾，干啥都能干成。恩人不迷信，可我信这些，小姨说这玩意儿有震慑力，说白了就是吓唬人，县里胳膊上文龙的，文鹰的，文鱼的，都有讲究，龙是龙图腾，鹰是展翅高飞，鱼是家里有节余。恩人要是文个龙，文个鹰，兴许这灾就躲过去了。

梁英俊想，要是文个龙，文个鹰，真就跟孙悟空手里那根金箍棒一样，逢凶化吉，啥好事都能办成，他梁英俊真愿意在身上文个那玩意儿。但要文在人们看不见的地儿，裤裆里，单位领导不能拉开裤裆看看有没有文东西。可惜这隐私部位老婆能看见，真叫老婆看见那玩意儿，肯定要说天天跟个鹰做爱，说不准要跟他梁英俊离婚。

不想这事了，堂堂一个派出所所长，豪情男儿，不想那些猴子龟孙干的事情。要想古城知州范仲淹，不以物喜，不以己悲，英雄豪气冲云天。想大文豪欧阳修，挫折面前，不是借酒浇愁，而是写出脍炙人口的好文章。人家都是大人物，大人物胸襟宽广，小人物小肚鸡肠。

梁英俊要跟大人物学习，做个胸襟宽广的人，不能堕落，更不能自甘堕落。警察堕落就是犯罪，手握钢枪，枪口对着谁，这是个原则性的问题。

梁英俊寻求着如何解脱，对酒当歌，人生几何？何以解忧，唯有杜康。一曲新词酒一杯，谁共我？醉明月！从此酒酣明月夜，去时终须去，啥都不说了，喝酒，喝他个一醉方休。

梁英俊平素酒量小，许多场面上的事推掉也是因为酒量，不喝，伤感情，喝了，伤形象。可今天他是成心想醉的，醉了学跟前这些男人们，想说啥就说啥，想干啥就干啥，谁也管不住。

先前在公众面前，梁英俊表现得他就是黄继光邱少云，行为端庄，思想高尚。为啥要这样？还不是因为他想做英雄，做大英雄。光阴如箭，飞速运转，英雄梦一晃二十多年，三连冠叫他梦想破灭，心灰意冷，一杯一杯接一杯，醉眼蒙眬，欣赏着眼前多情的风景。

人家男人，咋就那样斗胆称雄？大庭广众之下，跟美人搂搂抱抱，火辣大胆。自己要是这样，行不行？

有啥不行，今儿，脱离监督，脱离管制；今儿，领导不管，又被老婆扫地出门；今儿，他梁英俊是个自由人，自由身，自由心。

人家男人，个个喝得面红耳赤，跟美女你推我攘，这个碰一碰小肩膀，那个搂一搂小蛮腰，如此多情，个个都是多情种，他咋能无动于衷？不如效仿一下，应该能行。

梁英俊踌躇不决，犹豫不定。

就在这时，梁英俊视线里闪出一个绝妙美人，袅袅娜娜，婀娜多姿，轻歌曼舞地“嗨”了一声，朝梁英俊慢慢走来。梁英俊如坠云雾，魂不附体，心儿在跳动，魂儿在遨游，似在梦里。他有些把握不住了，眼神呆呆的、傻傻的、痴痴的、愣愣的。美人朝他款款走来，越走越近。他用手按住胸口，那颗心儿咕咚咕咚，跳得不行。

第四章

只见美人粉妆玉琢，衣香鬓影，一颦一笑有着少女身上没有的千娇百媚，走起路来身体随步伐左晃右摆，手脖上的翡翠玉镯发出叮当声，一只手摆在臀部，一只手压在乳房下，那对儿乳房摆在胸前真显眼，就好比扣在胸前的一对唐三彩小扣碗，非常炫目，非常饱满。

一股香气扑鼻而来，美人在梁英俊跟前戛然而止，身穿一条裹体露胸紫色长裙，挂一条黑色珍珠长项链，再由那胳膊上的翡翠玉镯一衬托，一个活脱脱的古典女人之美，现代女人之艳，搔首弄姿地展现在梁英俊跟前，轻声叫着梁所长。这一叫，只叫得梁英俊一阵慌张。这是哪里？他在想，这是一座人间天堂。

这哪是现实里的一个真人儿，分明是墙上挂的仕女画。

梁英俊心理达到空前的满足，神智空前活跃，思维也在失而复得的激情里浮想联翩，心头真是一波荡着，另一波涌起。多日不见，这女人咋就这般完美，咋就越来越懂得修饰自己了呢？难怪人们常说，三十岁女人赛牡丹，这女人可真比牡丹艳，比玫瑰鲜呢。

县里这类狐媚女人屈指可数，不可多见，有人曾这样形容县里的狐媚女人：她们是这座县城最耀眼的明星，她们走在时代最前沿，摩登、时髦、开放、性感，她们在不同领域，拉动县里经济，为县里经济振兴作出巨大贡献。跟前这位狐媚女人，是县里名副其实的“白富美”，颇受争议的俏佳人。梁英俊很快想起老婆关于“接触美人”那段话，动荡的心儿突然收了一收，不能在美人跟前栽跟头。

他正襟危坐，心想着，要拒腐蚀永不沾，保持共产党员先进性，绝不给“阶级敌人”（美人）以可乘之机。

中意腾出位置，美人在梁英俊身边坐下来，两人间就是零距离，梁英俊心里慌张，精神紧张，一慌张一紧张，便血脉贲张，那张脸红得跟一轮小太阳似的。

美人玲珑小嘴张一张，声音像个小铃铛。所长是不是很长时间没联系，把妹子忘了？跟所长隆重介绍，我叫刘娇，来酒吧的男人喜欢称我阿娇，所长来酒吧这一坐，我这小地方立马蓬荜生辉，光芒万丈。

梁英俊哪忘了？没见前兴许忘了，再见时深深记得。

他是装作忘记，他要摆出沉稳样，摆出所长的身份和名望。有身份的男人都喜欢这样摆样，摆出不认识态度，摆出不稀罕态度，其实心里头，那真是翻江倒海，波浪起伏。

阿娇手拿酒瓶子，给梁英俊斟上大半杯，自己斟个八分满，纤纤玉手拿起杯子晃两晃，娇娇媚眼朝着梁英俊抛两抛。来来来，妹妹我平日很少喝白酒，要是喝，哪个桌上都要敬，今天情况特殊，破例喝两盅，多喝少倒。

阿娇说着，一杯递给梁英俊，一杯拿在手里晃两下，放在嘴唇边抿一抿，舔一舔。那一抿，叫梁英俊心旷神怡，那一舔，叫梁英俊垂涎欲滴。

阿娇放下酒杯，朝梁英俊努一努小嘴唇，意思是，我喝了，你也喝起。说着身子一晃，胸前的小扣碗跟着晃，一左一右好几下，只弄得梁英俊乱了章法。

阿娇盯着梁英俊，像雕塑家寻找作品瑕疵，声情并茂地跟梁英俊说起酒吧。

从无到有，从弱到强，扭亏为盈，满盘赢利，如今道路越走越宽敞，有身价的大老板，有身份的官员，都是酒吧的回头客，县里有头脸的人夸赞说，酒吧设计体现和谐音符，体现积极向上的精神，体现社会进步，是县里的文化地标。

阿娇咳嗽一声，意在强调酒吧的重要性。继续又说，县里几个大人物夸赞我，说我不是只做小买卖的生意人，以后肯定能干出大名堂。大人物这番话说出去，来酒吧的人越发多起来，谁都知道我是个热心人，心情烦的，找我解闷；跟老婆闹离婚的，找我诉苦；老公有外遇的，找我商量；生意上遭个灾赔个钱，找我借酒浇愁；连那些为提拔苦恼的，也跟我讨教身边那些关系，找个出路照顾，谁叫我是个热心肠呢。有些人知道我跟县里一群排场人交往深，就拿我当引路人，说句玩笑话，我也真成了你们常说的人民公仆。

阿娇说到这里，咯咯笑着，那张脸，越加狐媚好看。

梁英俊看着阿娇，心痒难挠，满身虱子，满身跳蚤，哪个男人见美人不是心痒难挠？阿娇三十出头，性感狐媚，俏丽花哨，身后男人能有一个团，老中青三代，有钱的，有权的，有貌的，有才的，各个领域都占全。她自己呢，身世是个谜，婚姻状况是个谜，整个一个谜中谜。

男人喜欢探秘，喜欢探索未知领域，梁英俊就想探秘，想探究阿娇身上究竟有多少秘密？阿娇究竟有几个知她疼她的好兄弟？阿娇喜欢什么样的兄弟？一个男人，如何博得阿娇欢喜？

梁英俊正想着这些问题，思想上那根棒，却开始不停敲打他，那根棒警告他，要牢记老婆“接触美人”那段话，对待阿娇要端正态度，不能有任何念想。

阿娇身子朝梁英俊靠过去，梁英俊急忙朝墙角躲一躲。

先前跟美人没有这般靠近，他还不习惯。

听县里人说，所长平日里不去酒吧，说进酒吧的没几个干净人。所长咋能这样说呢，我这酒吧，不同于别的酒吧，来酒吧的人都是有档次有身份的人，都是县里的排场人，这些人平时压力大，进酒吧喝点儿酒，说几句调情的话，也是宣泄苦闷的一种方法。在这里跟所长说句吹牛话，我也是心灵治疗师，跟那些心理医生相比，甚至技高一筹。先前来个大人物说我是啥？巾帼建功标兵，借用酒吧这样一个小实体，为县里办了不少实实在在的大事情。上面检查团来酒吧喝咱县里的黄酒，人家说，没想到小县城做的黄酒，味道不次于干红葡萄酒。上面大人物一开口，县里黄酒就宣传到省城，县里头号人物跟我说，以后叫我做咱县的形象代言人，肯定能带动县里经济发展。所长听我这一番话，是不是观念改变点儿了？

阿娇的话远在梁英俊意料之外，一个从山窝里走出来的小丫头，单枪匹马，单打独斗，愣是在县城打赢一场人生翻身仗。真不容易，真是自强不息的好典型，从外表到心灵无可挑剔。先前想着跟人家接触，会不会带来麻烦是非，现在看真是杞人忧天，不自量力，也不想想人家的实力，跟人家接触，只能增加你的名气。

县里排场人，谁不是人家的朋友知己，谁不来人家酒吧消费，排场人来酒吧，没有别的目的，就是为了缓解精神压力，免得心理出现问题。阿娇帮助多少人解决心理问题呢？肯定不计其数。

人家阿娇经营的酒吧不能称为酒吧，应该称为县里经济振兴的基地，人家阿娇算得上县里经济建设好标兵，酒吧装饰得跟个小皇宫似的，人也跟个皇宫里的贵妃娘娘一样，美得叫人一见钟情，还不说那本事那能耐，可以撵上英国前首相撒切尔夫人了，真叫人佩服，叫人羡慕，人家是才貌双全、德才兼备的形象大使。

梁英俊说，这哪是观念改变了，简直是思想上来了一次大洗礼、大扫荡。先前不知道，辖区里隐藏个人民的好公仆，以后有事尽管说，能帮忙的义不容辞。

阿娇樱桃小口笑起来，身子朝梁英俊蹭一蹭，斟上酒，拿起酒杯碰两下，小嘴一抿，又一抿，抿三下，杯里酒见底，那张脸越发红润好看，那神态，那表情，做足了女人的狐媚样，真真是回眸一笑百媚生。

阿娇催梁英俊将酒喝下，梁英俊一口见底儿，放下酒杯，这一杯，似乎喝得更顺畅，又似乎喝了一杯迷魂汤。阿娇牢牢盯着他，只盯得他魂散了，神没了，阿娇皮薄肉嫩，吃一口敢不敢？

大胆！一个派出所长，哪能想咋样就咋样，就不想想那样做，会有啥下场？不说组织，不说党，单说老婆，会不会对你剖腹开膛？

梁英俊看着阿娇发瘾症，犹豫不决，动荡不定，不敢轻举妄动。阿娇瞧着他，不能说瞧，而是深情凝视，这一凝视，叫梁英俊心里波涛汹涌。男人呀，你的名字是女人！梁英俊被阿娇的花容月貌深深打动，迷迷瞪瞪，精神恍惚，神志不清，再一次陷入情网之中。

阿娇真是个长袖善舞、多钱善贾的女人，跟梁英俊说着，眼神时不时向梁英俊抛撒，抛撒格式不断变化，一会儿挤一下左眼，一会儿闪一下右眼，这种抛撒明显带着挑逗。再一会儿不挤眼，只转眼，眼珠子来回转，来回闪烁。还有一种，眼睛与表情相互搭配，嘴巴与眼睛相互协调，眯一下眼，勾一下眼，斜一下眼，瞥一下眼，抛撒的方式千变万化。湍河的水呀，急急忙忙地涨，涨到梁英俊的胸口上，梁英俊在水里翻筋斗，不行，要乘舟，快淹死了。

男人跟女人，一个舟上行风云，双飞双栖，鸳鸯戏水，向酒吧这些男女学习，好雨知时节，好汉把握时机，借着酒吧好地方，跟美人来个亲密无间，情意缠绵又如何？

梁英俊真想跟阿娇来个回合，谁不想？艳福送跟前，谁能拒绝？真拒绝也是没办法，内部环境、外部条件不允许，要是允许，谁都会争先恐后做皇帝，妻妾成群，美女如云。

五魁首呀六六顺，喝他个七七四十九，再喝个八九不离十，甜言蜜语诉温情，男欢女爱真自在。好一个天造地设的外部条件，好一个心急如焚的多情男人。世界如此美好，我却如此烦恼，不好，不好，要跟世界配套。

阿娇朝梁英俊挪一挪，轻声说，这些天是不是为评比竞赛心里烦，说来咋就那么笨，得个极品三连冠，也真是丢你那个家族的脸，丢红二代的脸呀！可不是我故意说难听话，话越难听，才越真实，好听话八成是假话，所长说是不是？

阿娇那张脸娇艳欲滴，那双眼回来荡去，梁英俊哪跟女人这般零距离亲密接近过？阿娇胸脯前那对小扣碗，跟着身体来回摇摆，脸蛋不知涂了粉还是抹了霜，白皙透红。五官标致，显露出女人爱美的天性，通体难找到一点儿瑕疵。阿娇冲梁英俊笑，笑里带着三分诱惑，三分淫荡，三分柔情，另有一分伪装。

梁英俊活半辈子，基于家族及单位谆谆教诲，基于老婆软硬兼施，从不敢跟女人亲密接触，更不要说对女人动一点儿私心杂念了。阿娇跟他身子挨着身子，肩膀碰着肩膀，他往窗前凑一凑，阿娇往他身边挪一挪，跟他擦着，磨着，凑着，碰着，梁英俊把握了又把握，动心了又动心，还是按捺不住心头滋生出来的甜蜜感情，训练有素的思想在这一刻将要土崩瓦解，多年培养出来的意志，在这一刻几乎荡然无存。

今天是自由人，自由身，自由心。梁英俊从心里强调今天“三自由”的身份。

女人如此这般，咋能独来独往？是不是心里有偶像，是不是正在寻觅如意郎？人家那标准有多高？人家那尺寸要多长？人家嫁不嫁二婚汉？人家要不要已婚男？梁英俊这样想，那样想，颠三倒四反复想，想着阿娇为啥要对他这样？女人独身，想咋样就咋样，愿意咋样就咋样，只是这艳福，咋就叫他梁英俊遇上？他想象着，充满无数想象。

阿娇跟他眉眼调情，梁英俊面上无动于衷，心里热浪翻腾。阿娇又不是对他动手动脚，眉眼调情不为过，就是阿娇主动投怀送抱，跟他动手动脚，他梁英俊也决不拒绝，从证据上说，他没有动手动脚。梁英俊想着老婆“接触美人”那段话。

阿娇朝梁英俊努一努红溜溜的小嘴巴，那意思，不用说梁英俊也猜得很清楚。梁英俊虽然猜得很清楚，却不知道此时此刻该咋行动。跟女人交往的事，梁英俊真没琢磨过，美人向他发起猛烈进攻，梁英俊却没有充分思想准备，傻傻看着，笨手笨脚。奶奶的，这美人哪是人，分明是小狐狸，小妖精，聊斋故事里的狐狸精，哪个男人不喜欢狐狸精？

阿娇再努一努那张嘴，这一次，比先前露骨些，那小嘴分明等着盖个印，上个封，梁英俊神志错乱了，一场情爱剧马上就要上演。

梁英俊朝远处看一眼，是不是有熟人？这一看，看见墙壁上的一幅画，那幅画是梁英俊老婆最喜欢的画，看着画，梁英俊突然感觉那是老婆在朝他张牙舞爪。

真悬，差点儿掉下悬崖！多亏这幅画救了他，要不是眼前这幅画，他跟阿娇差点儿做点儿啥，究竟做啥？笨蛋也明白俩人想做啥，要是真做了，会不会传到老婆耳中？老婆会不会跟他来个快刀斩乱麻，一刀结束他的小命？

要自律，要自制，要自醒，发扬“三自”精神，紧要关头想一想革命先烈地下党，人家跟女人一个床头搞革命，只搞革命，不搞男女方面的那些事情。你梁英俊想想，要是敢那样去做，老婆言必行，行必果，那个果，就是当年打土豪分田地，地主恶霸统统枪毙。

阿娇见梁英俊那张嘴压在酒杯上，没想着给她留个印，盖个戳，撩起狐媚眼睛说，我可是对所长有意见，要不是中意，早晨我是真不愿打这个电话。所长贵人多忘事，先前所长派人来酒吧查过，两年前的事，那会儿隔壁酒吧嫉妒我生意好，故意搞破坏，去所长跟前举报，说酒吧小妞跟客户有特殊关系，所长只听一面之词，叫人过来查小妞的身份证。所长想想，仅凭举报搞清查，这不是影响百姓生意，影响警民关系？酒吧在所长辖区，您是不是该起个保驾护航的作用。我想去所里找所长说明原因，可公安上和我有交情的朋友说，所长是个死筋蛋，家里有个恶婆娘，死筋蛋怕恶婆娘，不敢跟女人多接触，而且干部子弟都傲慢，不跟凡人打交道，所以我不能贸然去找，找不好弄巧成拙。

就我这酒吧的档次，县里除了排场人，还有谁有那个能力进酒吧消费？进酒吧的那群人都是县里有脸面的人，人家也是知道羞耻的，咋会跟服务员不干不净？唉，你瞧我这张嘴，就喜欢说实话。常言道，悟透不说透，还是好朋友，我跟所长不是朋友，也就敢说透，不怕所长生气。不过我说的是实话，所长不会生气，是不是？

阿娇说着，缓了口气，撇起红溜溜的樱桃嘴，继续说，人在社会上混就要活络点儿，所长你想想，能开这个规模这个档次的酒吧，也说明我精通人情世故，现今要是不精通人情世故，哪件事情能够干成？所长是干部子弟，不跟凡人搭话，这不是脱离群众是啥？派出所所长就该高人一等？干部子弟就不跟人民群众打成一片了吗？就该刁难群众，影响群众生意了吗？老百姓富裕了社会才能安定，所长就不明白这个道理？亏得所长还是标准的红二代，就没继承先辈优良传统！

阿娇那张小嘴巴，就像一对小雨刷，左边说梁英俊没有掌握人情世故，右边说梁英俊不懂得科技进步。现今进入啥时代？钞票不是万能的，有时候还需要信用卡的时代，警察叫 JC，花痴叫 HC，就连同志这一称呼，也成了男人爱男人。前几日报纸上刊登一则消息，克隆猪心脏也能换到人身上，看来人与动物以后也能做到心相通了。

梁英俊还真不知道克隆猪心脏也能用到人身上，听阿娇这么一说，他真担心起来，克隆猪心脏用到人身上，会不会起啥不良反应？人的脉搏一分钟跳动六十下左右属于正常，猪的脉搏一分钟跳多少？梁英俊没拉过猪蹄子号过脉，不知道究竟人跟猪的心跳是不是合拍。

见怪不怪其怪自败，习惯了所有的稀奇古怪，管他是与猪为伍，还是与狼共舞？但他梁英俊坚守一个原则，决不与狼共舞，与猪为伍，一定要坚守自己的阵地。

先前梁英俊只听说富二代、官二代、星二代，甭管啥二代，都是令人羡慕的新生代，今天他从中意跟阿娇嘴里，头一次听说还有个红二代。梁英俊在革命家庭里长大成人，接受红色教育，从小跟着长辈吃苦受罪，别人能吃一份粥，他却只吃一碗糠。那个年代哪有什么官本位、钱本位，肚子饱了才本位，根本没有谁去划分啥二代，都是共产主义事业的接班人。

阿娇说，中央首长常下基层走访群众，关注民生，电视新闻上常有那些画面，首长走进农民家里，跟农民坐在一个饭桌上，和蔼地握住农民的手，问吃得可好，住得可好，家里有没有积蓄，孩子上学没有，上班没有，挣钱没有？农民笑眯眯地说，感谢国家政策好，给老百姓带来实惠，粮仓满了，腰包鼓了，日子越过越红火。瞧瞧，中央首长都跟人民群众打成一片，进农家门，吃农家饭。所长不能跟人民群众打成一片，往严重处说是官僚作风。

俺一个县城派出所所长，你这样说太抬举我了，咱连给地方首长提鞋的机会都没有，哪见过啥中央首长，哥我不是奥特曼，哥我是特傲慢，跟不上时代发展。梁英俊说。

说得也是，一个县城派出所所长连个官都算不上，连上纲上线的资格都没有。阿娇接着说，现今全国上下搞经济，县领导鼓励我们将酒吧做强做大，吸引外资，引进外援，最好引来外市客人，省城客人，外省客人，外国客人。我挣的钱多啦，也体现县里经济繁荣；县里经济繁荣，省城跟着繁荣，就好比蛋孵鸡，鸡生蛋，繁荣带动一大片。不说我境界高不高，起码我看得远，目光不是停留在酒吧里，而是放在县里经济腾飞上。

这几天，县里响应上级号召，正在搞城中村改造，听县里一些人物说，改造后的县城，瓦房统统滚蛋，土墙统统推翻，连那个土城墙也不能幸免，新的县城要体现经济发展带来的繁荣景观，高楼林立，马路宽敞，猛一看，就是首都北京的缩小版。

我跟那些大人物表态，明年继续扩大规模，建一个五星级的酒吧，让进来的人不愿出去，来过的人流连忘返，让酒吧摆脱小县城束缚，进入大城市行列，将县城的特色在酒吧里发扬光大，让古老的县城焕发出勃然生机，就是老外过来，也要叫他们卷着舌头说，真好，真好！

大人物们听了我这一番话，个个夸我从山窝里出来，思想这般超前，眼界那般开阔，时刻想着为县里增光添彩，以后肯定有好发展，挂个政协委员啥的，献言献策，能为国家建设作贡献。瞧瞧，我一个酒吧小老板，比所长认识到位吧。

梁英俊被阿娇这番振奋人心的话感染了，思忖着人家境界咋就那么高，人家眼界咋就那么宽，人家没留洋，比留洋派见多识广，人家没进过大学堂，肚子里装满了真知灼见，他梁英俊咋能凭感觉看人，闻香识人，置人家的能耐于不顾，小瞧人家的本事能量？

阿娇何许人也？县里有名的美女，人精，从农民一步一步混成县里排场人，从服务员一步一步混成酒吧老板，仅凭这点，就说明人家阿娇能量无限。在你梁英俊辖区开酒吧，你梁英俊不说有事没事常光顾，常照应，还把人家得罪了。得罪阿娇这样一个美人，人尖子，能有你梁英俊啥好果子吃？多亏阿娇不是个好事人，要是碰上个好事人，把小事做成大文章，说你梁英俊无故查酒吧，为吃拿卡要找理由，为敲诈勒索找借口。阿娇要是动心思，动真格，凑成一篇揭发稿，投递报社，再弄到网络上，不明真相的网民一跟帖，那后果……真是不堪设想！

先前梁英俊认定娱乐场所无大事，都是鸡毛蒜皮的小事情，由包片民警解决就足够了，他很少过问。没想到小事情处理不好照样得罪人，得罪一个人不要紧，但一个人身后往往站着一群人。

梁英俊针对阿娇说的那些人情世故，开始理论联系实际，自我反思，试图找出症结所在。就因为自己是个死筋蛋，平时拉着脸，瞪着眼，虽说血是热的，心是软的，行为是直的，谈吐是真的，对党的感情也是经得起考验的，却因场合不对，环境不对，形式不对，说话不注意方法手段，总是导致结果适得其反。先前就有这样一个活生生的例子。

一对小夫妻在街上吵架，一不是治安案件，二不是刑事案件，三没有违法违纪，小地方这类大街上掂盆子摔罐的夫妻多得是，偏偏他梁英俊见了女人受欺愤愤不平，当着众人将男人训斥得脸红脖子粗，造成的结果是，女人觉着他在众人跟前要威风，男人觉着他多管闲事，结果夫妻俩和好，矛头一齐对着他梁英俊。男的之前在报上写过豆腐块，这次找到个卖弄的机会，搞个顺口溜，大意是梁英俊不务正业，夫妻吵架不犯法，管来管去管的算个啥，最后一句变成山东快书的形式，带节奏地说，算个啥！那段日子，顺口溜在县里可谓人人皆知，后来传到局里，局领导都知道了这顺口溜，主管局长找梁英俊问怎么回事，梁英俊只说自己贱，弄得再没人问这件事。

难怪人家说他是个死筋蛋，跟人民群众打成一片只放在心里哪成呢，要从嘴巴上、表情上显露出来，叫人民群众知道你是个亲民爱民的好警察才行。阿娇说。

阿娇伏笔打好，开始说到正题。中意想在那块地上搞农庄，我跟他说，所长不会参与，顶多出面帮忙，就是帮忙也不能说让所长参股入股分红，警察不允许参与这事。中意年少无知，虽说我也时常引导，传经送典，可总有疏漏的地方，所长多担待。中意刚才打电话说所长同意帮忙建农庄，催我过来陪所长喝几盅，中意无依无靠，也算是所长的一个帮扶对象，所长又跟他老子有交情，要是帮扶成个千万户，所长可要名扬天下啦。我知道所长不是为钱，是为响应县里号召，这点不用解释大家都明白，有时候越解释越解释不清。

我真不是……梁英俊话说一半。

别解释，我信，我真信。阿娇说她知道梁英俊不是那样的人。

哪样的人？梁英俊心里起疙瘩，先前也是应付中意才说帮忙之类的话，土地的事需要八面玲珑的活络人，梁英俊哪有这能耐？当时说那些话是为了安慰中意，这会儿经阿娇一说，梁英俊心里生出顾虑，阿娇这张嘴要是说出去，说他梁英俊做后台，叫小青年在耕地上开农庄，县里人传人，传他梁英俊搞房地产，这还了得？

不行，要说清楚，免得以后说不清楚。梁英俊急忙解释，现今能弄到地的那些人，懂得里面的套路，跟各类有关系的人打得热火朝天，他对那路子一窍不通，帮不上忙。

阿娇急忙去捂他的嘴，那只手香喷喷的，软绵绵的，捂在嘴上暖融融的，阿娇轻轻跟他说，今天就只是想约所长出来散散心，那件事是中意随口问，随口说，跟所长说个亮底儿话，中意也是想拿所长的名气掩护一下。我跟县里的几个排场人物沟通过，跟省里的有关人物也接触过，人家已经答复，说以后帮我解决。我是怕县里那些长舌妇们议论我，说我跟人家如何如何，要不人家凭啥帮我？我叫中意找你，是想着所长的家族在县里名望高，在外人跟前说找所长帮忙解决，不会有人说我跟所长如何如何。一个女人没丈夫，容易引起许多女人嫉妒，县里那些长舌妇说起我阿娇，一口一个小荡妇，她们说我勾引她们的丈夫，弄得那些男人身在曹营心在汉，跟她们貌合神离，同床异梦。她们哪里知道，我阿娇虽说孤苦伶仃，无依无靠，却也是清白一身，洁身自好，哪能随便跟哪个男人说好就好？三十来岁没丈夫，也是件叫我伤心的事，谁不想有个依靠有个家？想必所长能理解我，女人江湖混，不能做光棍。

阿娇说得悲悲切切，泪眼蒙蒙。梁英俊怜香惜玉，无限同情，这些话是阿娇发自肺腑的话，女人美如花，谁都想怜惜她，帮助她，自然引来闲话。

阿娇接着说，你也明白这世道，有背景干啥都好说，没背景，干出点儿啥，人家都要说闲话。我也是把所长当自家人，才说这些知根知底的话，你跟中意的老爸是文友，说你帮的忙，没人说闲话。这件事说到这份儿上，也是打开天窗说亮话，你知我知，到此为止。人活着都不容易，相互理解一下，我可不是拿所长当冤大头，而是因为相信所长，才借所长的名望用一下。看我这张嘴，又扯到事上，好了，好了，不说事，说喝酒，来酒吧就为喝酒开心。

阿娇话里的意思，梁英俊完全明白。阿娇真是会办事，不显山不露水，啥事都做得滴水不漏，真叫人佩服。

阿娇的身子像个软面条，在梁英俊肩上歪几歪，靠几靠，那意思，梁英俊能不明白？梁英俊是个稀屎胆，喝酒能壮胆，梁英俊自斟自饮，为自己壮胆，在酒精作用下，明知山有虎，偏向虎山行。

阿娇见梁英俊开始积极行动，便频频向梁英俊传递秋波。俩人目光相遇，擦出火花几束，梁英俊在这一刻忘记组织忘记党，忘记老婆“接触美人”那段话，激情在燃烧，肉体在萌动，他控制不住，也不想控制。他想，先前哪单独来过酒吧？哪有机会跟美人单独接触？这么好的外部环境，是不是该利用利用？

第五章

梁英俊确实是个稀屎胆，想干坏事的瞬间，还是忍不住朝四下扫了一圈，看有没有熟人，会不会叫人看见？这一扫，看见的不是先前老婆喜欢的那幅画，而是一张熟悉的面孔正望着他。那是他先前的邻居，两年前做生意发了财，离开了梁英俊住的小区搬进县里有名的豪宅。看见他着实叫梁英俊吓了一跳，被阿娇占据的大脑猛地一收缩，先前高涨的情绪彻底回落。

奶奶的，这还了得，坏消息是有翅膀的。梁英俊受惊吓不小，多亏留意看了一眼，不然要闹出大事来。

这个邻居见梁英俊盯着他，也乱了分寸，将身边女孩儿的胳膊拉开，女孩儿不明原因，重新挽起。梁英俊暗笑，稳住情绪，正儿八经地跟对方打招呼，对方一脸尴尬，拨弄着女孩儿的胳膊，女孩儿牢牢握着不放手，邻居把头扭过去，不再看梁英俊。

梁英俊在心里骂道，有点儿钱就搞婚外恋，自己搞婚外恋不算，还要破坏别人的好事。

梁英俊转念又一想，都是男人，凭啥他能搞婚外恋，我梁英俊就不能？啥，他有钱，有钱就能搞婚外恋？梁英俊看着邻居那张脸，先前见他带着老婆，俩人咋就没有这般热情似火呢？

中意跟服务员调着情，像变魔术一样从口袋里掏出一枚亮闪闪的戒指递给服务员，服务员兴奋地戴在中指上，来回晃动欣赏。中意跟服务员说，这可是钻戒，美人儿，以后可要听话，只伺候我，明白了吗？服务员说，玻璃的，你以为我傻了，拿这来蒙我，我手头这类东西多着呢，才不缺这一个。服务员从指头上取下来放进口袋里，从中意身边走开。

阿娇那双机灵的眼，看一下梁英俊，又朝梁英俊那个邻居看了一眼，很快明白梁英俊一热一冷为哪般。她故意抬高嗓音，哼着那首《纤夫的爱》："小妹妹我坐船头，哥哥你在岸上走，我俩的情，我俩的爱，在纤绳上荡悠悠，荡悠悠……"

阿娇唱着，朝梁英俊露着动人的笑。梁英俊很快明白阿娇唱歌为哪般，再看邻居一眼，俩人四目相对，邻居似乎明白梁英俊心思，也似乎想成全他的心愿，于是带着女孩儿离开了酒吧。

男人的心是相通的，男人的感觉千真万确，男人在偷腥时的智商仅次于爱因斯坦，男人在恋爱时，智商赶得上居里夫人，男人被女人诱惑时，智商跟女人恋爱时一个等级，零。

智商为零的梁英俊，被动地接受着阿娇的挑逗。

先前邻居在跟前，俩人控制着感情，这会儿邻居离开了，俩人感情的火花又迸发出来。阿娇哼着《纤夫的爱》，跟梁英俊说，她唱女的他接男的，酒吧里这会儿全是酒鬼，低声唱，谁也听不出来。

阿娇压着梁英俊的肩膀，叫他唱那首《纤夫的爱》，梁英俊不想唱，却也不想叫阿娇失望，于是低低地哼着"荡悠悠，荡悠悠"。阿娇将杯里斟上酒，俩人在酒杯里荡悠悠，你唱我哼荡悠悠，心与心共同荡悠悠，阿娇的身子荡悠悠，荡悠悠到梁英俊的肩头，梁英俊身子荡悠悠，荡悠悠到墙角里头。他在想一个严峻的问题，跟阿娇这般荡悠悠，来个精神享受就很满足了，不能荡着荡着，俩人荡到一起。要是荡到了一起，谁敢保证不出问题？

阿娇见梁英俊对她似乎没有那层意思，也似乎有一点儿，又似乎不敢有，便问他，你是不是觉着酒吧不干净？是不是活到今天，头一次跟老婆以外的女人亲密接触？

梁英俊说，也真是人生第一次，先前进酒吧都是几个兄弟相陪，男人喝醉了容易出事，也容易叫人抓话柄子，老婆管得严，久而久之养成习惯，不敢跟女人单独见面。

是怕谁跟你老婆说，回家老婆找你算账吧。你老婆担心你在外边久了，学会享受生活甩了她。女人哪能这么自私，我可知道，你老婆常去足疗按摩，不是我挑拨离间，我在酒吧也碰见过她，跟一群男人称兄道弟，活得很滋润。阿娇那语气，分明是在为梁英俊打抱不平。

阿娇这番话说到了梁英俊心窝里，但梁英俊也微微有些不快，自己老婆的不是，由自己说出来是一回事，由别人说出来是另一回事。对老婆的不满，说到底是人民内部矛盾，不能叫外人看出来。

阿娇说，要是从工作角度看，不进酒吧咋能深入基层？不深入基层了解问题，咋能处理问题解决问题？要是往严重处说，就是不关心百姓疾苦，脱离警民鱼水情。你也知道，现今看个病医院要熟人，上个学学校要熟人，就连那街头小摊小贩，也千方百计联络城管、工商、税务各个部门，就为有个照顾。话说回来，人在市面上混，相互帮忙总是好事，这件事你帮我，说不准哪件事我帮你。酒吧跟警察的关系，就是红花跟绿叶的关系，警察是花，酒吧是叶，花离不开叶，叶离不开花，花蔫了叶必然枯萎，叶落了花还能悬着？那都是违背自然规律的。

阿娇为梁英俊斟了半杯酒，自己倒上半杯，拿起杯子说，来，你也是咱县里的官大哥，我心里敬佩你，今天多喝几杯，不管咋说，我也把你当作自家人，啥话也明着跟你说，自打见了你，我就觉着感情上和你走得近，想跟你有另一种称呼，不知道你愿不愿意？不是你老婆跟别的男人那样称呼老兄老弟，那种称呼太俗气，我这个称呼，包含着许多含义。阿娇说着，脸上带着几分神秘。

另一种称呼？这勾起梁英俊的强烈好奇。

喝完这杯酒再说。阿娇说。

中意见插不上腔，又把注意力转移到新来的服务员身上，他伸手拉女孩儿，女孩儿故意回避，中意索性站起来，跟女孩儿一句一个玩笑聊起来，女孩儿扭捏地回应着，俩人越聊越欢喜。

梁英俊寻思另一种称呼能是哪种称呼？喝完这杯，就知道是哪种称呼了，梁英俊心急地喝起。

阿娇没急着说，又斟上酒。梁英俊心急，又不便问，怕人家阿娇笑话他猴急。

他心里猜测，会是哪类称呼？男女间的称呼除了同志、朋友、兄弟、姐妹、哥们儿，就是老婆常说的那句老兄老弟，还有新近县里对偷情男女的称呼是地下游击队、地道战。他跟阿娇，不是暧昧关系，不是情人关系，不是朋友关系，不是异性知己，梁英俊想不出另一种称呼究竟是哪种称呼。

来，再喝一杯，这种称呼不是针对所有人，而是只称呼您的。阿娇轻声说。

我有啥特别？梁英俊心里一阵慌乱。

哎哟，这你就不懂了，称呼不能乱，乱了就分不出谁远谁近了。阿娇说着，举起纤纤玉手。那双手真美，跟那张脸相呼应，女人有一双纤细光滑的手，表明女人有一颗细腻敏感的心。那双手握着高脚杯，杯里酒慢慢流入嘴里，阿娇放下杯子，梁英俊急忙把酒喝起。

阿娇凑到梁英俊耳边，轻声道，我称呼你情哥哥，你看如何？

梁英俊那张脸一下子红到耳根子里。

阿娇柔声叫着情哥哥，叫得那样甜，那样酸，那样撩人心弦。阿娇说，情哥哥太不懂人情世故，妹子跟你说一说，走向胜利的方针路线。

阿娇说几句话，叫一声情哥哥，那声情哥哥，梁英俊先听时心慌意乱，不能自持，听几遍后，不是惊恐，是迷惑。

他跟酒吧小老板，不是恋人，不是情人，没有任何不正当的男女关系，她咋能这样称呼自己？要是叫哥还说得过去，哥这一称呼是统称，听上去就是平常的男女关系，没有太深含义，可情哥哥，是在正常男女关系上进一步，就是不正常的男女关系，要是叫外人听见，这可咋办？要是叫老婆知道，从字面上理解，就能理解出个前因后果，老婆肯定认为是他对阿娇动手动脚，实体操作。如此一来，老婆“接触美人”那段话，就要在他的身上操刀运作，到最后，命悬一线，生死难说。

梁英俊说，还是叫哥吧，哥听起来更合适。

阿娇说，我这个情哥哥不是通常意义上的情哥哥，是有情有义的大哥的简称，总不能见你叫一声有情有义的大哥吧。这样叫，没有别的意思，就想叫你知道，我俩今天这一聊，聊得心近了，人醉了，俩人心心相印了，这个称呼，只限你我。

梁英俊被阿娇那股执着劲感动了，阿娇真是个懂得男人心思的好女人，对待男人，说话轻飘飘的，温柔得叫人心生怜悯，说起单身的自己如何干事业，如何闯天下，如何结交要人，如何进入上层社会，又让梁英俊这个红色后代深感惭愧。

人家是见啥人说啥话，跟人说人话，见鬼说鬼话。人家那些话，只说得男人们愿意为她鞠躬尽瘁，女人们愿意为她肝脑涂地，人家通过一张嘴玩转了天地人间，玩转了人际关系，玩出一片蓝天、一泓清潭、一帘幽梦、一座山峦，玩出美丽人生、完美画卷。她情哥哥、情哥哥地叫着，叫得梁英俊心驰神往，迷恋陶醉。他愿为阿娇鞠躬尽瘁，肝脑涂地。美酒飘香，朋友干杯，啥能敌得过这浓厚的情谊？

阿娇再斟酒，端杯子，说道，情哥哥，我俩干一杯。

梁英俊还在想这称呼是不是不妥当，要是叫人知道，还以为……梁英俊想到这个称呼的后续影响，万一传到别人耳朵里？万一传到老婆耳朵里？他梁英俊被一个单身美人称呼为情哥哥，谁能相信，俩人是纯洁的男女关系？

梁英俊跟阿娇发展到眼前这么个状态，真是出乎他的意料。凭着他的地位，他的年龄，他的长相，他的才能，顶多跟人家阿娇喝场酒，聊一聊人生的发展轨迹，然后拍屁股走人，谁也不认识谁。

哪承想他梁英俊一下子成了项羽，阿娇就是他的虞姬，对他情深深雨蒙蒙，这还得了？四十五年来，他梁英俊是个循规蹈矩之人，他咋能享受这样的风景？眼见这动手动脚、实体操作由阿娇践行运作，虽说不是他梁英俊主动去做，却也是相互配合达到的结果，老婆若是知道，能饶得了他？

哎哟，想哪儿啦，别往歪处想，都啥年代啦，思想还往歪处想，男人跟女人，不一定就是混的关系，可能是最最纯洁的朋友关系。看你老婆把你管成啥了，跟个植物人没啥两样，可如何与时俱进？阿娇看出了梁英俊的心思，说道，不瞒你说，我可不是利用你，我已打点好啦，下半年就是个政协委员，哪天也撵上你那个妹夫，成了政协常委。我可是有远大志向的人，思想上也在不断向上，可不比一般的酒吧老板娘，就知道把钱塞布袋里，没理想没抱负，我可是道路越走越宽广呢。我是念你人品好，家境好，跟你做个好朋友，身份档次跟着提高，也是处于敬重才这样叫你，换成那些二流子、小混混，就是手头有几个臭钱，我也不屑看他们哩。现今有几个糊涂人，若糊涂，也是装糊涂，明白人吃白馍，装糊涂的吃肉包，真糊涂，连个馊馒头都没得吃。

阿娇关切地为梁英俊拿个饼子，从中间分开，将肉夹进去，饼子合起来，递到梁英俊手里，说道，喝酒吃肉，饼子吸酒，喝半斤八两不伤肝胃不上头。

梁英俊这些日子为评比竞赛的事累得晕头晕脑，心里无限烦躁，这会儿得到阿娇无微不至的关怀，加上阿娇一句一个情哥哥叫他，他嘴上说这样叫着不妥，可心里多少也有些欢喜。

男人痛苦烦恼的时候，得到女人关怀，最是叫男人感激涕零的。阿娇闪动着美丽的眼睛，娇柔的身子在梁英俊跟前蛇一样地摆动，叫梁英俊感激的同时生出几多温情。一个美丽女人，无缘无故在他失意的时候，邀他出来散心，他正在尽情享受，真是艳福。

男人倒霉的时候，需要女人的帮助，需要体贴温柔，老婆将他赶出家门，阿娇就是他天上掉下的林妹妹；老婆对他横眉冷对，阿娇就是党的光辉照我心。

俩人碰杯喝酒，喝酒碰杯，从酒里得到释怀。阿娇的身体半靠在梁英俊身上，酒叫她变得面如桃花，叫她更加千娇百媚，也叫她将同情之心、女人美德发挥得淋漓尽致。

此情此景，叫他梁英俊怎能无动于衷？先前只想着跟阿娇喝个小酒，欣赏一下美景，这会儿突然产生冲动，欣赏美景哪能胜过身临其境？先前只想着死筋蛋吃剩馒头就不错了，没想到那是他低估了自己，死筋蛋也能吃油条，党的光辉照我心，照得心里暖洋洋。

阿娇倚着梁英俊，斟上最后一杯酒，将梁英俊肩膀当成小枕头，时不时看一眼梁英俊，那双眼睛似乎在说，吃口野味补一补？

梁英俊害怕起来，先前没吃过野味，他不知道野味吃了会不会中毒？中毒了会不会一命呜呼？他不敢想，要是大补，烧心烂肺，烧得五马分尸，面目全非咋办？如何见他的家人，见他的同事？

阿娇倚着梁英俊，也许是醉了，女人喝醉，毫不虚伪，啥情话都能说得流利，她说着明明白白我的心，月亮代表我的心，你可知道我的心，你是谁？谁的眼泪在飞？

梁英俊像是半醉，更像是为阿娇深深陶醉，大脑在酒精的驱使下飘然迷失，思维在阿娇引导下左右摇摆，身体在阿娇诱惑中暗香浮动，纤绳拴着他荡悠悠，他怪这纤绳咋跟铁锁链似的，勒得他窒息不能动弹。

阿娇靠在他身上，那只手碰上他的命根子，也就是一扫而过的事，他感觉身体中弹，大脑一片空白，他是活着，还是已经死去？

那碰触，顶多几秒，这几秒，对梁英俊来说却是他半生没有经历过的碰触，他害怕紧张到了极点，心里却也隐隐有那么一丝说不出的快感，这真是无以言表的人生瞬间，对他来说，极其珍贵，极其难得。这是老婆之外另一个女人的触摸，他多情地这样以为，真是他这辈子根本没想过的好事情，他根本没有预料到的好事情，甚至可以说是触目惊心的好事情。

他的心，在双重力量的撕扯下激烈跳动；他的脸，也在酒精与激情作用下，红得跟一串小辣椒似的；他的手在微微颤抖，他不知道是激动的缘故，还是害怕的缘故，或许两种因素并存，他紧张地想，这小老板是故意碰他，还是无意碰着？要是故意，她想对他如何？要是如何了，他该如何？

他处在慌乱之下，迷惑之中，阿娇柔软的手攥住他颤抖的手，两只手攥一起。他被稳稳抓住，她要干什么？他愣愣看着，呆呆等着，是不是有啥好事在等他？

他的手被阿娇牢牢掌握，触摸到阿娇光滑的颈部，先前是一扫而过的碰触，眼下是实体与实体的接触，他看见阿娇衣裙里一对唐三彩小扣碗，这对小扣碗跟老婆那对不一样，老婆长着女人的物件，阿娇长着艺术品，观赏物，差异多大呀。

梁英俊看着那对隆起的小扣碗，小扣碗就是从土里挖出来的唐三彩，一件精湛的艺术品，艺术品供大众欣赏，他敢不敢欣赏？能不能欣赏？这也是梁英俊思索的事，又是他无法思索的事，也是他思索不清的事，他是被动的。

说来奇怪，他虽是被动的，心里却觉着这是一个多么美好的被动啊。被动地快乐，被动地幸福，被动地跟一个美人言欢，被动地享受女人的温情，这真是一个被动的艳福，在被动中接受生活的恩赐，他真是个幸福男人。这会儿，梁英俊认定他是这个世上最最幸运的男人，人家都是被动地痛苦，他却是被动地幸福，简直比古时候的皇帝都幸福。

阿娇拉着梁英俊那只手，鼓励他向下缓缓滑动，小扣碗近在咫尺。梁英俊偷窥一眼，那是一对丰满的小扣碗，多么吸引人的小扣碗，就像成熟的稻穗，沉甸甸地低着头，等待人收割。他想收割，丰收的果实捧在手里，该是多么令人心驰神往的事。这会儿什么意志，什么防线与堡垒，全被那对小扣碗排挤在外。

起先梁英俊只是被动地朝小扣碗移动，这会儿却是主动地想在小扣碗上动一动心思，将沉甸甸的稻穗扶起来。再往下更美妙，小扣碗里装满水，喝酒的人需要喝水，他早就渴了，口干舌燥，心底冒火，他想喝水……

梁英俊陷入美好的想象里，先前拥有的积极向上的思想，被喝水这一愿望取代，他想象着碗里的水，那感觉，那滋味，好甜的水，好滋润的水啊……梁英俊想象着，想象着……水要溢出了，他只要捧起碗，水就能送到他嘴里……那水，好滋润啊，喝酒的人怎能不喝水呢？真渴啊……

突然，他听到嘭的一声，那一声将他所有的想象全部粉碎，那一声，叫他嘴边的水洒了一地，那一声，活生生打断了他产生的欲望、念想、渴盼，他看见一个瓦盆掉在地上。中意大声斥责着，看你是个美人坯，其实是个蜘蛛精。

谁是蜘蛛精？梁英俊看中意，那双手本能地离开了触手可及的小扣碗。

中意是冲着对面的女孩儿说的话，女孩儿恼怒地瞪着中意，两人对峙互不相让。破罐破摔，跟中意对峙的女孩儿轻蔑地说，说完她走过去拿扫把，弯腰清扫地面上的残渣剩骸，中意看着女孩儿的背影叫了声“蜘蛛精”。

梁英俊想起母亲骂他破罐破摔，是不是老天爷提醒他不要破罐破摔？梁英俊幡然醒悟，急忙抽回手。阿娇惊讶地看他，那眼神叫他想起《西游记》里的蜘蛛精，也是这般妩媚动人，也是这般善解人意，也是这般叫人眼花缭乱，梁英俊也想起，蜘蛛精的目的是吃唐僧肉。

啥玩意儿？阿娇恼怒地说。

啥玩意儿？梁英俊诧异地问。

假正经，难怪都说你死筋蛋。阿娇说。

对不起，这，是我第一次，这样……要不，再试试……梁英俊语无伦次，竟脱口说出这样的话。

若是叫单位领导知道梁英俊跟阿娇说这句话，轻一点儿的，做个免职处理，再弄一篇警示文章，作为反面教材，全局人手一册，警钟长鸣。要是往严重方面处理，组织上会说他玷污人民警察形象，不配做警察，随之将他清退。

若是叫同事知道他跟阿娇说的那句话，会耻笑他梁英俊情商是零，连男女间这些事也带上自身个性缺陷，让社会上的女人瞧不起警察，骂警察笨蛋无能。

若是叫老婆知道，他很快就会变成老婆手心里蒸发的汗珠子。

若是叫父母、兄妹、七大姑八大姨知道……梁英俊不敢往下想，混沌的大脑彻底清醒，阿娇整个身子离开他，一脸怒气，横眉冷对。

他从心里骂自己，下流坯子，没有一点儿自制力，见了美人啥都忘记了，就不怕老婆一刀宰了你？真是偷鸡不成蚀把米；黄鼠狼给鸡拜年，对人家阿娇没安好心；癞蛤蟆想吃天鹅肉，想得真美；老虎头上找虱子，胆子不小。难道你忘了你跟阿娇的关系，充其量就是警民关系，警民关系哪能这样没有规矩！你这些行为，换了早几年，就能定你个流氓罪，再给你戴个高帽子，帽子上写打倒流氓梁英俊，拉到街上游街，人人都唾弃你。

也不看看你道行多深，能耐多大，竟想跟美人单独干啥，想学那些情场高手，跟美人来个云里雾里。跟美人云里雾里是人生之快事，是轻松惬意之事，是男人本能使然。哪想到，真正运用到实践中，竟这般难，真是个笨蛋二百五，送到嘴里的肉愣是松了口。

阿娇说喝高了，喝高了，一脸笑容，怒气全无，两只手摆在大腿上，就跟电影里那些日本小媳妇似的，规规矩矩，温温柔柔。

梁英俊被阿娇一惊一乍、一笑一怒弄得摸不清头脑。这女人那张脸，晴一阵儿，阴一阵儿，晴的时候是红牡丹，阴的时候是梅超风，也不知道心里打的啥算盘？不管她打的算盘，毕竟跟人家接触了半天，也有那么一点儿深入基层，人家说啥，咱都装疯卖傻，装听不懂。

阿娇一本正经地说，瞧我喝成啥样了，咋就把你看成先前那个丈夫了？你有所不知，我跟他虽说在法律上分道扬镳，可感情上还真是难舍难分，一日夫妻百日恩，哪能说忘就忘记？你跟我先前那个丈夫，都是长的小眼睛高鼻梁，酒一沾身，眼就迷茫，你可别往歪处想呀。以后我俩是最最纯洁的男女朋友，在人跟前，我就叫你所长，背着人，你还是我那个情哥哥。别误会，有情有义的大哥，可不能往歪处想呀。以后你帮我，我帮你，和谐相处，同舟共济。

那句情哥哥还是免了吧，听起来怪肉麻，叫哥就行。梁英俊说。

哪能免，你叫我解释多少次？有情有义的大哥，简称情哥哥，是你往歪处想，又不是脱裤子上床，怕啥，还是男人不是？是男人就该胸怀宽广，不能往歪处想。阿娇说。

梁英俊想，他差点儿动了那对小扣碗，她又在他命根子上一扫而过，虽说隔着裤子，没动着实体，却也是个真家伙，平生除了老婆，还真没叫谁碰过他那真家伙，就此说来，俩人的关系，也真有一点儿男女之间不清不白的关系。是啥关系？说不上真正的男女关系，也说不上纯粹的柏拉图关系，还真说不清是哪种关系。就是老婆说的，动手动脚，实体操作。只不过他这个实体操作，跟老婆说的那个实体操作，不是一个概念，他这个实体操作，说形象点儿，就是个雾里看花，水里望月，蜻蜓点水，浮云掠过，不是实际意义上的实体操作。

这不怪人家阿娇，怪只怪他梁英俊不懂风花雪月，有贼心没贼胆，包不起粽子就别做那个馅，趁早收兵，别胡思乱想。跟她做个朋友，建立一种纯洁关系。

这年头，男人跟女人建立纯洁关系可不是一件容易的事，跟一个美人建立纯洁关系，更是困难。不过梁英俊告诫自己，那件好事从此不再想，做人要光明磊落，胸怀坦荡。

阿娇跟梁英俊说起人情世故的经验，解释为啥以朋友相称。一是体现纯洁感情，二是体现相互尊重，三是考虑长远未来。梁英俊毕竟是红二代，红二代有红二代无可替代的能量。

阿娇问他，可否接受如此纯洁的男女关系？

梁英俊没说话，心里琢磨着，眼前这个美人真不是一般美人，眼前这个美人，有一颗纯洁的心，要跟他保持纯洁的男女关系，他梁英俊也真是好福气。先前县里有个英雄动美人，美人一发怒，英雄变狗熊的说法。他梁英俊跟美人来个互动，结果互动成一对好朋友，好知己，纯洁的男女关系，梁英俊不再想吃野味的事，他想，自己不缺这类营养，营养过度会染病，病从口入，要保持口腔清洁。

阿娇继续跟梁英俊说着人情世故的经验，说现今人都往高处走，咋往高处走？可要费一番心思。生意人要找依赖，找靠山，找渠道，再找捷径，生意越做越红火。搞行政要行着礼，跟着风，察言观色，体察风向，没人缘没关系，累死在岗位上，一纸红头文件总结短暂人生；有人缘关系，左右逢源，八面来风，凡事称着心，如着意，绿灯一路行，临了落在平安线上，享受人生。情哥哥生在干部家庭，应该对这些知道得更清楚。

梁英俊说，那些潜规则都知道，就是不知道咋去搞。

阿娇说，啥潜规则，早成明规则了，这会儿没有潜规则，先前是黑里来黑里去，这会儿规则变了，都是明里来明里去。

梁英俊说，明规则也好，潜规则也好，人家活络人跟玩风筝一样轻松，他梁英俊看着非精非能一个人，一到规则上，完全是个糊涂虫。人家潜个规则，潜得跟走亲串友一样，一潜潜成个亲戚；他梁英俊要潜一下，没潜成，还要叫人数落埋怨，后来干脆不潜了。能人干啥啥行，憨人送个礼，弄不好就搭进去了，小算盘虽然也是盘算又盘算，可就是盘算不好。

阿娇说，那些规则渐渐变成规矩，也就成了人情世故的一部分，人与人交往不能光凭嘴巴，金钱起个穿针引线的作用，比方说，我俩交往，我送你件衬衣，你送我条裙子，只是打个比方，金钱在这里流通，感情在这里增进，这就是人情世故。凡事不能总往坏处想，金钱交往不能说见不得人，得看你咋看，咋理解，咋去悟。我理解的金钱交往就是人情世故的交往，是感情，是朋友情，兄弟情，我从不往歪处想。

我可能只往歪处想了，一想到金钱，就想到行贿受贿，哪想到规则就是规矩，潜规则也是规矩，人人都在按规矩办事。可能是我的想法太片面，如你说的，规则是人情世故的表达方式，咱俩理解不一样，产生的想法也就不一样。梁英俊说。

阿娇说，这会儿想来你家里人不帮你也有原因。

梁英俊说，家里人都说我能力不行。

哪方面能力？阿娇问。

综合能力，具体说就是工作上，人际交往上，往细处说，还有跟老婆的关系处理上。梁英俊说。

是不是连男人的雄性能力也没有，老婆不满意？阿娇问。

那倒不是，老婆总埋怨我能力不行，自己寻思也有道理，比如同一件事，别人处理一顺百顺，换我去处理，就弄个里外不是人。前天所里处理一起打架斗殴，双方都到局里告我，说我偏袒对方，局里接访人笑我，问我究竟偏袒哪一方？我跟人处关系也不行，看见有钱人心里就不平衡，就想着凭啥他有钱；看见谁提拔，我心里那叫个羡慕嫉妒恨。老婆说我是愤青型，心理有问题，看来我真得找心理医生号一号脉，看看是不是有啥心理疾病。啥都看不惯，也是心理疾病。梁英俊说。

阿娇说，啥心理疾病，是你心思没用到这上面，现今关系是一个坎，能力是一个坎。关系有远近之分，疏密之分，血缘之分；能力有强弱之分，寡众之分，上下之分。关系要理顺，能力要发挥得当，才是进步所在。

呵，你说的也真有道理。你说的那些关系理出个头绪我理解，能力上第一种说法我也能理清楚，可这后两种如何解释呢？寡众、上下是咋说呢？梁英俊问。

唉，你家里人肯定为你悲哀呀，不说无师自通，起码耳濡目染也得到真经啦，你愣是一盆糨糊，活到这岁数，还没弄清楚规则。知道寡不敌众这个成语吗，社会交往面是寡是众，也能决定能力大小。这上下一说更容易理解，自古何谓上？肯定是储君王公啦，自古何谓下？自然是街巷民众啦。好好想想这上下之分，也就明白其中的含义了。以后有空来酒吧转转，就能找到人情世故好经验，不用刻意找，用眼睛看，耳朵听就行，不出半年，不说成个社会活动家，起码也能成个演讲家。阿娇说。

梁英俊低头思索一阵子，心里骂着，梁英俊啊梁英俊，亏你在这世上活到四十五岁，完全是一盆糨糊，稀里糊涂，糊里糊涂，瞧瞧人家阿娇，简直是一本自学成才的教科书，人家为啥能成一本教科书？用心学，用心钻，处处留心皆学问。

梁英俊跟阿娇表态，有空一定多过来。

梁英俊的确会来，为阿娇指点给他的那些人情世故好经验，为他差点儿动了阿娇那对小扣碗，也该回报这份恩情。以后梁英俊要当阿娇的碳粉知己。这年头流行各类知己，什么红颜知己、蓝颜知己、碳粉知己，应有尽有，梁英俊选择当碳粉知己，半辈子没浪漫过的梁英俊，也要跟上时代步伐，人家女人混女人，男人混男人，梁英俊要跟阿娇来个心灵碰撞，精神接吻，男女之间纯洁的革命感情。

阿娇真是个旷世奇才，进县里政协算是大材小用，能干不说，还会把握火候，知道啥时候该出手，啥时候该放手，啥时候该收手，对他梁英俊尽显美人娇柔，善解人意，柔情似水。谁要是能够娶上她，也是三生修来的好福气，哪像家里那个恶婆娘，横眉冷对着他，气焰嚣张，逞凶逞强，哪有女人的温柔模样？不是说他没能耐，就是说他没本事，提拔无望，挣钱无望，时常埋怨他有男人身没男人胆。

奶奶的，男人胆也不知道是熊胆还是虎胆，是色胆还是耗子胆？难不成他梁英俊就是耗子胆，美人是大花猫，吓得他抱头逃窜？

阿娇跟梁英俊说去后台把账算一算，再为梁英俊做碗面。阿娇说着拉起梁英俊的右手攥一攥，离开了他的身边。

梁英俊朝酒吧望一圈，看看有没有熟人，先前那些举动，会不会被人看见？再前前后后想一遍，最后得出结论：先前邻居早离开了，中意的注意力不在他身上，他那些举动，应该没人看见。

明天谁要是问起在酒吧跟阿娇喝酒吃饭干点儿啥，就说是为了跟阿娇学习人情世故好经验。谦虚使人进步，骄傲使人落后，这是毛主席说的话。

奶奶的，职业习惯，啥事都要做一番推理，退休后可以写一本《福尔摩斯探案集》的续集，挣点儿稿费花花。梁英俊想着想着，不觉笑起来。

中意接个电话，挂上电话后跟梁英俊说，是小珍姐，邀恩人晚上去诗人那里吃饭。

梁英俊听说小珍邀请他吃饭，既惊又喜。自己正处在倒霉点上，一个美人已经叫他心驰神往，咋还接二连三有美人送上？难道真就是因祸得福，工作上挫折不断，老天爷觉着过意不去，将美人一个个送到他身边？

第六章

梁英俊弄不明白中意那个小珍姐为啥约他去诗人那里吃饭。梁英俊跟诗人不属于深交类型，从没在诗人家里吃过饭，无缘无故邀请他吃饭，如何想也想不出个所以然。再说是中意那个小珍姐打电话，更想不通，究竟是诗人请客，还是小珍请客，究竟为啥请客？真为安慰他请客？梁英俊跟中意说请客总得有个由头，没事谁会花钱请客。

中意说，女人约男人，一约一个准，小珍姐知道恩人那些事，说恩人正落难，想安慰安慰恩人，晚上做恩人喜欢吃的羊肉糊汤面，电话里说得很中肯，又不是去宾馆吃大虾，吃鲍鱼，就是在家里吃顿便饭聊聊天，请恩人赏脸。

梁英俊想，说得也是，不就是吃顿饭，又是在诗人里家吃饭，反正这会儿真没地方可去。回去？老婆又要声讨罪行，搞得鸡犬不宁。回单位？所里那群弟兄们这个安慰一句，那个鼓励几声。第一次得“冠军”，那些鼓励真起个鞭策作用，三次以后就不叫鼓励了，成了个心理累赘，要是再让他们知道抽调的事，指导员非得带领全所同志为他设个送别宴不可，捧着酒杯诉深情，叫人如何受得了？不能浪费弟兄们的感情，男儿的眼泪是黄金。

梁英俊还真想不起来去哪里合适，先前他也是除了单位就是家，不像人家那些活络人，晚上喝酒、打麻将、唱歌、搞女人。他不敢，他怕老婆，怕纪检，怕督察。当然，主要是怕老婆，用他的话说，怕就是爱的表现，不爱就不存在怕的问题。

去就去吧，有家难回，有单位不能归，一个男人活成这般景象好凄惨，说不准接下来会更凄惨——免职，梁英俊又想到工作上。

免就免，免了也是好事，职务免了工资不免，只要有钱，就能过山丹丹花开红艳艳的自由日子。免了，高血压会慢慢治愈，脂肪肝会慢慢消失，生活规律了，病会不治而愈，这些病都是熬夜喝酒累出来的，真免了，说不准成个“全乎”人，成个完全彻底的自由人。

中意、诗人跟他那个小珍姐同住在县烤烟厂家属楼。烤烟厂停产十多年了，家属楼上寥寥住着几家，晚上静得跟进阎王庙似的，看不见人影只有鬼影。梁英俊寻思着那儿还真是个好去处，鬼影多于人影，自己是警察，身上有煞气，鬼影怕他，人影就不同了，他怕人影，对他来说，人影比鬼影更可怕。

中意和梁英俊俩人绕着河堤走，河堤边种着杨柳，这季节垂柳发芽，柳絮飞扬，杨柳树下，商户们搭上花花绿绿的遮阳伞，摆上一排一排的小方桌，男男女女喝着茶水打麻将。女人那一桌，叽叽喳喳谈论县里的桃色新闻，谁跟谁混上啦，谁跟谁搞地下情，谁又跟谁一夜情，谁的老婆闹上门，谁的男人捉奸在床。女人们说着咯咯笑着，说到那对儿捉奸在床的狗男女，牙齿磨得咯咯响。

这边男人那一桌，身体前倾，压低嗓音，议论着县里的人事变动。谁谁谁花了几十万，弄成个一把手；谁谁谁没钱送礼搞贷款，一年连本带利全捞回；谁谁谁找到上边的人，买下县里黄金地，楼房没盖好，先期就赚了上千万。男人们说到钱，说到官场上那些事，跟女人们说男女间那些事一样，说到高兴处咯咯笑，说到嫉妒处牙齿磨得咯咯响。马路边停放着一排一排的豪华车，体现着县城一部分先富起来的有钱人生活是多么悠闲阔绰。

女人们要是不说男女间那些事，话题就转到挣钱上，男人们一听，有共同话题，开始跟女人们谈论钱的事。男人说，谁谁谁口袋里有几十万，咋挖过来？女人说，容易，美女诱饵，一钓就上钩。男人说，谁谁谁是个葛朗台，美人计不行。女人说，那就用三寸不烂之舌，撬开他的口袋，跟他说，利滚利，钱滚钱，今年五十万，明年能滚成五百万。男人女人隔着桌子一合谋，不出一个月，谁谁谁的钱准流进男人女人的融资计划里。县里形势跟全国形势一样，到处都是这种套钱的游戏，这种套钱的方法一套一个准，套富许多人，也套穷许多人。毕竟是小县城，金钱流通量小，县城内部流通，富这头肯定穷那头，能人多吃四两豆腐；憨人，自然要丢四两豆腐叫能人吃。能人在河堤边打着麻将数着钱，憨人在被窝里，扳着指头想着钱。金钱如此循环，富人越来越富裕，穷人穷得一贫如洗，两个阶层悬殊越来越大。

俩人顺河堤走了五十米，跨过小桥，走上坑坑洼洼的小路，几乎不见人影，路边杂草丛生，一栋三层小楼独自竖立路边。早年烤烟厂效益好，这座楼是企业给职工盖的福利房，后来企业停产，楼房做价卖给职工，由于位置偏僻，没啥开发价值，还保持着二十年前的老样子。

俩人走进楼道里，楼道里放着辆自行车，中意说是诗人的自行车，没闸没铃没锁，小偷也看不上眼。

梁英俊跟着中意上了三楼，见诗人俩胳膊交叉，站在楼梯口，挂着眼镜，精瘦，在中意身边一站，就是中意的放大版，脸盘子似一枚裹着皮儿的杏仁，缺少阳光照射，缺少水的滋润，浓缩成核儿状。诗人穿着白色衬衣，说是白色，因年代已久，白不白、灰不灰。诗人一脸憨笑看着梁英俊，脸上的皱纹在笑容里一圈一圈显现。

梁英俊早年也是县里文学青年，文学对于梁英俊就跟女人们画个眉，描个眼一样，是个生活的点缀。

诗人跟梁英俊说，他听见脚步声，急忙出来迎接大人物。

梁英俊说，文人放屁，文声文气，啥大人物。

诗人说，咋不是大人物，头上顶国徽，肩上扛星星，戴上大盖帽，都是国家干部。

中意叫道，糖葫芦，菜做好没有。诗人说，正做着臊子面。

糖葫芦是诗人的笔名，梁英俊听诗人说过这个笔名的来历。小时候诗人喜欢吃糖葫芦，没钱买，馋得口水吧嗒吧嗒往下滴，后来起个笔名就叫糖葫芦。

中意说，恩人来了先到我家里看一眼，贵人来，福气到，恩人是贵人。

梁英俊走到中意家门口。先前中意的老爸活着的时候，这套两室一厅的房子收拾得干净整洁，而父亲一死，母亲改嫁，小青年到底不是理家的料，屋里弄得乱七八糟，梁英俊站在门口，没有进去的意思。

这时，从诗人屋里传来有节奏的声音：从明天起，和每一个亲人通信，告诉他们我的幸福，那幸福的闪电告诉我的，我将告诉每一个人，给每一条河每一座山取一个温暖的名字，陌生人，我也为你祝福，愿你有一个灿烂的前程，愿你有情人终成眷属，愿你在尘世获得幸福，我只愿面朝大海，春暖花开……

中意问梁英俊那个叫孩子的人咋这样有能耐，小孩子就会写诗，是不是神童？梁英俊跟中意说，不是孩子，是海子，大海的海。中意问梁英俊这是个什么人。梁英俊说是位年轻诗人，很年轻就卧轨自杀了。

中意叹息一声说，常听糖葫芦朗诵这段话，他说这个海子是最有实力的诗人，还说他想做个摆轮。摆轮是不是轮船？我从没离开过县城，只在电视上见过轮船，没见过真的，我寻思着摆轮就是轮船，糖葫芦可能想坐轮船，所以就说他想做个摆轮。

梁英俊听中意如此解释诗人喜欢的“拜伦”，哭笑不得，问中意历史上名人知道谁？

历史名人？我就认识电视上常露脸的，国家领导人，省里领导人，再就是咱县里电视台常出来的县委书记和县长，记得清的就这些名人，因为我不常看电视，只偶尔看见有这些人物。中意说，这些人物对他来说不重要，他喜欢唱歌，寻思农庄搞成后，再开家KTV，不出五年，就成个千万户。到那时，香车、美人相伴，穿一身名牌，胳膊上戴瑞士表。先前有个顺口溜咋说来着？菲律宾女佣，俄罗斯小妞，吆嗨，想想不吃就饱了。

梁英俊说，到那时候你就是杂交水稻。

梁英俊说着走进诗人屋里，诗人屋里摆着简单的家具，客厅窗台前挂个鸟笼，两只鹦鹉在笼里上蹦下跳。诗人见梁英俊进来，将做好的六道菜端桌上，三道荤菜三道素菜，荤菜有梁英俊喜欢的红烧肉。诗人说，小珍是个心细人，向她工作的那个宾馆的经理打听所长喜欢吃啥菜，下午采购回来。小珍心疼我工资低，一月就那几百块，请客吃一顿，一月饥荒天，这会儿她回宾馆拿好酒回来，说要好好招待所长。唉，咱就是个古代穷秀才，中意说我搞宽面条没人要，咱就这一个本事爱好，要是连这点儿能耐都丢了，以后连个老婆都娶不到。唉，人生就是个火车轨道，只能往前不能后退，要是能后退十五年，重新开始设计轨道，我要做经济学家，做金融家，决不做宽面条，瞧一瞧现在做宽面条的，有钱的不多，穷困潦倒的不少，自杀的自杀，上吊的上吊，枪口对着老婆，还说，俩人去极乐世界享乐，极乐世界好不好，谁也不知道。

诗人说着进厨房搅面，将炒好的羊肉臊子加面里，关掉火。

梁英俊说，你可别走火入魔，跟街上那个神神道道的人来疯似的，见谁都叫，你是我爹。

中意说，人来疯这几天被收容了，上边来检查，县里觉得人来疯影响市容市貌，就暂时把他收容了，检查团一走，人来疯又要在街上胡叫乱骂了。有天人来疯跟着我，跑了两三里地，一路叫爹，我一路答应，他叫一声爹，我应承一句嗯，我一嗯，他高兴得直拍手，接着叫。叫到最后，嗓子里那个爹，听着成个爷，再到最后，发不出音来才罢休。精神病人真精神，跑两条街大气不喘一声。那一夜我做了一夜梦，梦见我开辆黑色轿车，身后一群人叫我爹，叫我爷。

诗人说，你这小混蛋，这是折寿呀，人来疯快五十了。

中意说，人来疯喜欢人家嗯一声，那一嗯，人来疯知道自己还是个人，有人跟他应声，你要是不嗯，他还以为自己是个僵尸。

诗人招呼梁英俊坐下，拿烟给梁英俊点上，自己也点上一根。

先前梁英俊来诗人家，都是看一眼走了，今天专门为吃饭来，他心里盘算，借此机会开导开导诗人，抓紧时间找个女人结婚生娃，男人晃到三十好几，要是有钱男人，美人儿、俏人儿，啥人儿都自告奋勇送上门，诗人一穷二白，耽搁到这时候，找大姑娘可是件难事，那些送货上门的，哪个还保存着自留地？哪个不是叫男人一遍一遍遛，遛到诗人这里，地里杂草丛生，诗人哪有能力铲除杂草？

梁英俊跟诗人说，他要好好考虑婚姻大事情。诗人说，先前他那个相好，俩人正商量婚事，女方突然变卦，后来才知道，是挂了个有钱的二婚头。这会儿自己再等等，等机会，婚姻讲究缘分，有的人只有恋爱缘分，没有结婚缘分，有些有结婚缘分，没有爱情缘分。

诗人说，好女人好比一幅名画，赖女人就好比一张速写，我想要名画，到哪里找？就是找到了，价值不菲，我哪有条件拥有。要是一张速写，随便要，临时画，要一张撕一张，再要，再撕，没意思。

诗人说，诗歌是他的心，女人是他的肝，诗歌是他的眼，女人是他的嘴，诗歌是他的魂，女人是他心里的一首诗歌。一个女人走了，另一个女人来了，来来又去去，匆匆又匆匆。

梁英俊早就听说诗人跟县里的几个有才气的女人混，还不是混一个，看来传闻不假。

诗人说，自己写不出好诗，都是女人惹的祸，把他身上那些灵感、激情、活力全部消耗殆尽。这年代谁看诗？谁看得懂诗？这年代流行经济学家，不流行文学家，但他相信苦难出诗人，愤怒出诗人，孤独出诗人，总有一天，他会成为拜伦。

梁英俊听着真感动，这个年代，谁的理想不是房子车子加票子，美人儿，一群美人儿，成群美人儿。这个年代，哪有崇拜拜伦的人？诗人不为名，不为利，哪有女人愿意跟诗人混，跟诗人混的女人，不是不想找有钱人，而是考虑如何帮助诗人把才华转化成人民币。谁说这样的女人势利？许多美女一点儿都不势利，她们只是被势利层层包围。如何冲出重围对美人来说，也是一个难题。

女人的高跟鞋踩着楼梯发出嘭嘭声，打断了俩人的话。

小珍姑娘站在门口，倚着门框，穿着梁英俊年轻时候最喜欢的深蓝色套装，粉妆玉琢，柔枝嫩叶，半抿嘴唇半皱眉，脸上有见过世面的警惕性，也有没经历世面的单纯样。

梁英俊看着如花似玉的小珍姑娘，想起老婆“接触美人”那句话，“大路朝天，各走各边。”

走哪边？此景此情，要是叫他梁英俊选，头可断，血可流，就是成为老婆手心里的汗珠蒸发掉，也要选与美人同路。

梁英俊心里这样想，行动上却稳稳重重，大大方方，没有一点儿走样。男人都喜欢装模作样，人模狗样，施个雕虫小技，用个投石问路，探一探女人究竟是水性杨花，还是侠胆义肠。梁英俊也懂得这类男人小伎俩，跟前这个青春美少女，不比开酒吧的老板娘，一个涉世未深，一个久经沙场，俩美人美得不一样，对待俩美人，方法自然也不同。

所长哥早到了，经理知道今晚我仨邀请所长哥，特意准备两瓶五粮液，经理说哥是县里排场人，咱县里排场人都喝五粮液，茅台到县里不存在是真是假，就是个掺假程度，五粮液专卖店的老板说，五粮液全都卖给排场人，不会掺假。小珍举起袋子在梁英俊眼前晃几晃，中意接过袋子，掏出酒瓶摆桌上。

小珍拉起梁英俊说，今天所长哥是贵宾，坐上位。梁英俊经小珍这一拉，脸红脖子粗，心里真紧张。小珍从包里拿出铁盒子打开，招呼中意拿茶杯，说经理专门给所长哥准备的雨前毛尖茶。

梁英俊喜欢喝绿茶，绿茶里要数毛尖是梁英俊最爱，梁英俊老婆喜欢铁观音，说铁观音是品，毛尖是灌，不一个档次。老婆常说梁英俊喝茶是灌水，梁英俊明白话里有话，说明他们俩人不一个档次。不一个档次又咋样？有本事别来例假，别生孩子，别嫁人，在男人跟前摆清高，装高贵，哪个丈夫吃这一套？只是不计较罢了，不想斗来斗去费口舌，跟女人斗没好下场，跟老婆斗，下场更凄凉。梁英俊在处理跟老婆的关系上，采用沉默不语法，老婆说得滔滔大河向东流，他保持一个姿态，万里长城永不倒，不接腔，不开口，任你千斗万斗不还口。

小珍倒水冲茶叶，梁英俊一看茶叶根根竖起，知道小珍说得没错。小珍将第一杯水倒掉，重新倒上开水，拿杯子晃两下，吹一吹，双手递给梁英俊。她说，所长哥闻一闻，这水有股淡淡清香，跟所长哥的外表一样，温文尔雅，儒雅大方。

梁英俊拿着茶杯闻一闻，点头说真有一股清香。心里想，小珍姑娘借着茶叶夸自己，自己哪有小珍姑娘夸赞的那般好，是小珍姑娘会说话，故意那样夸，夸得自己哪儿都美，是一个完美的男人。

梁英俊笑在脸上，美在心里，由里到外露着欢喜。一个小美人，跟他素无来往，一面之交，萍水相逢，冲上好茶叫他喝，拿着好酒招待他，嘴巴里道着万水千山总是情，这是啥情谊？这情谊是海底捞针，水里捞月，这个年代奇缺。

这个年代，谁请一个倒霉蛋喝好酒、品好茶，好酒好茶都要送给有用人。他梁英俊是个倒霉蛋，没想到先碰见阿娇这个有情人，这会儿又碰见小珍姑娘，俩有情人好酒好茶招待他，他感动得不知道该说啥，嘴里说着，太浪费了，平日没帮过啥忙，就是抽空过来看看中意，如此盛宴，叫我如何心安？

小珍说，所长哥这话太客套，我们几个是啥关系？所长哥是中意大恩人，是我跟诗人的父母官，在所长哥辖区住，还不是仰仗所长哥帮忙照顾？这家常便饭算个啥，要是愿意，您天天来，我们仨高兴都来不及。

小珍殷勤地倒水端茶，美丽的眸子里，放射出淡淡的柔情火花，那张红溜溜的小嘴巴，说着问寒问暖的话，梁英俊被美人感染着，被好酒好茶感动着，整个人跟个根雕木桩子一样，挺着身子坐着，不知道该干啥，该说啥。

中意打开酒，诗人从抽屉斗里拿出四个小酒杯，能装三钱酒。小珍说，一直想请所长哥吃顿饭，担心您没空过来，才听说所长哥临时抽调，借个空，请所长哥光临寒舍吃顿饭，这顿饭可是有讲究，是患难与共饭。

诗人说，这顿饭一是患难与共饭，二是继往开来饭，三是与时俱进饭。

梁英俊笑着说，是一顿上纲上线饭。

梁英俊想着中午那顿饭，那顿饭是中意看未来，看长远，请他梁英俊吃的饭，阿娇为酒吧长治久安请他梁英俊喝的酒。这顿饭，小珍说得很直白，诗人说得也恰当，现今没有白吃的饭，对于他梁英俊来说，吃这顿饭是想着实在没地方去，人家请他，不吃人家说他牛气，得罪仨俩人不值得，为了不得罪人，有地方去，他才坐在这里吃这顿饭。要是诗人、小珍的想法跟中意一样，为长远请他吃这顿饭，这顿饭可是要抓瞎赔钱了，他那个长远凶多吉少，眼下抽调，很难说抽调后是免职还是换岗位。

俩人是不是跟中意一样有长远想法暂且不管，一桌子香喷喷的饭菜为他准备，哪有不吃的道理？这年头人人都是势利眼，今天在台上，你就是个红太阳，照到哪里哪里亮，明天下台，红太阳变成冰疙瘩，谁见谁躲怕砸着。梁英俊告诉自己，别拿死筋蛋的逻辑想问题，要学那些活络人，该吃就吃，该喝就喝，肚子圆了，嘴巴一抹，该咋做还咋做。

梁英俊尝了一块儿红烧肉，夸诗人做得味道足，不次于宾馆酒店。

诗人说，毛主席喜欢红烧肉，所长也喜欢，跟毛主席一个爱好。

梁英俊说，我可不是因为毛主席喜欢才喜欢。

别说毛主席，说喝酒。中意说。

小珍斟酒，只斟两杯，端起一杯递给梁英俊，另一个杯子拿在手里，说道，今天借着吃饭，我有个小想法，跟所长哥说一说，看所长哥能不能成全我。我仨跟所长哥常来常往，也算是所长哥的关系户，以后想在称呼上改一改，再进一层，所长俩字免了，就叫哥吧，哥跟我们经理是同学，我私底下也这样称呼经理，叫哥亲近，我俩先喝个改称呼的酒，从此以后，以兄妹相称。

梁英俊听小珍说今后要称呼他哥，想着上午阿娇叫他的那声“情哥哥”，真有些丈二和尚摸不着头脑，这些女人都咋了？明明叫声所长，梁所长，让人听着没负担，偏偏那个要叫情哥哥，说是有情有义的大哥的简称，这个又从所长哥简称成哥，这称呼上一简单，人心想得就复杂了。

究竟同意不同意她叫哥？要是不同意，人家会不会说他是个道貌岸然的伪君子，为个称呼，值得那么较劲认真吗？先前阿娇一句一个情哥哥，情哥哥可不是一般人能叫的，他不也顺着阿娇的意思同意了，眼前这个宾馆的小领班，人家要叫哥，又不是情哥哥，应该不会叫得县里人瞎猜胡说吧。

梁英俊四十多岁，小珍就是要叫叔也说得过去，话说回来，叫哥比叫叔听着舒服，叫叔隔一辈儿，听起来感情上有距离，叫哥那就是一辈人，这一叫，感觉就出来了，男女间的距离一下子就缩小了。梁英俊想起那首歌唱的“阿哥阿妹情谊长”。

你叫我哥，我咋称呼你？梁英俊问。

小珍见梁英俊没反对，把杯子碰过去，说，哥就叫我小珍，我大名叫王玉珍，宾馆里没人叫大名，不是叫玉珍，就是叫小珍。

好，我就叫你小珍姑娘，你在称呼上减俩字，我在称呼上添俩字。

俩人相互都满意，杯子碰得响叮当。这一碰，只碰得阿哥阿妹情谊长，只碰得万水千山总是情，梁英俊那颗跳动的心，如同插上一根丘比特之箭，他心慌意乱。

小珍说，杯子太小，干脆换成大酒杯。说着拉开抽屉斗，挑了四个高脚杯，一杯能装二两酒，她在每人的杯子里斟了半杯酒，接着说开场白，今天在这里遇见哥，高山流水遇知音，遇见知音把酒喝，按县里规矩先喝门酒，再说敬酒。

小珍端起酒杯，眸子朝梁英俊转两转，小嘴抿一抿，冲梁英俊笑一笑，一口气喝完杯里的酒。梁英俊见这个美人跟先前那个美人一样大气，赶紧端上酒杯喝，诗人、中意见梁英俊一口喝完放下酒杯，也急忙喝完杯里的酒。

门酒喝过，小珍开始敬酒，按照先喝为敬的规矩，喝多少敬多少。小珍喝两杯，敬梁英俊两杯。

梁英俊中午就想醉，结果跟阿娇喝一阵子，聊一阵子，感情激荡一阵子，喝到太阳偏西，也就是个半晕半醉，加之临走前吃碗糊汤面，跟着中意从酒吧一路走到诗人家，酒精经过吸收挥发，从半晕半醉变成不晕不醉，这会儿新酒一下肚，跟中午的酒一搅和，反倒更清醒。从前梁英俊担心酒喝过量老婆骂他，从没在酒量上做过大胆尝试，这一尝试才明白，自己简直就是个无底洞，根本不怕酒。

奶奶的，自己先前逢人就假惺惺地说身体不好，有胆囊炎、高血压、脂肪肝。高血压、脂肪肝倒是真有，胆囊炎却是老婆交代这么说的。单位里超过四十岁的男人，差不多都有高血压、脂肪肝，唯独胆囊炎不是那堆人里的常见病，老婆说多一个病，多一个不喝酒的理由。

酒入愁肠不再愁，人逢知己千杯少，梁英俊跟小珍姑娘，虽之前不是朋友不是知己，却也是一见面就心有灵犀的人。人逢喜事精神爽，跟美女喝酒，更是神清气爽。

小珍姑娘走起路来，好似脚不沾地，说起话来，轻柔柔的，一举一动慢悠悠，做啥事情不慌不忙。她轻声地、温柔地、甜甜地叫梁英俊一声哥，这一声，带给梁英俊多少喜悦。他从心里感叹道，多好一个小妹妹，美丽活泼又大方，真像《英雄儿女》里的王芳。

梁英俊望着小珍姑娘，想起年轻时候的那个妻，双眸楚楚动人，说话低声柔气，身材袅娜，气质高贵，梁英俊带她走到哪里，人们都要回头看他们几眼。瞧，那对小夫妻，郎才女貌，门当户对，多么般配。现在家里那个妻，对梁英俊再没有过去的贤惠，看着他的那个眼神，好像白毛女碰见黄世仁。

梁英俊看着小珍想着自己的老婆，越想心里越生气。啥娇妻，与眼前的小珍姑娘哪有一比？小珍姑娘年轻漂亮有活力，温柔贤淑有朝气，装扮靓丽，长得美丽，那双动情的大眼睛，跟他传达着人世间纯洁的友谊。年轻的朋友们，我们来相会，乘着小船儿，春风习习吹，花儿香，鸟儿鸣，春光多明媚，欢声笑语伴着彩云飞。梁英俊哼起了《年轻的朋友来相会》。

梁英俊早年也是个有艺术细胞的文学青年，这些年，他忙得没空想文学，慢慢失去了文学的气质与浪漫，但骨子里还有文学青年的特质，一点点异想天开，一点点多愁善感，一点点激情活力，一点点小资情调。见到年轻漂亮的小珍姑娘，梁英俊的文学气质显现出来，真是寂寞断桥遇知音，他要跟美人来一段缠绵情，再不管老婆“接触美人”那段话，也不管组织上的谆谆教诲，今儿他梁英俊是个自由人、自由身、自由心，谁要干涉他的私生活，他就要跟谁来个鱼死网破，玉石俱焚。自古风流多才子，英雄一死为美人。

梁英俊喝得蠢蠢欲动，热血沸腾，心田里流动一首爱之歌。眼前喝了酒的小珍姑娘，荷包脸蛋花儿开，娇媚眼神舞风采，窈窕淑女酒扮装，不是神仙，胜似神仙，多美的一个小天仙。梁英俊心里不停赞叹，他有了文学青年的胡思乱想，奇思妙想，苦思冥想，深情看着小珍姑娘。小珍姑娘跟他目光碰撞，这一碰撞，构成了一幅人含情水含笑的温情画面。

小珍敬酒完毕，轮到诗人敬酒，把自己的杯子倒满，又为梁英俊斟满杯，说一杯顶三杯，敬个桃园结义酒，文友加兄弟，三杯和万事，一醉解千愁。

梁英俊感到头部一阵一阵发麻，有些眩晕，他想，不是酒的缘故，是这几个月连着熬夜，为评比竞赛的事过度操心，高血压不能熬夜，脂肪肝不能喝酒，可熬夜喝酒是当时他生活中不可缺少的重要步骤。这会儿梁英俊已喝了二两三钱酒，依他平时的酒量，三两到头。不过，先前梁英俊喝酒没超过三两，是因为县里人都知道他比别人多一个胆囊炎，酒场上很少有人劝他喝酒，还有就是他老婆特别能喝，家里一个人把人情酒喝了就行，老婆担当此任，他做个甩手掌柜，不再为喝酒的事操心。从中午到现在，跟美人喝酒，他想醉却事与愿违，越喝越清醒，越喝越兴奋。人一兴奋，血液循环变快，酒进入身体内挥发得也快，五十多度的酒，喝着感觉就像喝红酒，脸红不上头，头不晕，胃不疼，身体处在亢奋之中。

诗人敬过酒，剩下中意敬酒，诗人说趁中意敬酒，自己去把面盛好端桌上，说着进了厨房。酒瓶里的酒剩下不多，小珍打开另一瓶酒，递给中意，说亏了中意牵线，才有幸跟哥来往，叫中意倒个四季发财酒。

中意说，倒个六六顺，上午跟恩人商量在老爸承包的那块地上建农庄，喝个六六顺，保佑顺顺当当。

小珍一听中意说要建农庄，急忙问准备建多大规模，她学的是酒店管理，说不准还能帮中意打理打理农庄。

小珍说她哥哥在南方，毕业那阵子叫她过去发展，她恋家，哪儿也不想去，就愿意回来。父母退休去了南方帮着照看侄子，房子叫她料理，说等拆迁的时候再回来商议。县里这几天为拆迁打群架，地头蛇侵占地盘，看谁找的人多，看谁能称老大，谁就能抢占到地盘，真有占山为王的架势。人家还说给补贴是给面子，地是国家的，这会儿国家用，谁都要以国家大局为重。说得倒好，哪是国家的地国家用，分明是地头蛇占了地，拿国家做幌子，你老爸那块地不显眼，估计没人惦记，要是有哥做后台，就是有人暗地里惦记也不敢抢。

中意挽起袖子，露出胳膊上那条龙，跟小珍说，那群人我知道，跟我一样，有龙图腾。

小珍说，拿这吓唬人，没人怕。

中意说，地头蛇都弄这玩意儿，小姨带着我弄的，说是招牌，震慑人。

小珍说，你这东西跟宾馆的招牌菜一样，起个唬弄人的作用，幕后有撑腰的才是地头蛇，吓唬人的都是地头蛇身边的走狗，汪汪几声喝退胆小怕事的。

俩人把一件八字没一撇的事说得头头是道，想把梁英俊扯进去，做他们的后台，前台见红见利，后台分红分利。

梁英俊听话里话外的意思，自己就是小珍说的撑腰的，急忙解释农庄的事，说凭他个人能力办不成，想在土地上搞文章，要跟管事的人熟，我这方面没关系，弄不好鸡飞蛋打一场空，赔了夫人又折兵，中意小姨跟我私下交代过，要对外说我帮忙，其实充当挡箭牌。农庄的事以后见人不准再提，再提我就翻脸。

中意见梁英俊明显不悦，急忙表态说以后再不提农庄的事，说着斟上酒，敬个六六顺，有数字没数量，高脚杯里盖个底儿，中意说不能叫恩人喝高了，恩人有心事装着，喝高了容易出事。先就有个警察，单位给个小处分，心情不好喝高了，结果从楼梯上摔下来，这会儿走路一只脚还不利索，有点儿瘸。恩人有啥心事借着酒劲儿说出来，小珍姐最会解劝人，跟诗人的这对鹦鹉一样，说话比唱歌还好听呢！

知道哥为评比竞赛的事心里烦，不知道该咋办，是不是？小珍温言柔语地鼓励梁英俊把心事说出来，倒出苦水，苦水就能化为甘泉。

梁英俊平时有心事都是自我排解，哪跟谁说过？男人不喜欢倒苦水，在女人跟前更不愿意诉苦，男人在女人面前，喜欢表现得像是一座山，叫女人有个依靠，男人有苦埋心底，在心底生根发芽结果子，果子天长日久就会变成病魔。

梁英俊听小珍刚才那样说，对他问寒问暖，关怀备至，真想把那些苦水倒出来。他听人家说过，苦水存在心里时间太久，渐渐会变成肝腹水，肝腹水再转化成肝癌，不知是真是假。

小珍那双水灵灵的眼睛看着他，等着梁英俊开口说话，梁英俊想，那就倒一倒，怕啥，丢警察人？要警察面子？我这会儿快崩溃了，快绝望了，只差往黄河里一跳被浪冲走，顾忌那些干吗？

虽是这样想，梁英俊还是犹豫不决，真说出去究竟好不好，会不会让人家小珍姑娘看扁了自己？一个派出所长，心理素质那么差，就为个评比竞赛，为个抽调，心灰意冷，一蹶不振，值得吗？是不是怕丢了派出所所长的那个位置，才如此忧心忡忡，心灰意冷？梁英俊顾虑重重，干脆喝完中意敬的酒，喝得晕晕乎乎，迷迷瞪瞪，借着酒意，说啥都行。

梁英俊喝下中意敬的六六顺，诗人端上饭，说剩下的酒下次聚餐喝，就将酒瓶收起来了。

梁英俊此时酒劲儿慢慢上来了，想反正小珍知道，中意知道，县里上上下下都知道，有啥可隐瞒，再隐瞒就是自欺欺人，不相信人，人家以诚相待，你应该跟人家交心。

梁英俊开始倒苦水，没说评比竞赛的事，只说抽调的事，正在家寻思干点儿啥，中意约他去半山腰机房，商量在那块地上搞农庄。他想参与，又不敢参与，他也喜欢钱，因为挣钱少，在老婆跟前总有点儿寡不敌众的感觉，这会儿心里想着百八十万，还是动心了，可又怕惹出啥事来，真惹出事来就不是免职，而是辞退。自己是个稀屎胆，凡事只想到不利因素，越想越胆小，想甩开膀子，又找不到前进的方向。

先前哪敢跟女人接触，一则跟女人接触不知道怎么回事，心窝子就扑通扑通跳，舌头打转腿发软；二则跟女人接触，担心哪个女人说两句暖心窝子的话，自己搞不好变节背叛老婆。上午在酒吧完全抱着学习的态度，想从阿娇身上学习人情世故好经验，没有其他心思，也不敢有。不过话说回来，也真想有，想钱，想跟谁谁谁来个情感交流，想归想，有本事的男人跟女人咋混，都能混出个九九艳阳天，咱没人家那本事，只能想想。

小珍听完，叹息一声，轻声安慰梁英俊，面包会有的，一切都会有的，女人想要也有，就怕他梁英俊不敢要。派出所长想找个女人很容易，知性的，淑女的，妖艳的，纯情的，应有尽有，现货现用，关键是，老婆那头要是知道了能不能应对？老婆属于顾全大局型，还是撒泼闹事型。要是老婆能够忍辱负重，睁一只眼闭一只眼，你尽管招蜂引蝶，寻欢作乐；要是老婆刁蛮撒泼，非闹出点儿动静结果不行，肯定是城门失火殃及池鱼，想干这事，还真得要慎言慎行。

还有一点最为关键，若这方面的事情让组织上知道，会不会处理，会不会断送仕途丢掉饭碗。要是这些都能排除掉，小珍说，妹子帮哥物色个好姑娘，妹子一定替哥保密，人生如戏，全靠演技，男人心烦拿个美人解解馋，神不知鬼不觉，还叫哥销魂。

小珍姑娘漫不经心如此说，梁英俊听得心头汹涌澎湃。桂林山水甲天下，谁想去干啥就干啥，瞪大眼睛瞧一瞧，普天之下，家家门外彩旗飘，梁英俊家门外挂个啥？顶多挂个斩，啥意思，他梁英俊想在外面挂彩旗，老婆会对他斩尽杀绝。

想着老婆“接触美人”那段恶毒话，梁英俊对待女人，只能看看，只能想想，不敢动手动脚，实体操作。

梁英俊说感谢小珍姑娘，为了他方方面面想得真周到，他梁英俊是个死筋蛋，顾及不了方方面面，这会儿就想着工作平安着陆，家庭战火平息，女人那方面，只敢想一想，不敢落实到行动上。

小珍流露出无限同情的目光，鼓励梁英俊扬起生活风帆，前途是光明的，道路是曲折的，相信未来，无限风光在险峰。

梁英俊深受鼓舞，想起年轻时代那个追求时髦的文学青年，过着简单的生活，跟年轻娇美的女朋友恋爱结婚，那时候梁英俊追求时尚，穿喇叭裤、戴蛤蟆镜、留香港电影明星的发型，手拎录音机走街串巷，偷偷听邓丽君的《甜蜜蜜》，看雨果的《悲惨世界》，电影《鸡毛信》、《永不消逝的电波》、《英雄儿女》、《上甘岭》、《战斗英雄黄继光》，等等，叫他充满革命英雄主义情怀。那会儿他常想，他梁英俊要像《英雄儿女》里的王成那样，在党需要他的时候，冲锋陷阵，英勇就义。

那时候不考虑升迁，不考虑赚钱，不考虑荣华富贵，年轻人接受的是革命传统教育，追求的是共产主义理想。梁英俊记得自己的那条喇叭裤后来被父亲用剪刀剪成碎片，父亲说梁英俊刚当上警察，要注意仪表，不能穿奇装异服。当时梁英俊既有英雄主义情绪，又是浪漫主义者、时尚文学青年，这会儿他梁英俊混得算个啥？就是那对小夫妻骂他的话，算个球。梁英俊回到现实主义怀抱里，用这仨字骂自己。

诗人说，先前真不知道所长肚子里有这么多委屈，您以后有啥打算？

有啥打算？梁英俊不知道自己能有啥打算，会不会被免职？会不会从这个虚设机构换到另一个虚设机构？梁英俊说，英雄不问去处，也为自己想几条出路，一是保安公司，二是找个清闲处，跟你一样发挥特长，写个诗弄个散文，但警察队伍对文艺人才不重视，有没有都行，但要是跟领导说明，不想占着茅坑不拉屎，说不定领导会考虑给他安排个地方发挥特长。

中意跟梁英俊说，开茶社比弄那些诗歌散文挣钱多，你看糖葫芦过啥生活？想吃糖葫芦都没钱买，起个笔名糖葫芦，天天在家弄宽面条，宽面条能有饺子烩面价钱高，金丝猴能比狮子王厉害？

小珍说，哥先前那个同事王建党，开家茶社，她也去过几次，先前他当警察没啥名气，这会儿也是县里的排场人，县里有名气的人有空都去那家茶社玩。要是他梁英俊开茶社，那可是山里老虎下山来，鸡鸭猫狗全让开。

诗人笑起来，所长是虎王，只要一张口，鸡鸭鱼肉齐上来。

眼下这状况，对他梁英俊来说走王建党那条路，也真是条好出路。学诗人弄宽面条，没吃到嘴里先饿死了。当下他的境遇凄凉，老婆嫌弃他没本事，没能耐，将他扫地出门，老婆那样做，也是逼上梁山，万不得已，谁叫他混得比上不行，比下也不中。

县里那些场面上的人，个个活得赛神仙，房子一套连一套，轿车一辆接一辆，名片一张又一张，老婆要啥啥都有，吃得新鲜，穿得光鲜，隔三差五跟着领导去旅游，旅游回来大包小包挂满手，金银珠宝，古玩字画，越是贵重越要收入囊中。他梁英俊啥时候有过人家那气派样，他是揣着工资吃老本，人家是拿着钱去利滚利，他是坐吃山空，只看见海市蜃楼，人去楼空，人家是吃出个江山如此多娇，英雄豪气冲云霄。

小珍姑娘言之有理，中意说得头头是道，道路就在跟前，如何选？观一观，看一看，金光大道在眼前，义无反顾辞职不干，警察队伍少你一个，星星之火照样可以燎原。

梁英俊给王建党打电话，电话里王建党问他抽调的事，他说，要前赴后继跟王建党走，以后准备开茶社。俩人在电话里说了好一阵子，他约梁英俊明天去茶社。

梁英俊先前的同事王建党，辞退前在城关派出所任副所长，办案过程出了事，说大不大，说小不小，原想着跟当事人做做工作，用钱了结，偏那家人不认钱，豁上老本告到底。民间有句老话叫民不告官不究，民一告官必究，追究肯定要有结果。告状的扬言没有满意结果就告到底，就算倾家荡产，青丝成白发，也要将京城走个遍。

告状的乔装打扮，绕过地方政府在京城布设的信息员以及信访接待处，把告状信交给了主管单位，又将遭遇写成催人泪下的冤情故事放在网络上，引起了不小的轰动，这样双管齐下，责任很快追究下来，王建党作为办案责任人，被追究责任。他也是奔五十的人，先前争功想提拔成指导员，哪想到半路被辞退。被辞退后他和朋友合伙开家茶社，因为干过公安，交往过不少有脸面的人，人家投资他经营，利润分成，现今也是县里的排场人，坐进口轿车，抽的是大中华，喝的是五粮液，要不是开茶社，他王建党凭啥喝好酒，抽好烟，屁股底下冒白烟？县里派出所长哪个能抽上大中华？他王建党这会儿一掏一包大中华，走哪里都夹个公文包，包里成沓的钱。梁英俊那些同事说，王建党这一辞退，是柳暗花明又一村。

梁英俊想着王建党，心里燃起新希望，真要是免职，就干脆不干了，做个下山老虎也不错。

面吃完，小珍为梁英俊添水时，处处露出无限关心。梁英俊先前基于老婆“接触美人”那段恶毒话，不敢跟女人交往，不交往不代表对女人就没有啥念想，谁不喜欢年轻靓丽的姑娘？梁英俊也喜欢，只是在外人跟前故意隐藏内心深处的念想。

电视上、报刊上、单位里常搞警示教育，那些教育叫男人们遇见年轻靓丽的姑娘，心理上就产生慌张。警示文章常这样说，男人出事皆因女人。梁英俊偏不信这个邪，前些日子他从一本刊物上看过一篇报道，一个贪官既不为女人，也不为享受，生活极其吝啬，大量钱财放置在家里，检察官问他贪污这些钱为了什么。他说为了看，只要有空，他就把房间藏匿的大量钞票摆出来看，看着钞票心里美，满足心理上的需求。由此，梁英俊不相信男人出事皆因女人这句话。

跟前这位小珍姑娘，朦朦胧胧一张脸，模模糊糊一双眼，柳眉杏眼望一望，望出个青春美女少年郎，这叫梁英俊咋能管住思想深处那些妄想？梁英俊绷紧的神经松懈了，绷紧的情绪融化了。春天里那个百花香，朗里格朗那个朗里格朗，火红的太阳当空照，照得我心里亮堂堂。梁英俊心里哼着愉快的歌，这是一种啥感情？美好爱情？纯洁友情？还是男人与生俱来性情？

今天是个啥日子？是牛郎织女见面日，还是西方情人节？今儿不是中国情人节，也不是西方情人节，今天是梁英俊四十五年来最灿烂的日子。一天碰上俩女人，俩女人都是美人儿，俏人儿，精品极品。梁英俊真希望跪倒在女人漂亮的石榴裙下，完成心智超越。

梁英俊一忽儿想着阿娇，一忽儿想着小珍姑娘，阿娇胸脯上那对小扣碗，小珍姑娘美丽温柔一双眼，俩女人，都是精品。一天碰见两个极品美女，梁英俊激动得想唱歌。太阳出来我爬山坡，爬到那山坡我想唱歌，歌声唱给那妹妹听……梁英俊心里唱起歌，啥评比竞赛，啥前途未来，这会儿连那个戳鼻子骂人的老婆也被梁英俊抛到千里之外，这一抽调，好事来到，这一抽调，梁英俊进入桃花岛，桃花岛上桃花开，白的纯洁，粉的艳丽，朵朵花儿真可爱，小珍姑娘就是那朵纯洁的花，阿娇是那朵艳丽的花，两朵花儿送给他，他攥在手里，甜在心里，花儿花儿多美丽，你说我是泡了你，还是插入花瓶滋润你？梁英俊心花怒放，继续歌唱，鞋儿破，帽儿破，身上的袈裟破，你笑我，他笑我，美人不笑我。困难时候见人心，穷困潦倒的我，精神上多快乐，我追求快乐的精神生活。

梁英俊一曲哼罢，一曲接上，中意、小珍姑娘、诗人见他三两酒下肚，心花怒放，一个劲儿夸他平易近人，和蔼可亲，多才多艺，风流倜傥。

宾馆经理刘广打来电话，刘广跟梁英俊从小学到初中都是同学，上学那会儿俩人接触不多，这几年倒是隔三差五聚聚，感情上越走越近，刘广比梁英俊小月把天，称其为哥，也是尊重他。

刘广问梁英俊是不是在小珍那里，邀请梁英俊晚上去歌厅消遣消遣。嫂子不让回去更好，住宾馆里也有个说法，这会儿去唱歌，想玩到啥时候玩到啥时候，明儿想睡到啥时候睡到啥时候，专人伺候，不用看任何人的脸色，叫哥过几天自由自在的生活。

那哪儿行，这不是让我腐化变质，叫组织上知道可不得了。梁英俊调侃地说。

哥就喜欢拿组织做幌子，组织上总不能叫哥睡大街吧，先不说住的事，先来歌厅唱歌吧。

小珍说，哥，去歌厅吼两嗓子，免得心闲想心事，越想心越烦，去歌厅小妹陪哥跳几曲，唱几首，叫哥释放压力，身心愉悦。

梁英俊听小珍说跳几曲，唱几首，不知道是答应好，还是不答应好。男人哪能拒绝美人？那样的男人不近人情没性情，梁英俊是个文学青年，是个性情中人，性情中人爱美，爱一切美好的事物，美人跟美好事物，梁英俊都爱。

他怕有人说他梁英俊跟美人有不正当男女关系，可是跟美人唱歌跳舞，又不是同床共枕，能有啥不正当男女关系？他梁英俊跟美人从来没有授受不亲，他梁英俊跟美人始终保持男女间正常交往的距离，对待美人，也就是看一看，望一望，来个互动，是精神互动，不是肉体互动，这样的互动不犯法，老婆“接触美人”那段话里也强调，养养眼，动动心，这些都是允许的事，只要不是动手动脚，实体操作，老婆不会跟他动真格。再说了，还有中意、诗人俩证人，谁敢造谣中伤，拿起法律武器跟他对簿公堂。

梁英俊是个夜猫子，这会儿一点儿睡意也没有，看着美人的脸，越看心里越舒坦，看着美人的脸，所有烦恼烟消云散，再陪美人跳几曲，唱几首……可梁英俊又想起老婆给他那个警示例子，县里一位副局长，跟一群同学喝酒，喝高了跟女人跳舞，动手动脚亲女人，结果被免职。梁英俊今晚没喝高，正处在人生低谷处的他，树叶掉下怕砸头，不敢想别的，他只想跟美人唱唱歌，跳跳舞，排解心里的烦恼忧愁。

第七章

县里歌厅有十几家，但档次高点儿的就两家，一家在县城西北角，一家在县城东南角，俩歌厅同一个名字，均叫“钱柜”。刘广接上梁英俊一行四人，去西北角那家钱柜。西北角那家的老板是女人，东南角那家的老板是男人，西北角的生意主要靠县里排场人，东南角的生意主要靠县里几家有名堂的企业，两家老板都懂得和气生财，又是连锁店，逢年过节生意异常火爆的时候，两家相互拉生意，介绍客户，生意越捧越红火。

钱柜门口停着五六辆小轿车，梁英俊一下车就碰上女老板从店里走出来，看见梁英俊，绷紧的面孔炸开花。没想到所长大驾光临，真难得，我让人去给所长订个大房间，待会儿陪所长来个男女情歌对唱。

女老板说着去招呼门前的服务生，刘广说订过房间了。梁英俊不喜欢这个女老板，留个寸头，半阴半阳，穿着短衣短裤，跟个小蚂蚱似的，嘴巴一张，好似两片切开的西红柿。也有男人喜欢这个女老板，梁英俊有个同学，开一家杂货店，手头上积蓄点儿钱，有空没空喜欢来钱柜唱歌跳舞。同学他老婆为这事找过梁英俊，想叫梁英俊劝劝同学，别有事没事去送钱。女老板有事没事送个礼物，发个信息，招唤梁英俊那同学过来，过来还不完全为挣钱，一为挣钱，二这男人长得俊，女老板还想顺顺心愿。梁英俊不喜欢管这类闲事，人常说朋友劝酒莫劝色，俩人只是同学关系，更不能说这些要面子的事，梁英俊答应同学他老婆，有空劝一劝，但至今也没有空。

女老板跟梁英俊客套一番，说约了酒吧女老板阿娇，俩人去茶社打牌，要是回得早，陪所长唱唱情歌，说罢上车扬长而去。

小珍拽着梁英俊，说去208房间，梁英俊想甩开小珍那只手，又怕伤她面子，于是半推半就往前走。小珍兴致勃勃地挽着他，身后仨人簇拥着，梁英俊跟个小领导似的，心花怒放地上了二楼，进了208房间。

房间里摆着水果盘、瓜子、爆米花和啤酒十瓶，县里歌厅都这样安排，喝不喝都要摆。不是白送，进房间有最低消费，这些是配套服务，不要也得要，嫌不够另点，另点再加钱。

墙上挂着电视，电视里正播放歌曲，梁英俊一听就知道是通俗歌曲。几人就坐，梁英俊坐中间，小珍紧挨他左肩膀，刘广挨着他的右肩膀，诗人挨着刘广，中意挨着小珍。刘广按铃招呼服务员，一个男服务员进屋来，长得五大三粗，像保安不像服务员。刘广交代他端几个时令菜过来，服务员打开啤酒，说菜马上端来，说完就离开了房间。

刘广说，哥，先喝一杯，晚上有事没陪哥，应酬完紧赶慢赶过来，就是想约哥出来散散心。评比竞赛算多大的事，哥连破两起大案，县里谁不说哥是福尔摩斯大侦探，提拔是板上钉钉的事，抽调是一时的，听说哥下步有好去向，不必担心。

这话说到梁英俊心坎上，评比竞赛就是玩数字，谁玩得精谁得冠军，梁英俊上学时候数学就学得不太好，不会弄数字，不会算账。刚上班那会儿，后勤科长看他人实在，推荐他做局里的会计，他说不会算账，拒绝了。后勤科长说局里人挤破脑袋想当会计，说他傻，好机会让给别人。那会儿他不知道为啥说他傻，不当会计就傻吗？后来随着年龄增长，随着阅历加深，梁英俊明白了当年后勤科长为啥说他傻，不就是近水楼台先得月，能沾公家那点儿光吗？

梁英俊不喜欢耍个小诡计，占个小便宜，至今仍不后悔没当会计。大男人当啥会计，男人当会计就跟旧社会那些账房先生一样，挂个眼镜，骨瘦如柴，抱个算盘，天天眼珠子滴溜溜转，嘴里念念有词，盘算着数字，盘算着赢利，那可不是大丈夫干的事。梁英俊认为男人就应当像是一棵松，不应当去算计小钱。

梁英俊端起酒杯跟刘广碰，诗人、中意一起碰，小珍抓把爆米花填到嘴里，小嘴巴嚼着爆米花，眼睛看着大屏幕，晃着身子踏着节奏。

梁英俊跟刘广连碰三杯，俩人在此之前喝过酒，三杯下去，你看我，我看你，又把眼神对着小珍看。刘广说，小珍为宾馆立下汗马功劳，二十五岁没有对象，一心扑到工作上，对小珍没对象这件事，县里风言风语，说小珍跟着经理等念想，啥念想，等经理离婚，俩人拜堂成亲。刘广说，冤枉他一个男人倒没啥，小珍可是个大姑娘，咋能那样作践人家，让她以后咋找对象，人言可畏，真是要毁了小珍姑娘。

刘广一脸冤枉相，梁英俊不知道真假程度，也不喜欢打听这类事，男人女人是非多，远离是非，就能讨个清静生活。梁英俊不说话，只点头，两人喝个理解酒。小珍吃完了手里的爆米花，跟梁英俊说，哥，咱俩跳个一步摇，来这儿就为了叫哥放松。说着，来拽梁英俊，梁英俊把杯里的啤酒喝干净，放下杯子，犹豫着，跳还是不跳？

跳一曲，缓解身心。刘广边说边推梁英俊，梁英俊站起来，诗人跟中意鼓掌，鼓励他。

跳一曲又何妨？又不是做啥出格的事，毛主席在新中国成立后，还喜欢晚上约几位将军，带上小姑娘跳舞，伟人也搂着女人跳舞，只要思想健康，没有不良念头，没有邪念，还怕跟一个姑娘跳舞不成，况且还有仨证人，不用怕。

想着证人，梁英俊放开胆子，平日里夹着尾巴做人，今儿要挺直腰杆做人。梁英俊握紧小珍那双柔软的小手，随音乐慢慢摇起来。几年没跳，一时还真乱了方寸，小珍按音乐节奏，来回晃动身子，梁英俊动作生硬，跟不上步伐，几次险些踩了小珍的脚，小珍搂紧他，没一会儿他的舞步就跟上了节奏。

梁英俊的身体与小珍紧挨着，弄得他好紧张，眼睛不知道该放哪里。放小珍脸上？不行，心里总激荡，总慌乱紧张。放在那仨人脸上？也不行，总不能低着头，歪着脑袋跳舞，多难看，跳舞是一种高雅的精神享受，要摆出优雅姿势，咋能扭着脖子低着头，岂不叫小珍暗笑他梁英俊大老粗？干脆把眼神留在电视画面上。

画面里一对青年男女相拥，不是跳舞是散步，女的长发披肩，小珍长发披肩，男的默默含情，梁英俊默默含情。触景生情，画面里的男人就是他，女人就是小珍姑娘，梁英俊迷乱了，陶醉了，分不清他是画面里的男人，还是现实里的梁英俊。他的身心由紧张到痴迷，深深陷入画面中……

服务员从俩人跟前经过，梁英俊从画面里走出来，心惊胆战，一身冷汗，舞曲结束，小珍拉着梁英俊没松手，小珍那只小手非常柔软。梁英俊感觉像攥着一团海绵。服务员把小菜摆桌上，离开房间，诗人拿话筒唱歌，是一首许巍的歌，名字叫《完美》。小珍真完美，跟诗人唱的歌词一样。梁英俊心里赞美道。

刘广倒酒，俩人碰上。哥那舞姿能撵上迈克尔·杰克逊，喝完这杯哥再唱一曲，哥喜欢唱《小白杨》，就给哥点首《小白杨》。刘光说。

来歌厅不唱咋行，唱不好也就是个公鸡打鸣。梁英俊说。

给哥点首《小白杨》，我跟哥再合唱一首《东方之珠》。小珍说着就去点歌台，梁英俊喝完杯里的酒，看小珍按点歌器时，长发飘飘，侧面看，有侧面的美，横看成岭侧成峰，远近高低各不同，咋就这般美呢？梁英俊心里赞叹着。

梁英俊被小珍吸引着，想看，又不敢盯着看，只能看一眼，眼神转过来，再看一眼，盯着看怕刘广心生妒忌，怕诗人、中意暗笑他梁英俊没出息。一个有水平男人，看女人要装得像心不在焉，是在欣赏一幅精美的画，不能死乞白赖地看，那是流氓眼神，会吓跑女人的。

梁英俊平时在派出所处理不少小流氓，从小流氓的讯问笔录里，总结出如何看女人的经验。他喜欢小珍姑娘，是那种别样的喜欢，就是愿意看，正如但丁那句话，我目不转睛地看着她来满足十年的渴望。梁英俊只用几个钟头，就被小珍姑娘深深吸引，深深迷惑，青春开始复苏，爱情开始萌芽，他想跟小珍姑娘说再跳一曲吧，可难以开口。对待女人，梁英俊一向被动，从年轻到现在，没有主动过，难道人老了，脸皮厚了，也敢跟年轻姑娘调情了？

梁英俊有些蠢蠢欲动，又有些胆怯心惊，想逃离这美妙的环境，又心有不甘，流连其中。如此妙龄的美人，哪能无动于衷？要不要跟她来个鱼水交融？断不能！领导知道咋办？纪检知道后如何解释？督察大队知道后如何处理？老婆、家人知道后……断送婚姻，断送人生，弄不好断送小命。放在心里爱美人吧，谁也不知道，老婆发现也不怕，不动真格的，来个柏拉图式的爱情，老婆敢管，休了她。

梁英俊先唱那首《小白杨》，接着跟小珍合唱那首《东方之珠》，小珍嗓音甜润，梁英俊男中音洪亮，俩人合唱时，整个房间的气氛达到了高潮。中意晃动身子，诗人站起来，拉刘广跳舞，服务员进房间，梁英俊与小珍唱的那首《东方之珠》正唱到最后那一句，"东方之珠拥抱着我，让我温暖你那苍凉的胸膛"，服务员收走桌上空酒瓶，离开房间。

时间一晃过去两个多小时，梁英俊看看表，已经是晚上十一点半，他跟刘广说今天到此为止。

离开房间时，梁英俊看见服务员站在门口，五大三粗的身子，套上那身衣服，不伦不类。一个干保安的料，偏要做奶油小生，不是哪个男人都能扮靓，要有个基本条件。

刘广说今晚安排个小套间，好男不跟女斗，哥去我那里回避一下，等嫂子气消了再回去，这几天好好享受外面的世界。

梁英俊借用歌词说，外面的世界很精彩，家里的生活很无奈。他说着看了一眼小珍姑娘，想起小珍姑娘跟他说的话，想要女人可以给他物色一个。梁英俊真想要，又害怕，他在心里将老婆从头到脚骂了一遍，臭女人，啥大路朝天，各走一边，真和美女走一边，你真能叫我命断黄泉？

骂完老婆，梁英俊再将自己骂一遍。笨蛋白痴，人家跟女人混，混得人不知鬼不觉，你还没混，就先想混的结果。人家跟女人混，老婆不知不觉，你还没混，就先想老婆“接触美人”那段话。为了想跟美人有个接触，有个交往，千思万想，左思右想，想得七窍生烟，头昏脑胀，唉！接触美人何其难，难如上青天！

梁英俊躺在宾馆的床上，像经历一场梦，一天两顿饭，俩美人陪伴，阿娇是精品，小珍是极品，精品极品，相依相偎，真是一桩风流韵事，自己生平何曾这般风流过。

这也算风流？就那点儿心思能算风流？人家谁谁谁那才叫风流，俩仨女人睡着，一群女人追着，还有女人为其服毒，为其上吊，为其喝药，为其跳楼，人家不怕组织不怕领导，人家是天不怕地不怕，谁都不怕的个体经营者。人家说，不是俺对不起女人们，是俺实在没有办法，那些女人要缠着俺，叫俺咋办？俺只能个个给点儿钱，抚慰抚慰感情上的伤害，俺又没有分身术，要是有，俺真愿意跟孙悟空那般，分出来一群孙猴精，抱着美人去西天取经。

瞧瞧人家啥活法，看看你梁英俊啥法活。梁英俊真后悔当年没有听老婆的话，离开公安，寻得宽广前程。先前几个同事离开公安，这会儿一个是县土地局局长，一个任环保局局长，一个进县政府任党组成员，两个任乡党委书记，哪个不比你梁英俊混得排场？先前梁英俊想着自己是专业学校毕业，说不准哪天能提拔个公安局副局长，想得真美，你梁英俊有啥能耐当公安局副局长？凭业务，哪个副局长不懂业务，懂业务的警察成群结队，都去当副局长了谁干活？

梁英俊不再想能不能提拔副局长，明天肯定有人知道他住在宾馆，要是有人问起，如何跟人家解释有家不回？总不能说叫老婆扫地出门了吧，自己好歹是个大男人，叫女人撵出家门，这不是灭他的志气，长老婆威风？思来想去，梁英俊心里有了主意，有人问了模糊着说，就说为办案子住宾馆方便。梁英俊是县里出名的福尔摩斯大侦探，为办案子住宾馆，理由正当。其实梁英俊心如明镜，县里新闻播三天，谁都知道为评比竞赛一事他被老婆撵出门外。可梁英俊凡事认死理儿，偏要为自己找理由，即使知道没人相信。人家嘴上相信，心里肯定耻笑他，掩耳盗铃。

梁英俊想着明天该干啥，明天意味着蹉跎岁月的开始，在一个虚设的临时机构挂名，虚设机构没有办公室，人挂哪里？又不是屠夫，杀头猪挂架子上，吆喝着卖，梁英俊这会儿连头死猪都不如，一个大活人，又不能随便找个钩子挂起来，要是跟往常那样回到所里，不说人家见了要问他抽调的事，问他为啥抽调了还在所里，他自己面子上也没处放。要是厚着脸皮回家去，老婆那张嘴就是一杆枪，会打得他千疮百孔，遍体鳞伤。抽调这段日子该去哪里该咋过？消极怠工，等着退休？

上帝关上一扇门，肯定要打开一扇窗，何必消极对待人生？你生活在和平年代，还有哪些不满足？不当所长不算啥，当个所长也算不了啥，条条大路通北京，明天去茶社取取经，兴许能看到没有见过的风景。

第八章

这一夜梁英俊睡得不踏实，做了一夜梦，先是梦见免职，被家里人赶到城外，进了半山腰的机房，穷困潦倒后半生。后是梦见中意在他胳膊上文龙，俩人开茶社，生意异常火爆，胳膊上的龙带着闪电，一会儿变红色一会儿变紫色，梁英俊钻在钱罐子里，舔着人民币，嘴里哼着我们进入新时代。

前一个梦醒来，心里无限酸楚，后一个梦醒来，他摸胳膊，哪里有龙？原来是中意在晃他的胳膊，催他起床吃饭。中意见他睁开眼，问他是不是做了美梦，因为他合着眼时在咯咯笑。梁英俊想着梦里的钱罐子，心被滋润着。

中意说，他跟诗人一块儿过来的，诗人在外屋抱个书本子，啃得正起劲，诗人喜欢在人多的场合抱个书本子，说明他是个读书人。中意催梁英俊刮刮胡子洗洗脸，大户人家子弟，不能露出落魄样，免得叫人笑话。

梁英俊对着镜子刮胡子，胡子一刮，看上去精神抖擞，撩点儿清水洒脸上，涂上洗面奶来回搓，再用清水洗干净，挤点儿润肤露抹脸上，镜子里那个梁英俊，满面红光，油光发亮。再拿起梳子拢头发，往后拢，往左拢，来回拢他个花样年华。从男人的发型上，梁英俊能判断这个人的性格特征。头发三七分，没有创新，墨守成规。头发对半分，看上去像先前电影里的汉奸，是在故意标新立异。喜欢额头上留刘海，装嫩卖萌不成熟，头发往后拢，成熟稳健，事业有成。梁英俊事业节节退，头发根根往下掉，对于他，头发往后拢跟事业无关，是因为头发太稀，拢起来相互照应。

脸盆架上有瓶发蜡，梁英俊拧开盖子，在头发上抹几下，再用梳子刮几下，头发根根竖起，再看那张脸，快撵上刘德华了。先前只知道人是衣裳马是鞍，哪里知道，发型改变人的面相，这一打扮，他一点儿不次于刘德华。

梁英俊思忖，去那个临时机构也不错，县里每年搞活动，那些活动一般抽调副所长，梁英俊是个所长，所长是镇山老虎，摆在那里，下面人心不乱。

县里有个活络人，参加县里搞的临时活动，县领导说人家搞出了政绩，没过多久，破格提拔。抽调未必是坏事，有时候越是看着不起眼的事，越能创造出奇迹来，常言说，脑子活吃白馍，只要敢想敢干，就能创造出业绩来。等临时机构一结束，总结一套典型经验，在县里宣传推广，不出半年，自己肯定跟那个活络人一样，考核提拔。

梁英俊先前想事情不全面，不愿换单位，就想着业务熟，能在公安局混成个副局长。可二十多年混过去，也没混成个精英。人家活络人能做活方方面面，梁英俊想做活一方面都难上加难。为南水北调安置移民，梁英俊在分包村庄两个月来忙个不停，移民问题告一段落，还没工夫喘口气，评比竞赛就拉开序幕，天天搞数字，搞得四肢无力，头昏目眩。

不叫干算了，不当所长少操心。

梁英俊这会儿真不愿意干所长了，准确地说，他发自内心地想当所长，又不愿意操那份心。也就是说想丢，舍不下，不想丢，又觉着太累。说白了，当所长听起来排场，在外面办事总归顺畅些，跟场面上那些人打交道，人家也抬举他。但工作太忙太累太操心，整天不是这事就是那事，事事都要摆平，一件事摆不平，接二连三的事闹得人鸡犬不宁。

一行不知道一行苦，要是叫局外人知道他梁英俊为当派出所所长苦恼，还不骂他个狗血淋头。这真是这山望着那山高，饱汉不知饿汉饥，睁开狗眼看一看，眼下有多少人为一个月拿上千八百块钱起早贪黑，风刮雨淋？又有多少人挤破脑袋想考个公务员，端上个铁饭碗，过上饱食终日，天天忙事的小日子？你梁英俊躺在温暖的被窝里，有啥资格发牢骚？革命小酒天天醉，扬着长鞭，走在社会主义的康庄大道上。你梁英俊发牢骚，要是叫局外人听见，乱棍打死你，疯狗咬死你，扔进山里让狼吃了你，吊到树上勒死了你。

梁英俊走出卧室，外屋桌上早餐已摆好，诗人啧啧道，所长就是气派，过着资产阶级的生活。中意说是社会主义制度的优越性。梁英俊说你俩跟着一起享受一顿资产阶级早饭，体验一下社会主义制度的优越性。诗人说，俺俩没这福分，刚在外面小摊上喝胡辣汤吃的油条。

桌上摆着一碟油条，一盘豆芽，一盘白菜，两个鸡蛋，一碗八宝粥，梁英俊拿起油条配着豆芽吃起来，想着昨晚清风拂面，月儿挂在天边，美人舞动长裙，与他翩翩起舞，多么惬意的夜晚……

诗人坐在沙发上低头看书，封面是《非此即彼》，诗人穿着一件白底蓝格子衬衣，看上去年轻许多，从那张脸可以看出他在书本里找到了乐趣，投入而认真。

梁英俊问谁写的书？诗人说，丹麦作家索伦·克尔凯郭尔，被尊为存在主义之父，终身未娶，一生奋笔疾书直到病死。

梁英俊问诗人是欣赏作者终身未娶还是奋笔疾书？诗人说，两方面都欣赏，最欣赏文笔，写女人真叫绝，天底下女人经他这一写，就不是名画了，是宝藏。接着诗人问梁英俊，嫂子是名画还是宝藏。

梁英俊说算不上名画宝藏，属于金钱豹加老虎型，事业上比他进步得快，在家里人家说了算。

诗人说，金钱豹加老虎，就是个长得美的母老虎，看来所长娶了个恶婆娘。我相信缘分，婚姻这事还是再等等吧，等到世界末日，如果在这个世界的某个角落有个女人也在等我，那时我俩就结为夫妻。

梁英俊说，异想天开，世界末日男女都变成了灰末，除非你变成个蚯蚓，找个母蚯蚓钻灰堆里拜堂成亲。

诗人说，眼下对我来说女人不重要，先出诗集，再找女人。忘了跟所长说，所长三表姐跟我哥是同学，我哥为我出诗集的事正跟三表姐商量着呢，我跟我哥说昨儿跟梁所长吃饭喝酒，唱歌跳舞，梁所长嗓音一亮，撵上歌王，跟小珍姑娘一上舞场，伦巴恰恰，不在话下，俩人跳得不说是一对情侣，起码像一对情侣，我这样说，没有丝毫夸大，梁所长听了可别生气。

梁英俊听了诗人这番话，心里不由得七上八下。

嘴贱毛长，闲扯萝卜淡扯秧，给你朵鲜花你就绽放，给你个笑脸你就歌唱，跟你哥说出诗集的事，干啥要扯上我梁英俊跟小珍姑娘，这不是掰屁股招风，没事找事，难怪连个老婆都讨不上。

要是家里那个恶婆娘知道我梁英俊跟小珍姑娘跳舞唱歌，拿出“接触美人”那段话质问我，跳舞唱歌，手脚并用，也就是动手动脚，实体操作，虽说操作的部位只是手脚，但笼统说来，也算实体操作，恶婆娘肯定不会善罢甘休。

要是再传到外人的耳朵里，我梁英俊跟小珍姑娘阿哥阿妹称呼着，吃饭喝酒，跳舞唱歌，俩人搂着腰，脸对脸，真跟一对小情人似的，没事也要说出事，一传十，十传百，肯定招惹出不少事，父母、老婆、单位、纪检、督察……梁英俊想到严重的后果，弄不好跟那个英雄动美人，美人告英雄一样，免职。

梁英俊说，你是诗人，我是凡人，诗人要找名画，我可不是画的问题，一个实体用着，其他实体看着，不敢轻易碰着，啥情侣不情侣，话不能乱说，要是乱说，惹出乱子谁来收场？

梁英俊强调拥有一个实体的坚定立场，他怕诗人那张嘴没遮拦，说些不该说的话，影响他名誉，败坏他名声。经过灵魂深处查找不足，梁英俊深刻地认识到，话不投机半句多，要说就说觉悟话，说高风亮节话，多余的话坚决不说。

梁英俊喝完八宝粥，指导员打来电话，跟梁英俊说关于他酒后跟女人的那点儿事情。他越听越气，越听越恼，胸中怒火燃烧，对方还在说，他挂断电话，一动不动，怒发冲冠，眼冒金星，似乎变成个火凤凰，他在火中燃烧，又在火中求生。

中意叫他，恩人，咋拉，中邪了？

诗人说梁所长在想事，吃着吃着发癔症。

梁英俊心里骂着，操他老祖宗，老子做啥违法乱纪的事了，竟然有人举报到局里。指导员在电话里说，小道消息，局里传到所里，有人去局里纪检、督察反映他一些问题，不知道是谁，总之，有这件事。梁英俊想，他梁英俊一没搞女人，二没做生意，三没充当保护伞，四没贪污受贿，五在处理案事件上也没有违法违纪，怕啥？如中意说的，检察院找不到事，公安局找不到事，纪检、督察找不到事，举报，造谣陷害，诬蔑诽谤，老子跟他对簿公堂。

不跟地球人一般见识，按既定目标前进，去娱乐，去消遣，越是艰险越向前，人家活络人凡事都能化险为夷，逢山能穿洞，逢水能载船，又不比他梁英俊多个脑袋多双眼，只不过人家善于开动脑筋，想问题比较全面。以后自己也要眼观六路，耳听八方，什么经济学、社会学、政治学，都要学，学无止境，学以致用，活学活用，熟能生巧，勤能补拙，世上无难事，只要肯登攀，没有过不去的火焰山。

梁英俊不去想举报的事，吃饭想事容易噎着，他不想叫外人知道有这件事，就跟中意说没中邪，吃饭想事，豆腐硌牙，稀饭卡住喉咙眼了。中意和诗人好奇地看着他。

小珍进屋收拾餐桌，跟他说，经理陪上面的客人进山，她要负责宾馆的日常事务，不能陪哥去茶社了。诗人说为了他心里那幅名画，要回去把诗集整理一下，准备出版，也不陪所长去茶社了。

太阳漫过高空，梁英俊跟中意坐公交去了茶社。

县里的酒吧、茶社、歌舞厅，早几年梁英俊背着老婆隔三差五去过，自从当上派出所长，老婆天天唠叨，要他注意影响，注意形象，梁英俊很少再去了。这会儿他又想起老婆说的那个典型例子。

县粮食局一位副局长，在县里组织部门考核后，准备提拔为局长时，一群同学提前为之庆贺，喝高了进歌厅唱歌跳舞，女舞伴是个美人，英雄爱美人天经地义，英雄动了美人的脸，哪想到英雄没打动美人的心，美人一怒，英雄没有了用武之地，结果越查问题越多，原本为女人，结果牵连出来一串子事，很快一纸红头文件发下来，文件没说英雄动美人，只说他的工作出问题，经组织调查后给出撤职处理的决定。

那段日子，这件事可是县里的爆炸新闻，酒桌上，牌场上，这个单位，那个单位，连床上做爱的那些男女，也不忘说，可不能学他，亲个炸弹，炸得五零四散。新闻影响延续至今，梁英俊的老婆常拿这事敲打他，叫他明白，男人喝高了就是个猪，滚哪儿是哪儿，滚哪儿都能当床打呼噜。

梁英俊拿这个例子对照自己昨晚那些行为，跟小珍姑娘跳舞是不是搂得太紧？是不是俩人进入谁的画面里？

梁英俊昨晚喝了两场酒，究竟喝高没喝高，他自己也弄不清楚，对待小珍姑娘，究竟是动手没动脚，还是手脚并用？当然是手脚并用，手拉着，脚步踏着音乐的节奏，俩人是纯粹跳舞，纯粹精神享受，根本没有想过男女之间那些事情。梁英俊正处在人生低谷里，要真碰上美人发怒的事，他可是跳进黄河也洗不清。梁英俊想着社会影响，想着考核提拔的事，思忖这节骨眼上去茶社究竟好不好？会不会带来不良影响？

不过不去茶社真没地方去，总不能一天到晚待在宾馆里，时间是用来流浪的，生命是用来消遣的，灵魂是用来反思的，茶社是用来娱乐的。茶社是大众消费，有钱没钱都能消费得起，钱多钱少一个品位，何况是先前同事经营的茶社，不会出啥问题。

茶社坐落在湍河南岸，河岸绵延十多公里，紧靠河岸是一条东西走向的马路，马路边新建了一排排楼房，中意带着梁英俊到楼房跟前，推开一栋楼房的门，这栋楼房比左邻右舍低一层，梁英俊跟着中意进了屋里，一位老人半躺在椅子上，椅子旁放着一个小方桌，桌上放着功夫茶，老人脑门上长了个椭圆形的黑痣，跟包公眉间的半月形黑痣相似。中意低声说，这是老板他爹，看门的，这地儿贼请都请不来。

中意走到老人跟前，叫声爷爷。老人认识中意，说小青年有段日子不见，咋又瘦了？别想着人家叫你金丝猴，就非做那只金丝猴，哪个小妞能看上个金丝猴？

中意说是是，又跟老人说，要带贵宾上楼找经理。

老人说，贵宾咋没见过？中意说是初次来，老人家记性好，下次准能记着。

中意说着，带梁英俊上二楼，二楼走廊有几十米长，走廊里铺着绿色印花地毯，南北方向对称的房门全部关闭，听不见屋里的一点儿声音。

中意悄声跟梁英俊说，这一层是足疗按摩。梁英俊问中意是不是也搞另类服务？中意说，不搞那玩意儿，个别客户看上哪个妞，带出去自行商议，这里不允许，经理先前是警察，不会叫人抓把柄，男人嗅觉天生灵，知道哪里可以缓解身体疲劳、疏通关节、打通经络，哪里可以泡妞，想泡妞来这里是瞎想，来的人都是按摩捏脚的，疏通关节打通经络的，之后再玩一把牌过瘾。这家茶社是咱县里规模档次最高的，小道消息说，老板京城省城都有亲戚，来这里的人也冲着老板的关系，想搞个上下互动联络。

俩人在二楼走廊停顿两分钟，中意带着梁英俊去三楼，三楼布局跟二楼一样，绿色印花地毯，房门关闭，能听见屋里的窃窃私语声。

中意说，三楼房间里斗地主玩麻将，看着是玩，却不全是玩，玩里套着玩，听小姨说，同鸡生蛋蛋孵鸡一个道理，来这里打牌，男女打出感情成双成对也不少，打“地道战”，打“地雷战”的都有，“地道战”不容易被发现，“地雷战”可热闹啦，我见过俩女人打“地雷战”，揪头发，撕衣服，弄得满脸是血，一个骂对方小三，一个骂对方小四，也不知道哪天会冒出个小五来。要是天黑了，见门口站个女人听门缝，就知道那屋里准有一对“地道战”即将被发现，很快就成个“地雷战”。恩人没心思搞这些，要想搞，我帮恩人挖“地道”，保准挖得比城市地铁都现代，我掩护恩人，打一枪换一个地方，保准不会上演“地雷战”。

梁英俊笑起来，他真想叫中意帮着挖“地道”，谁不想？现在进入一个啥时代？吃着地沟油炒出来的农药菜，喝着甲醇勾兑出来的品牌酒，住在隔开的鸟笼里，上不着天，下不着地，光这些还不算悲催，最怕的是碰上个地陷塌方，掉进下水道里，冷不丁地消失了，冷不丁地淹死了，冷不丁地活埋了，连个遗言都来不及交代。这么想搞个“地道战”，也算活得潇洒自在。只不过这会儿梁英俊心思没用在这上面，一身麻烦缠着他，哪有心思搞“地道战”？梁英俊就想遛个弯弯，转个圈圈，图个精神快乐算了。

俩人在四楼没停，直接上五楼，走到尽头，梁英俊一眼认出先前的同事王建党，正踱着步子打电话，满嘴说着光堂话。王建党跟梁英俊有层间接亲戚关系，王建党的老婆跟梁英俊的大嫂是小时候的同学，关系好。王建党没出事前，基于这层关系跟梁英俊处得不错，出事后有过一段时日俩人没见面。

王建党见是梁英俊，紧紧拉着他的手，亲热地叫起来，哎呀，我的好老弟，多日不见，看你这精神头丝毫没减，就是头发，成个喜马拉雅，心闲长头发，人闲长指甲，看来老弟你操心啦。

梁英俊见王建党一脸喜相，打扮得油光发亮，一招一式很有大老板的气派样，这哪是先前那个王建党，先前那个王建党跟个瘪三似的，这会儿就是个阔商，不说办公室的摆设，就说这满脸光堂样，满身阔气相，就知道过得比先前风光。

早想老兄了，就是身不由己，弟兄们说老兄现今是台面上的人，看这规模，这行头，这打扮，就知道老兄混得体面排场，哪像小弟，摔一跟头爬起来，没摸着钱，却抹了一脸狗屎。大哥真叫小弟羡慕呀。

王建党说，狗屎好呀，自从我变成狗屎，就再也没人踩在我头上了。昨儿听说小弟得个三连冠，抽调到临时机构，这也好，要不是摊上这事，你哪有空过来玩？听先前弟兄说，新来的局长不想开杀戒，也不好违背局里原先定的规矩。先找个临时地方，曲线救国，依我看你就别担心，家族一大群人哪个不是混得出人头地，经商的钱牢固，从政的官衔高，随便拉你一把，就能渡过危机。王建党又问梁英俊下一步有啥打算。

梁英俊说，进无进路，退无退路，名字挂着，身悬空中，要不是中意带着来茶社，连个去处也没有，来这里就为找个落脚地，混到这般惨状上，真不知道该咋办，今儿来茶社取经，说不准哪天也开茶社，找个退路。

王建党说，甭管挂着还是悬着，只要发工资就撑到底，不能走开茶社这条路，走到这条路上才明白那句话，屎难吃钱难挣，面上风光心里苦。评比竞赛算啥大事，退一万步说，就是不干所长也是警察，还是公家人，公家会养活你，给你养老送终，凭这点，就要赖着公家不松手。

王建党的办公室跟先前干公安时的摆设差不多，一张写字桌，桌上一部笔记本电脑，西南方向摆长木椅，俩茶几，四盆植物，一个净水器，墙上挂着山水画，青山绿水间有瀑布奔涌而下，只是这房间里少个书柜，桌上少个笔记本，先前派出所副所长屋里都有这两样东西。

梁英俊在那排咖啡色木椅上坐下，王建党泡了一杯苦丁茶，说这类茶降血压、降血脂，梁英俊啜一口，茶带点儿苦头，跟梁英俊这时候的心境很般配。王建党这会儿电话开始忙起来，有约他吃饭的，有联系打牌消磨时光的，有带着目的夸赞茶社女服务员服务周到的，也有想通过王建党联络联络，达到一举两得的目的的，电话一个接一个。先前干公安，也就是个辖区派出所副所长，说白了，就是个包片民警，谁找他？找也是为家长里短，鸡毛蒜皮，没好事。现在尽是好事，但不是人家送钱玩要，就是人家托他帮忙，俩人说话总被电话打断，王建党打电话也是一句一个哥，一句一个弟，听起来都是他的亲兄亲弟。

梁英俊心里一阵接一阵感叹，这哪是先前的王建党？先前那个王建党跟他一样，嘴巴上拴根铁链条，嘴里塞个冰疙瘩，话不多叫人听着心寒。两年没见王建党，这一见，真是旧貌换新颜，一朝君子一朝臣，短短日子换个人。王建党经过社会的教育引导，可以说是彻底脱胎换骨，成了个社会活动家。

梁英俊问王建党茶社生意经营得可好？王建党说最令他头疼的是疏通关系，方方面面的关系要打点，层层关系打点不完，天天跟关系人应酬周旋。

自家人说亮底话，来打牌多为联络感情，也有为办事让帮忙撮合，牌场上能解决许多事情，明里是打牌，暗里表示表示。有些人过来说是搞足疗，搞全身按摩缓解身体疲劳，其实也就为跟小姑娘打情骂俏，小姑娘简单培训上岗，哪懂得经脉疏通？玩家兴致也不在保健上，就是想从小姑娘身上寻点儿青春快乐，那些姑娘个个机灵，常聚在一起商讨赚钱的门路，比着谁挣的小费多，如何讨客人欢喜。投资人眼光独到，物色的小姑娘个个乖巧伶俐，他王建党在这里说是当总经理，不过是个打工族，到底也是摆放在这里做张名片，事情到这份儿上，就不是愿不愿意的问题，是生活的问题，也要养家糊口。

时间挨到中午，王建党跟梁英俊说要他陪三位客人简单吃个饭，三位客人对茶社很重要，俩生意人是常客，另一个跟茶社生意关系密切，是牵扯到茶社利益的管理人。王建党说，俩生意人常来捧场，管理人常来照应，梁英俊是公家人，陪客人提升茶社面子，做生意面子很重要，人脉好生意就好。

梁英俊听王建党说中午叫他当陪客，心里琢磨着，原想跟王建党单独坐一坐，听一听王建党的想法意见，以后要是被免了，辞职开茶社划算不划算？哪想到，这一来，王建党就叫他陪人喝酒吃饭，说心里话他不想陪，这一陪难免要喝酒，喝醉了忍不住摸一把，忍不住叫小姑娘按个摩，捏个脚，叫人传到社会上，派出所长去茶社喝酒打牌，叫小姑娘捏脚按摩；传到局领导耳朵里说他趁着抽调，到处逍遥；传到家族人耳朵里，会说他评比竞赛失败应静思己过，这时候还进茶社娱乐，人处在倒霉时，如果再碰上啥意料之外的倒霉事，看你咋办？

梁英俊想拒绝，又一想，咋好意思拒绝？王建党的老婆跟大嫂是闺密，为一顿饭，挑明他梁英俊是公家人，有点儿社会作用，才留他陪客人吃顿饭，哪能不给面子？真拒绝，肯定要得罪王建党，为一顿饭得罪王建党，太不值得。

县里一个派出所长，多少有点儿利用价值，在世面上混，总少不了吃点儿喝点儿，生活在这样一个小圈子里，谁跟谁不眼熟，有事请客不去行不行？不行，面子上的事，不去得罪人。这顿饭又不是求自己办啥事情，纯粹凑着玩，凑在一起胡吃海喝，更不能拒绝。县里有些人为处理事情接受宴请，原告请完被告请，吃了原告吃被告，吃完把问题解决得珠联璧合，双方满意，双方送锦旗，送镜框，双方逢人就夸人家公正，不袒护任何一方，执法如山。人家哪像他梁英俊，想事只往坏处想，不往好处想。以后想事，方方面面都要考虑，人无远虑，必有近忧。

王建党说客人十二点半到，这会儿先带梁英俊在各个楼层看一看。

离开房间，王建党说起先前那件事，连连自责，说怪自己想立功，想提拔，想表现，脾气不好，一时冲动，结果没被提拔，一下子跌到地狱里，经过沉重打击，脾气性格彻底改变，现在见谁只差叫大爷，逢人都是一脸笑，笑对人生，笑对世道。人活一世三句话可以总结概括：一被子，一杯子，一辈子。

梁英俊想着王建党总结出来的三句话，说得很在理儿。一被子，一杯子，一辈子，说得轻松做起来难。

一辈子离不开一被子，一杯子离不开一被子。

被子没了，一辈子就完了，有被子就有一个人，被子里盖着一个人，这个人是后半夜盖被子，还是一整夜不盖被子，这没人管，被子空着，说明这个人没闲着，被子空的时候多，说明这个人睡眠时间短，等完全彻底盖上被子，这辈子就结束了。

人与人交往靠杯子，人与人加深感情靠杯子，你找我办事，我求你办事靠杯子，一杯接一杯，杯杯装盛情，等杯子空了，人也撒手人寰，进入被子里了此一生。杯子一天不空，生命就在杯子里游弋。

一辈子靠的是一被子、一杯子，一辈子没有杯子，这辈子被耻笑为窝囊蛋，一辈子没有被子，这辈子也就是才落地就归天。

梁英俊把王建党这三句话细细思量，好像人生用这九个字概括完了，实在是酸甜苦辣全裹里面了。

王建党说，现今他满脑子只想挣钱，考虑方方面面的人际关系，如今社会关系第一，干啥都脱不开关系，有关系了，还要跟关系意思意思，这意思，那意思，全是意思，意思起来没完没了。

梁英俊说，意思到头，总有被纪检委、检察院意思进去的，自己是个稀屎胆，成天拿这些部门自己吓唬自己，瞻前顾后，一把斧头劈不开，心眼太死。

王建党说，意思进去的是杂家，没意思进去的是玩家。

梁英俊说，听君一席话，胜读十年书，奈何桥上走一遭，蓦然回首，灯火阑珊照九州，几多欢喜几多愁，日落西山又一天，一天更比一天难，钱能解忧，也能消愁，就是买不来轮回路，要是到了阴曹地府，跟阎王求情，让阎王老爷开开恩，下辈子托生成人民币，没有人跟人民币过不去，人人捧着，人人欢喜，不生不死不灭，就如那个电影的名字:《永不消逝的电波》。

王建党说，最近看了一则报道，像我们这种年收入在三万以内的人，已经进入很穷的行列，跟非常穷，只错一个档次，离开公安后我开始慢慢进入一般富人的行列。

梁英俊说，对酒当歌，人生就是这么活，努力学习，努力工作，努力生活，努力活得像个人，其实活得不如鬼，鬼在阴间里，有成群的活人给人家送阴钞，逢年过节祭奠人家。咱想做鬼鬼不收，不想做人人偏留，这不以我的意志为转移。

俩人说着到了三楼，穿过走廊，走到尽头。王建党推开房门，房间摆着藤条桌子和四个藤条靠椅，墙上挂朦胧派的壁画，一对裸体女人半躺水中，若隐若现，长发遮盖敏感部位。房间十来平方米，地上铺着鹅黄色地毯，墙左侧有一扇门，门敞开，能听见屋里的说话声。

梁英俊跟着王建党进去，屋里四人分坐东南西北，年龄跟梁英俊不相上下，正在稀里哗啦地摆麻将，见王建党身后跟着梁英俊，其中一位说，这不是所长老弟嘛，认识，认识。

真巧，老熟人都聚在这里了。另一位说。

老熟人才聚在这里。又一位说。

来这里的哪个不是县里的排场人？再一位说。

四人跟梁英俊说都是熟人，各自报出身家姓名，单位职务，意思是说身份对等，关系很近。兄弟，都是兄弟，四人说。

梁英俊跟四人打招呼，客套着，说我们来自五湖四海，五湖四海皆兄弟。

王建党说，中午安排了几个可口菜，哥儿几个喝一场。

其中一位说，有人约了，再玩两把就准备走了。

王建党说，想找个机会表示表示，你愣是不给机会，也是好事，兄弟酒场多说明人缘好，那就改日了。

梁英俊再跟四人道兄弟情长，四人跟他也是一句一个兄弟称呼着，摆出关系，牵牵连连，跟梁英俊说，大家都能攀上亲戚，其中一位说出跟梁英俊攀上亲戚的依据，另外三人也说跟梁英俊家族的谁谁谁、跟梁英俊老婆家族的谁谁谁、跟梁英俊一个祖宗的谁谁谁有关系，四位跟梁英俊攀来攀去，攀成一门亲。

梁英俊脸上露着笑容说，先前真没攀过，都怪自己忽略这些亲戚关系。四位说怨不得他梁英俊，四位跟梁英俊家族有联系，但跟他接触不多。梁英俊心里清楚，家族人个个混得比他排场，人家自然跟他联系少。梁英俊面带笑容说，都是好兄弟，以后多联系，有空哥儿几个喝一场。四人点头应声，梁英俊跟着王建党离开房间。

出门后王建党说，这四位是茶社重要的客人，跟茶社有管理上的关系，不能得罪，做生意讲究和气生财。

梁英俊说，一出门就碰见熟人，跟谁一攀都是亲戚，相互牵连。

王建党说，一个县城一张网，网线连网线，断一头，断几截，断几截，露个洞，洞要及时补，时间长了补不上，鱼就要漏出去，这张网很重要。

王建党说着，推开隔壁另一扇门。这个房间跟先前房间错个档次，一张桌上四人分坐，两男两女，女人打扮妖艳，男人叼着香烟，桌上摆茶水，墙壁上挂彩画，画面上是位少女，穿着云南少数民族服装，坐在河边戏水。

王建党问午餐吃啥？一个女人不耐烦地瞪他一眼低头码牌，另一个女人说每人一碗面，正玩在兴头上，没兴趣吃饭。说着将手中的麻将扔桌上，挨她坐着的男人叫碰，女人冲男人叫克星。

王建党退出房间关上门，跟梁英俊说那俩男人做生意，女人是姘头，四人不常来，来了就待一天，玩到深夜才走，这里不提供住宿。茶社投资人上层有人，玩的人心里有数，投资人心里更有数，谁也不道破，他从不打听投资人的事，只管好生意。

梁英俊先前从中意嘴里知道这一楼层事多，啥“地道战”、“地雷战”，层出不穷，王建党经营这家茶社，说白了就是个联络场地，给一些人提供场地联络感情，疏通关系渠道。

王建党带梁英俊到另一个房间里，也是普通的麻将室，屋里坐着四个浓妆艳抹的女人，摆着麻将，说着世面上流行的脏话，也不避人。

一女人见王建党身边站着梁英俊，调侃道，咋啦，送个小白脸叫老娘们儿娱乐娱乐？

哪能这般损他，人家是派出所所长呢。另一个女人说。

唉哟，还真是所长，我跟你老表合作搞装修生意，他常夸你是个地道正经人，咋也来打麻将？又一个女人说。

先前光听说所长大名，真没见过，今儿见个货真价实的，难得呀，来，坐下跟姐儿几个摸一把。再一个女人说。

就是嘛，男女搭配，干活不累，我们几个正无聊，凑一桌搞个笑话，提提神。最先开腔的女人说。

唉呀，人家所长哪愿意跟咱老女人玩，要玩找二楼小姑娘，苗子嫩，好消化。认识梁英俊表弟的女人说。

你咋就喜欢说我们几个半老徐娘，我们几个不说风华绝代，也算得上牡丹开得正娇艳，县里哪个女人能比得过我们四个，从头到脚钻石名牌，吃鲍鱼，喝洋酒，坐奔驰，要逍遥，哪个男人不是你追我赶，追着我们四个挣大钱，多风光的四人组啊。最先开腔的女人说。

梁英俊见四个女人来头不小，又是县里款姐，担心四个女人四张嘴，会在东南西北四个方向冒唾沫星，散布他进茶社打麻将，找小姑娘捏脚按摩的消息，急忙解释说，过来探望朋友，哪有时间玩，姐儿几个别误会。

认识梁英俊表弟的女人冲他撇嘴说，唉哟，玩又咋了，看把你吓的，你老表可牛得很，大玩家，早听说你不沾腥荤不沾花，听这一表白，还真叫人怀疑你来这里是玩还是看朋友，不来玩解释个啥，谁管你是看朋友还是玩。

王建党见状急忙插话问午饭是不是在茶社吃。

其中一个女人答，出去吃对的份子（赢的钱里抽出的份子）。

梁英俊见四个女人不好惹，立即摆出和气样儿，露出一脸笑，说，不打扰姐儿几个，有空请四位财神喝一场，跳一曲，再搓搓麻将，姐儿几个看如何？

四个女人听此言冲梁英俊眯眯笑，这个说好，那个说谢，说先前没跟梁英俊接触过，听这几句话就知道，他梁英俊也是个很随和的人，也是一个圈里的人，以后多联系。

四个女人和先前四个男人一样，又说起梁英俊的那些排场亲戚，她们没有攀亲，只说跟梁英俊家族谁谁谁熟，跟谁谁谁关系好，有生意往来，常在一起喝酒娱乐。梁英俊只点头不说话，他知道女人说话不要接腔，你接一句，她能说十句，没完没了。四个女人见梁英俊一脸笑容，只听不接腔，很快失去兴趣，继续摆麻将，王建党掩上了门带梁英俊离开。

又上五楼，王建党继续说他辞退的事，说老婆为这事一直耿耿于怀，当时儿子上大四，第二年送儿子去国外读研，跟儿子交代过，谁问他爸干啥，压根儿就不说当过警察，压根儿就是生意人。

王建党问梁英俊，孩子在国外是否知道他抽调的事？梁英俊说，没跟孩子说，怕孩子操心。

先前梁英俊没将自己这档子事往儿子身上考虑，经王建党这一说，他联想起儿子来。儿子是梁英俊的心头肉，挂心果，说起儿子，他从心里生出思念，生出愧疚。梁英俊的儿子去年考上美国哥伦比亚大学，在这块四周山峦盘踞的县城，梁英俊的儿子也是数一数二的尖子生。

想起儿子，梁英俊回忆起送儿子去机场的情景。梁英俊的父母跟孙子交代，要跟上时代的脚步，成为山城受敬重的人，小处说为家族争气，大处说为国家争光。孩子连连点头，赢得老一辈人的赞扬。接着梁英俊的老婆跟儿子说了许多奋勇直前的话，鼓励儿子再接再厉，乘胜追击，捷报频传。

这场面，梁英俊也是重要的角色，该他演重头戏，父母跟老婆希望梁英俊能在关键时刻说上几句令儿子终生难忘的话，将来或许儿子灵感突发，写出一篇如朱子清《背影》那样优秀的散文。可是，不知道咋回事，梁英俊的大脑在关键时候卡壳，千言万语这一刻突然卡壳，他和儿子相互凝视，眼含泪光，两个男人，一个初出茅庐，一个饱经沧桑，男儿有泪不轻弹，只是未到伤心时。梁英俊拥抱儿子，这是现今最流行的感情表达的方式，电视电影里常有这样的镜头，父子俩相拥许久，这感人一幕，梁英俊至今难忘。

王建党说，先瞒着孩子，免得孩子在国外担忧，小道消息说，你挂着是临时的，等着好机会来再安排去处。

梁英俊不知道这个好机会何时来到，他被动等着，王建党那三句话对他启发很大，先前的郁闷得到极大缓解。不就是一辈子，一杯子，一被子，哪天眼一闭，腿一蹬，钻进被子里了此一生。

要是为大案要案死，说不准身上落面党旗，那是最荣耀的死。不过，小地方的警察，没听说过谁死得这般荣耀，小地方警察最荣耀的死，也就是放进玻璃罩子里，戴警帽，穿警服，警号算个陪葬品，再盖上一个缎子被，四周摆满鲜花，供人瞻仰后扔进炉子里，一股烟过去化成灰。

别想死后，能不能盖上党旗荣耀地死不由自己，活着就要自在地活。

梁英俊跟王建党说刚才指导员打电话问他抽调的事。抽调就抽调了，总不能敲着锣打着鼓，跟欢度国庆似的，弄得全县人民都知道。不过反正自己脸皮子磨厚了，谁想看笑话，就随便看，谁想说啥尽管说，两耳不闻窗外事，只当自己是聋子。

梁英俊笑着，自嘲地微笑，王建党那三句话启发了他，不能盖上党旗荣耀地死，那就放松身心自在地活。

一阵脚步声由远至近传过来，咔嗒咔嗒的皮鞋声很有节奏，该是客人来的时候了。

第九章

客人穿着鳄鱼牌的T恤，三十来岁，胳肢窝夹个黑色公文包，这年头有名堂的男人都喜欢夹个公文包，看上去斯文有派头。

王建党跟梁英俊介绍，来的人是县里经营钢材生意的，大家都叫他狗娃，狗娃这个名字一听就是小名。

狗娃见是梁英俊，一个箭步跨过去，握着梁英俊的两只手，嘴里还叫着所长哥，早知道所长哥的大名，就是没在一块儿坐，没想到今天能在茶社碰见所长哥。狗娃这些话，也是场面上人常说的恭维话，意思他梁英俊是县里的排场人。

梁英俊虽说不是大户人家的纨绔子弟，但身上多少带点儿脱离群众的清高孤傲，加之又是王建党口里描述的公家人，这会儿在社会人面前不由自主地摆身份，狗娃是个初出茅庐的生意人，根基不深，底子不厚，很在意跟县里有名气的人接触，一方面扩大人际交往面，一方面为日后生意谋取利益打基础，这会儿自然热情地跟梁英俊说恭维话套近乎。王建党跟另俩人电话联系，一个说到门口了，一个说十二点半准时到。

又一阵咔嗒咔嗒的皮鞋声，这阵儿比先前那阵儿听上去有节奏，接着一阵大笑声，笑声里混着说话声，今儿开鸿运，房价又涨了。

梁英俊听声音，知道是县里的地产商何顺来进到屋里，那块头，那体态，那音调，快撵上男高音歌唱家帕瓦罗蒂了。何顺来见是梁英俊，上去将梁英俊揽在怀里，拍拍肩膀拍拍胸，大声叫着没想到是老兄哦，很长时间没见面，还这般年轻有精神。

哪有你有精神，数钱数得手脖子疼吧，真叫人眼馋。梁英俊说。

何顺来说，老兄这是说哪里话，这钱就跟下油锅炸的虾片似的，看上去一堆，落口里没了，分流多，截留少，挣得也是千辛万苦的钱呀。这不，刚从县里开会过来，县里领导轮流接见，要我汇报下一步两座楼房何时开盘。

何顺来笑逐颜开，这样说有他的用意在里面，一方面他想在狗娃跟前炫耀他何顺来接触的人群档次比狗娃高，一方面想跟梁英俊来个暗示，别小瞧他何顺来，他跟梁英俊共属一个圈子里，是经济基础与上层建筑的相互依赖，同生共存。

王建党泡上苦丁茶，问何顺来县里房产市场的走向。

何顺来满眼放光彩，激动地叫起来：正在稳步上涨呐，真是全国形势一片红，大城市大涨，小城市小涨，做梦也没想到，咱一个小小县城，也出了一群千万富翁，先富起来的带动想富起来的，大家走共同富裕的道路。

县里正在搞城中村改造，整个县城丈量一遍，先前那些危房旧房，低层楼房，都要拆迁改建成高楼，我看了县里的规划图，三年以后，要是从高空拍张俯瞰图，真像一张世界地图，这一片红，那一片绿，还有一条一条曲曲弯弯的马路，一片片大楼拔地而起，超市、商场、绿荫大道、休闲公园，所有设施配套齐全。看来这三年五年，我又要忙得早出晚归了，感谢我老娘给我起名叫何顺来，啥顺利事都朝我来，天助我也，天助我也。

这时候，一个声音从走廊里传过来，连声道歉，连声说叫兄弟等着他一个人，真是不好意思。屋里人听声音站起来，何顺来走到门口说，老弟真守时，说十二点半到，不晚一分不早一秒。遵守时间的张全德握着地产商何顺来的手，唉，身不由己呀，哪像老兄你，时间自由支配。

管理人张全德攥个手机进屋来，一眼看见梁英俊，热情上前打招呼，说他与梁英俊家里个个都是老熟人，特别是跟他大哥，两天一个电话，三天五天聚一聚，无话不谈，亲如兄弟。往深了说，我俩还是亲戚呢。何顺来接过话说，等喝一阵子酒跟你细说我们几个的关系，都是亲戚摞着亲戚。

王建党招呼伙计摆餐具，每人跟前放上小盘子小汤碗，淡绿色酒杯是南阳独山玉做的，王建党抱出三瓶五粮液，招呼客人落座。如何坐？座位有讲究，王建党安排张全德先坐下，张全德拉着梁英俊挨左膀，拉何顺来挨右膀，主要人物一落座，其余跟着随便坐。中意挂在桌边坐，添水倒茶，嘴里一句一个叔叔，一句一个大伯，称呼谁为大伯？中意说，跟何顺来在酒吧见几次面，小姨叫他称呼何顺来大伯。

县里人讲究酒场上的规矩，啥场合摆啥菜，菜跟菜档次不一样，都有说头。今天这一桌，是凑着玩凑到一块儿来，虽说临时凑起来，王建党也马虎不得。这一桌人，个个都是王建党的财神爷，哪个都不能慢待。王建党安排八道热菜一道汤，荤菜有干炒鸡，清蒸鲈鱼，酱焖牛肉，炒大肠，醋熘羊肝，素菜是清炒豆腐，爆炒上海青，虾仁冬瓜条，外加一个猪蹄黄豆汤，都是家常菜。

正是吃饭点上，菜一上桌，食客相互推让一番，开始下筷子。三下五除二，下去一半，张全德喜欢大肠，油乎乎的大肠在他嘴里来回翻，梁英俊看见，剥了瓣大蒜填到嘴里。

肚子垫了底，王建党为每人斟酒，说开场白，重点说梁英俊。

今天阳光当头照，空气格外好，所长小弟来茶社，也是头一遭，今天接上头，以后都是好兄弟，兄弟混得好不好，全靠大家来关照，先按规矩喝门酒，再说敬酒和碰酒。

县里规矩谁都知道，三杯门酒，非喝不可，王建党负责倒酒，中意负责端酒，三杯门酒，桌上弟兄碰三回，这个说句为兄弟干杯，那个说句弟兄们常聚。三杯门酒喝完，王建党身为东道主，先行敬酒，喝三杯敬三杯，从张全德开始，中意收尾，一瓶酒剩个瓶底儿。王建党再开一瓶，递给梁英俊。

仨客人都是县里排场人，张全德属于管理阶层，在县里小有名气，何顺来是县里卓有成就的企业家，也是政协委员，狗娃倒是没名气，毕竟年轻，年轻就是资本，几个排场人跟梁英俊在不同场合碰见过，今天在这场合碰见，一定不能怠慢，要是怠慢了谁，得罪人不划算。

梁英俊不想得罪人，谁也不想得罪人，为喝酒稍有闪失，礼节上稍有不妥，就会得罪一群人，一个团体、一个家族。这不是吓唬谁，是真的，一个人背后一个家族，一个家族牵连多少七大姑八大姨。场面上的人都明白利害关系，酒场上相互捧，越捧感情越深厚。

梁英俊接过酒瓶，先喝三杯，说道，过去派出所事多，忽略了跟弟兄们的交往，从今往后多联系，多沟通，以后也请几个弟兄在生意上多照顾王建党，半路出家做生意，瞎眼摸象，万不得已，还烦劳弟兄们多多捧场。

梁英俊从张全德跟前开始敬，张全德端起酒杯，说起梁英俊那个显赫家族，说也是远亲，以后多走动，免得冷落了感情。

轮到何顺来，何顺来端起酒杯接着说，要是攀，咱们也是亲戚，只是这亲戚太生分，看来真要多走动走动，要是不走动，再过几年，晚辈们谁也不认识谁。等过春节，我凑个场，叫晚辈们在一起认识认识，将来也能你帮我，我帮你。

张全德说，不愧做大生意的人，想得远，看得远，物以类聚，人以群分，近朱者赤，近墨者黑，后代们要是常走动，一个带一个，真能带出一连小八路。

梁英俊给狗娃端酒，狗娃说，生意上是跟梁所长的俩老表学的，人脉也是梁所长俩老表帮忙联络的，自己跟梁所长也是远亲，自家堂弟媳娘家跟梁所长是亲戚。

张全德说，甭管远亲还是嫡亲，只要能沾上亲，都是自家人。

何顺来说，一家人不说两家话，谁想说啥就说啥，喝吧。

一轮酒敬下来，几个人越说越亲近，越说感情上越投机，梁英俊很快陷入弟兄般的感情中。

是啊，一个县城就跟先前的部落氏族似的，沾亲带故的，直系旁系的，千丝万缕的，亲戚套亲戚，关系连关系，先前他梁英俊咋就没往大处想，没往宽处做呢？以后要更新观念，转变作风，不能为一杯两杯酒，得罪一两群人，再不管老婆交代的高血压、脂肪肝、胆囊炎，再不装腔作势拿个人身体做掩护，身体就是用来冲锋陷阵的，不是用来在酒场上打退堂鼓的。

酒是纽带，将人与人的感情连接起来；酒是七大姑八大姨，将你我他之间的亲戚关系层层递进；酒是祖宗，认祖归宗，直系旁系，大家都是间接亲戚。酒的领域是无限广阔的领域，无限开发的领域，无限扩张的领域，无限发展的领域，酒代表我们的未来，我们的人脉资源，酒能代表我们的心，为酒干杯！

梁英俊举杯畅饮。奶奶的，一场酒攀出来几家亲戚，串两大酒场，串上几个先前没接上头的亲戚，往后多走动，多接触，壮大亲戚队伍。梁英俊说。

张全德接过话说，谁说不是，都是自小在县城长大，不出五服的亲戚多着呢，老兄家境好，平时不注意跟亲戚联系，要是想拉扯，天天忙得脚不沾地。

小姨说恩人是红二代，中意插话说。小姨是中意待人接物的一张王牌，无论到哪里，都要掏出王牌亮一亮。

张全德说，东方不亮西方亮，你小姨就是你的花衣裳，听说很快要进入政界，真进入政界，那可是如虎添翼，你小姨那本事，那能耐，在座的除了你何伯伯，谁也比不过。男女平等的社会，充分利用人脉资源，发挥人脉资源，人为她用，她为你用，不出一年，你小子就会丢掉花衣裳，换做金麒麟。张全德说起阿娇，脸上露出色相来。

何顺来半显摆半自豪，又半神秘半遮盖地小声说，哥几个可知道这小子为啥叫我大伯？这也是关系套关系，算个远亲。自己人说亮底儿话，他小姨正托我帮她搞政协委员呢，已经说得差不多了，这几天叫她再见见决策人，敲定一下。话说回来，中意那个小姨，真是个典型人物，从山窝里出来，从贫穷走向富裕，富裕了不忘感恩，那张嘴一说话，真叫有水平，不知道的还以为是中央党校的研究生，财旺升官，将来说不准还会成为县政协的重要人物。

张全德说，女人从商界转入政界先例不少，国家没有规定只有高学历高素质人才能进入社会政治团体，只要思想纯正，拥党爱国，懂得顾全大局，热心参与政治经济活动，就能成为政界精英。

狗娃跟何顺来说，咱俩也是亲戚，我跟酒吧小老板都是生意人，你咋就不帮我，我跟她比不缺胳膊不缺腿，就是个性别区分的问题。

张全德说，癞蛤蟆吃个泥鳅才是正餐，没有可比性，别瞎比较。

何顺来笑道，男帮女，女帮男，同性相斥，异性相吸。

狗娃说，酒吧老板进政协，以后就是咱县里的形象代言人啦，他狗娃要想进政协，以后要多去酒吧跟老板喝喝酒，碰碰头，取取经，跟美人喝酒，鸿运当头。

张全德说，跟美人喝酒，可能鸿运当头，也可能摔个跟头，人家酒吧小老板，有脸有货有仓库，你有啥？钢筋棍子，烂铁架子，外加一个水泥棚子，啥也没有。美人进政协门槛低，你狗娃想进政协，要向何顺来看齐，做关乎民生的大事情，做县里经济腾飞的引路人，别说进县政协，省里都给你留着席位呢。

狗娃听得直点头，称呼张全德是人民公仆。

人民公仆？梁英俊思忖这句话。先前评比竞赛在台上做检查，他就说他梁英俊不是人民好公仆。狗娃夸赞张全德，梁英俊不由得观察张全德，瞧人家那状态，一看就是个亲民爱民的好表率。嘴巴笑成半月状，眼睛眯成柳叶状，脸上带着阳光状，全身露出慈祥状，一举一动和蔼状，一言一行可亲状。梁英俊哪有这形象？

虽说他梁英俊跟人民群众的心紧紧联系在一起，但他放在心里没表现出来，他始终坚定不移地认为，为群众办事，义不容辞，就是做个黑脸汉，也不会遭群众埋怨。

这会儿铁的证据摆跟前，他不得不承认，有时候脸黑就意味着心黑，脸红意味着心红，谁能扒开你的心看看，生活就是一部电影，电影里正面人物一出来，慈眉善目，一表人才。反面人物一出来，弯腰驼背，龇牙咧嘴。张全德眉清目秀，笑容可掬，一脸憨态，张弛有度，不知道的人，还以为跟前摆着一尊如来，从头到脚带着管理人的范儿，大腕的派头，还真像一尊如来，谁都供着，谁也不敢慢待。

这时候，指导员王鹏进到屋里来，何顺来说，前天你还赢跑我千把块，回去没叫老婆摸走吧？

王鹏说，老婆光摸人不摸口袋，那千把块存在兜里，等你再捞回去呢。

何顺来说，跟你是碰上才玩，玩得小没意思，我跟那几个兄弟哪盘不弄个上万块。玩牌也是凑群玩，今儿是凑喝酒，不是凑牌玩，要是凑牌，不跟你们几个玩。前几天外地来个大玩家，人家那叫真有钱，包里揣着十几万，输完就走，毫不含糊。这钱跟钱也结缘，咱县里人玩牌，钱在这个跟前转一圈，在那个跟前转一圈，弄到底都是不赢不赔，外地人一来，钱也跟个势利眼，带来带不走，跟着咱坐地炮走。

梁英俊说王鹏，你小子就是精，所里事撂给我，电话找你，一嘴瞎话糊弄我，跟大老板玩也不记着叫我。

王鹏忙辩解，人家大老板哪跟我玩？只是偶尔碰见摸一把，一大早给人打电话，没说几声就挂了，跟踪追击撵你到这里，总不能怀疑我篡党夺权吧。

王建党笑道，瞧这哥儿俩，天天不忘阶级斗争。

何顺来说，这哥儿俩斗，是嘴皮上斗，最怕那些心里斗，面上叫哥哥，手里掏家伙，戳你个杀人不见血。

张全德说，心里斗也不可怕，最怕拿个女人跟你斗，不用掏家伙，不用叫哥哥，女人一把撂倒你，就跟撂个手榴弹一样，炸得你片甲不留，惨呀。

梁英俊想起英雄摸美人那一回事，美人拉响手榴弹，英雄应声倒地，惨呀，不能走英雄的老路子，小珍姑娘跟他传授过这方面经验，人生如戏，全靠演技，想美人要不露声色想在心里，玩美人应在神不知鬼不觉的地方下手，谁也抓不到证据。

梁英俊跟王鹏说，自己的事很快见分晓，叫王鹏耐心等别心焦，提拔上的事你急组织上不急，组织上要考验你的耐心，考验你的毅力。

何顺来接过话说，还要考验你的酒量胆量。

张全德说，还有一条最关键，考验你的能力，各方面的能力，主观客观配合得好不好，外部环境与内部环境搭配得强不强，这些组织上验收过关，提拔就在掌控之中。

王建党站起来进了套间，出来时左右两手各拿一瓶五粮液，口中念念有词说世界人民大团结万岁，一瓶酒放在办公桌上，另一瓶打开递给中意，小伙子，给长辈敬个酒。

中意挽起袖子，何顺来拽过中意的胳膊。不愧是龙的传人，龙马精神都文胳膊上了，你小子肯定有飞黄腾达的一天。

狗娃说，我也文个鹰，几个弟兄硬扯着文这东西。狗娃说着挽起袖子，胳膊上一只展翅飞翔的鹰活灵活现。

乖乖，这鹰文在胳膊上，真觉着能带人飞起来。梁英俊说。

何顺来说，要是年轻几岁，也弄个文身，左胳膊一条龙，右胳膊一只鹰，身上再文上五谷丰登，咱这一生不愁吃，不愁穿，不愁龙图腾。脖子上戴个玉观音啥的不方便，几次喝醉丢了又找回来，叫神知道非惩罚我不可。

张全德说，文个啥戴个啥不如混成个啥，要啥有啥，混不成个啥，文个龙袍穿身上，人家只当你是商店里摆的皇帝像，没人理你。

中意拿起酒瓶子，恭恭敬敬斟上酒说，小姨没来，俺替小姨向叔叔伯伯敬杯酒，有个想法想跟叔叔伯伯说。我爸在半山腰有块地，合同签得好好的，原想建成农庄，我爸一死，农庄的事耽搁下来，今天想借着这顿饭，征求长辈们的意见，能不能帮我开农庄，要是农庄开起来，叔叔伯伯就是我中意的大恩人，钱共同赚，利共同分，不知道叔叔伯伯愿不愿意帮这个忙？

张全德拍着胸脯来表态，中中中，行行行，那块地我知道，你爸走之前手续办了一半停下来，接下来有你何伯伯，有你梁叔叔，外加个我，包你手续办下来，你小姨一人顶我们仨，搞啥都能搞成，我们仨起个辅助作用。

中意吃了定心丸，嘴巴越发甜，叫声大伯就是巴菲特，叫声张叔叔就是张思德，最后叫着梁英俊，恩人，恩人，不是亲人，胜似亲人。恩人把我当儿子看，以后我要严格要求自己，农庄的事张全德叔叔点头帮忙，何伯伯说一定成全，还要仗着恩人的面子跟威望，将农庄手续彻底完善。县里谁不知道恩人跟老爸有交往，冲着叔叔伯伯个个混得排场，我这个社会小青年，定会长江后浪推前浪，一代更比一代强。

王建党说，你这个小青年以后就是仙人掌。

张全德喝完中意敬的酒，端起杯子跟梁英俊碰酒。虎落平川被犬欺，评比竞赛算啥事，谁不知道老兄是破大案的功臣，凭老兄家族的人脉，很快就要拨开乌云见晴天，以后有难处跟哥儿几个说，众人捧柴火焰高。

何顺来、狗娃跟着点头，跟着张全德说，瘦死的骆驼比马大，梁所长下半年肯定被提拔。

场面越捧越火，大家兴致越来越高，梁英俊初次融入这个群体，相互攀成亲戚，这个敬酒，那个碰酒，碰个结识酒，碰个以后勤联系勤来往酒，碰个相互关照酒，碰个亲上加亲、情谊更真的亲戚酒，几圈喝下来，梁英俊晕头晕脑，有些招架不住，他竭力控制着，只想着陪客俩字。

酒场上的陪客是重要角色，不能顾此失彼，要做到舍自己为别人，这是体现对革命同志态度的问题。针对酒的问题，公安局大会小会，三令五申，为喝酒每年都要处分几个民警。酒的问题跟革命同志的情谊问题，是两个叫人纠结的问题，叫人难以割舍、难以选择的问题，哪个都不能舍弃，哪个都不能忽略不计。

眼下这种情形，舍弃酒，等于脱离这个群体，对不住王建党，对不住几个兄弟。既然难以两全，先应付完再说。

你敬、我敬、相互敬，你碰、我碰、共同碰，只喝得个个热泪盈眶，人人双眼迷茫，兄弟之间携手并进，看谁混得更绚丽。

男人喝醉仨话题，一是仕途，二是女人，三是生意。酒过三巡，何顺来说起县里几个美人，太风骚没人要，太花哨瞎胡闹，也就一两个看上去规矩不招摇。

狗娃说，你可不知道，那一两个不是不招摇，是特供的特供，承包的承包，不敢风骚花哨。

何顺来说，先前县里只有几个有钱人，这两年跟雨后春笋一样，有钱人一下子冒出来，美人也一下子不够用了。前几天俩生意朋友为个美人差点儿白刀子进去，红刀子出来。我劝他俩，县里不够，外县寻求援助，一根绳上吊不死俩人，一个女人伺候不了俩男人，天涯芳草多的是，非争一根亡命草，那样不好。

狗娃说，你那俩朋友我认识，人家争的哪是草？人家争的是朵花，芳龄十八，一朵含苞待放的处女花，谁见了都想采一采她。

何顺来说，我见过，要是鲜花，牛都要便秘了。

狗娃说，牛便秘是地球引力，鲜花终究要插到主人的花瓶里。

王建党说，何老板花瓶里几朵花？听说新近采了一朵百合花，是不是真的？

何顺来说，我也是念她守寡怪可怜，时常过去安慰她，不是红花是绿叶。

狗娃说，枝繁叶茂，花团锦簇，何老板生意兴隆，家丁旺盛，可喜可贺呀。

仨生意人一个劲儿说女人，仨公家人听人家说女人，没有一个去插腔。公家人喝醉了决不谈女人，只要一谈，就能谈出个桃花岛上桃花运，等酒醒了，组织上会过问桃花运的来龙去脉，梁英俊、张全德、王鹏，仨人一个表情，只听只笑不出声。

王鹏没有敬酒，说哥儿几个常聚，已经喝到二八版上，今天所长托清福，他要回所里临时做个镇山王，哥儿几个碰一杯，画个圆满句号吧。

大家举杯碰酒，共同说那句常来常往的话，喝酒收场，饭端桌上，饭不过是最后一道程序，吃不吃是礼节，不为吃。

酒足饭饱，王建党说新近买了副好麻将，干脆趁着酒兴摸一把。张全德问梁英俊可否留下摸一把？只为消遣，不为输赢。

梁英俊想着摸一把的事。

以往梁英俊的老婆不允许他摸麻将，担心他玩物丧志，在老婆的严格监督下，他只偶尔偷偷地摸过麻将，也是人家一邀再邀，面子上过不去，怕人家笑他倭瓜菜。

县里男人差不多都爱摸麻将，不摸麻将的男人，在县里被叫作倭瓜菜，梁英俊不想叫人暗地里称呼他倭瓜菜，时不时偷偷摸几把，老婆打电话，谎称在办公室开会说话不方便。这样几次下来，老婆发现不对劲，不再打梁英俊的手机，时不时往派出所办公室打座机，查看他梁英俊是在岗还是脱岗，脱岗究竟去了哪里？这一打，梁英俊开会的事被揭穿，老婆跟他翻脸瞪眼许多天，梁英俊很快成了个倭瓜菜。

不是他想做倭瓜菜，是老婆比督察大队监督得都严，梁英俊也算个破案能手，福尔摩斯大侦探，老婆侦查他梁英俊，那就是神探小柯南，不是福尔摩斯斗不过小柯南，而是斗着没意思，梁英俊只好做倭瓜菜。县里场面上的人都知道，梁英俊的老婆不许他摸麻将，加之县里人都知道梁英俊怕老婆，不愿意惹麻烦，很少有人再约他摸麻将。

摸还是不摸？这对梁英俊来说是个需要好好考虑的问题。

他想，先前都说要活学活用毛泽东思想，这会儿提倡和谐社会，咋和谐？在这种状况下，他一走，三缺一，这不是破坏气氛，影响和谐吗？反正老婆撵他离开家，干脆留下摸一把，谁能跟她说个啥？就是说也不怕，你把我撵出家，不摸麻将叫我干啥？先前想事，不是左倾，就是右倾，以后争取左右兼顾，内外兼修，老婆高兴，皆大欢喜。

梁英俊正准备进麻将屋，王鹏低声跟他说，这几天像是有人找事儿，凡事注意点儿。王鹏说，评比竞赛好像有猫儿腻，昨儿见到和小张一个办公室的小孙，小孙说小张正跟廖坚的侄女谈恋爱。王鹏明白小孙透露消息的目的，小孙肯定知道小张玩猫儿腻，一个办公室的不便说，拐着弯说。

梁英俊说，现今说假话正常，说真话不正常。前儿有哥们儿说个笑话，县里有个排场人，半夜三更回家，老婆问他干吗这么晚回来，他说，搞女人。老婆笑起来，说他喝多了胡扯。他说是真话，那娘们儿缠着脱不开身。老婆说贼喊捉贼，肯定是贼，要是一口咬定自己是贼，肯定想逗老婆开心，她不相信。你瞧，这年头就这样，真话没人信，我俩是亲戚，我相信是亲三分顾，你不会看我笑话。这事儿抓不到证据不能胡说，得罪人不值。

梁英俊跟王鹏一块儿合作四个年头，俩人是个远亲，梁英俊大表姐夫是王鹏舅家亲戚。当初下基层，王鹏认定要去梁英俊的派出所，一说跟梁英俊的大表姐夫沾个亲戚，感情上就走得近，二是梁英俊那些关系明摆着，县城人都知晓。王鹏抱着美好愿望等待时机，兴许两年后梁英俊提拔，他也顺理成章提个所长。哪想到碰上评比竞赛这档子事，梁英俊得个倒数三连冠，这些日子王鹏常说鬼使神差下基层，要是还在警令部，也是负责名次顺序排列的那个，他内心深处是后悔的，想着人算不如天算这句话。

两次冠军后，他私下不止一次跟梁英俊说，该动用那些高枝儿亲戚，换个地方，不为评比竞赛操心。梁英俊明白王鹏的心思，暗里怪自己没能耐，明着不便说透，旁敲侧击，怕他因评比竞赛受株连，影响提拔。这会儿王鹏跟梁英俊一个想法，怀疑评比竞赛有猫儿腻，弄清猫儿腻，倒数三连冠也许就易主了。

梁英俊走进麻将屋，心想谁在盯他，盯他干吗，是想看他下台，还是设障碍影响他提拔？先不管他，摸一把再说。得意时莫要轻狂，失意时莫要沮丧，得意时对得起别人，失意时对得起自己。

第十章

麻将屋分里外两间，墙上贴着金黄色壁纸，六人径直进了里间，王建党泡上了毛尖茶，梁英俊看着绿莹莹的茶，想起小珍姑娘为他泡的毛尖茶。多好一个小姑娘，善良温柔的好姑娘，我愿变成小羊，依偎在她身旁，让她拿着皮鞭，轻轻打在我的身上，甜在我的心上。中意坐在梁英俊身边提醒他，麻将码好等他抓，梁英俊不再想小珍姑娘，翻开一张张麻将，东西南北中，哪个能配上？

梁英俊好长时间没摸麻将了，但功底没丢，仨人又刻意让他几把，一回生二回熟，两局下来掌握要领，第三局竟大获全胜，梁英俊信心倍增，很快被麻将深深吸引，牢牢控制。梁英俊说，英雄到底有用武之地，在这儿可是连赢三把。桌上钞票摞一堆，梁英俊让中意装口袋里，说算是中意带他东奔西跑的辛苦费。梁英俊有了自豪感，借着酒意，哼起许多年没有唱的邓丽君的歌曲《路边的野花不要采》。

诗人曾跟梁英俊说，生活压力太大，需要找方式宣泄。梁英俊说，泰山压顶不弯腰，大男人压力算啥？可以转化成动力。梁英俊嘴上这样说，心里却是如刀割一样。

自打得了个倒数三连冠，他不是检讨就是表决心，局里开会三次登台，台下几百人，看着笑着，拿他取乐，县里电视台一播放，全县人民都知道，这两天梁英俊最担心碰见熟人，碰见追着屁股叫他“福尔摩斯大侦探”的那群小孩儿，梁英俊在一个地方一潜伏就是半天，出门戴墨镜，走路故意撇成个外八字，将犯罪嫌疑人那套伪装术全拿过来。

早年，梁英俊有英雄情结，想做电影里那永垂不朽的英雄，做抱着冲锋枪冲向敌人的王成。这么多年过去，早年那个英雄情结渐渐冻结在心中。他在想，自己哪能当英雄王成？战争年代，青年人为推翻一个旧制度，建立一个新中国，抛头颅洒热血。而梁英俊生活在一个经济飞速发展的时代，是个山窝里没见过啥世面的小警察，自小接受革命传统教育，受县城环境的熏陶，仗义豪情，但缺乏素养，不像大城市的警察，见多识广。

梁英俊连那些高鼻子蓝眼睛货真价实的外国人都没见过，更别说撇几句外国话，啥“哈噜”，啥“耶死买的”，就是学也没地方用。可梁英俊懂得一个道理，山里警察也是人，人家大城市的警察时常搞心理疏导，人文关怀，山里的警察心里有病谁来关怀？靠组织？组织上只看你外表是否忠诚党，看不见你的身心是否健康。

前段日子，梁英俊听说有个县城的警花，因为工作上的事压力太大，跳楼自杀。得到这一消息，梁英俊正为评比竞赛的事烦闷，也真站在楼前试几试，这一试，叫他想起多年前看的日本电影《追捕》里那个高仓健，站在高楼上的画面。那会儿梁英俊正跟女朋友恋得只差二合一，俩人看到电影上那对男女相互拥抱，骑马扬长而去，梁英俊大胆拉起女朋友的手，就是这一拉，拉出个婚姻并生下儿子来。

咋能学警花说死就死，就是想死也不能选择这个时候去死，儿子还没有学成归来，要等到儿子结婚生子，要抱上孙子，那时候死，死而无憾。为了能看到孙子的诞生，梁英俊不能死，要结结实实地活，他才四十五岁，生活里还有许多美好事物，还等着他去享受呢。

王建党看了两局退身离开，仨人都夸梁英俊打得好，何顺来说这智商，要是经商，早成个企业家了。

梁英俊想起十年前那件事情。十年前，梁英俊帮助一个从广州回来的生意人追回一笔欠款，生意人说梁英俊是个实在人，约他去广州考察企业，并跟他说只要他愿意，生意人就在县城投资搞个分厂，算他一份，叫他经营。梁英俊想都没想就拒绝了。梁英俊想，要是十年前跟着生意人去广州转一圈，会不会转出商机来？会不会真像何顺来说的，成了个小有成就的企业家？要是做个生意人，兴许真跟何顺来那般，女人好几个，孩子生三窝，宝马香车，亭台楼阁，商贾为亲，权贵为客，呼风唤雨，潇洒快乐。

比上不足，比下有余，我虽不富，拿乞丐比，我还是富翁。

梁英俊赢一盘，再接着赢，赢得心里真自在，要是评比竞赛跟摸麻将这般好运气，梁英俊就是那个胸脯上挂朵大红花的正牌冠军，跟前段时间那样，孩子们见到他梁英俊，跟在屁股后头大声叫，所长是福尔摩斯大侦探。可惜，梁英俊只是个闪电英雄，荣耀没几天，英雄变成狗熊。

梁英俊摔着麻将哼着歌，不是《路边的野花不要采》，而是《爱拼才会赢》，偶尔用两句闽南语，一桌人都夸他闽南话唱得叽里呱啦。

何顺来问梁英俊，你脸上咋留下两道伤疤，是不是跟谁打架，还是叫哪个女人抓了？

梁英俊说被女人抓了。

何顺来感兴趣地问他，是情人还是二奶抓了他？

梁英俊说，口袋里就那二百块，谁跟着他做情人？

第一道疤是上访钉子户抓的。钉子户因为自家宅基地被征用，准备进京上访，这户人家住在梁英俊的辖区，有关部门安排梁英俊做钉子户的思想工作。梁英俊跟这户人家说相信问题会得到妥善解决，钉子户说要立竿见影，梁英俊说要有个过程，为这过程长短，钉子户说梁英俊推诿，一怒之下用女人特有的武器在梁英俊脸上泄私愤。最终在他的软磨硬泡下，钉子户进京上访的计划破产了，而梁英俊脸上留下了一道疤痕。

第二道疤痕是配合有关部门计划生育大检查，梁英俊的脸又被一名怀孕妇女抓了。其实他蛮同情那些女人的，但有关部门一声令下，梁英俊哪敢违背命令？可惜盼子心切的女人将梁英俊视为罪魁祸首，在他脸上发泄丧子的悲痛。梁英俊的同事常说他，不会协调方方面面的关系。

何顺来说，说句难听话，警察就是有关部门的爪牙，人家叫你干啥你就得干啥，烫手山芋扔给你，得罪人是你，落好是人家，人家统管统筹，人家是娘咱是娃，哪个娃不听娘的话？留个伤疤不算啥。前些天电视上报道一群人围攻警察，俩警察叫人打成重伤，说是为圈地，有关部门派警察维持治安，群众跟警察起了冲突。先前俺不知道警察也管土地上的事，自打开发房地产，才知道拆迁、圈地、建房这些跟土地沾边的事，也离不了警察。老弟凭这两道伤疤，也是革命功臣，提拔成个公安局副局长应该没有问题。

梁英俊回避这一敏感问题，不再说话。

梁英俊盘盘皆能起好牌，张全德说梁英俊手气好，趁他赢在兴头上，跟他说，哪天有空约他大哥吃顿饭。

梁英俊听张全德要约他大哥吃顿饭，心里打起小算盘，跟张全德说，你跟大哥熟，这会儿攀着也是亲戚，亲戚哪分远近，你约我约一个样，你约显得心诚些，还是你约吧。

是怕我找你大哥麻烦？张全德问。

哪有啊，帮忙都来不及，这会儿说麻将，不说吃饭。

梁英俊学乖了，说话留余地，不说过头话，该打岔时就打岔，一问绕着答，或是装糊涂不答，不叫张全德话题跑偏，扯他的大哥，扯他的家族，桌上只扯麻将牌。

张全德很快明白过来了，是梁英俊故意回避他，张全德拉下脸不再说话。何顺来见状说，跟哥儿几个聊个笑话，酒桌上听来的，说是真人真事改编的，不知道真假，大家就当个笑话听。

一个家伙跟另一个家伙相约见面，一家伙为女，另一家伙为男，男的有身份，女的年轻貌美，俩人都有那么两把刷子，到哪儿约见才不被人发现？思来想去，俩人开车去郊区棉花地里。棉花正到摘的时候，车停在路边，俩人下去，正搞得热火朝天，谁承想公安那天统一行动，俩协警先见远处停辆车，觉着好奇，赶紧招呼一个派出所正规民警，仨人一起朝地头走去。棉花地里那对儿男女的事正办着，听到脚步声抬头张望，见仨人朝地头走过来，黑灯瞎火的，分辨不出仨人究竟是村民还是过路人。慌里慌张的，男家伙身上挂着棉花絮，女家伙头发上、乳房上沾着棉花絮，从地里赶到车边。俩人没想到对方是警察，身手快，俩人没来得及上车，就被抓个现行。故事说到这里，倒没啥玄机，有意思的在下头。仨警察都是年轻人，哪见过露着胸脯的女人，倒是不好意思，招呼女人上车穿衣服，男家伙跟小民警说先叫他们走，随后处理。小民警哪能同意？刚当警察几个月，正想办个案子啥的，在领导跟前表现表现。男家伙见小民警说不通，掏出手机，拨通电话，说了两句，递给了小民警，小民警听后惊慌失措，连连说，不知道您带夫人到田间地头体验生活，我真罪该万死。男家伙不慌不忙上车，关车门，按声喇叭，车一溜烟走了。最有意思的是小民警望着车屁股说的那句话，真是海纳百川，有容乃（奶）大呀。这句话在县里很快传开。原来小民警那会儿见女家伙从棉花地出来，奶头上沾着棉花，黑灯瞎火，看不清是奶子大，还是沾了棉花看上去更丰满，就说了这句话。不过，这件事至今都是个谜，不知道那俩男女是谁，也不知道这件事是真是假，管他真假，当个笑话。海纳百川，有容乃（奶）大，这个形容真有创意。

何顺来这一则笑话，逗得几个人笑得前仰后合。张全德接话说，据可靠消息，此事为真。故事里那俩家伙，守口如瓶，接电话那家伙封锁消息，小民警因那句话，这会儿调去深山老林，在县里最偏远的派出所做个小片警。更好玩的是故事的再延续，那俩家伙又翻船了，这次不在棉花地，是在山窝里，不是警察搞行动发现的，是男家伙的老婆找了个线人，这次的笑话不是那个您带夫人去田间地头体验生活，而是您的夫人带人进山窝里逮人。

张全德的后续报道，更叫几个人笑得前仰后翻。

那个您究竟是谁？梁英俊没听过这个笑话，来了兴致。

是谁？谁也不知道是谁，管他是谁呢。张全德说。

何顺来在兴头上，说，再跟哥儿几个说一则笑话，也是酒桌上听来的，真实性不考证。不是男女间的事，跟钱有关系，还用这家伙，那家伙，这次俩家伙都是男人。现今黑交易无外乎两种，男女间肉体交易，男人间金钱交易。还是黑灯瞎火，在一个伸手不见五指的夜晚，这家伙跟那家伙约着见面，不是棉花地，不是山窝里，是那家伙的办公室。晚上九点，这家伙如约前往，慌里慌张，红包往桌上的报纸下一压，啥事没说，只说仨字，多关照。对方还在迷糊中，这家伙已关门离开。隔段日子，这家伙跟那家伙打电话，末了，仨字改为四个字，请多关照。又隔段日子，这家伙再跟那家伙打电话，末了，说七个字，那件事，请多关照。再隔段日子，这家伙托人给那家伙送首诗，是摘抄张若虚的《春江花月夜》中的几句：江畔何人初见月？江月何年初照人？人生代代无穷矣，江月年年只相似。不知江月待何人，但见长江送流水。

后来，知情人解释这家伙诗的意思。第一句，暗示那家伙，俩人在办公室见面的情景，黑灯瞎火，没人看见，这家伙进那家伙办公室。第二句，带有埋怨意思，那家伙不知道啥时候帮这家伙。第三句第四句，埋怨加深，希望一次次落空，年年，就是时间，等一次，再等一次。第五句，难以确定那家伙啥时候才想起来帮这家伙。最后一句，一切付之东流，心里那个苦呀，又不能说，受到的损失，无法挽回，只能以诗发泄吧。最有意思的还在后头，那家伙收到这家伙的诗，看了看，跟送诗的人说，唉！张若虚，仨字一扩大，不就是张罗着似有若无，无法办到的虚事。春江花月夜，暗示啥？一个春天的夜晚，有个人在江边，手拿盛开的玫瑰花，会他的相好。那家伙说，没想到，这家伙是个情种。

这家伙知道那家伙这么解释那首诗，心里那个寒呀，春江花月夜，他不是拿着玫瑰，是拿着红包，不是会相好，是去那家伙办公室。这家伙恨得咬牙切齿，也没办法，行贿也有罪，有苦难言呀。

何顺来说完，在座的几个笑得不是前仰后翻了，而是挤出眼泪了。

乖乖，如此解读张若虚的诗词，也真是个天才。梁英俊说。

中国老祖宗的诗词也能演绎出这类精彩故事，智慧呀。张全德说。

梁英俊先前不喜欢何顺来，经这一下午的切磋，特别是俩故事调侃，就对何顺来另眼相看，他问何顺来这些故事从哪里来？何顺来说，接触面广，自然知道的段子多，上层的、下层的、中层的、底层的，哪层都能听来好段子，知道的段子多，就更了解生活。对人生的理解就跟吃千层饼一样，一层一个样，层层嚼出不同味道。

今儿摸牌真摸出经验来，看来以后多跟弟兄几个摸几把，说不准摸出个别墅来。梁英俊说。

何顺来说，你还别说，全德老弟跟着我摸出好几套房，这会儿资产加起来也值百十万，跟我交往，不会吃亏的。今儿兄弟越说越情投意合了，所长兄有没有买房的打算？新近一楼盘刚收工，要是有这打算，留一套给你，价钱上只收成本，不赚一分钱，放一年，明年最低能赚这个数。何顺来用两个食指交叉做了手势。

十万？梁英俊有点儿不相信。

给你只收成本，比其他买家少五万，放一年，按保守价说，增值五万，这样，十万元就出来了。何顺来说。

梁英俊思忖，十万，不吃不喝攒五年才能挣来这个数，诱惑力太大了，他无法拒绝。谁见钱会主动拒绝？他不想拒绝，答应吧，跟前几个证人，万一谁想坑他，弄不好会出事。梁英俊是个稀屎胆，总想着纪检委、检察院，不敢甩开膀子搞建设。

买房子掏钱，跟何顺来攀个远亲，优惠打折，这年头买啥大件东西都打折，房子打折也在情理之中，怕啥，不是索贿受贿，是兄弟间搞个方便，和谐社会，大家相互帮忙。梁英俊对何顺来说的十万心里一动再动。

张全德说，财不露白，今儿是话赶话，说到这上来，这两年我也是跟着何顺来，在房子上倒腾点儿钱财，房子一月一个价，货币月月贬值，买一套权当存钱，虽说国家调控，对我们作用不大，影响到咱这里，起码要三年五载。我前年在老兄那里弄两套房，这会儿真如他说，翻倍了。我俩靠工资吃饭，又不允许做生意，买套房情理上也说得过去。

何顺来说，我也是为兄弟着想，买不动产总归是好事，啥调控，山高皇帝远，等调控到这里，兔子跑过河了，放两年卖掉，保准赢利十万。

张全德一说，何顺来再一说，梁英俊彻底心动，跟何顺来说，给他两天时间，买房子是大事，要跟老婆商量商量，老婆是家里的财政部长。

何顺来说，以后常跟哥儿几个聚一聚，有好事大家相互得利。

以后还真该跟哥儿几个聚一聚，各方面都能受益。梁英俊说。

几个扯上亲戚的男人，摸着麻将，说着层出不穷的好故事，越说心越近。时间消磨得很快，张全德手机响起，他抬高声音跟对方说，半小时赶到。接着是何顺来跟狗娃，何顺来要为新开的一家洗浴中心捧场，狗娃的老婆招呼他回去。

梁英俊手机响起来，他接听，对方说是刑警队的小张。

打麻将前，王鹏跟他说过，内勤为评比竞赛的事找小张核实过，梁英俊明白，小张该是为这事找他。

叔，想找你聊聊。电话那头，一个颓废的声音说。

去哪儿聊？梁英俊问。

县里书院。对方说。

咋想着去书院？梁英俊问。

知道叔先前是个文学青年，思来想去，带叔去个雅致地方，我一个同学在书院工作，说见叔常去，刚跟同学交代了，叫饭店送几个菜，备两壶咱县里的黄酒，咱叔侄俩在那儿边喝酒边聊天，吟诗作对也行。

多年没写诗了，哪有那闲情逸致？梁英俊说。

今天是农历十六，十五的月亮十六圆，叔，给个面子吧，听廖叔说你临时去县里负责一项工作，也想跟叔见面解释解释。电话那头的声音可怜兮兮。

梁英俊想拒绝，又不忍心，要是不去，晚上去哪里吃饭？不回家里，不回所里，总不能去宾馆吃饭？一个派出所所长混得多窝囊，人家安排你住，还要在人家那里吃，混得连个人缘也没有。不行，不能叫老同学觉着自己混得没人缘。

那就去书院吧。梁英俊挂断电话，心想，这小子跟廖坚一丘之貉，说话尽拣好听的说，啥负责一项工作，分明是挂在虚设机构，一个分散游击队组织。

仨排场人各有去处，先行离开，梁英俊跟王建党说起评比竞赛的事，怀疑评比竞赛有猫儿腻，王鹏安排内勤去刑警队，负责数据排名的小张正跟廖坚的侄女谈恋爱。

王建党说，小道消息，廖坚可能要考核提拔，那小子有个自家屋里的哥哥在县里混得很排场，兴许有长远打算，算来算去你是他的绊脚石，先扫清障碍，给自己铺路，明修栈道，暗度陈仓吧。

先前梁英俊没听说廖坚有个自家屋里的哥哥，破大案那会儿县里跟局里表过态，下半年考核提拔梁英俊，没说要考核提拔廖坚，冷不丁冒出个竞争对手，又有个混得排场的自家屋里的哥哥，真是人算不如天算。

梁英俊心里骂廖坚，王八羔子，诡计想得真长远，老子没叫你人仰马翻，你倒叫老子不能动弹，不能就这样束手就擒，要想个妥善办法，摆脱困境，转危为安。

下步该咋办？梁英俊挖空心思，思前想后，举步维艰。如何借鉴先进经验？经验积累需要过程，这个过程，会不会叫廖坚抢占先机呢？

梁英俊平常也是个善于思考之人，不知咋地，就是脑子开窍晚，人家脑子开十窍的时候，梁英俊顶多开八窍，如此一来，想事就跟别人差两窍，自然没别人考虑得周全，他不知道下步该咋走。

难道就这样拱手相让？你的英雄主义在哪里？你的理想主义在哪里？廖坚就是你的敌人，干掉他，这是一场革命战争，打响这场战争，从战略上藐视敌人，从战术上重视敌人。你梁英俊是共产党员，困难当前，党考验你的机会来了，你梁英俊要做到在敌人面前英勇奋战，争取打赢这场战争。

梁英俊跟王建党说，晚上小张约他去县里书院赏月喝酒，吟诗作对，他想带上中意一块儿前往，人家小张为请他吃饭也是千思万想，去书院吃饭，也真亏他想得出来，谁请客能去那个地方。

王建党说，这合常理，请客要投其所好，万一弄不好，钱花得冤枉。他正巧晚上在书院附近有朋友相约吃饭，顺路送梁英俊。梁英俊带上中意，上了王建党那辆进口轿车。

县里清一色给每个派出所配备一辆普通桑塔纳，桑塔纳是派出所最值钱的家当，平时办案派面包车，桑塔纳跟过去高贵人家的小姐一样被养着，不干活儿，逢上级检查，或是需要面子上添光的事，桑塔纳派出去做个招牌，警灯一闪一闪，警车上警察俩字一亮一亮，就是个吓唬人的装饰。

王建党说，生意人讲究面子气派，轿车是投资人因为生意需要配给他的。梁英俊说王建党因祸得福，之前就是坐面包车的命，这会儿混得比先前气派。王建党说，总不能人还没咽气，就把活路断了。

梁英俊想，自己就是人没咽气，活路断了。不行，活着就要开辟活路，如何开辟活路呢？今晚先从刑警队小张身上找证据，小张是关键人物，是突破口，只要小张一松口，廖坚这个主谋不愁吓得屁滚尿流，副局长就是他梁英俊的，谁也休想夺走。

第十一章

小张上身穿玉蓝色衬衣，一条牛仔裤配上，看上去既青春又时尚，梁英俊年轻那阵子也喜欢这类搭配。当年父亲不让他穿牛仔裤，说警察不能打扮得跟个二流子一样。那个年代谁穿牛仔裤谁就是二流子，谁烫头发谁就不正经。梁英俊买条牛仔裤刚上身，父亲就用一把剪刀将它彻底毁灭，那会儿他那个女朋友，也就是现在的老婆爱显摆，背着家人把头发用铁丝卷得一圈一圈，猛一看像一坨黑色快餐面，跟梁英俊约会把他吓一跳，以为跟前站了个十九世纪的英国佬。女朋友跟他说，烫完发回去叫她妈拽着头发打了一顿，她说铁丝卷的，两天就直了，才算没挨第二顿打。俩人就这一问题，也找到了共同话题，一对儿宁可挨打也要臭美的青年男女最终走到了一起。

一股清香拂面而来，吵闹声在这里戛然而止，只听见树叶发出簌簌之声，鸟儿飞进树林，栖息到枝头，这是一个清静之地。之前梁英俊也会抽空来书院转转，舒缓疲惫的身心。

梁英俊跟着小张踏上台阶，朝书院深处缓缓走去。小张问梁英俊，是在书院转一转，还是去同学的办公室聊一聊？梁英俊说，好长时间没来，来了转一转，感受一下文化氛围，叫中意也体会下人文情怀。

中意说，恩人也太小瞧我，我光屁股时就跟着我爸来书院转，在那个状元桥上，还撒过几泡尿呢。

梁英俊想起中意去世的老爸。先前县里搞笔友聚会，多是中意的老爸出钱，中意的老爸要是活着，中意也不至于成个待业青年，说不准正坐在大学教室里，将来有一天也成个儒雅书生，这也是他老爸希望看到的。要是他老爸的在天之灵看到中意天天无所事事，到处游荡，一副吊儿郎当的模样，不知道会有啥感想？时势造英雄，环境造就人，不是你想不想，是不得不接受这样的现实。

书院葱葱郁郁，鸟语花香，亭台隐匿在树林里，花木挺立在溪水旁，石林形态各异，造型别致，相映成趣。春风堂房门两侧，悬挂着范仲淹后裔范文通书写的“先天下之忧而忧，后天下之乐而乐。”梁英俊漫步亭阁露台，倾听潺潺流水，呼吸着空气里的新鲜与芬芳，长长舒了一口气。

叔，这会儿月亮没升上去，等天黑下来，在这里赏月，别有一番景色，我们叔侄仨先去喝两碗，再让侄子把评比竞赛的事跟叔说一说，等咱叔侄俩喝个半晕不醉，再在月光下吟诗作对，您看咋样？

梁英俊美妙的心情经这一说，荡然无存，文学青年的激情，一下子无影无踪。今晚进这个雅致书院，不为赏月，是为评比竞赛那件事情，操他娘的，亏这好景色，在这儿说评比竞赛，对得起这明月吗？

梁英俊说，去你同学办公室，叔今晚要喝他个三碗不过岗，跟小侄子来个吟诗作对，也不枉费你一片好心肠。

仨人穿过石径，小张带路，进入一个敞开的房屋，房子从外观看跟书院其他建筑没啥区别，只不过门口挂个书院办公室的牌子。

小张说，同学去饭店订菜了，马上就回来。说着，递给梁英俊一包香烟，梁英俊撕开烟盒，点了一根香烟。男人心烦，不是喝酒就是抽烟，现今男人解闷的方式五花八门，对于梁英俊来说，也是想了又想，慎之又慎，老婆长个千里眼，梁英俊不敢胡来。昨儿跟小珍姑娘载歌载舞，弄得他心慌意乱，精神紧张，还怕撞见熟人，让人家误解他跟小珍姑娘有啥不干净的事情。今晚来到这样一个清静之地，没有女人，不必慌张，梁英俊静下心来，一口又一口地抽着香烟，面上装得若无其事，在小张脸上扫几眼，没扫出啥异常来。梁英俊装出一脸糊涂样问小张，咋想着约他来书院？平时他也是有事没事常来转，就是没在里面吃过饭，真没想到，能在这个大雅之地吃上顿饭。

小张说，近水楼台先得月，也是同学在这里做管理，有这个条件，要个小特权，想着县城哪个酒店饭馆叔没去过，唯独这个雅致的地方，估计只是过来转转，不会在这里面吃饭，平时除了几个工作人员，外人是不允许在这里吃饭的，今儿是破例。

叫你费心了，约我过来吟诗作对，也真是难为人的事，好多年没搞那玩意儿，已经生疏了。梁英俊说。

叔，·自己人不说外气话，约叔过来，主要想说说那件事。一个内勤去刑警队核对评比竞赛的排列名次，说先前是倒数第三，开会的时候咋成了倒数第一？内勤怀疑有问题。评比竞赛是大事，哪敢出问题？干这活真不容易，天天不是这个所长找，就是那个所长找，都问评比名次的事，越不想得罪人越得罪人，女朋友也知道评比竞赛的事有麻烦，嘱咐我赶紧找叔解释，说不能叫叔心里存疙瘩。叔，侄子以后做事有不妥当处，叔多担待。嘴上没毛，办事不牢，侄子不老练，惹叔不高兴，是侄子的错，知道叔跟刑警队长是远门子亲戚，约叔过来坐坐就是想当面做深刻检讨，先前接触少，叔不了解侄子，从今儿往后俺要多去看望看望叔，免得误会了小侄子。

小张说着亲近话，露着恳切态度，一说侄子，就跟亲侄子那般，近到心里了。

梁英俊见小张态度那般好，说话谦恭又贴切，对待他梁英俊，不是您，就是叔，点烟倒茶，察言观色，是个顺应时代潮流的好青年，原来还想着小张跟廖坚一丘之貉，这会儿，那些想法判断打了折扣。难道是他想错了？还是小青年欲盖弥彰？作为刑警，反侦查能力一流，梁英俊虽说经验丰富，毕竟还是步入中年了，不如小青年脑瓜子转得快。

小张说，早就想约您来书院，跟叔详细汇报一下思想，凡事总有个前因后果，叔怀疑也有一定道理，我也认识到自己平常跟叔沟通得少，才叫叔有那些想法，今儿借着叔休息的时候，咱叔侄俩好好谈谈，不能为评比竞赛的事跟叔生出隔阂矛盾。侄子还年轻，以后还要仰仗叔提携呢！我的女朋友是法官，我们刚开始谈婚论嫁，担心这件事给爱情抹上阴影。咱叔侄俩的家族也有很深的交往，要是不解释清楚，会造成家族之间的误会。以前真没想到方方面面关系上，经我的女朋友跟家里人的提醒，越想越觉着心里不踏实，总不能让两家人的联系毁在晚辈手里。

小张说着，脸上露出一副楚楚可怜的样子。梁英俊的老婆常说他心软没主见，三句好话当钱使，是个吃软不吃硬的主，小张跟他一遍遍解释评比竞赛结果都是误会引起的，说得有板有眼，有理有据，只说得梁英俊迷迷糊糊的。评比竞赛究竟有没有猫儿腻？小张究竟搞没搞鬼伎俩？是不是自己能力不强，非要往猫儿腻上想？梁英俊这会儿失去了判断能力。唉，人心不古，究竟是自己判断失误，还是小张欲盖弥彰呢？

可他还是觉着冤，哪有一个人连着倒数三次，说不过去呀！梁英俊觉着冤，又说不清冤在哪里，总不能为一个说不清的冤屈，无辜指责小青年。小张叔长叔短连声着叫，叫得梁英俊心软。算了吧，为一个没有证据的事，为一个弄不清楚的冤枉，去为难一个小青年，海纳百川，有容乃大，别再难为人家了，有啥苦我一人承担算了。

梁英俊跟小张说，他也是叫内勤随口问问，又没证据，就是有，长辈哪能跟晚辈计较，屁大点儿事，为个名次斗来斗去，斗一肚子气，不值。放心吧，这事以后不再提了。

小张得到梁英俊这句话，松了口气。

一个小青年气喘吁吁进到屋里，手里拿着塑料袋子，袋子里冒着热腾腾的香气，小青年朝梁英俊笑着，连叫梁所长，将袋子放在桌上，张罗着拉开桌子，搬凳子，从柜子里拿碗筷。看来，这里时常招待客人，吃饭的家伙样样都有，盘子，筷子，碟子，碗，一样不缺。菜倒进盘子里，四个热菜，配仨小菜，这是县里点菜的规矩，要么四菜，要么六菜，七菜，十菜。六菜为六六顺，七菜为七圆八不圆，十菜为十全，反正不能点仨菜，那叫剃头匠的菜，不尊重人。小张说点七个菜，表达心意。小青年从墙角处抱出俩罐子来，罐子上写着“刘集黄酒”，小青年手脚麻利，摆上好菜，摆四套碗筷，另摆四个碗，说是喝黄酒用碗，叫梁英俊入座。

梁英俊在仨小青年跟前，摆出长辈的威严，哼哼哈哈只点头，不说话。原本心里就有疙瘩，在晚辈跟前，看着小青年点头哈腰，唯唯诺诺，哪像他年轻那阵子，走路昂首挺胸，说话坦坦荡荡，做事雷厉风行，这可能就是代沟吧。

梁英俊坐下来，小青年介绍自己，姓张名鼎，本科毕业，考几年公务员没考上，父母都是农民，跟小张两层关系，俩人是同学，又是一个老张家的，多亏小张推荐，才来书院跟着县里几个退休领导办刊物，靠老领导面子，刊物拉了几个企业做理事，发给各个乡镇单位，挣点儿钱维持生计。

知道梁所长早年也是县里的文学青年，格外看重我们这些追求文学梦的青年人，换了别人，不一定理解，反而嘲笑。我就碰见有些人嘲笑说，先有固定工作，再有房子，娶上老婆，混出个名堂，成个政客兼文人，再说办刊物的事，这会儿还在温饱线上，连个后花园都没有，就想倒腾诗歌文学？癞蛤蟆跳上金銮殿，登峰造极，想得真美。梁所长见多识广，今儿借这个机会，想跟梁所长讨教一下，以后想走文学这条路子，想弄本诗集，咋能运作到市场上，成名成才，解决工作上的事。

梁英俊看这个叫张鼎的小青年，说是跟小张的同学，可头发已开始谢顶，面相跟年龄不搭配，一看就是艰辛劳累，饱经沧桑。

梁英俊说，我在这方面一窍不通，年轻时候对文学就是个喜欢，没想过靠文学成名发财。现今啥都跟功利沾上边，连文学这一号称最纯净的土壤，也要跟功利结成孪生，要叫我给你个意见，就是找几家企业赞助，帮着把刊物办好，这样也好在县里奠定点儿文学基础，至于能为今后工作生活这些实际问题提供哪些方便，我也说不清楚。

张鼎说，梁所长也是爱好文学的前辈，晚辈有个不情之请，梁所长能不能在刊物上挂个理事，以后有啥活动邀请您参加，给刊物增加点儿知名度。

增加知名度怕是可能性不大，跟你拉点儿赞助还行，我们辖区有几家企业，回去跟他们说一下，每年赞助点儿钱，也算帮你解决生活困难。

张鼎听此话，不知道如何回答，只把头点得跟鸡叨食一样，倒上满满一碗酒，咕咚咕咚，跟喝凉水那般。也许是心里话太多，千言万语无法表达，舌头在嘴里打哆嗦，来回蹦那五个字，谢谢梁所长。

这时候，听见屋外有个女高音大声叫着，去状元桥走走，许个愿。梁英俊寻声音看去，月光里，一群年轻男女，勾肩搭背，卿卿我我，嘴里说着景色真美。一个说，应该在这儿开个宾馆；一个说，弄个烧烤店更好，有吃有住。那群人从门口走过，朝里面望过来，又走过去，一个娇声嫩气的女中音说，屋里四个男人在喝酒，真有情调。一个男中音说，四个男人有啥情调，要配四个女人，喝醉了到状元桥上耍一耍，日后能生出四个状元郎来。一群人哈哈大笑，声音慢慢消失。

小张说，张鼎先喝一碗不算数，我们仨人跟叔碰一碗。说着，往每人碗里倒了一碗酒，黄色酒浆，清澈见底，散发着淡淡香味。梁英俊抿一口，甜丝丝的，跟仨小青年举碗相碰。小张说，我知道这些天评比竞赛的结果弄得叔心情不好，想陪叔喝几碗，解解苦闷，说说心里的烦恼。廖叔跟我说，叔平时性格内向，人特别实诚，叫我见到叔一定说说心里话，今儿都是自己人，张鼎跟我是同学，也是个亲戚，不会说啥，叔心里有别扭不妨倒出来，憋心里会憋出病的。

这是小珍姑娘说给梁英俊的话，梁英俊想，难道他那点儿心事没藏好，被人发现了？该不会一天两顿酒，嘴巴没把持好，说啥话扩散到局里了？不过这还用扩散，谁都能猜出来，他梁英俊为评比竞赛的结果闹情绪。评比竞赛总结会议一结束，梁英俊就从人们视线里消失了，一个派出所所长玩失踪，谁能不明白为啥事？梁英俊那些心事，不用猜都知道。

男人都这样，有心事就用酒解闷，说点儿牢骚话，难听话，没有人会跟醉汉子计较。县里逢年过节，或者夏季天长夜短，人们聚在一起喝酒，闹事的天天有，梁英俊所在的派出所，常有醉汉子去闹事，副所长说喝醉了是大爷，谁也不怕，想说谁说谁，想骂谁骂谁。梁英俊不这样认为，他觉着醉汉子从不跟他说过激话，过激话都冲着办案民警说，由此说来，梁英俊觉着醉汉子是借酒说出心里话，骂几句解解心头恨，跟小张这会儿一个心思。

小张想叫梁英俊倒出心里那些苦水。想得倒美，当老子是老年痴呆，就是心里有苦水，能跟你小张倒出来？休想，这是引蛇出洞，想叫老子泄露天机，休想。我梁英俊跟小珍姑娘倒苦水，那是因为小珍姑娘头脑简单，心地善良，跟女人倒苦水不会有后顾之忧，谁见过男人跟男人相互倒苦水？更不会跟同事倒苦水。男人跟男人间除了喝酒，玩牌，搞娱乐，相互间说说谁搞个女人，谁发个财，谁认识个上层人物，谁要提拔，话题说到底都是表面上、社会上、应酬上那些话，谁也不说心窝里藏的事，遇到一两个不牵扯利益关系的朋友会倒点儿苦水，也是用男人方式，不直说。梁英俊跟王建党就有这共同点，信息共享，相互半吐半不吐，半露半不露，点到为止。男人说话讲究方式方法，小张嘴巴上说得越亲近，梁英俊越是提高防范级别。

县里喝酒规矩多，敬酒规矩也多，谁敬酒谁先喝，有多喝少倒，还有喝多少倒多少。多喝少倒是上下级关系的敬酒方式，体现上级威严，喝多少倒多少，是同事间、朋友间、同学间聚会。

小张说开始敬酒。梁英俊说，黄酒不比白酒，黄酒论碗喝，我们四个一轮一碗，这两罐子二十斤，喝完几泡尿放出去就没了。

中意说，要是两罐子喝完，怕是我四个要水漫金山了。

张鼎说，你小子真会形容。

中意说，总不能说尿漫金山。

梁英俊说，你小子啥时候都想着钱，一泡尿也浇出金山来。

中意说，恩人昨儿不是跟何顺来说，弄套房子赚点儿钱，人生在世，就想两件事，一是女人，二是钱，两件事弄好了，活着没遗憾，是不是恩人？

你小子抱个美人钻钱箱，啥美事儿都敢想，我能跟你一样？公家人犯事，不是美人就是金钱，我哪敢在这两件事上多想。

梁英俊嘴上这般说，心里也在琢磨这两件事。这两天也真是时来运转，先是美人，后是金钱。

阿娇是县里有名的人精，县里女人能成为人精的分三种，一种是政界混出名堂的，梁英俊家族中多是这类女人。第二种是在经济领域独占鳌头，县里挂个政协委员，名利双收。再一种就是阿娇这类，好比旧社会大上海那些名媛，加上酒吧这样一个实体做衬托，更叫她锦上添花，这般出众女子，在他梁英俊跟前，又倒酒来又递水，对他无微不至，柔情似水，情哥哥，情哥哥，叫得多么甜蜜，梁英俊想好了，以后决不能辜负美人好意，下次再见阿娇，一定跟她讲清楚，以后要跟她同心协力谋发展，一心一意搞建设。

再说小珍姑娘，非亲非故，无缘无故地请他吃饭喝酒，喝的是五粮液，县里喝五粮液那群人，都是县里人精，他梁英俊不属于人精，人家小珍姑娘抬举他，愣是把他当人精。吃饭喝酒倒没啥，关键是小珍姑娘搂着他，一晃三摇，跳着一步摇，俩人肩并肩，手拉手，一起唱着《知心爱人》，这对他来说，是一次多惬意的精神聚会，梁英俊为这俩女人完全陶醉了。

俩美女已经叫梁英俊心旷神怡，哪里想到，接下来好事连连，打麻将挣来货真价实的人民币，何顺来承诺卖给他打折优惠的一套房。先前梁英俊挣钱少，看老婆脸色机会多，以后要跟着有钱人多挣人民币，兜里有钱，在老婆跟前，那就是翻身农奴把歌唱，在美人跟前，那就是一片丹心向太阳。

梁英俊两天来得到美女的安抚，得到地产商的承诺，美女金钱，生活里最叫男人喜欢的好事都赶上了。先前梁英俊跟地产商接触不多，一接触，就深入到经济领域来。他想，先前就知道清高，瞧不起投机取巧的人，瞧不起阿谀逢迎的人，瞧不起青云直上的人，瞧不起一夜暴富的人，在人家跟前摆臭架子，有啥摆头？你不理人，人家谁理你？学诗人自恋，最后成个自闭，成个孤家寡人。以后要向张全德学习，广泛接触群众，充分发动群众，走共同富裕的道路。看来这一挂由坏事变好事，虚设机构，虚设职务，没人监督，失去控制，随心所欲，过美女绕膝，歌舞升平的好日子。

四人把碗里酒一口气喝完，小张那张脸跟变魔术似的，很快通红通红，酒喝完，小张不忘再解释一番评比竞赛的事，强调是误会，这句话梁英俊听得麻木，不再接腔。

梁英俊夹着菜，哼着那首前苏联的老歌《三套马车》，小张拿起酒罐子，把每人碗里倒满，再说评比竞赛的事，梁英俊点头，再点头，一个劲点头，喝了碗里的酒。

这碗酒喝下去，梁英俊思绪发散起来，跟仨小青年说起年轻时候那个梁英俊，穿牛仔裤，戴蛤蟆镜，留长头发，一个时尚激进叛逆的文学青年。

喝酒的梁英俊比平时话多，语言丰富多彩，有王婆卖瓜，自卖自夸的意思。张鼎听得伸舌头，梁英俊说生活跟工作是两码事，生活要追求时髦，工作要追求严谨。

小张听出来是暗示评比竞赛的事，急忙插嘴说，叔，生活里我是个时髦青年，工作上可是很严谨，不说别的，就说这次评比，内勤找我，说我把名次排错了，叫我重新核实一下。咋核实？数字翻腾多少遍，这个所过来报，那个所过来报，报完不停更改变换，我跟小孙也是根据最后数据按名单排名次，名次排完报给队长，报给警令部，哪能会弄错？我一再跟内勤解释，她就是不信，真叫我有口难辩。怪也怪科技发达带来一些坏处，先前报数据都是手写，报一次写一次，原稿做存根，查也方便，这会儿有电脑，省了多少纸张也带来多少麻烦，开会前，几个派出所又重新调整数据，说是临了一天，又抓了几个人，这一改，名次自然上去，都是通过电脑改，没留下存根。不是我袒护廖叔，他也是临了那天拘留俩人，名次从倒数第一升到第三，叔上报过来的数字一直没变，廖叔多拘留俩人，名次就上去了。我昨晚一夜没合眼，咋能睡着？为个评比竞赛，叫叔心里不畅快，咱两家也是世交，总不能为个误会，世交变仇家吧。叔，是不是这会儿心里还为这事耿耿于怀呢？

哪敢耿耿于怀，没证据就是诬陷，不说评比竞赛这件事，扯点儿别的，一说这事气儿不打一处来。梁英俊说，脸上露出愤愤表情。

叔，今儿也真不完全为评比竞赛，年底刑警队考核，想叫叔抽空跟我们队长交代一声，看能不能考虑考虑，推荐侄子下派出所任个副所长，叔在局里威信高，局里人说起叔，都说脸难看心肠好，话难听人实在，廖叔也说，叔很注意提携年轻人。

梁英俊问小张，这顿饭不为评比竞赛，是为提拔？

小张连忙摆手。看叔说哪了，就是没事，也该时常跟叔聚聚，拉拉家常，平时侄子没注意这些，廖叔批评我啦，今儿内勤说叔要提拔，所里几个人跟着提，我问过廖叔，他说上面准备搞机构改革，叔业务熟，人品好，德高望重，可能要进班子，是我坏了叔的好事，真对不起。

梁英俊听小张说起提拔的事，本来气消了，这会儿又来气，说道，真提拔哪能轮上我，局里能人排成队，又是谁故意看我笑话，明知道局里定了规矩，三连冠免职，故意传播小道消息耍笑我，不说工作上那些事，晦气。

小张不吱声，中意见冷场，急忙拿起酒罐子，给仨人碗里斟上酒，说，警察哥哥，为相识干杯，过去的事翻过去了，咱仨是八九点钟的太阳，是祖国的希望，小弟准备开农庄，等农庄开业，邀请警察哥哥剪彩，到时候张鼎哥哥在刊物上再给俺登个广告宣传，这碗酒，咱仨喝了。说着，仨小青年碰杯。

梁英俊说，你小子跟你老子学了不少场面上东西，要是你老子活着供你读书，估计考个重点大学没啥问题。

中意说，恩人不嫌弃我没文化，做我干爹吧。

梁英俊问中意，为啥要认干爹，又没帮过啥忙，又不是从小抚养过，这干爹认得太牵强。要是不当派出所长，是个平民百姓，你还认这个干爹不？

中意说，跟恩人说句亮底话，恩人不当所长也是警察，不当警察，也曾经是警察，就冲着恩人是红二代，这干爹认定了。要是恩人答应这事，咱俩都受益。县里人知道红二代送温暖，把一个社会小青年认作干儿子，干儿子在干老子的教育下开农庄，要是成功了，恩人可真成了好典型，到那时候，恩人需要经费啥的，需要赞助啥的，需要给困难英模家属捐款啥的，干儿子统统包了。

梁英俊说，就冲着知道有钱去帮助别人，这干儿子认了。

中意说，那就喝个认亲酒？

梁英俊原本跟中意开玩笑，并没想当真。县里有些人家想多攀亲戚，这家孩子认给那家，那家孩子认给这家，做干亲家的不少，但多是有目的的，你要是一穷二白，绝对没人找你攀亲。

中意见梁英俊犹豫，斟上两碗酒说，知道恩人不喜欢搞形式，喝个酒，这事定了，以后这世上又多个亲人。

小张说，社会小舞台，人生大舞台，每个人都是主角，不能小瞧中意，将来兴许是大舞台上的主角呢，等有一天成个千万户，我跟张鼎也能沾沾光呢。

梁英俊还想推让，张鼎说，梁所长，就是在这个书院，范仲淹先生写了“主人高歌客大醉，百花洲里夜忘归”，今晚梁所长光临书院，我跟小张陪着梁所长，也来个大醉不归，作诗赏月，认亲的事你跟中意私下解决。

张鼎说着，抱起酒罐子，再往各自碗里倒满了酒。

梁英俊说，小张会作诗，我真不知道。

张鼎说，在这儿不瞒梁所长，小张诗作得很好，刊物上发表不少呢，这小子不喜欢张扬，知道的人不多。

小张急忙说，我哪能跟叔比？叔年轻时候是咱县里有名的文学青年，听廖叔说，叔年轻时候风度翩翩，才华横溢，是不少姑娘心中的偶像，要是换成现在，也是一群粉丝围着，一群姑娘追着，给叔发个微信，写个博文，在QQ空间给叔留段情话，情人节给叔送盒巧克力，七夕节约叔看个电影，吃顿烛光晚宴，喝瓶外国红酒。可惜叔那个年代没有这些，要是有，叔不知要忙成啥样子，就是这会儿，也有异性朋友对叔情意绵绵呢，是不是？

小张这一说，又叫梁英俊想起阿娇跟小珍姑娘。也真有这么一回事，俩女人对待他那股热情劲，那份缠绵劲，也真叫他有些受宠若惊。他不知道人家为啥对他那么好，兴许如小张说的，他曾经是个风度翩翩、才华横溢、熠熠生辉的文学青年。

梁英俊想着俩女人，又想小张咋知道有女人对他情意绵绵呢？他认真思忖，俩女人对他也真没有多少情意绵绵，也就是一顿饭之情。阿娇请他吃顿饭，酒后跟他使点儿女人撒娇卖乖那一套。小珍姑娘请他吃顿饭，俩人唱歌跳舞，不是贴面舞，不是脱衣舞，是正儿八经交谊舞，他跟俩女人属于正常男女交往，咋能扯上情意绵绵呢？他这样想，又懒得解释，就跟仨小青年说，这把岁数了，哪敢跟谁情意缠绵，就是敢，哪有激情？激情都消耗到工作上了，你们年轻，精力充沛，情意绵绵的事属于你们年轻人。

小张说，别人这岁数没激情很正常，叔跟别人不一样，叔早年是个文学青年，没有激情，咋能写出好文章？我正在向叔学习，做个新时代文学青年，以后争取出本诗集，参加县里作协啥的，成个业余诗人。

梁英俊真没想到小张会写诗，跟他年轻那阵子一样，是个文学青年。生活中梁英俊还真没见过哪个青年人追求文学，青年人更注重实际生活，相互攀比着谁有社会背景，谁有钱，谁找个如花似玉的大姑娘，谁在事业上长驱进步。今儿在书院，一下子见俩文学青年，这叫梁英俊改变了先前的那些看法，看来现今也有青年人喜欢文学，愿意做文学青年。文学青年的精神世界应该是清新而单纯的，多数文学青年看重灵魂修炼，哪会搞弄虚作假的事？梁英俊联想到评比竞赛这件事上，这会儿他认定小张不会玩猫儿腻，评比竞赛这件事肯定误会了小张。要是跟小张没有牵连，那跟谁有牵连呢？梁英俊绞尽脑汁地想，想来想去，想不出猫儿腻在哪里？

他想，自己想把名次上往前提一提，别人也想从名次上往前靠一靠，你先我后，争前恐后，一条路上比冠军，还不是谁跑得快谁当冠军？他梁英俊是乌龟，能跑得快吗？

小时候看龟与兔子赛跑的故事，总怪兔子懒惰，粗心大意，把冠军拱手让给乌龟。这会儿梁英俊不这样想，这会儿，他觉着童话故事误导人，任何事物都存在正反两方面，人一旦形成固有概念，乌龟跑不过兔子，兔子跟人一样认定乌龟是笨蛋，根本不可能拿冠军，由于人的误导，兔子大脑里固有的概念，为乌龟起到掩饰作用，结果，乌龟大获全胜，兔子落败而归。故事演变到今天，兔子不再是先前骄傲的兔子，它担心乌龟赶超它，兔子想，先跑到终点拿个冠军再说。兔子选择先跑后歇。结果呢，兔子获冠，一部分乌龟累死在半路上，一部分乌龟干脆不参赛，弃权。实力不均衡，能力不对等，再加上所处时代不同，兔子与乌龟思维模式发生根本变化，难怪兔子不再骄傲呢？不能，现今提倡虚心使人进步，骄傲使人落后。能怪乌龟自不量力吗？不能！现今也提倡有尊严地活着，累死的是英雄，弃权的是狗熊。谁都说不能以成败论英雄，但谁又不是以成败论英雄？胜者为王败者寇，至理名言。

小张拿起酒罐子，来回晃几晃，说剩个酒底儿，一扫而光。四个碗里来回倒，倒个平均，他端起碗说，咱县里黄酒度数不低，四碗下去，敢学武松上山打虎，叔，趁着酒劲，咱叔侄俩来对个诗咋样？

梁英俊望着仨小青年生龙活虎的年轻模样，心想男人酒到七八成，个个敢学武松上山打虎，这才是年轻人的本来面目。梁英俊拿起酒碗，跟仨年轻人碰了一下，一口气喝下，说先前跟中意去世的老爸以文会友，跟县里几个诗人对过诗，也是瞎对，跟那些专业诗人相比差多啦，今儿就滥竽充数一次，你仨别见笑啊。

张鼎说，咱都是文学爱好者，又不是诗人，不讲究对得好坏，就图个热闹，小张起头，梁所长对下句，我跟中意做评委。

小张笑着不吱声，沉思一会儿，吟道，状元桥上数星光，爱母池边思娇娘。小张才华横溢，出口成文章。

七里河边带月归，百花洲上啸生风。梁英俊说。

我揭发，揭发梁所长，这两句是范先生所做。张鼎举手叫着。

梁英俊哈哈笑起来。

小张说，窃取先人好文章，巧时巧用巧接上。

梁英俊说，不道先人文华丽，只怪自己系草囊。

小张、张鼎拍手称道。小张说，叔这两句，体现叔的为人，虚心，谦恭，不事张扬。

好汉不提当年勇，一提泪洒爱母池。梁英俊说。

爱母池边英雄泪，春风堂里赞歌起。小张说。

英雄赞歌回耳畔，三十光阴一瞬间。梁英俊说。

张鼎接过去说，书院饮酒谈英雄，谁是英雄？英雄王成。

梁英俊听张鼎说英雄王成，激动地拍大腿。英雄王成，自小我就对他情有独钟，你小子也喜欢英雄王成？

张鼎说，他也是我崇拜的英雄。

小张说，知道早年叔喜欢看《英雄儿女》，最崇拜英雄王成。叔，我也喜欢看这部电影，第一次看是六岁那年，在电视上看的，第二次是十三岁，也是在电视上，当上警察后，在网上又看两遍，不怕叔笑话，上初中时候，同学们说我长得像王成，我看《英雄儿女》就是冲着王成，跟王成做个比较，人家是电影演员，我哪有人家长得帅，也是满足一下虚荣心。叔是不是也喜欢王成？

英雄所见略同，我第一次看《英雄儿女》是十三岁，说出来不怕你们笑话，那会儿我喜欢王芳，一头扎进电影院看几天，又喜欢上王成，我有英雄情结，跟王成有关，那都是陈年旧事，这会儿哪有心思想王芳，想英雄，满脑子想评比竞赛的结果，咋不落后，咋当先进。

叔，都怪我，要是早跟叔解释，您心里哪有疙瘩？以后还望叔在队长跟前多美言侄子，晚辈没见过世面，评比竞赛的事儿……

梁英俊一听，又扯到这事上，他经不起谁说软话，也不想在书院这样一个雅致地方，老跟小张扯这样一个见不得人的话题，亵渎圣人神灵，他说，明白不了糊涂了，以后不准再提。

梁英俊这一句说出来，小张心里真舒坦，连连说着谢谢叔，说叔是标准红二代，严于律己，宽以待人，是他学习的好榜样。

梁英俊心里暗嘀咕，谁不自私？要是逢上争荣誉的事，谁不是前赴后继，逢上挨批评，谁都比兔子跑得快，这件事进展到这程度，再进，会叫所有人难堪，再退，梁英俊就是秀才碰上兵，有理说不清。这样恰到好处，对己对他都有利，小张多像年轻时候的自己，简直就是自己的翻版，崇拜英雄王成，喜欢吟诗作对，这会儿的年轻人还能有这个喜好，真是难得。

中意不会对诗，却也不甘寂寞，说起王成，头头是道，说也喜欢看《英雄儿女》这部电影，说王成跟王芳不是亲兄妹，要是王成不死，说不定解放后跟王芳成为夫妻，可惜他太想当英雄了，才英勇就义的。

中意这些话，说得桌上人哈哈大笑。

中意说，我知道你们笑话我没文化，有本事你们把我在状元桥上撒尿的事编排到诗里去，那才是顶级诗人。

小张说，诗歌讲究押韵，要是押韵，一泡尿编排进去，就成了溪水甘泉。

中意一脸好奇说，我才不信，尿能变成溪水甘泉，那就编排一个听听。

小张思忖片刻说，书院本是高雅地，哪能尿撒状元桥？

张鼎说，少年不懂春光好，状元桥上撒泡尿。

梁英俊说，状元桥上一泡尿，流入溪水不见了，究竟是水还是尿？混在一起难分晓。

中意哈哈笑，说，编排得就是好，听着怪押韵，仨人都是顶级诗人。小时候年少不懂事，在状元桥上撒泡尿，真想不到，一泡尿编排成诗，听上去真像溪水甘泉，恩人说了，尿在水里不见了，尿变成水了，水又变成甘泉，就是警察哥哥说的，尿编排得好，能变成溪水甘泉，说起尿，真要去撒一泡了，要是换在小时候，再去状元桥上撒一泡。

张鼎说，此一时不是彼一时，哪个小孩在书院胡乱撒尿，罚他父母二十元。

中意大惊小怪道，书院也能罚款？孩子年少不懂事，能管住流水线？以人为本哪能这样？

张鼎说，你小子没进过几年学堂，话一出口，锋芒毕露，凭这几句话，就知道你也是个混世魔王，比我都强，继续往下对。

小张说，我出上联，叔对下联，侄子才学疏浅，叔多包涵。小张思索片刻，说道：圣贤漫步春风阁，饮酒作诗赋明月，明月不知花为谁？错把牡丹做嫦娥。

梁英俊蹙眉思索后说：浅光疏影人婆娑，月漫枝头日漫月，圣贤醉酒人不知，牡丹丛里寻嫦娥。

小张再对：光阴一去不复返，先人笑容留堂前，后人厅堂寻教训，朗朗书声已不见。

梁英俊对：物换星移光荏苒，圣人身影难隐现，物是人非景不再，只留圣地人悼念。

张鼎拍手大叫好诗，对仗押韵。

小张从桌下拿出两瓶啤酒，给每人斟上，跟梁英俊说，以后逢上月圆日，我叔侄俩就来书院，跟着叔学习，过不了三年，肯定出本诗集。

张鼎说，逢上月圆日，在这儿搞个笔会，在刊物上搞几张图片，再配上梁所长即兴诗作，昔日文学青年，英雄不减当年。

梁英俊说，全是胡诌，赶鸭子上架，被你俩逼的，身临其境，随景入诗，随诗入情。

小张说，跟叔以后也是文友，工作上以后也要指望叔，望叔能在队长跟前替侄子多美言几句，侄子没见过世面，评比竞赛的事给叔添堵了，这件事不回避张鼎，也不回避中意，能坐在一饭桌上都是自家人，叔，咱四个最后来个大团圆，碰杯啤酒。

梁英俊心里骂着混蛋，刚来个诗韵诗情，就给老子打乱，这般美妙夜色，依旧是无法叫人安眠。

中意酒喝得不少，嘴巴把持不住，跟梁英俊说有俩朋友问他农庄的事，他说，恩人帮忙，又加几个能人跑外圈，农庄的事胜利在望，见利了跟恩人分红，不叫恩人白操心。

梁英俊听得心里冒火，分红的事根本没有，咋能无中生有？建农庄梁英俊帮不上忙，人家张全德满口答应帮忙，咋能硬把他扯上？原本就为评比竞赛的事烦心，这下可好，又添一宗烦恼。中意跟朋友说农庄分红的事，从昨儿到今儿，不知传给多少人，那些人会咋说？派出所所长做幕后人，分红分利，这话传出去，有口也说不清。

梁英俊的脸一下子阴沉下来，中意见状急忙表态说，从此以后绝不说农庄的事，不会在外败坏干爹名誉，发了财赞助干爹，又不违法违纪，又不贪污受贿，纯属亲戚帮忙。

张鼎说，农庄建起来，在刊物上给你登个广告宣传一下，这事无须梁所长出面，你小张哥哥就能搞定，分红的事赢利了再说。

梁英俊没接腔，担心再为一句话传来传去，传出是非。

小张问，对诗继续进行？

梁英俊说，对诗到此为止，今儿已发挥到极限。

张鼎说，梁所长有空多到这里来，小辈准备黄酒等着，作诗适合三分清醒七分醉，依梁所长酒量，今儿不过是五分欠两分，诗已达到情景交融，要是再添两分，肯定是出神入化。

梁英俊感觉大脑有些昏昏沉沉，他勉强吃碗绿豆面条，跟小张说，该回宾馆了。张鼎在左扶着他，小张在右，中意跟在屁股后。月色很浓，照着亭阁楼台，照着石林拱桥，桥下小溪静静流淌，倒映着满盘月光，梁英俊深一脚浅一脚，走路不稳，嘴里说着，学那竹林七贤，把酒对月，喝多了，喝多了，瞎编胡扯。梁英俊趺趺撞撞，在俩小青年的搀扶下，离开书院，坐上小张那辆白色轿车，车里播放着那首《传奇》，歌声从耳边飘过，飘向遥远的天空，飘向未来，车灯照着县城不算宽敞的马路，梁英俊又一阵眩晕，随即失去意识，深深睡去。

第十二章

窗外雷鸣声惊醒梁英俊的美梦，他拉开窗帘，山里逢上农历三五月，天气变幻无常，一会儿雷鸣闪电，一会儿晴空万里，雷声伴着雨点子，闪电一忽儿来，一忽儿去，雨点子也是一会儿大，一会儿小，天空暗一时明一时，梁英俊看手腕上的表，刚过七点半，索性再躺一会，想一想昨晚跟小张对诗的情形。真不该怀疑小张，多像青年时期的自己，爱好诗歌，崇拜英雄王成，真是文章千般好，人品不等闲啊，哪能怀疑这样的优秀青年？

床头电话响起来，梁英俊接听。

哥，起床没？是小珍姑娘。

床上躺着，准备起床。梁英俊说。

早餐备好了，马上送房间里。小珍说。

哪能天天送房间，下去吃吧。梁英俊说。

还是送房间吧，下来熟人多。

电话挂断，梁英俊进卫生间洗漱。男人四十多岁，事业正走上坡路，经济相对稳定，要是碰上女性青睐，很容易陷入想象与憧憬。梁英俊先是跟阿娇来一段情感互动，再跟小珍姑娘翩翩起舞，款款对歌，青春的激情被生活撩动，满脑子想象，满脑子憧憬，似乎他的心，是为俩女人而跳动，整个人，被俩女人所牵动，俩女人，一个青春，一个狐媚，一个金枝玉叶，一个成熟妖艳，俩女人带给梁英俊无限快乐，他心潮起伏，喜上眉梢，在镜子跟前展露笑颜，梳一梳头，摸一摸脸，哼着那首《潇洒走一回》离开卫生间，听见小珍妹姑娘按门铃，门打开，小珍姑娘穿着宾馆统一服装，手端托盘。梁英俊急忙过去接上，今儿不是油条，换成包子，一盘绿豆芽，一盘萝卜丝，配上俩小菜，一碗豆浆加一杯牛奶。

外面的世界真精彩，在家哪有福分吃上四个菜？顶多俩菜，还要碰上老婆心情爽，才做俩菜，在外多好呀，美人、美食、美景，先前咋就不知道在外好处多呢？难怪县里那些有能耐、有本事的排场男人都喜欢在外混，在外流连，有想头，有盼头，外加个心里有美头。

小珍姑娘跟梁英俊说，经理打电话，昨儿陪省城的客人上山，这会儿下雨隔在山上，叫我照顾好哥，经理电话里还说，哥那个大堂弟是咱县里规划局局长，跟省城的客人是同学，昨儿那个大堂弟还陪省城同学进山里玩，哥家里人都是官，大官小官都有，难怪哥在县里熟人多。

熟人再多不也抽调了，还要免职，不是家里每个人都混得排场，我混得最不排场。梁英俊说。

经理昨儿说，哥不会免职，说是临时挂着，等县里调整安排时，哥要晋一级。

那是小道消息，不可靠。梁英俊说。

经理说这个小道消息真多于假，经理回不来，一再嘱咐要照顾好哥的饮食起居，不能怠慢，这是任务。哥，还真得谢谢你，要不是经理交代今儿陪哥，我哪得空玩？中意说昨儿跟哥去茶社又去酒吧，玩得开心极了，今儿您有啥打算？小珍姑娘问。

梁英俊听外面一阵接一阵打雷声，还真不知道该干啥。回家，老婆不让回，回所里，不好意思回，天下雨，干脆哪儿也不去，吃完早餐蒙头睡，先前哪这般清闲，这回要睡个足，睡个饱，睡得以后看见床就想跑。

小珍姑娘等梁英俊吃完饭，再问一句，今儿干啥？

干啥？梁英俊思忖着今儿干啥。

哥，雨下这么大，干脆哪也别去，我俩玩揭牌，接竹竿咋样？

咋想到这简单的游戏来？

突发奇想，哥不是说天天又忙又累，玩简单游戏不用费脑筋，图个开心快乐。

梁英俊先前没这么闲过，一下子闲下来，不知所措。小珍姑娘说玩最简单的接竹竿游戏，他跟小珍在房间里，玩着最简单的游戏消磨时光？小珍姑娘那样美，那样纯洁，婷婷玉立，长发垂肩，真像仙女下凡，跟这样一个小美人，独自待在房间，天又电闪雷鸣，雨又噼里啪啦，一会儿天昏地暗，一会儿雷声轰鸣，这样的天气，这般俏丽姑娘，俩人在屋里说着笑话，你拿张纸牌放桌上，我接上去，你再接上去，你接我接，手难免碰上。乌云翻滚，翻滚的乌云遮住天空，房间里的光线时而暗下来，时而亮起来，光线暗下来时俩人你望我，我望你，幽暗的光线，朦胧的男女，两只手偶尔碰在一起，这不是梁英俊恋爱时候跟老婆常有的氛围吗？

小珍姑娘坐他跟前，套裙下露出一双光滑的腿，那双腿裹在袜子里，恍恍惚惚，影影绰绰。小珍姑娘长长的睫毛，乌黑的大眼，小嘴巴圆溜溜，小脸蛋粉嫩好看，这不是《英雄儿女》里的王芳姑娘吗？那可是梁英俊懵懂时期的念想，小珍姑娘变成了王芳。

咋能跟这般美丽的姑娘，独处一个房间共度时光？这会叫梁英俊生出多少激情，多少联想？他会不会心动？会不会失控？会不会行为失常？

男人许多时候是魔鬼，女人许多时候是妖精，当魔鬼碰上妖精，就是电碰上火，电闪雷鸣，天灵灵，地灵灵，妖魔鬼怪来横行。哪能这样，真要是这样，毁了自己，毁了人家小珍姑娘。

梁英俊稳住情绪。男人四十五岁，男女苟且之事，啥不知道，啥不清楚，正常情况下，男人主动的，占上九成，若是碰上女人主动，那就是羊爱上狼，狼会娶羊，从此狼变成公羊。

眼下这情形，梁英俊不知道小珍姑娘是刻意跟他独处，还是下雨天没地方去，才跟他独处？小珍会不会跟阿娇那般，对他实属无意，是他多心。其实人家只想把他当作一个异性朋友，男女间最纯洁的碳粉知己。

咋可能呢？在短时间里一下子结交俩碳粉知己。人生难得一知己，红颜也好，蓝颜也好，碳粉也好，半辈子碰上一个，也是福气，这眼下要是真的跟俩女人成个碳粉知己，还是县里名声显赫的俩美人，谁相信呢？人家肯定要说，打着知己的幌子，谁知道有啥目的。要想叫谣言没有立足之地，就不能跟小珍姑娘待一个房间里。

小珍姑娘见梁英俊还在思索，再问一句，不玩纸牌，哥说玩啥？

梁英俊不再犹豫，说，这样吧，你工作忙，吃过饭我去茶社坐坐，王建党跟我是同事，约几个人打牌玩，中午在小灶吃糊汤面，晚上回宾馆，不能叫你陪着影响工作。

哥，瞧你说的啥话，经理安排我照顾哥，这就是我今天的工作，哥凡事都为别人想，难怪人家说哥是红二代，根基红，思想红，品质更是红彤彤。小珍说。

咋就忘了说夕阳红呢？梁英俊问。

哥哪儿到夕阳红啦，这会儿正是午阳红呢。哥，要不我跟中意、诗人打电话，我四个去“钱柜”歌厅，不是上次那家，是东南角那家，那家老板跟我私交好，开个房间唱歌，中午在那里吃饭，经理说晚上回来请哥在宾馆好好喝一顿。

一声响雷带着闪电，震得房子有动感，梁英俊思忖究竟是玩牌还是唱歌？唱歌？万一再跟小珍姑娘跳舞，两个身体，紧紧相拥……梁英俊脸上火辣辣的。但他无法拒绝小珍姑娘的要求，心太软，心太软，梁英俊心里没主见，犹豫着。

小珍姑娘拿起桌上的电话，拨给中意，电话里交代让他带诗人一块儿来宾馆。梁英俊泡一杯毛尖茶，他有饭后喝茶的习惯，刘广知道他爱喝毛尖茶，专门从家里带来盒好毛尖送到房间里，梁英俊还在思忖，究竟去哪？

离开家、离开单位，真不知道该干啥。不会钓鱼，不喜欢野游；喜欢旅游，没有时间；想去歌厅唱歌跳舞，又怕把持不好出事，影响名誉，影响前程；喜欢喝酒、打麻将，跟女人一桌打麻将，说个黄色笑话，聊个下流段子，但是老婆嘴里那把刀，逼得不敢。真喜欢的，不敢，敢做的，不喜欢，究竟干啥？

不唱歌不行？梁英俊问小珍姑娘。

没说不行，还不是哥说了算，想着今儿下雨，去唱歌也是消磨时间，哥不想去？

还真不想去，前天唱过，再唱，不知道唱啥。梁英俊说。

哥，要不看电影去，电影院正放《让子弹飞》，宾馆小刘看过，说值得一看。

梁英俊思忖，《让子弹飞》这名字听上去气派，也适合自己当下心情，叫心情随子弹飞起来，痛快地飞，飞到谁也管不住的地方去。

行，就看电影，这些天电视报上介绍这个电影，说看着很爽，你跟中意打电话，直接去电影院。

这会儿还早，等他俩过来，咱四个一块儿去也不迟。

小珍姑娘将桌上的碗盘放托盘里，准备出去，谁知道才走几步，脚底一滑，连人带盘子摔地上。

梁英俊住套间，里屋铺地毯，外屋铺大理石，小珍姑娘穿高跟鞋，鞋跟又细又高，这一打滑，摔得不轻，先是哗啦一声，再是唉呀一叫，梁英俊连忙走跟前，门半开半掩，恰好一名服务员经过，听见声音急忙推门进来，正赶上梁英俊扶小珍姑娘，小珍姑娘身子没站稳，惯性作用倒在梁英俊怀里，女服务员恰好目睹小珍姑娘躺梁英俊怀里，服务员一时慌了神，有点儿不好意思，进也不是，退了不是，站在原地一动不动。那一瞬间，梁英俊脸红脖子粗，急忙将小珍姑娘从怀里推出来，扶她坐沙发上，招呼服务员收拾摔碎的碗盘，小珍姑娘一个劲儿跟梁英俊说对不起，都怪自己不小心，服务员将碎碗烂盘放入托盘端了出去，再进来扫净地上的碎片，出去时把门给掩上。

屋里只剩下梁英俊与小珍姑娘，小珍姑娘崴了脚脖子，将鞋子脱掉，腿放在沙发上，用手来回按摩。梁英俊想帮她，又觉着男女之间有诸多不便。小珍见梁英俊愣着，轻声道，哥手脖子有劲，帮我捏捏。梁英俊想男女间的授受不亲，小珍伸手拉他，跟他说帮忙捏捏，他不好意思拒绝，坐到小珍身边，在小珍脚脖子上来回按摩。

梁英俊问小珍疼不疼，疼得厉害不厉害？小珍说摔得突然，感觉就是崴了一下，应该没骨折，要是骨折肯定疼得招架不住。梁英俊说怨自己，要不是照顾他，小珍哪会摔着。

俩人相互道歉，相互说对不起，按警民鱼水情之说，也真是演绎得细致入微。

问题是俩人不是站在警民鱼水情的角度，而是站在男女角度，派出所所长是男人，小珍是姑娘，面对突发性事件，梁英俊是具体情况具体对待，根本没往歪处想。梁英俊没往歪处想，不代表所有人思想健康。站在外人角度，一个年轻漂亮姑娘，躺在派出所长怀里，俩人是啥关系？肯定是不正当男女关系。证据呢？宾馆服务员就是证人。

很快，服务员传给第一个人，第一个人传给第二个人，第二个人是个网络写手，为增加点击量，很快在博客上写了篇文章。

某某地派出所所长梁英俊，跟宾馆带班勾搭成奸，长期不回家，在宾馆包房，某天某时，被宾馆服务员某某某看见。

博客点击量从一百到一万，很快升至十几万，虚拟世界快速传播，梁英俊一下子响彻全国，跟帖的骂声不断，责问有关部门，这样的败类，如何爬到派出所所长的位置上？

没多久就有人开始人肉搜索，连梁英俊后脑勺长个瘊子，都要晒到网上评说评说。

人家不说那是一颗瘊子，人家说，梁英俊自小就不是个省油的灯，三岁跟幼儿园女孩儿谈婚论嫁，五岁能看懂《金瓶梅》，八岁学《红楼梦》里贾宝玉，带着小姑娘四处游玩，品质不好，道德堕落，被人在后脑勺拍过砖，鼓出个血包，血包慢慢下去，缩成个血瘤，他隐瞒真相，弄虚作假，将血瘤硬说成瘊子，怕人们了解他过去那段见不得人的肮脏历史，避重就轻，逃避惩罚。

传闻先在网络传播，再回到现实生活，梁英俊走到哪里，都有人指指点点，臭不要脸，跟一个年轻小领班鬼混，就不怕遭天打雷劈。真是无法无天，人家鬼混，搞的都是“地道战”，他倒好，竟然在青天白日里，毫不遮掩，还有没有道德底线？

当然，故事的主人公梁英俊此时毫不知情。

咚咚咚一阵敲门声，梁英俊说进来，中意跟诗人进屋里，见梁英俊在小珍姑娘脚脖子上来回捏，俩人露出一脸疑惑。

梁英俊说，你小珍姐刚崴着脚，我帮她捏捏。

中意叫起来，吆嗨，姐真有福气，能叫所长捏脚脖子，级别高呀。

瞧你这话说的真噎人，谁想崴着，疼得眼泪快掉下来了，这会儿稍好些，你小子在外常串，电影几点开始？小珍姑娘问。

电影院改装了，有咖啡厅、餐厅、麻将室、游戏厅，电影院有两个播放厅，楼下一个，楼上一个，分两层，滚动播放，恩人今天有空，看完电影，在里面吃午饭，下午在那里按摩捏脚，想玩牌再摸一把，天黑回宾馆。我跟诗人沾恩人的光，也去宾馆吃一顿，这一天，赛神仙了。中意说。

梁英俊一听待一天，来了兴致，问小珍姑娘这会儿脚脖子咋样了？小珍姑娘说，哥这一捏，比膏药还灵，不疼了。

就是疼也不说疼，不是说这几天专程为恩人服务吗，能叫恩人伺候你？中意说。

小珍姑娘抿嘴笑，穿上鞋，雷电停下来，先前的大雨这会儿变成丝丝小雨，小珍姑娘站起来，拐着脚走出房间，招呼服务员叫司机把车停在宾馆门口。

中意趁小珍姑娘出去，问梁英俊是不是喜欢他小珍姐？小珍姐跟县里一大群名人来往，跟小姨不一样，小姨是个裂缝蛋，小珍姐是个带壳核桃，想吃，那得要锤子，弄不好，锤子砸着手。

乖乖，说历史说文化，你是个傻子，说女人说社会，就是个大师。梁英俊说。

宾馆司机认识梁英俊，热情跟他打招呼，梁英俊坐上车，车朝电影院方向开去。电影院年轻人占多数，像梁英俊这个岁数的寥寥无几。年轻时候梁英俊是个电影迷，只要县里放电影，他没漏过一场，谁要问梁英俊那个年代都放些啥电影，他背起来跟说数来宝似的，碰上特别爱看的，连着天天看，电影院卖票的、守大门的，没有不认识梁英俊的。

再进电影院，完全没有过去的感觉，这哪是电影院，分明是娱乐城，吃的、喝的、玩的、看的、唱的、跳的，市面上有的全有，两个播放厅，能坐二百人左右。先前电影院，坐千八百人不成问题，先前电影院，白天县里开大会，晚上放电影。

梁英俊随三人上二楼电影播放厅，小珍姑娘买票，进去后电影刚开始，正说着带老婆吃火锅，被土匪打劫的事。

梁英俊坐在小珍姑娘身边，小珍姑娘身上散发着淡淡清香，梁英俊一闻便知小珍姑娘喷了香水。梁英俊老婆爱喷香水，他家梳妆台上放了好几种香水，老婆在出门前就要往身上喷几滴。梁英俊喜欢年轻时候喷香水的老婆，更喜欢喷香水的年轻女人，喷香水的女人特别有滋味，并且都是爱生活、有品位的女人，跟喜欢喝咖啡的女人一样，生活得有情调。

梁英俊从电视上看见那些长发飘飘的女人，跟小珍姑娘这般美丽，独自一人坐在咖啡厅里，打开电脑，一边看一边慢慢品咖啡，这些女人，是知性女人，也是文艺女青年。

小珍姑娘多像文艺女青年，只可惜自己青春已过，要是年轻二十岁，一定手捧玫瑰向她求婚，跟她说，美人，嫁给我吧。

唉！不切实际，想入非非，要是年轻二十岁，生在这个物欲横流的年代里，年轻姑娘岂能嫁你？人家要看你是有车有房，还是居无定所，是企业高管，还是独立经营者，一束玫瑰搞定爱情，那是八十年代的事情。

小珍姑娘跟他身挨身坐着，电影里那些风趣话逗得全场大笑，小珍姑娘笑得花枝乱颤，身子一会儿碰一下他，一会儿离开，胳膊时不时在他肩上放一放，停一下，弄得梁英俊心猿意马，不知道究竟是看电影，还是跟美人蝴蝶双飞，鸳鸯戏水。

中意、诗人、小珍姑娘不时放声大笑，梁英俊心情放松，满脸笑容。生活是用来享受的，男女是用来创业的，问世间情为何物？不用生死相许，生于安乐，死于安乐，为了共同安乐，你我走到一起来了，这就是感情，没有爱情的感情，一张电影票就能搞定。

风平浪静的日子，许多时候暗流涌动，心驰神往的美好，总保留在短暂一瞬。电影正放到关键处，有人拍了拍梁英俊的肩膀，梁英俊笑着扭头看，这一看，大惊失色。

你来干啥？梁英俊问。

找你有点儿事，出去一趟。对方说。

这不，正热闹，啥事找到这里？梁英俊问，不是问答案，是随口问出来，不耐烦地站起来。小珍姑娘、诗人、中意瞪着双眼看梁英俊。电影里，假县长抱着真县长夫人，继续说着掏钱买县长的事，梁英俊看着惊慌失措的小珍，低声说，没事，去去就来。

第十三章

梁英俊跟着政治部副主任上了车，心里骂副主任坏他好事，正看得入神，跟美人笑得前仰后合，哪想到政治部副主任进来插了一杠子，节骨眼上坏了他的心情。人生之美妙无外乎跟美人促膝相谈，相约甚欢。人生之不幸，就在于眼看着到嘴的肉包被飞鹰叼跑了，坏了心情，伤了情调。

政治部副主任拉着脸，不搭腔，不说话，此情此景，梁英俊难免有些忐忑。

肯定不是好事情，要是好事，谁大老远碰见都会说恭喜恭喜，副主任那张脸也会喜上眉梢，孔雀开屏。这会儿这张脸，是秤砣绑在橡皮筋上，越拉越长，长得撵上丝瓜秧。梁英俊揣摩着，究竟有啥急事，把他从电影院拽走。他张嘴问啥事，搞得神秘兮兮。对方说到局里就知道，司机那张脸也阴着。

电影院距公安局两条街，车很快进了公安局大院，政治部副主任在前，梁英俊跟在后，一前一后进了主管局长的办公室。主管局长正坐在办公桌跟前，翻一摞子纸，房间没别人，见梁英俊进来，吩咐他坐到对面软椅上。梁英俊心里没数，不知道葫芦里究竟卖啥药，又不好开口问。政治部副主任在他身后关上门，说道，陪小妞看得正尽兴，坏你好事了，我也是奉命行事，不是故意搞破坏，不会生气吧？

梁英俊咋能不生气，正跟小珍姑娘肩并肩，你挨着我，我挨着你，兴奋地投入到看电影的气氛里，半路里杀出个程咬金，搞得他心慌意乱，神魂不定。那天在酒吧，跟阿娇聊得热火朝天，忘乎所以，正要不分彼此，渐渐靠近时，哪想到碰见先前邻居，破坏他的美好心情，老天爷专门欺负老好人，不叫他碰见好事情，只要碰见，非要来个节外生枝，出其不意攻其不备，搞得鸡飞蛋打一场空。

主管局长那张脸拉着，梁英俊想，组织上正在考验你，主管局长那张脸，一看正在火头上，不能煽风点火，火上浇油，到头来烧到的是自己，识时务者为俊杰，要掌握火候，该低头时要低头，不能硬碰硬，免得碰得头破血流。

梁英俊跟政治部副主任说，不生气是骗人的，是活人总要喘口气，十来年没进电影院，有啥大事值得你去电影院抓人？装神弄鬼搞啥名堂，成心玩我难堪，在人家仨人跟前让我多没面子。

主管局长将一摞子东西放桌上，开始对梁英俊进行严肃而紧张的审问。先问梁英俊是不是跟老婆闹别扭？他如实回答因为评比竞赛的结果一事惹老婆生气，被老婆撵出家门。主管局长说，撵出家门后是不是跟一个叫中意的小青年去酒吧了，下午跟着中意去邻居家吃饭，饭后又去歌厅唱歌跳舞？

梁英俊说，临时挂着没事干，跟中意去酒吧，中意那俩邻居先前就认识，人家见他落难，请他吃饭唱歌送温暖，昨儿还想着在虚设机构挂着没事干，去先前同事那里打麻将，晚上小张约他去书院赏月作诗，今儿还是同一个问题，在虚设机构挂着没事干，天又下雨，连个落脚地方也没有，跟着仨人看电影，正是按领导意思，得空歇歇。

主管局长听梁英俊这样解释“得空歇歇”，脸上露出不悦来。

你这哪是歇，分明是借着歇胡跑瞎闹，别人一生都不敢犯的事，你两天做个遍，抱着女人，搂着女人，摸着女人，这是一个派出所所长干的事？临时去那个机构也是为你找台阶，原就没想着要处理你，评比竞赛主要起个督促作用，鼓励大家好好干工作，你倒好，这节骨眼上弄出乱子来，让我咋跟组织上交差？

主管局长拿起桌上的一摞子东西看一下，放桌上，再看一下，又放桌上，鼓着腮帮子，朝梁英俊吹胡子瞪眼。

梁英俊听主管局长说他梁英俊抱着女人，搂着女人，摸着女人，意识到问题的严重性，先前还想着走桃花运，心里美滋滋的，这会儿为先前的想法吓出一身冷汗，亏得只是想想，没有付诸行动。

梁英俊想，主管局长说他搂着女人、摸着女人、抱着女人，这又从何说起？

搂着女人，是说他跟小珍姑娘搂着跳舞。跳舞不搂着咋跳？还能拉着跳？你见过谁拉着女人跳舞？毛主席不也搂着女人跳舞吗，那个年代的人思想僵化，哪像现在，都到了百花齐放，百家争鸣的年代，过去哪个画家画裸体画就是臭流氓，这会儿画廊里挂着不同姿势的裸体画，供人欣赏。过去哪个女人敢拍裸体照，人们骂她伤风败俗，是不要脸的烂破鞋，这会儿把拍裸体照的称之为人体模特。

前阵子电视上报道，一个四十来岁的农民，俩孩子得了绝症没钱治，他便去省城找艺术学院，找画家，跟人家说好话，让人家叫他做裸体模特，一上午挣个百八十块，给俩孩子看病。人家面对镜头说，起初村里人骂他不要脸，后来做了裸模才知道，裸体画也是艺术，是展现人体之美。裸体画都能看，裸体照都敢看，搂着姑娘跳舞算啥大不了的事，值得这样大动干戈，兴师问罪？不知道的，还以为他梁英俊跟女人搞啥见不得人的事，惊动组织，惊动领导。

抱女人的事更是无稽之谈，当时小珍姑娘不慎摔倒，梁英俊上去扶小珍姑娘，小珍姑娘没站稳躺到他怀里，不是故意抱。躺到怀里跟故意抱，是两个完全不同的概念，咋能混为一谈？故意抱，那就是行为龌龊，道德堕落。不说他梁英俊是个警察，时常接受组织上的警示教育，就说平时，他也是个堂堂正正的男子汉，受过高等教育，无论是道德品质，还是思想修养，都比一般人高，咋可能对一个未婚女孩子下此毒手。

摸女人更是无中生有。当时他那只手跟阿娇来个短暂交流，也是阿娇喝多了，想跟他来个情感交流，俩人的情感交流，跟性无关，跟男女关系无关，如阿娇所说，现今男人混男人，女人混女人，他俩不存在混的问题，是革命感情，纯洁友谊，俩人是一对碳粉知己。要是你不知道啥是碳粉知己，可以查查词典，很明确的定义，男女间最纯洁的关系，新时代最流行的男女关系。要是非把他跟阿娇当时的举动定性为摸，只能说是一次牵强的摸，陷害冤枉加污蔑的摸，莫须有的摸，根本不存在男女之间那种偷偷摸摸。

梁英俊气得七窍生烟，这一系列罪名纯粹是无中生有，没事找事，借题发挥，造谣诽谤，一定要跟造谣者对簿公堂。

梁英俊想据理力争，看见主管局长那一摞子东西，他知道是举报他的信件，信件里有举报他的证据，主管局长证据在握，该咋解释，局长才能相信他？局长会不会说他那些辩解是自我开脱。梁英俊呀梁英俊，这一次，你可是稀屎缸里打个滚，浑身没个干净地儿，谁相信你？

身正不怕影子歪，要说清楚事情的来龙去脉，真的假不了，假的真不了，相信组织，相信领导。

梁英俊考虑再三，针对三个问题，给予正面回击。

他说，我天生胆小，一怕牵连女人，说我作风有问题，二怕牵扯钱的事，叫检察院盯上，也常想着会不会叫纪检督察抓住什么把柄，天天自己给自己敲警钟，这次这件事明摆着是有人故意陷害我。梁英俊针对这三个问题详细解释，连当时的内心活动都坦白了。他说，面对美人，说不动心是骗人的，但是在悬崖边上鞋掉了，人还是爬回来了。

梁英俊解释得问心无愧，言之凿凿，谁听了都会相信，梁英俊对革命事业是碧血丹心，谁听了都会说，梁英俊是冤枉的，组织上不会漏掉一个坏人，也不会冤枉一个好人，梁英俊是好人，组织上会相信他的。梁英俊想象着身后那群充分相信他的人，在为他加油鼓劲，他直起腰杆，挺起胸膛，说得口干舌燥。

主管局长摇头说，连裤腰带都绑不紧，叫组织上如何信任你？

梁英俊原本想，他的一片丹心，山为证，水可鉴，哪想到主管局长抓住这个问题不放松。主管局长说裤腰带，那是阿娇跟他交流时的过失行为，那个举动不管是有意还是无意，纯粹是阿娇单方面所为，跟他梁英俊有啥关系？那会儿他梁英俊就像博物馆里摆着的雕塑大卫一样，谁想摸就摸，谁想亲就亲，他个人无能为力。

他在电影上见过大卫的雕塑，生殖器露着，姑娘们不也搂着抱着照相？当时他跟阿娇那情景，他就是一尊雕塑，况且女人喝醉酒，手脚没把握，人家是县里有名的美人，组织上也不衡量衡量，比较比较，哪个美人能看上一个其貌不扬的老男人，跟他投怀送抱？梁英俊跟主管局长说，没松裤腰带，只是太紧，拽了一拽，没松。

太紧是啥意思？拽一拽不就是松一松，呸，胡搅蛮缠，一派胡言，拽一拽，如何拽，往紧处拽，往松处拽？不还是往松处拽，不就是松一松，跟我绕圈子！主管局长说。

真没松，让我咋证明你才信？总不能把命根子割了给你拿去化验，给个鉴定证明。

政治部副主任在一旁大笑，主管局长绷紧的脸露出笑容。说道，我要你命根子没用，你动没动那玩意儿等彻底查清再说，纪检督察会查清那些事。这会儿领导不是以组织名义跟你谈话，我是主管领导，不想在这个口上出事，不想扩大影响，才叫刘主任去宾馆找你，宾馆的人说你跟那仨人看电影去了，一个派出所所长，不把握分寸，跟啥人都玩。那个写诗的是个啥人你还不清楚？文化骗子！在学校不好好工作，学校还不是看他哥的面子睁一只眼闭一只眼，再说那个小领班，你有所不知吧，二十多岁，愣是喜欢他那个经理，不结婚，等经理离婚，她能看上那经理哪点？还不是钱。再说那个叫中意的，县里谁不知道酒吧那个排场女老板是他小姨，年龄不大，名气不小，这几天你天天带着他，县里传言说中意八成是你儿子，要不是你儿子，你咋这么关心他？

主管局长连问带说，说着说着，问题越来越严峻。

梁英俊听得面无血色，心惊胆颤，先前担心为女人的事惹麻烦，这会儿猛然冒出个私生子，要是传到老婆耳朵里，那就不是扫地出门的事，那是十级地震，天崩地裂。梁英俊气不打一处来，但理智告诉他，发火是没用的，要跟组织上解释清楚，叫组织上信任他，才能化险为宜走上坦途。

梁英俊耐着性子继续解释，说跟中意的老爸是通过文友介绍认识的，那会儿中意已经七八岁了。中意爹死了娘又远嫁没人照顾，住在我的辖区，我时常去家里看看，是我关心辖区百姓疾苦，谁知道这一关心，麻烦出来了。要真怀疑，我就带着他做亲子鉴定，把事情弄清楚。

主管局长说，就等你这句话，真是亲儿子，量你不敢做亲子鉴定，这件事好弄清，但跟女人的事，可是有人证物证，怕是你无法抵赖，还是这会儿说清楚，政委问起，我也有个说法。

梁英俊觉着没有人理解他，为评比竞赛窝一肚子气，这会儿组织上又冤枉他。“文化大革命”过去了这么多年，竟然还有人搞这类扣帽子打棍子的游戏，这是精神文明的倒退，我梁英俊要奋起反抗，为自己洗清莫须有罪名。

先前的解释付之东流，梁英俊振奋精神，鼓足勇气，直面女人的问题，这个问题是当前的根本问题，一定要解决这一根本问题，才能重新走到革命的道路上来。

梁英俊针对女人这一尖锐而严重的问题，做了详细说明，先前已经挖出内心的真实活动，这一次，梁英俊不再从思想上解释问题，而是直接从行动上解释举报信上陈述的三大罪状。先说搂，长时间没跳舞，跟不上节奏，小珍姑娘搂着带他找节奏，当时刘广、诗人、中意都在跟前。再进一步说明，俩人搂着，但不是紧紧相拥，是有距离的。抱的事纯粹是个意外事件，是下意识的动作，用个比喻说明当时的情形，一件清代青花瓷，眼看要掉地上，肯定下意识要去接，免得摔碎了。当时就是这情形，担心姑娘摔着，下意识接着，心底没有一丝邪念。第三罪状前面解释得很清楚，俩人就是个交流，人家称之为碳粉知己，就是纯洁的男女关系，俩人也就是将手拉一拉，放一放，没有实质性问题。

手具体放在哪里？主管局长问。

喝多了说不清楚。梁英俊说。

说不清楚，这是最大的疑点，关键时候咋说不清楚了？主管局长说。

梁英俊说，人家拉着手跟我交流，我是满足人家的意愿，也算是为人民服务，真不知道咋解释才算解释清楚。

主管局长与政治部刘主任哈哈大笑。

主管局长说，为人民服务这个词用到这里，可见你的头脑有多灵活，先前真没发现你这一特长。你什么时间进的酒吧，什么时间进的歌厅，在宾馆房间的那些事，都有人看见，要是巧合，不至于巧合得天衣无缝。这会儿叫你，是叫你心里有个准备，这件事后续发展很难说清楚。年初县里跟局里说过，准备下半年考核提拔你，评比竞赛不会影响提拔，但要是摊上这一系列事就难说了，怪也怪你自己，脱清闲脱出麻烦来。你说跟小领班是清白的，要是心里没啥事，干吗非住那家宾馆？老婆不让回去，你父母家、你兄妹家能没个落脚处吗？偏要住宾馆叫人说闲话。

梁英俊心里真窝火，住个宾馆也惹来这些麻烦事。他哪敢去父母那里住？父亲一句一个挨枪子儿的，母亲一句一个破罐破摔，本就在家族一群后辈里混得最窝囊，回去就是老鼠钻风箱，自取灭亡。去兄妹家？都是女人生气回娘家搬救兵，谁见过一个大男人跟老婆闹点儿别扭跑兄妹家的？说出去他梁英俊的脸往哪儿搁？

梁英俊说，组织上不会管那么宽，只要不搞男女关系，不违法乱纪，组织上总不能连宾馆都不让住吧，宾馆经理是从小一块儿长大的同学，住那里不掏钱，自然就住那家宾馆了。流言止于智者，为评比竞赛搞得只差患上抑郁症了，人也是积劳成疾一身病，要是真有胡混的念头，身体也不行呀。

主管局长与政治部刘主任听了又是一阵哈哈大笑。

主管局长说，举报人当时在酒吧，人家亲眼看见，说你跟酒吧小老板勾搭调情，说你不配当派出所所长。要真有这事局里能不管？如果不管，小事变大事，到时候就是上级单位插手管了。

梁英俊经主管局长这么一说，想起进房间送小菜那个五大三粗的服务员，那会儿他就想，一个膀大腰圆的男人，咋来歌厅做服务生？现在想想他肯定是在盯梢。为啥要盯他梁英俊？梁英俊再回忆那张脸，越回忆越觉着面熟，好像跟自己打过交道。突然，梁英俊想起一件事来。这人曾在他辖区的一家慢摇吧与人争风吃醋打架，双方均为轻伤，当时廖坚找过他，说这人是他老婆的娘家亲戚，跟他说让双方调解解决，难道是……

王建党说，他是廖坚前进路上的绊脚石。会不会廖坚蓄意陷害他。啥理由？为提拔。证据呢？没证据不能瞎猜胡说。也兴许是举报人在歌舞厅碰见梁英俊，想起曾经被梁英俊处理过，火气上来，脑子一热，写封举报信报复他，这类事在公安局时有发生。

人家美人阿娇提醒过他，凡事不能只往歪处想，就是跟他来个触摸，人家也是酒肉穿肠过，佛祖在心中，人家是正义之摸，不是偷偷摸摸。你梁英俊好歹也是个派出所所长，咋就没人家阿娇有度量，看人要看人的长处，想人不能把人想得一无是处，先前就怀疑刑警队小张，结果呢？人家叔长叔短一番解释，信誓旦旦一保证，弄得你梁英俊黑白难分，是非难定。究竟是廖坚设的一盘棋？还是举报人一时冲动？面对这一突发性事件，梁英俊举棋不定，不知道该如何应对。

这时候，主管局长突然说，他与廖坚之间有误会，希望他找廖坚开诚布公地谈谈，解除心里的误会，以后还是好兄弟。

一听这话，梁英俊彻底明白举报信的事是廖坚蓄意策划的，兴许主管局长已经猜到他心里那些谜，只是不便说出来。梁英俊明知故问道，我俩哪有误会，都在为工作操心，都想在名次上往前靠，没误会。

梁英俊嘴上这般说，脸上的表情却暴露了他的内心。主管局长说，你不是叫内勤找小张核对过名次的事吗，以为我不知道？你葫芦里卖的啥药我很清楚，你俩都归我分管，连这类信息都不掌握，我还咋协调工作？你是老所长，又是老同志，心里有疙瘩就找廖坚谈谈，沟通一下，疙瘩就没了，为评比排名闹矛盾值得吗？

梁英俊面上认真听，心里骂小张，小混蛋，啥事都汇报。再一想，小张不会找主管局长汇报，年轻人毛嫩心眼稠，不会找领导反映一个老所长的事，级别上够不着，要告状只能是他廖坚。

证据呢？想着证据梁英俊又摇头，在小张面前就因空口无凭栽跟头，不能二次栽倒。主管局长要他找廖坚谈谈，他不想谈，为评比竞赛他就对廖坚就有意见，这会儿再找廖坚谈，这就好比别人抽了你一耳光，你还说谢谢，这不是自己作践自己的尊严吗？

这会儿谈啥尊严，就要跌到人生的低谷，赶紧找根绳子才是正事，找个帮手，拉自己上去，廖坚这会儿就是帮手，要学韩信，容忍胯下之辱。

梁英俊说，会以大局为重，跟廖坚推心置腹地谈话，请组织上放心。

主管局长说，最近女人要注意回避一下，俩女人都是县里有名气的女人，走哪里都是个火球，滚一处烧一片。梁英俊在县里有名，再跟有名气的女人来往，能不被人怀疑有男女关系吗？

梁英俊跟主管局长郑重声明，自己跟俩女人真没那层关系，一个老男人，没钱没外表，俩美人，一个有钱，找一打小白脸都没问题；一个年轻漂亮，一群排场人围着转，他梁英俊真跟女人有那种事，就不只是组织上谈话的问题，就是家庭战争升级的问题，不等组织找上门，老婆就叫他断送小命了。

县里人都知道梁英俊怕老婆，主管局长也知道，主管局长说相信他梁英俊怕老婆，不敢混女人，赶紧跟老婆和好，才能堵住流言蜚语。

梁英俊说，事情没弄明白前，要是冒险回家，有几种遭遇等着他。一种是老婆住一个房间，让他住孩子的房间，俩人对外宣称分居，直至事情彻底查清。第二种是同床不同被，各睡各的，谁也不理谁，外人看来是一对恩爱夫妻，实则分居，俗称橡皮婚姻。第三种，俩人同住同睡，但老婆不再为他做饭洗衣，以此做惩罚。他推断极有可能是第二种，橡皮婚姻，冷战开始，这类冷战，可能要持续一个多月。

主管局长笑起来，说他咎由自取，哄好老婆也是和谐社会的一部分，男人只要能哄好老婆，保准能跟所有人和谐相处，也保准能处理好所有事。咋哄，说好听话，夸她，在她跟前装成个顺毛驴，她一顺心，对你就放心，你在外面跟女人唱歌跳舞，她也不会起疑心，女人感性，抓不住女人心，就抓不住人心。

梁英俊真佩服主管局长，话从人家那张嘴里说出来，味道全变了样，男人跟女人喝一场，再去歌厅唱几首，跳几曲，谁不想？跟女人唱歌跳舞就是美，美在心坎上，甜在心窝里，哪个男人不想天天这样？说不想，骗得了鬼。男人抱着小姑娘跳舞心痒难挠，敢不敢叫女人抓痒，那要看男人的胆量，梁英俊是个胆小鬼，对待女人那点儿痒，只能用自我克制法，用自制的特效药，自我疗痒。

主管局长也常陪检查组去酒吧歌舞厅，他一去，就是工作上的事，无须跟老婆解释，跟任何人解释，吃喝玩乐正当化。他梁英俊呢，趁着空闲娱乐一下，事态就扩大到男女关系上。

人活要活成个高阶层，活成个小小公务员，没有地位，没有身份，外人骂你公务员贪污受贿，其实你最了解你自己，做啥事瞻前顾后，小心翼翼，这个管你，那个管你，弄得你整天看脸色行事，人家稍不顺心如意，倒霉的是自己，人家的幸福指数是百分之九十几，你的幸福指数跟你的评比竞赛一个等级，倒数第一。

难怪人人都想往上爬，梁英俊也想往上爬，为跨上那个级别，他跟所有人一样，劳心伤神，头发掉了一把又一把，这会儿掉成个喜马拉雅，整个人一副憔悴样，即便这样，梁英俊依然对未来充满希望，主管局长一席话，犹如一盏明灯将他的心照亮，他提醒自己以后凡事要做到恰到好处，恰如其分。

主管局长又说起梁英俊去茶社摸麻将的事，说这事不是举报信上说的，是地产商何顺来说的，何顺来说梁英俊打麻将赢了一下午钱，还说给梁英俊留套房，两天后付钱。主管局长说，举报人没提梁英俊去茶社，估计是不知道，要是知道，再添两条，警察赌博，接受地产商商业贿赂。

梁英俊听得咬牙切齿，皱眉瞪眼，跟个红脸关公一样，他想发作，可理智再一次战胜了情感。冤枉一次不算啥，冤枉两次也算了，不经历风雨就没有彩虹，忍一忍，成大事者，必先受辱，而后受宠。

梁英俊跟主管局长解释道，几个人攀来攀去攀成亲戚，吃饱喝足摸一把，不摸吧，三缺一，怕人家心里不顺畅，摸吧，摸出这点儿事来。

主管局长说，不是说不让你摸麻将，关键你摸得不是时候，眼看命悬一线，非要挑逗刀尖，你这是叫组织上为难，弄出这一系列响动，叫组织上咋替你说话？咋任人唯贤考核提拔呢？

梁英俊哑口无言。组织啊组织，你咋就不为我梁英俊想一想，人家男人活得无限风光，我活得实在窝囊。人家男人跟女人成对成双，我活的跟女人断绝来往。人家男人喝酒唱歌打麻将，我才起个头，不是举报就是告状。好不容易碰见一个地产商，人家出手大方，给咱一套打折房，人家也是顺口说说，咱也是顺口答应，组织上就来过堂，组织上还给不给我出路？让不让我走在革命的康庄大道上？人家买套房，是解决民生问题，我梁英俊还没买，就成了商业贿赂。人跟人好有一比，人家是酒我是缸，人家吃肉我喝汤。哼！骑驴看本走着瞧，我梁英俊不在烈火中死，一定要在烈火里生。

梁英俊很快露出笑容。感谢组织上仁泽宽厚，红色后代是块砖，哪里需要哪里搬，只要不拍砖，我定会为祖国的建设添瓦增砖。

这些话说出来，连梁英俊自己都感觉有些假。假又怕啥？假做真来真做假，真假难分，谁在乎真假？梁英俊告诫自己，从今天起，做个语言的巨人，行动的巨人，啥时候都不做矮子，矮子挨打。

主管局长说，这些组织上会考虑，组长上会识别你的能力水平，你只保证不出事就行。

梁英俊跟主管局长保证，百尺竿头，更进一步，一定经得起组织上的考验。

主管局长说相信他梁英俊的为人，又是革命家庭出身，不会做出格事。说完，将桌子上的一摞子东西放到抽屉斗里。

离开主管局长的办公室，政治部刘主任跟梁英俊说两件事，这两件事，叫梁英俊放下的思想包袱又提了起来。

阿娇跟廖坚有关系，不是男女关系，而是廖坚那个混得排场的自家屋里的哥哥，跟阿娇是亲戚，阿娇跟廖坚是衍生出来的亲戚关系。宾馆里的小珍跟大龙袍茶社的老板是姨家老表，而廖坚跟大龙袍茶社的老板是发小。

刘主任说，关系摞关系，关系链形成关系圈，主管局长可能不知道，也可能是装糊涂。

刘主任跟梁英俊在法院工作的堂弟是同学，梁英俊感谢堂弟的同学时刻关心他的人生道路。刘主任说，别说客气话，咱这关系谁跟谁。

梁英俊被层层关系搞晕了，甭管他谁跟谁有啥关系，他梁英俊跟俩女人的关系，跟先前那些关系没关系。他跟阿娇，俩人已达成共识，是男女间纯洁的朋友关系，碳粉知己。他跟小珍姑娘，也就是拉拉手，跳跳舞，没有发展成啥关系。虽说小珍姑娘掉进他怀里，但那纯属上天制造的一场误会。说心里话，他真想跟人家来点儿啥关系，但还没想清楚咋跟人家来点儿啥关系，主管局长就要他解释跟俩女人的关系。他跟俩女人根本没有什么关系，可是没人相信他。

第十四章

梁英俊走在县里最繁华的路段上，顺着马路，晃晃悠悠，漫无目的，歇着也歇出这么多事情，此时该去哪里？能去哪里？哪里是他梁英俊的立足之地？梁英俊想着，走着，忽然见前面人声鼎沸，人群簇拥，马路被拥挤的人群占去一半，汽车只能单向行驶，喇叭声此起彼伏，一些司机从车窗伸出头，嘴里骂着脏话。梁英俊加快脚步，看见县委门口围了几圈子人，门口的两棵杨树上挂了条横幅，“开发商勾结黑社会，侵占农民宅基地”。路边停着一辆警用大轿车，车上坐的十几个全副武装的警察，还有两只警犬警惕地左右望着。

他听见一个乡下人跟另一个乡下人说，警察拉条狗干啥？另一个说，可能是遛狗。问话的说，那阵势不像遛狗，像是找毒品，电视上警察拉狗都是嗅毒品的。另一个说，胡球扯，电视上警察拉狗都是找杀人犯。问话的说，你才胡球扯呢，这群人是告状，又不是杀人犯，狗是跟着警察来维护治安的。

身边一位穿运动服的老人接过话说，你俩都说错了，警犬是保护排场人的。俩人嘀咕着，不知道谁是排场人。老人说，排场人可不是你想见就能见的，人家跟古代绣楼里那些大家闺秀似的，警犬能见到，你俩不一定能见到呢。

乡下人说，俺见那些排场人没用，你们城里的人都是排场人，俺乡下人都是老鳖一，俺不管谁是排场人，只管春耕秋收，没涝没旱，粮食有个好收成，肚子能填饱就行，走吧，咱别凑热闹了，快去种子站买种子吧。两个土里土气的乡下人说着离开了。

梁英俊正要走，见巡警大队长王志恒从车上下来，跟他正碰个面对面，他想回避，已经来不及了。对方看见他，叫了声俊哥，掏出烟盒，拿出一根烟递给他，两人站在路边点上火，慢条斯理地抽着。告状的那群人时不时看看他俩，两人似乎习以为常，边抽烟边说话，根本没在乎跟前那群人。

梁英俊问王志恒这群人告谁？王志恒说，能有谁？何顺来呗。这小子真有本事，通过省里的关系把河边那块风水宝地弄过来了，牵扯赔偿，双方互不相让，这不，居民来这儿讨说法。局里安排我带人过来守候巡逻，怕万一闹出大事来。县里“纪念馆”的奠基仪式后天举行，说省里有重量级人物要来，要是闹出点儿啥动静，对县里影响不好。我跟弟兄们交代过，不动口，不动手，看着不闹事就行，人家不是冲着我们，别把矛盾转移到我们身上，前几天电视上报道过，老百姓为拆迁跟警察打了起来，我跟弟兄们嘱咐，咱不做替罪羊。俊哥是不是在何顺来那里弄套房？昨儿听说何顺来给俊哥那套房少要几万块，何顺来那小子可是有名的葛朗台，把钱当灰星攥到手里，怎么能轻易给哥那个价钱？估计那小子有动机，听说您大哥刚分工抓土地，何顺来怕是想借俊哥找大哥吧。

王志恒的话，对梁英俊来说是意外消息，他不知道大哥分工抓土地的事，平常兄弟之间，也是在有大事时相互通个气，这些天梁英俊为评比竞赛的事忙得焦头烂额，哪问过大哥的事？他想着麻将桌前何顺来说的那套房子，他跟何顺来素无交往，第一次交往，就打折给房，确实不太正常。如此说来，那套房也真像主管局长说的，有商业贿赂的嫌疑。梁英俊在心里将何顺来埋怨了几个来回，说好给一套优惠房子，原来是打着大哥的主意。

梁英俊原想以后找机会约何顺来吃顿饭，觉得他为人仗义，吃一顿玩一场，就打折给房。梁英俊见不得仗义之人，人家说给自己打折，自己就是不买，冲着人家的那份照顾帮忙，他就非常感激了。哪想到，这何顺来竟是个居心叵测之人，看似豪情仗义，满嘴仁义兄弟，原来也是打着长远诡计的。奸商！梁英俊骂道。多亏当时没跟何顺来明确表态，要是松了口，这会儿可真是骑虎难下了，不要吧，人家倒打一耙子，说你出尔反尔，嫌弃人家折扣打得少。要吧，弄不好叫大哥背黑锅。

王志恒又问梁英俊抽调的事，说也是好事，借这个机会歇歇，这几天光县里就有几个活动，各派出所安排警力执勤，俊哥这一抽调，就不用参加了。梁英俊明白人家是安慰他，事情到这地步，他无能为力。虽说两天来有美人陪着，他也是摸着麻将唱着歌，可那不是他想要的生活，早已习惯于天天忙碌，天天在派出所转转，在辖区看看，猛一闲着，就好像被所有人抛弃一样，成了个无用的人，吃闲饭的人，这滋味也不好受。

梁英俊叹了口气，跟王志恒说要去河边转转。

离开县委门口，梁英俊继续往前走，往左转，顺着护城河朝湍河岸边走去。湍河南岸，就是他居住的小区，能看见小区顶层的白色墙砖，他突然有回家的冲动，回家的愿望这一刻揪着他的心，他朝那个方向走去，越走，想家的感觉越强烈。四十多年，他从来没有这种感觉。他想，男人进入不惑之年，是不是对家充满了依恋？又走大约五十米，这时候，已能看见小区楼房的整个轮廓，他停下脚步，想着能不能回去？敢不敢回去？这时候咋能回去呢，老婆说话跟冲锋枪似的，几下就能叫他倒地身亡，这家不能回。

梁英俊走上桥，朝湍河北岸走去。

北岸一家连着一家的小饭馆、小茶馆，这时段小茶馆前聚拢了不少人，小饭馆没到吃饭的钟点，也就一两个人在打扫门前卫生，擦桌子抹板凳。

梁英俊顺着河堤边的小路慢慢走着，呼吸着四周湿润的空气，要不是抽调，梁英俊哪会有这般闲情逸致。

河面上沙鸥嘎嘎地叫着，几个男人放下鱼竿，点上香烟，边聊天边钓鱼。打扮时尚的女人三五成群，一些人在河边悠闲散步，还有一些人招呼着茶馆老板，把桌子放河堤边，泡一杯清茶，看着风景，瞎说胡侃。也有成双成对的小情侣，挽着胳膊搅着腰，漫步河边，打情骂俏。小孩子们在长辈身边嬉闹玩耍，大一点儿的孩子成堆地在河边捉鱼逮虾，湍河给居住在县城的人们带来无尽快乐。

梁英俊小时候听长辈说，这条河流，跟古时候人们常说的"父母官"一词有诸多关联。西汉召信臣和东汉杜诗均曾做过南阳太守，先后在湍河兴修了"六门堰"和"钳卢坡"两项水利工程，涝可蓄水，旱可灌田，可与四川都江堰和漳江十二堰媲美，百姓为纪念两位给县城造福的功臣，将他们称为"召父杜母"。"父母官"一词由此而来。现今称呼的"县太爷"也就是古时候百姓的"父母官"，意为老百姓的衣食父母。

梁英俊被景色吸引，背着手，哼着他喜欢的《三套马车》，边走边欣赏两岸景色。

这时候，他好像听见有个很小的声音叫着"梁所长"，他停止哼唱，扭头朝身后看看。茶馆前的人们不是在喝茶，就是在打牌，头勾着，没见谁看他，饭馆没开业，门前也没人。

他想，可能听错了，继续朝前走着，那个声音又叫一声，这次比上次声音大了一些，是从他右侧传过来的，他朝右边看去，不远处一个饭馆门口，站着一个满头银发的人，瘦削的脸上，那双眼睛格外有神，从神态上看，与那一头银发很不配套，似是戴着假发。谁会戴个白色假发？都是戴黑色的、棕色、黄色，还有什么栗棕色，人看上去年轻一截子，这一头银发，猛一看，就是个六十岁往上的老人。梁英俊感觉此人很面熟，一时半会儿又想不起来是谁。

那人说道，梁所长可能把我忘了，我是董贤明，先前在粮食局上班。

这一说，梁英俊突然想起来，眼前这个董贤明，就是老婆时常拿来警示自己的那位副局长，跟美人跳舞，美人告到单位，说他对美人动手动脚，后来免职了，那是四年前的事。

你也在河边散步？梁英俊问。

董贤明说，我在这里开个小饭馆。

还没到退休年龄，你提前退了？梁英俊问。

董贤明说，梁所长咋不知道？那次喝醉酒惹了一堆事，被辞退了。

梁英俊当时只听老婆说免职，不知道他竟被单位辞退了。梁英俊见饭馆前竖个招牌，上写着“忏仙阁”。

董贤明说，梁所长进去坐坐。

梁英俊本不想进去，见跟前这个人一副颓废模样，先前在县里也是个风光无限的人，这会儿孤家寡人，再不见先前的风流倜傥，人一倒霉，一脸背时相，衰老憔悴。先前穿着讲究，这会儿却不修边幅。梁英俊觉得自己正倒霉，不能拒绝一个倒霉蛋，就跟董贤明说进去看看。

饭馆是一排平房，屋里收拾得很干净，摆着简单的桌椅，墙上挂着很有寓意的油画，比快餐店多点儿韵味，这要是换到县城中心位置，换成楼房，这布置就是酒店布置，可惜处在河堤岸边，杂草丛生之地，又是民宅，档次降了下来，只能称之为农家小饭馆。

董贤明为梁英俊泡上信阳毛尖，说知道梁所长喜欢喝毛尖。

梁英俊听得心里很舒服，他梁英俊说到底也算个县里的排场人物，虽说他不喜欢接触人，县城知道他、认识他的人真不少，就是倒霉了，毕竟还是有一定的家底儿实力，在县里人眼里，还是个有用处的人，就这么一点，他也知足了。

梁英俊看着董贤明，虽说是瘦骨伶仃的，却不像他想象的那样悲观失望，眼神里找不到一丝痛苦，心平气和地品着茶，跟他说话也是不慌不忙。刚进来那会儿，梁英俊还想着董贤明肯定要跟他絮叨辞退的事，肯定要声情并茂，且悲且泣，将那件事来龙去脉掰开揉碎跟他讲，哪想到董贤明根本没提那件事。

梁英俊想，自己要是真有一天也被免了，会不会也跟董贤明这般，重新站起来，重新开始新生活。他不知道，细心的他看见墙角处的桌子上放一摞子书，爱看书的他对书是敏感的，那是一摞子宗教书籍，黄色封面。

他想，董贤明心理素质好，又从宗教经典里找到新的生活目标，要是换了有些人，一下子被推入深渊，说不定会自杀。话说回来，自杀也需要勇气，不是每个人都有勇气自杀的，梁英俊不会自杀，一则他期盼儿子学成归来，结婚生子，有期盼的人不会自杀；二则他认为大男人要有责任心，真要是自杀了，坑害了老婆，一个女人四十多岁，再改嫁也不容易。为这两点，就是活得生不如死，也决不自杀。

梁英俊问董贤明，咋想着在河边开饭馆？是不是先前有些手艺？

董贤明说，无路之路，先前一直干行政，哪学过啥手艺，逼上梁山，走到了这一步。

梁英俊又问饭馆为啥起名忏仙阁？

董贤明说，饭馆起名忏仙阁，意思就是忏悔过去，以后要跟神仙那般，自在逍遥。阁字解释为就是辞退了，也是个有水准的人，人不清高心清高，自己抬举自己。

梁英俊说，老兄这话说到我心窝里，谁不抬举咱，自己也要抬举自己，山不转水转，重新站起来，又是一条汉子。

俩男人苦笑着，心境是一样的，感觉也是那般相同，有一种同是天涯沦落人，相逢何必曾相识的感觉。

董贤明说，起先对这样的处理结果不服，又不是自己一个人那样，为什么只处理咱，后来想想，所有人都那样，自己也不应该那样，那样咋对得起老婆孩子？人无千里好，花无百日红，谁能保证一生顺风顺水，不经历啥事情？辞退后，先前朋友、自家屋里亲戚都跟他断绝来往，老婆跟他提出离婚，说若不是牵扯女人的事，也不会跟他离婚，一个女人，咋能容忍丈夫背叛她？要是为别的事辞退他还能嫁鸡随鸡，但因为女人被辞退，她面子上说不过去。上高中的女儿也对他嗤之以鼻，不愿看见他。这能怨谁呢，一时之乐换来一生追悔，那段日子真叫个度日如年，多少次来到河边，想一死了之。但就是在河边，他碰见一个跟他一样潦倒的人，那人不是被辞退，是做生意一赔再赔，赔得老婆也跑了，就剩下一排平房。患难之交见真情，绝处逢生，俩绝望的人一合计，他投一份钱，那人平房算一份，开了这家小饭馆。别小瞧这小买卖，日积月累，利润也不少，两年过去，那伙计口袋里挣了点儿钱，听说老婆在省城，就把饭馆盘给他，带着钱去省城找老婆了，说是跟老婆在省城开家小馆子，等站住脚了叫他也过去，离开这个伤心之地。

那伙计走后，他重打锣另开张，换了个厨师，雇了个打杂的，继续经营饭馆。女人终归是心软的，老婆见他被辞退后完全变个人，先前不是串酒场，就是打麻将，去歌厅唱歌跳舞，跟女人到处跑不回家，这会儿倒是干点儿实际事，再不瞎跑了，放下架子经营饭馆，每月也能有些利润，女儿就要考大学了，让孩子面对一个破碎家庭，精神上如何承受得了？于是老婆的气慢慢消下来，再不提离婚的事，原谅了他，还时不时过来帮他照顾生意，帮他拉客人。

人都是凑堆玩，先前玩的那堆人，都不跟他玩了，又换一堆同病相怜的人，也就是县里一堆被处理掉的人。这堆人有共同语言，共同话题，久而久之，饭馆就成了个小小聚会所，落难的，辞退的，免职的，受过精神打击的，都来这儿聚聚，难兄难弟，难姐难妹，大多是从高位跌下来，或从富商到一无所有，尝尽了人世间的酸甜苦辣咸。

生意是捧出来的，后来生意渐渐好起来，先前那些同事、同学朋友、老亲旧眷，也都过来捧场了，原先两个弟弟一个妹妹都跟他断绝来往了，渐渐地，又恢复了联系。人在位置上，始终是看不透的，等下来了，才明白人活着啥才是值得珍惜的，啥才是不能舍弃的，啥才是一生要遵循的。熟读了佛教经典，了解了道家教义，把握了儒家精髓，心也平和了，成也萧何，败也萧何，怨不得别人。刚才见梁所长情绪不好，是不是碰到不顺心事了？

梁英俊哀叹一声，欲言又止，咋跟人家说？说他梁英俊跟人家一样，也是为女人的事闹到组织上？要是真有那事，倒也不冤枉，董贤明就是女人揭发他动手动脚，道德堕落。可他呢？俩女人啥都没说，第三方胡编乱造，他是清白的，但他的清白跟人解释，会不会有人相信他？

他想跟董贤明将话题说开，解释他跟俩女人之间复杂的关系，转念又想，董贤明这样问他，也说明只知道个大概，要是跟人家详细解释，岂不是没有的事，叫人家添了想象与揣摩？没有的事解释啥？跟组织上不也是解释来解释去，组织上还是对他半信半疑，董贤明没有直面问他，兴许跟他一样，不愿去揭伤疤，要是他刻意做解释，会不会叫人家觉得，他是故意戳人家伤疤，叫人家难堪？

梁英俊一声接着一声叹息，露出无奈的样子，他想给董贤明一个暗示，他跟董贤明一样，正经历着人生最黑暗的时刻。

董贤明说，人生有许多陷阱，躲过去的是能人，绕过去的是高人，从陷阱里跳出来的，才是智者，但愿梁所长做个智者。我就不行，只能称为庸人，人家挖个坑，咱看都不看就往里面跳，跳进去叫人家活埋，这会儿只想过晨钟暮鼓、成仙成佛的生活。

董贤明很平静地说着过去，似乎那件事发生在别人身上，跟他没有牵连；又似乎一个被活埋的人，重新活过来。活过来的董贤明，变成了另外一个人，再没有先前的莺歌燕舞，曾经的烜赫一时连同他先前的躯体，一起被活埋，他跟先前的生活彻底决裂了，开始了新的生活。他虽说形单影只，却过得很平静，很淡泊。失之东隅，收之桑榆，对于他，这是又一种境界。

梁英俊是达不到这样境界的，他还在争，他还想做公安局副局长。他一直以为，以他的才能，以他的人品，以他在县城里那个庞大的家族的力量，副局长非他莫属。今天董贤明这些话，对他说来极具感染力。他也是个饱读经书的人，平常遵循做人的道德与原则，牵扯到仕途上，他不想谦让，老婆孩子，一大家子，所有亲戚朋友，谁不盼着他梁英俊出人头地？他虽说栽了个跟头，但这跟头跟董贤明栽的跟头不一样，董贤明是跳进去被人活埋，依他对自己目前状况的判断，也可能已经跳进去，但还没有被活埋，他要挣扎着跳出来，如董贤明说的，做个智者。

董贤明说，梁所长中午要是有空，我给你做碗芝麻叶面条，再炒几个家常菜，咱俩喝几盅。

梁英俊摇摇头，说中午有事。他这样说，也说不上来是出于什么心理，反正就是有那么一丝难过，他不想在董贤明这里多停留，好像是从他身上能看见自己的未来，也像是他身上有自己的影子，那么，俩人会不会也有一个相同的结果？这是他所不能接受的，他要一个好结果，不是免职，不是另谋职业，不能学董贤明，要做个智者。

他想从董贤明那里知道点儿东西，一个男人喝醉了，或者是自认为喝醉了，犯下过错，该不该原谅？他想从董贤明那件事里找点儿启示启发。他问董贤明，那件事真发生过？会不会是喝醉了，并不记得，人家说啥就是啥？

他等着董贤明给他一个最能满足他心愿的答案，他是在为自己寻找答案。

董贤明说，其实，这些事到现在对我来说也是一笔糊涂账，不知道是真有那事，还是有人故意栽赃陷害。说起来那天也怪自己，兴奋过头，喝得酩酊大醉，歌舞厅的灯光你也知道，影影绰绰，不太明亮，过后想想，估计真那么干了，要不人家一个黄花姑娘能那么说你吗？这对人家也算不得光彩的事。男人喝醉把持不住，可能性也是有的，谁叫咱没有自制力？让我这后半辈子在老婆女儿跟前抬不起头。我现在这样拼命地干，也是赎罪，我知道，那些亲戚朋友，虽说后来陆陆续续又跟我来往，但跟先前不一样了，从眼神里就能觉察出来，人家从心里是瞧不起我的，这会儿才真深深体会到，人失势了，门庭冷落鞍马稀。

梁英俊听着，董贤明句句说到他心坎里，也是他所思所想的，要是组织上真相信举报信上那些事，会如何处理他？往最坏处想，就是跟董贤明这般被辞退。辞退后县里人肯定也会这样说，跟女人搞那些事，被单位辞退了。真这样说了，他梁英俊这张脸往哪儿搁？老婆会不会跟他离婚？大洋彼岸的儿子会不会跟他断绝关系？家族的人们会不会跟他不再来往，从此梁家的家谱里，再没有他梁英俊一席之地？

梁英俊想着一系列现实问题。董贤明没有大家族的光环，而自己的家族在县城赫赫有名，假若有一天走董贤明那条路，带来的社会影响会远远大于董贤明，而自己的心理压力也会远远高于董贤明，他会不会跟董贤明这般，开个农家小饭馆，在赎罪中度过孤苦的一生？

梁英俊安慰董贤明，也像在安慰自己，跟董贤明说，胜不骄败不馁，没什么大不了，好好地经营饭馆，生活说到底就是年复一年，日复一日，吃饭睡觉，想开了一切都好。老大哥，想必我那件事你也知道个一二三。

董贤明说，知道的是麸皮，不知道的才是关键。生于忧患，死于安乐，随其自然，人在无路可走的时候，会猛然发现有一条从来没有看见的路摆在眼前，就是人们说的，柳暗花明又一村。谁敢保证金子铺就的路，就是通往宫殿的路，曲径通幽，小路通天。谁也看不见未知的路，走一步说一步，说不定能走到桃花源。

梁英俊说，当事者迷，旁观者清，换了你是我，下步该咋走？

董贤明说，梁所长高瞻远瞩，哪用我指点春秋？

梁英俊说，集思广益，兴许能给我个提醒建议。

董贤明说，有些事情表面看似简单，其实有深层含义在里面，可谓险象环生，危机四伏。怎么化险为夷？解铃还需系铃人，人心隔肚皮，有时候一两句暖心话，就能叫人心跳出肚皮，跟你握手言欢。只要锄头舞得好，哪有墙角挖不了？冰释前嫌，才是方案。

梁英俊想，董贤明说的解铃还需系铃人，说的是廖坚，当务之急是找廖坚谈一谈，要不遗余力，诚心诚意，争取谈得一切顺利，十八般武艺全用上，定叫日月换新天。

毛尖喝淡了，梁英俊从董贤明身上悟出许多先前自己身上缺失的东西。他说不清是啥，董贤明在经历了大起大落后，似乎变成了个圣人大师了，如果是以前，董贤明嘴里哪能道出那些人生哲理？看来这一坐，没有白坐，这一聊，没有白聊，受益匪浅，梁英俊跟董贤明握手告别。

他继续沿着河堤走，想着主管局长那些话，让他找廖坚谈一谈。跟那个王八羔子有啥好谈的？龟孙子是不是用了美人计，叫梁英俊中枪？

梁英俊不想跟廖坚谈，谈谈是啥意思？不就是叫他梁英俊跟对方说说软话，免得举报人再往上一级举报，事情越捅越大。主管局长那意思梁英俊明白，就地消化，息事宁人。

梁英俊何尝不想就地消化，息事宁人。为了不得罪人，他跟阿娇喝酒聊天，谈笑风生。人家阿娇说，这是拉近跟人民群众之间的距离。为了不得罪人，他跟小珍姑娘一个叫哥，一个叫妹，小珍也说这叫拉近跟人民群众之间的距离。

为防止女人这一糖衣炮弹的袭击，梁英俊给自己穿上盔甲，穿上防弹衣，避免女人的丘比特箭射穿心。梁英俊多么希望女人的丘比特箭射穿心，但希望归希望，行动上还是全副武装。为了组织上那句年底考核提拔，梁英俊静坐思己过，提醒自己一定跟人保持良好关系，遇事尽量熄火消气。为评比竞赛，他风餐露宿，饥一顿饱一顿，人黑了一圈，也瘦了一轮，熟人讽刺他，不用节食减肥，活生生一个蜈蚣精。

原本想这一切组织上会看在眼里，记在心中，哪想到组织上瞪着俩眼说瞎话，就为了个举报，硬说他思想一个样，行动又一个样，思想跟行动不配套，故意做表面文章，欺骗组织欺骗党。现在，梁英俊有黑云压城城欲摧的感觉，悲伤失望到了极点。

在北岸意外碰上董贤明，他从董贤明身上找到点儿精神力量，这力量支撑着梁英俊。曾经沧海难为水，先前的英雄豪杰之气去哪儿了，咋变成俯首帖耳的小软蛋？

真的英雄哪能气短？站起来，你就是一条汉子。革命人永远年轻，让我们荡起双桨，走在希望的田野上。

梁英俊走上小桥，从河堤北岸向南岸走去。

河堤北岸与南岸是一个分水岭，两边是县城的两种生活，两种文化的缩影。北岸多居住着菜农，利用有限的土地，种植瓜果蔬菜。每到瓜果成熟的季节，北岸菜农骑上自行车，车上挂个背篓，篓里装着瓜果，沿路吆喝着去南岸，等天黑的时候，再蹬上自行车，兜里揣着百八十块钱，哼着小调回到北岸。北岸是未开发的自然天堂，青山绿水，绿树成荫，一个完美的农家乐园。

当河堤北岸的菜农从南岸收工，回到简陋的家里生火做饭，叠被铺床，河堤南岸的夜生活才刚刚拉开序幕。舞榭歌台，瑶池玉液，俊男靓女，浓妆艳抹，一家挨着一家门店，叫人看得眼花缭乱。灯火辉煌的酒店，清新古朴的足疗馆，绚丽多彩的酒吧歌厅、慢摇吧，温馨典雅的咖啡馆，好一派奢华炫丽的夜景。

出入南岸的人，多是县里的排场人，女人们碰面，你一声姐，她一声妹，相互从头到脚看个仔细，相互攀比着谁比谁更美丽，谁比谁更阔气。女人们的攀比露骨而实际，看见谁脖子上挂条价值不菲的项链，谁身上穿件与众不同好衣服，不出三天，几个女人再碰面，兴许就有俩女人穿着同一款的衣服，戴着同一式样的项链。

南岸的男人们不像女人那般将虚荣演绎得干脆利落，相反，男人们表现得不动声色。晚上在娱乐场所碰面的南岸的男人们，只是相互地暗暗观察。观察啥？看派头，看姿态，看衣着，再看车，是自驾还是车送车接？这一看，三六九等，一清二楚。

梁英俊跨过桥，走向南岸。

手机响了，是王建党，梁英俊精神为之一振。王建党这会儿是他的耳目、信息员，在信息时代，信息多重要呀。

在哪里？对方问。

街上转着。梁英俊说。

哪条街，我去接你。

就你个一人？梁英俊突然这样问，没有来由。

嗅觉真灵，不是一个人，我跟你所里的主力干将在一块儿。

乖乖，我的人叫你俘虏了。

啥叫俘虏了，见面再说。

王建党电话挂断，留个话头留个谜，究竟有啥事？派出所主力全到，是为举报信的事？还是又出了啥妖蛾子？老天爷尽跟他过不去，冷不丁冒出一封举报信，弄得梁英俊措手不及。要是像跳楼警花那般，一闭眼一蹬腿，从楼上飞跃而下，变成一缕空气，也是一种勇气，梁英俊没那勇气。

唉！躺着中弹，站着中枪，倒霉的事都叫我碰上，谁像我这样，活得生不如死，活得只有谈判，才能重见光明。

董贤明说要做智者，啥叫智者？智者就是老鼠扛刀，满街找猫；智者就是阿凡提掉陷阱里，爬出来变成阿凡达；智者就是遇到色狼，不慌不忙，遇到禽兽，穿件衣服，跟禽兽称兄道弟，做个衣冠禽兽。命运之神带着他往前走，越走越没路。没路也要开辟路，去哪儿探路？走一步说一步，终究是天无绝人之路。

第十五章

王建党在河堤南岸接到梁英俊，见梁英俊一脸忧郁，一言不发，便试探着问是不是有人举报他。听说他跟仨闲杂人员混在一起，叫局里人在电影院抓个现行，咋能这样不注意影响呢？

梁英俊知道坏消息已经不胫而走，他没有办法阻挡。他跟王建党说心情不好，想让心情好起来，就去看场《让子弹飞》的电影，陪他去看电影的仨人不是闲杂人员，但有人非说仨人是闲杂人员，目的很明显，言外之意，他梁英俊不务正业，接触的人全是闲杂人员。举报信的事纯粹是打棍子扣帽子，胡编乱造惹乱子。他梁英俊跟俩女人的关系，是完完全全的正当关系，正当的男女交往，纯洁的男女友谊。为了证实他跟俩女人清白的男女关系，自己已经拿命根子跟领导保证了，要是自己跟俩女人有一丁点儿的越轨行为，命根子就割下来，从此做个新时代的太监。

梁英俊发誓赌咒，口无遮拦，脏话连篇。平常，梁英俊是个沉默寡言的人，是个说话文明的人，这会儿他口若悬河，滔滔不绝，那些话逗得王建党哈哈大笑，连他自己说到太监，也忍不住哈哈大笑。王建党说他这会儿是腊鸭子煮在锅里，身子烂了嘴还硬，人家举报人敢大张旗鼓地去单位举报，肯定有第一手材料，就看组织上对他抱啥态度，是丢还是保？怪也怪他梁英俊，对待女人心太软。王建党一路上哼着“你总是心太软”这句歌词。

水饺店离派出所百十米远，老板五十来岁，天天跟客人打交道，练就一张嘴皮子，什么话从人家嘴里说出来，就是画眉唱歌，喜鹊报喜，见到谁，都能用花儿草儿，枝儿鸟儿，把人夸成个红粉佳人，好似这水饺店就是个自然森林。

梁英俊平常遇上烦心事，喜欢来水饺店凑凑场，吃碗水饺，听店老板一句一个所长大哥，听得心里很爽朗。这年头就这样，甜言蜜语甜死人，直言快语噎死人，谁都喜欢听好听话。

梁英俊跟着王建党上三楼，三楼上，派出所主要骨干力量齐聚一堂，梁英俊走进房间，见副所长半躺在座椅上，嘴巴上叼一根香烟，用过滤烟嘴套着，说是新潮。

副所长先前是刑警队骨干，协助梁英俊办过案子，俩人一来二往关系处得好。赶上上面规定，机关警力充实基层派出所，梁英俊为把人要到派出所，跟刑警队长争执不休，最后还是梁英俊死筋蛋性格帮大忙，刑警队长拗不过梁英俊，放了这一员大将。对副所长，梁英俊也是谆谆教导，说年轻人干警种多对前途有利，基层最锻炼人，并跟他列举了从前任到现任的班子成员，都是经过基层锻炼的，上面也有文件精神，以后提拔干部必须经过基层锻炼。副所长原本不是很想下基层，经梁英俊一说，态度就坚决了，下来时心里还有个小算盘，就是梁英俊那些直系旁系在县里都是不可估量的人物，凭着这些，梁英俊提拔是早晚的事，梁英俊一提拔，指导员成所长，他就能混成个指导员。

这些日子副所长跟指导员一样，再没了先前的神气样，私底下也配合指导员劝梁英俊回机关任个部门领导，以后常下派出所检查指导工作。

副所长说，机关警察好比贵妃，基层警察说到底就是个宫女，身份悬殊，使命义务自然各不相同，要梁英俊早下决心，摆脱宫女身份，做个受宠的贵妃。梁英俊自然明白，这个年轻的副所长与指导员抱着相同动机，怕因评比竞赛受株连，影响前途。

副所长见梁英俊进屋，从椅子上站起来，说道，所长这两天摇身一变，变成土地神仙了，谁也看不见。

内勤接过话说，土地神进过美容院，两天没碰面，年轻一大截子。

指导员说，从所长脸上一看便知，所长被雨露滋润过，被鲜花簇拥过，被感情上那把弦弹奏过，两鬓发亮，一脸红光。

三人一番话，说到梁英俊心坎上。两天来，梁英俊的生活发生了翻天覆地的变化，他摆脱了旧观念的束缚，根除了小资产阶级思想的腐蚀，融入到轰轰烈烈的变革大潮里。热血沸腾了，思想解放了，对待美人，不是扭扭捏捏，偷偷摸摸，而是摆正了态度，端正了思想，跟美人钉是钉，铆是铆，改变世界的是人，改变男人的是女人，男人震撼世界，女人震撼男人，男人征服世界，女人征服男人。梁英俊没有称王称霸的思想，他只想做自己真正的主人翁。

王建党点了四份小菜，每人一份水饺，指导员跟王建党一番推让。这是指导员惯用方法，是为了消除吃拿卡要的坏名声。

几人围在桌前，王建党说，不是小道消息，是确切消息，梁英俊很快就要被提拔。这次不是虚幌，是板上钉钉子，等南水北调告一段落，县里准备考核提拔一批人，这批人里有梁英俊，消息非常可靠，是茶庄老板随县里大人物一块儿去京城路上说的，茶庄老板跟梁英俊大哥关系好，在大人物跟前顺便说了梁英俊几句好言。

就是说，这次所长真要动一动，抽调是虚晃一枪，马上就要真枪实弹了？副所长问。

王建党说，这次有鼻子有眼。不过，据说廖坚最近活动频繁，总往大院跑，摆酒席，笼络人，想坐上副局长的位置。我约弟兄几个过来就是说这件事，最近要格外谨慎，别出意外，弄得好，梁所长提个副局长，哥儿几个跟着一块儿进步。

就是说，指导员就要成为所长，我成为指导员，杨内勤成为副所长了。咱县里真没女所长，要是成了，独一无二。副所长一脸兴奋，内勤也跟着快活起来。

梁英俊得到王建党这一消息，心里生出一些担忧顾虑，主管局长说，举报人在外扬言，非叫他梁英俊下台。这提拔的消息会不会对方已经掌握？要是掌握，那后果……

这会儿梁英俊怪自己不该去酒吧跟阿娇喝酒，不该跟小珍姑娘唱歌跳舞，王建党说他心太软，没主见，这也是他身上的致命缺点。俩美人一约，勉为其难，俩美人一说，感激心软。俩美人跟他那番行为，究竟是无意，还是故意？是不是廖坚用俩美人做诱饵，落井下石，他没提防？政治部刘主任说，俩女人跟廖坚共在一个关系圈，俩女人得罪不得，维持也要把握着火候，远不得近不得，这火候真不好把握。

梁英俊想，要是俩女人再约他喝酒吃饭，唱歌跳舞，他是拒绝，还是接受？害人之心不可有，防人之心不可无，以后跟俩女人接触，是采取迂回战术，还是以毒攻毒？是不是该对俩女人严阵以待，严加防守，来一番革命与反革命的较量搏斗？

梁英俊想着跟俩女人的战斗，心里将自己骂个天翻地覆，瞧你梁英俊那点儿出息，哪见过男人跟女人斗来斗去？有本事你跟廖坚一对一，比武斗勇，比智斗雄，看谁智勇双全，笑到最后。

俩女人，精品极品，俩女人对待你梁英俊，那就是石头疙瘩抱怀里，温暖你，软化你。那就是一枚苦果含嘴里，苦了人家甜了你。特别是酒吧小老板，人家究竟图你个啥？倒霉蛋子，苦瓜秧子，人家毅然决然，挺身而出，想用人家那个明媚的笑容，来抚慰你那颗受伤心灵，多仗义的美人，你竟然无情无义，薄情寡义，要用你那恶毒的、阴险的方法对待俩美人。

啥是反革命？就是那个万恶的旧社会遗留下来的毒瘤，反党反社会的一群反动派，称之为反革命，革命人要把他们斩草除根。俩美人爱党爱国爱社会，你有眼无珠，糊里糊涂，竟然要对俩美人痛下杀手，这哪是你梁英俊的一贯作风？你梁英俊平常不敢刮鱼，不敢杀羊，不敢宰牛，不敢捏鸡，慈悲为怀，心胸宽广，从不荼毒生灵，对待美人，哪能动用酷刑？真的英雄，宁愿在美人跟前含笑而死，决不能杀死美人巧夺英雄豪名。

梁英俊心乱如麻，县里早议论他梁英俊要考核提拔，眼看就要有眉目了，举报信的出现，给他的前途蒙上阴影。主管局长说，要他跟廖坚谈谈，他清楚谈的目的，是要消除举报信的危害，消除隐患。

人生就是一盘棋，廖坚走的是围棋，他走的是五子棋。拼出一条活路，走好第四步骤，兴许能够大获全胜。最后一搏，要搏他个顺头流血，你死我活。

梁英俊跟在座的弟兄们说，主管局长找过他，说有人举报他，举报人是廖坚老婆娘家的亲戚。

梁英俊只说举报信，没说举报信涉及啥内容，当着诸位弟兄们的面，说自己跟女人那些乱七八糟的事情，他说不出口，何况这些内容早晚也会在县里传得沸沸扬扬，不用他梁英俊说。

梁英俊对举报信的内容三缄其口，仨人很好奇，这个问一声，那个问一句，究竟举报他啥问题？梁英俊笼统地说，都是工作上那点儿事，生活上那点儿事，总之，不是啥好事，主管局长叫他跟廖坚沟通，他不知道咋沟通。

副所长说，这足以证明廖坚已经开始行动，举报信这件事肯定是廖坚搞的鬼，想找茬儿把所长排挤掉。

指导员说，一切皆有可能，不推测，只行动，达到目的就行，所长博览群书，对付廖坚那个小年轻，应该易如反掌，轻轻松松地搞定。

梁英俊说，锦囊妙计想个遍，到人家廖坚跟前，个个完蛋。建党你从警令部出来，先前跟着领导，见多识广，想个两全之计，帮助我脱离困境，争取双赢。

屋里静下来，王建党说，对于廖坚，要快刀斩乱麻，弄得好大家都跟着进步。

这句话叫指导员、副所长、内勤看到了一丝曙光。

指导员说，目前来自两方面的不安定因素阻碍梁所长进步提拔。一是评比得了个倒数三连冠，二是竞争对手廖坚浮出水面，俩因素归根到底是一个因素，即为“廖坚因素”。评比竞赛的结果跟廖坚有关系，提拔考核跟廖坚有牵扯，受这一因素影响，所长仕途之路荆棘丛生。我仨跟着所长溜，溜得好，溜出个康庄大道，通往成功的路，总在施工之中，要做好绕路的思想准备，从没有路的地方踏过去，就变成了路。

指导员喝口水，润润嗓，舔舔嘴，继续说，从外部环境看，廖坚自家屋里的哥哥是县里排场人，人际关系上面跟所长旗鼓相当。从现实状态看，评比竞赛倒数三连冠，举报人实名举报，所长是遭遇到内夹外击，廖坚拔剑出鞘，依我跟着领导的多年经验，给您提出“三步走方针”，供您参考。

第一步，所长顺着杆子走，按主管局长意思，找廖坚谈谈，谈的目的是软化廖坚。第一步进展顺利，再走第二步巩固成果，乘胜追击，所长设法叫廖坚做举报人的思想工作，使其封口，化险为夷。第一步、第二步要是进展得不顺利，立即展开第三步，所长使出杀手锏，暗示廖坚，评比竞赛的结果是廖坚暗箱操作，目的是击败所长，自己平步青云。

副所长接过话说，还有一点很重要，举报人举报的那些工作上的事，生活上的事是否存在，若真有，尽快想办法弥补，若没有，找证据来证明，这一点，所长必须心里有数。

梁英俊寻思着，副所长那些话也有道理，举报信上说的事，不管是真是假，都要有证据加以证明。找谁出证据？找人家阿娇，求人家给个证明，证明他跟阿娇没有发生啥事情？人家说不定会一嘴巴子扇他脸上，骂他鸟人，是神经病。

找小珍姑娘，叫人家出面解释他俩之间没有搂搂抱抱？人家是个没结婚的大姑娘，出个证言，证明人家跟一个派出所长在何种特定条件下搂搂抱抱，岂不是要搞得全县一百六十多万人口都要加入这场闹剧中来。大家都来听呀，派出所长梁英俊跟宾馆小领班，咋咋咋，咋咋咋啦。见他娘的鬼，不在谣言里重生，就在谣言里灭亡，副所长的建议虽好，可用在他身上，有百害而无一利。

梁英俊问内勤，可有啥高招？内勤说，指导员先前说得很全面，有一点还要再完善，指导员最后出的招是将暗示评比竞赛的结果是廖坚暗箱操作作为杀手锏，但这目前只是怀疑没证据，咋能找到证据，就要在小张身上做文章。打个比方，电脑好比贼的手，贼要行窃，手是实施行窃的工具，小张是操作作案工具的另一只手，廖坚操作小张的脑，一会儿让指导员约见小张，搞个攻坚战，我跟副所长助战，假戏真做，虚张声势，真真假假叫小张捉摸不透，为了自保，小张说出廖坚这个幕后主使，这样一来，铁的证据就能攥在手。所长那头，第一步骤、第二步骤失败，迅速用第三步骤反败为胜。

奶奶的，只差发动一场“文化大革命”了。梁英俊说。

毛主席说，阶级斗争是纲，与人斗，与天斗，其乐无穷。纲领上出差错就要斗，斗出是非，斗出功过，斗出人民警察这个正义之师的威武。指导员这些话引来了一阵大笑。

仨人将小张列为主要攻坚对象，这叫梁英俊有些迷茫，想起那晚在书院跟小张对诗的情形，小张就是年轻时候的自己，崇拜英雄王成，一个新时期的文学青年，文学青年哪能会这样？小张跟廖坚的侄女谈恋爱是真，但不能因小张跟廖坚的侄女谈恋爱，就认定小张跟廖坚是同党。在书院小张为评比竞赛这件事跟他解释得一目了然。办案不能搞株连，一人犯错，就满门抄斩，何况人家小张跟廖坚的侄女还没拜堂成亲，就是株连九族，跟人家小张也没有牵连。

梁英俊说，他跟小张为这件事谈过，小张发誓赌咒自己没有动手脚，不能仅凭人家小张跟廖坚的侄女谈恋爱，就怀疑人家在评比竞赛的结果上跟廖坚穿一条裤子，坐一把椅子。小张是个有道德底线的人，这一点，通过深入交谈，已经一清二楚了，人家肯定不会跟廖坚共同作案。

内勤说，是人都有道德底线，就是这底线有深有浅，有些深的不见底，有些浅的浮在表面，所长不能心太软，对待谁都想着好的一面，我仨去挖一挖，探一探，看看这小张道德底线到底是深是浅，不冤枉一个好人，也不漏过一个坏人，咱也是猛将如云，谋臣如雨，哪能败退在廖坚手里？所长别悲观，今天失望的种子泯灭，明天希望的种子就会发芽，谁要成为所长前进道路上的拦路虎，我们就做武松。

水饺店老板进房间，屋里人停止说话，老板是个有眼色的人，明白那些话不是他该听的话，问桌上再添些啥菜？梁英俊说端水饺，老板让伙计端上水饺，退身关门。

梁英俊在三位主力献言献策后，针对“廖坚因素”，做最后总结性发言。

梁英俊跟廖坚平常没啥往来，在三十多个派出所长中，廖坚性格活跃，能说会道，多才多艺，长相俊俏，男人们喜欢他不拘小节，大马金刀，女人们喜欢他风华正茂，忠诚可靠。对手强横，如何取得阶段性胜利？组织上表态年底考核提拔他梁英俊，为顺利提拔，只能跟廖坚来一次推心置腹的谈话。

内勤问，要是有了证据，廖坚也死不认账呢？咋办！

指导员说，那就义正词严地警告他，我方已掌握确凿证据，顽固抵抗绝没有好下场。

就是说揭发他那些过错，罢免他？副所长问。

指导员说，还是给他个改过自新的机会，先别声张，毕竟是革命同志，该用处理内部矛盾的方法对待。

梁英俊说，为挽救革命同志，尽量不揭发他，真揭发，他肯定要来个鱼死网破，鼓动举报人深挖深打，到头来两败俱伤，我们还是以感化为主。

梁英俊这样说有他的用意，他担心廖坚把他扯到女人身上，担心自己走董贤明的路，在女人身上栽跟头。虽说他跟俩女人啥也没有，但牵扯女人的事咋能解释得清楚？熟悉他的人都知道他耳朵软，也知道他心太软，男人心太软，狐狸变貂蝉，哪个男人不爱貂蝉？

指导员说，第一步开始，所长打前站，跟廖坚谈谈。

梁英俊想，先前跟廖坚没有交往，猛然约廖坚见面，人家肯定怀疑其中有诈，要是他故意回避不见该咋办？梁英俊说找不到跟廖坚谈谈的借口。

内勤很快提供了廖坚目前活动的第一手资料。廖坚的老婆患精神抑郁症住院，廖坚在医院守候病人。内勤说这是个绝好机会，一是所长可以大张旗鼓去医院看望，以表现出对同事无微不至的关心；二是所长要把握这个千载难逢的好机会，言之凿凿，声情并茂，表达对廖坚深厚的无产阶级感情，感其心动其魂，叫他灵魂跟着感觉走，智商跟着所长走，那样我们就大功告成。指导员补充说，两路人马同时行动，抓到证据，迅速撤离，不留任何蛛丝马迹。

梁英俊拨通廖坚的手机，男人做贼肾亏心虚肝火旺，慌乱紧张，说话声音不正常。我是你哥……就是想去医院看看弟妹……马上过去……

梁英俊胡乱应付两句，挂断电话。王八羔子，是你先开刀，别怪我后放枪。唉，这也是没有办法的办法，谁不为谁自己想？我梁英俊为那个光明前程，奋斗半辈子容易吗？县里提拔个副局长，换在省城就是厅级领导，换在京城就是部级领导，威风得不得了。梁英俊的老婆是县里的人尖子，为赶超那个强势老婆，梁英俊要抓住好机会。遇上机会不利用是傻子，错过机会，拱手相让，是笨蛋二百五。梁英俊要学人家活络人，紧要关头，当牛做马，胯下之辱算个啥，刀山火海也不怕。要是有一天，他梁英俊提拔成个公安局副局长，真就是战地红花分外香，先前他梁英俊住酒店，以后他梁英俊住酒楼，先前那个谁，见他梁英俊置之不理，以后那个谁再见到他梁英俊，就会一个跟头栽过去，连连叫着局长吉祥，小的有礼了。先前不是这个部门来检查，就是那个部门要数字，以后就是他梁英俊挺着腰杆子，撇着小胡子，瞪着黑芝麻眼，去这个派出所看看找漏洞，去那个派出所溜溜找差错，还有酒吧小老板，小珍姑娘，会不会……梁英俊越想心里越美，桃花随风而去，丰硕的果实挂枝头，这些都等待梁英俊去收获呢。

第十六章

湍河两岸是县里最热闹的地方，春秋两季，过了上午九点钟，两岸茶馆相继开张，过了十一点，小地摊、小饭馆炊烟升起，农家菜、土家鸡、罐罐饺子、酸菜鱼、绿豆面、豌豆面、烩面、拉面、臊子面，想吃啥有啥，全是地道家常菜，一直营业到凌晨两三点。

先前梁英俊常跟同学朋友，堂弟表弟到河边喝个小酒，吃个地摊，玩玩麻将牌。自打当上了派出所所长，来河边的时候少了，人家请他吃饭，多是到酒店宾馆，冬天有暖气，夏天有空调，房间里冬暖夏凉。

梁英俊有时候也留恋坐地摊的时光，夏天脱个光脊梁，顺身流汗，跟朋友们五魁首，这桌人串那桌人，来回串，来回敬酒。冬天钻到棚子里，棚子外寒风吹得呼呼响，棚子里人人缩着脖子喝酒划拳，大小便都去野外简易棚，脱掉裤子一泡尿下去，尿结层霜，屁股冻得冰凉，系上裤腰带赶快跑进棚子里，继续五魁首六六顺，纯天然环境下人也放得开。哪像现在，一进酒店，人也由原先的纯天然变成个道具，你笑我笑，你装我装，看谁那张脸笑得灿烂，谁话语说得暖人心田，其实都是表面，心里咋想谁也看不见。

梁英俊虽说留恋先前那种纯天然的状态，但也愿意钻进房间享受四季如春，冬暖夏凉的感觉，再不像在棚子里那样冬天冻得瑟瑟发抖，夏天热得一身臭汗。在酒店大小便进卫生间，方便后用水冲冲手，冬天还能用热风机烘干手。

梁英俊觉着自己是个纯爷们儿，不喜欢用热风机吹干手，看见哪个男人吹，心里还要呸人家，男人大大咧咧才叫男人，原本就阴盛阳衰，男人再这样娇惯自己，母系氏族复辟那一天最终会到来。

王建党开车转到湍河南岸，路过梁英俊居住的小区，王建党问他是否转个弯？意思问他是不是回家一趟？他说，直接去医院，回去人家不一定喜欢。他说的人家，是指他老婆。车走过梁英俊那个小区，朝东南方向开去。其实他是想回去的，转念又想想，回去有啥意思，不如在外自由潇洒，好酒好烟好茶，还不说两个美人对他的牵挂。

他虽是这样想，心里不知道咋回事，总是堵得慌，有欲哭无泪的感觉，等完全看不见小区的时候，他突然有无家可归的感觉，就是董贤明说的，众叛亲离。这种感觉紧紧抓住他的心。不行，不能走董贤明那条路，要集中智慧，集中力量，跟廖坚来一场春风化雨，润物细无声的较量。

梁英俊似乎看到一个英雄站他跟前，英雄说，宁可站着死，绝不跪着生。

他却说，可以站着死，偶尔跪着生。

英雄说，你想做英雄，哪能这样没有一点儿骨气？

梁英俊说，你已经是个尘埃落定的英雄，进入坟墓的英雄，我还活着，有妻有儿，有家有业，我要为他们而活。

英雄说，你不是英雄，只想着家庭，哪有这样的英雄？

梁英俊说，你先前活着时候，肯定也想着家庭，可惜你死了，人们为了让你成为一座丰碑，一个追求，把你当作不食人间烟火的英雄，把你曾经的豪言壮语，当做激励后人的墓志铭，英雄也有儿女情长，私心杂念，除非你是神仙。

英雄说，我早成了神仙，我的妻子也进入黄土之中。因为我是英雄，我妻子跟我合葬在烈士陵园中，我的孩子活着受人尊重，我做到了站着生，站着死，看，我的丰碑高高耸立在烈士陵园，那是我的躯体，永垂不朽。

梁英俊说，你的躯体成为一个水泥柱子，我只能瞻仰你高高在上的石碑，要是英雄活着时不顾妻儿，不顾一切，只为了死后留下美名，那他就是个自私的英雄。我不做这类英雄，我宁可舍弃英雄的称号，做一个无名英雄，没有丰碑，没有姓名，没有留下一段墓志铭，这才是我要做的英雄。

英雄无言，梁英俊昂首挺胸离开了他所幻想的英雄。

车停在医院门口，王建党没等梁英俊掏口袋，自己去买了两箱牛奶，两盒营养品，王建党现今是场面上人，把面子看得很重要，开茶社挣钱多，人一有钱就豪爽，就大方，你不叫他花钱，他觉着你瞧不起他。

礼物买好，梁英俊拨通廖坚的电话，说在医院门口。廖坚叫梁英俊去一号楼四楼十四号病房，不吉利数字容易记，梁英俊直奔住院部。楼道里三三两两的人在大厅闲晃，大厅左边是橱窗，橱窗上写着挂号处、收费处、咨询处，橱窗里穿白大褂的医生趴在桌上打哈欠，梁英俊看见门头上悬挂着楼梯、电梯俩标志，从楼梯上去，楼梯上只有梁英俊咚咚咚的脚步声。

前阵子公安局一年一度的免费体检，梁英俊除了有高血压、脂肪肝，颈椎、腰椎、血糖也有问题，医生警告他以后不能熬夜，不能喝酒，要吃清淡食物，还要加强锻炼，当然，没说不能近女色。可惜医生嘱咐的那几条他一条都办不到。

先说喝酒的事，谁想喝酒？谁不是用喝酒表达感情的深厚？上级检查时喝，同事之间沟通时喝，社会上的朋友交流感情时喝，心情爽时喝，心情闷时喝，碰上同学、朋友、亲戚……还是喝，不喝不够意思，喝少了不能表达意思，不喝得罪人，喝了维持人。

再说熬夜的事。逢上案子连着熬，逢上打架斗殴也得连夜处理，逢上县里举行重大活动三班倒，不是愿不愿意，是想不想从事这一职业，愿不愿意丢掉这个铁饭碗。

最后谈吃，吃也不是自个说了算。说是不让吃拿卡要，县里谁跟谁不认识，约你吃饭不去，人家说你架子大，瞧不起人，不去就要得罪人。去，自然要吃，吃也有各种各样的吃法，大鱼大肉是一种，海鲜鱼虾也是一种，鱼翅鲍鱼，乌龟毒蛇，五花八门，稀奇古怪，不吃人家说你牛气，接二连三地吃，吃出了高血糖、高血脂，高血压，脂肪肝，恶性循环。

公安局里像梁英俊这个岁数的，三个中风瘫痪，两个心梗猝死，抢救及时的留下后遗症，嘴歪眼斜，胳膊和腿不灵活，抢救不及时的一命呜呼，变成一堆灰。胃病、十二指肠溃疡、腰椎间盘突出、颈椎压迫脑神经，这些病，梁英俊不害怕，他最担心中风偏瘫。局里有个老警察，有次老婆出门买菜时间长了，他想拉屎撒尿，自己不能动弹，实在憋不住，屎尿拉了一裤裆，老婆回家给他脱成个光屁股，一边擦洗一边骂，骂他没有自制力。那一骂，叫老警察哭得震天地，泣鬼神。梁英俊听说这件事，跟老婆说，要是有一天自己患上那类病，要么离婚要么自杀，绝不拖累老婆，免得考验他的自制力。老婆说，绝不叫梁英俊走老警察那条艰辛路，会像雷锋同志那样，给予他春天般的温暖。当时感动得梁英俊两眼泪汪汪的。

梁英俊突然想到老婆的好，将那些中风偏瘫的警察联系到自己的身上。要是真到那个时候，组织上虽说给予温暖，哪能比得上老婆给的关怀照顾？往具体生活上说，组织上送温暖，送祝福，送个慰问金，送盒月饼送一个篮子水果，关心照顾任务就完成了，老婆要天天照顾一个瘫痪在床的警察吃喝拉撒，洗澡穿衣。

梁英俊将那些已瘫痪的警察跟自己结合起来，这一结合才发现，经常对他直眉瞪眼的老婆还真离不了。此刻，梁英俊不再想阿娇，也不再想小珍姑娘了，外面女人千好万好，哪有这个嫁给他梁英俊的女人好？就拿这次工作上的事说，老婆虽然闹了一通，却也时时想着他，发信息叫他总结下基层送温暖的典型，关键时候老婆没有抛弃他。

真不该叫老婆操心，女人操心老得快。他从心里暗暗发誓，以后的岁月里要跟老婆相濡以沫，共度余生。女人容易动感情，女人是感情的动物，一俩句好话就能换来女人真性情。梁英俊想，从今儿往后，要向活络人学习，见啥人说啥话，满嘴尽说好听话。

为老婆，为家庭，为前程，梁英俊要找廖坚决一雌雄，大丈夫哪能叫老婆担惊受怕，混蛋小子，你就是一座拦路的山，老子也要搬你填江河，打造一条阳光道，叫老婆高兴，孩子骄傲，父母自豪。

梁英俊上到四楼，长长的走廊静寂无人，淡黄色的墙壁上贴着医院峥嵘岁月图片展。梁英俊穿过走廊，放缓脚步，到十四号房间门口，见十四号房门半开半掩，有啜泣声传出房间。梁英俊停下脚步，悲泣声叫他无所适从，大脑迅速判断该进该退，也迅速想起所里弟兄们的嘱咐叮咛。不能临阵脱逃，更不能言不由衷，为那些患难与共的弟兄们，为那个娇美能干的妻子，向前进，向前进，战士的责任重，我的冤仇深。

梁英俊走到门口，听见廖坚老婆细细的声音在诉苦呢。

活着尽给人找麻烦，在宾馆那会儿还想着我照顾家，叫你安心工作，说不准将来能干上个局长，叫你爸长脸，这会儿下岗，在家闲着不挣钱，还拖累你，看你爸那张老脸，天天拉着，等我病好点儿，就回宾馆去，干粗活也行，打扫卫生，洗盘刷碗，叠被子收拾房间，多少也能补贴家用，免得你爸说我是个累赘。

这会儿身体是关键，等身体恢复好再说，爸是心疼我们，别胡思乱想。廖坚说。

屋里不再说话，只听见廖坚的老婆长一声短一声地叹息着。

廖坚老婆说得那么悲悲切切，梁英俊起了恻隐之心。现今宾馆多是小珍姑娘这些年轻女孩管理，岁数大的只能在宾馆打扫卫生，干些杂活，要是去其他单位应聘，人家愿意聘用的可能性更小。

梁英俊悲天悯人地想着廖坚老婆的艰难。心太软，心太软，他知道自己心太软，他想，算了不争了，要是廖坚真有那想法，觉得他梁英俊是个绊脚石，自己干脆跟廖坚说清楚，不跟他争了，他也不容易。

这样想着，另一个声音跟梁英俊说，你傻呀，有机会拱手相让？现今谁不想往上干？谁不想多挣钱？成功的标志就是有权有钱。前阵子，县里一局长的老婆死了，县里人暗里说，瞧瞧，多有福气，升官发财死老婆。当然，这只是影射一种现象，当事人也是哭得死去活来。这一现象说明了啥？人生就是一场争夺战，每个人都在争分夺秒地抢占制高点。

梁英俊推开病房门，廖坚见是梁英俊，手里大包小包拎着礼品，就一脸笑容地说道，哥，你咋这么外气，先前家里有事啥的，我都没去看过，就想着跟哥走得近，看不看，哥不会怪罪，没想到哥是个细心人。

廖坚老婆侧卧在床上，见梁英俊进来，眼睛直直地看着他。

梁英俊先前不认识廖坚老婆，单位几百号人，梁英俊平时话少，又带点儿清高孤傲，跟家属很少接触过，眼下初次见面，廖坚老婆说话也是话不养人，梁英俊先前准备好的那些词，那些礼貌用语，一时间忘到了九霄云外。他看着廖坚老婆，从廖坚老婆那眉眼、那神态看得出，她早年也是个俏姑娘，可惜过了妙龄，下岗失业摧残精神意志，这会儿躺在床上，就像一朵凋谢的玫瑰，眼神固定在一个方向，停滞不动，梁英俊见过得精神抑郁症的病人，大多都是这种眼神。

梁英俊看着廖坚的老婆，非常矛盾，眼前是个多病多灾的憔悴人，跟梁英俊老婆比，一个事业蒸蒸日上，心情愉悦，身心健康，神采飞扬，一个气如游丝，精神恍惚，病怏怏地躺在医院床上。梁英俊后悔不该来医院，该去廖坚的派出所跟他谈，这会儿梁英俊走也不是，不走也不是，骑虎难下，心里那些计划，被眼前这位病怏怏的憔悴人打乱了。

知道弟妹住院，过来看看。梁英俊说。他心里想，差点儿忘了来医院的真正目的，但也不能刺激病人。

梁所长快坐着吧，我先前还告诉他，别叫同事们知道我住院了，又不是啥好事，不值得张扬，小灾小病都是有的，说句你不喜欢听的话，我讨厌谁来看我，没病也看出大病来，偏就是人来人往，讨不得一点儿清闲，你说这人咋就这么烦，咋就没个安生的时候。廖坚的老婆带着厌烦说着。

梁英俊满脸和气地问她病情，她冷淡地说道，警察就是喜欢刨根问底。弄得梁英俊问也不是，不问也不是。廖坚跟梁英俊解释病人心情不好，梁英俊心里琢磨着答应弟兄们的事，该不该说？说出来好不好？眼见着一个憔悴人躺在床上，廖坚愁眉苦脸地给病人擦脸说安慰话，叫梁英俊没了主见，要是撕开脸说那些事，是不是太残酷了？梁英俊无法将话头拐进先前计划中，谈话就这样断断续续，尴尬地进行。

梁英俊想说又不知道说啥好，想问候病人又担心病人再埋怨，顺手拿起床边的书本看一看，是一本公安业务书，梁英俊看着书本心里想，书里自有颜如玉，书里自有黄金屋，这句话对人家廖坚说来真贴切，在这般艰难的环境里，人家还要孜孜不倦看书学习，这样刻苦用功的人，不进步都难，他梁英俊跟人家比，就是猪八戒背个烂箱子，人不是人，货没有货。

不争算了，当面锣对面鼓，弄得大家都不愉快。

梁英俊想打退堂鼓，这当儿，他想起董贤明那番话，人家还没放枪，你就倒下，这是贪生怕死。宁为玉碎，不为瓦全，就是死，也要死得清清楚楚，一目了然，要学英雄王成，在生命最后一刻，向世界发出震耳欲聋的呼声，向我开炮。

梁英俊咬咬牙，定定心，今天不分他个青红皂白，我梁英俊就枉为梁英俊，枉为红色后代，枉为男人。

哥，你弟妹吃完药要睡会儿，要不我哥俩去阳台上聊一聊？

廖坚打开一扇门，门口出去是阳台，刚下过雨，清凉的空气从窗口飘进来。梁英俊想，去阳台聊聊也是个机会，说不准真能聊出感情来。

梁英俊随廖坚去了阳台，阳台上摆一个小方桌，廖坚拿两把小靠椅，将泡好的铁观音放桌上，开口说，知道哥喜欢喝毛尖，可惜只有铁观音，听说嫂子喜欢铁观音，哥偶尔也喝吧。

梁英俊说，你嫂子说人家是品茶我是灌茶，说铁观音用来品，毛尖用来灌，那意思你懂吧。梁英俊皮笑肉不笑地说。

廖坚听了哈哈大笑地说，哥说话像品茶，能品出色香味来，小弟咋能不明白。

廖坚哈哈一笑，笑得梁英俊心里发毛，这小子的确有一手，那脑瓜转得跟个琉璃球似的。

俩人说完，梁英俊把茶放鼻尖旁嗅一嗅，慢悠悠地品一口，俩人都露着笑容不说话，廖坚在等梁英俊说话，梁英俊偏偏不说话，他想，等你廖坚先开口，引入主题我再插腔。俩人就这样撑了一会儿，有些冷场。

廖坚开口叫声哥，问道，哥是不是心里有事装着，是不是为评比竞赛的事，想跟小弟倒一倒，说一说？

梁英俊想，这小子成精了，小脑袋里装了台扫描仪，一来就知道我啥目的？知道了最好，我先装糊涂，不提评比竞赛那件事，只说来医院看病人。

梁英俊说，小弟别误会，就是想过来看看弟妹，顺便聊聊天，平常咱俩都忙，哪有空坐下来谈天说地。梁英俊从口袋里掏出香烟，摆出准备长聊的架势，跟廖坚说，抽一根咋样？

我平时很少抽烟，心烦才抽，廖坚说着瞥了一眼梁英俊手里那盒烟。

酒呢？梁英俊问。

酒倒是常喝，但也是沾沾嘴，稍微抿一点儿，身边有个监督官，管烟管酒。廖坚说。

是不是不管色？梁英俊问。

哥真会问，那不是管的问题，是坚决杜绝。廖坚说。

我还想着就你哥我怕老婆，看来小弟跟哥一个样，只是小弟比哥表现好。哥平时在老婆跟前俯首为臣，老婆视线外想干啥就干啥。小弟小时候打过架没有？梁英俊装神弄鬼地这般问。

从没打过，看哥这架势也不像打架的人。廖坚说。

人不犯我，我不犯人，人若犯我，必把他修理得一生都忘不掉我。梁英俊继续装神弄鬼，恶狠狠地说。

这段话是在毛主席说的一段话上添油加醋的，梁英俊平常喜欢挂在嘴边。他这会儿说这话，意在告诉廖坚，谁冒犯我，绝不姑息养奸。

如何修理？廖坚感兴趣地问梁英俊。

梁英俊在廖坚问这句话后，开始讲述自己在初中二年级的打架经历。

班上有个调皮鬼，如何接连找他三次事，第一次骂他鳖孙，第二次体育课故意把他推个四脚朝天，第三次，把他推得从楼梯上滚下去，也就是这一次，他用半截砖制伏了那小子，砸得那小子头破血流，差点儿一命呜呼，去了阴曹地府。

人都是这样，不打不成交，几次交手，那小子乖乖成了他的俘虏，从那以后，那小子竟然跟他成了朋友，俩人长大后成了哥们儿，这人现在在城建，他在公安，偶尔俩人还小聚同饮小酒。

梁英俊跟廖坚说了这么一个冗长的故事，说得绘声绘色，形象生动。说到紧张处，全身用力，两眼放光，说到得意处，眉飞色舞，妙语连珠，故事里那个梁英俊，猛一听就是那除恶扬善的梁山好汉，足智多谋的三国精英。

廖坚说，真看不出，先前还想着哥是干部子弟，从小接受一流教育，哪像我这个工人子弟，只接受过家常的教育，没接受过做人的高深道理，要不是哥坦率，谁能想到哥会跟人打架，只想着哥是谦谦君子，哪能会动粗？话说回来，你那个同学也真是自不量力，也不想想哥是谁？哥是红二代，找红二代的事，那不是要鸡蛋碰石头，撞得头破血流吗？

鸡蛋自不量力，碰得蛋流满地，自取灭亡。梁英俊说。

俩人借着鸡蛋碰石头相互讥讽，心里摆着斗争想法，话语交锋恰到好处，话里有话，比剑争雄，谁也不让谁。

梁英俊递给廖坚香烟，廖坚站起来关上通往病房的门，说今儿跟哥好好聊聊，聊他个开门见山，进屋见喜；聊他个小葱拌豆腐，一清二白；聊他个心底无私天地宽，你也喜欢我也喜欢。梁英俊说，聊他个天翻地覆慨而慷。

俩人放下斗争，你调我侃，你说我笑，这个用个歇后语，那个用个名人名言，就好像在辩论台上的正方反方，心里揣着斗争火苗，面上保持和谐局面，你揣摩我，我揣摩你，相互揣摩，斗完嘴再斗心，眼神也在相互斗，这个瞪着黑芝麻眼，那个瞪着个电灯泡。廖坚长得浓眉大眼，眼睛一瞪，45 瓦电灯泡，梁英俊那双黑芝麻眼，瞪来瞪去，撑死也就 20 瓦，光线明显抵不过，抵不过他不怕，那张脸一拉，就是一副切肉刀。俩人一个用眼，一个用脸，藏着刀掖着剑，刀光剑影，明枪暗箭，各自打着各自的算盘。

梁英俊思想上那根弦紧绷着，牢记着“不能心软”这四个字，对朋友心软是道义，对竞争对手心软是错失良机，坐以待毙，要学那个谁谁谁，嘴里叫哥哥，手里掏家伙，哥哥应声倒下，咽气儿前说，今生遇着个好兄弟，没有白活。

梁英俊挤着小眼，露着笑脸，那笑容跟冻僵的石头疙瘩扔进火里一样，不僵不硬，恰到好处地凉，恰到好处地热，不热不凉。

跟小弟说点儿亮底话，哥也把名利看得重，抱着你不害我，我不坑你，你若害我，我必坑你的态度，尽量做到你好我好大家好，但这并不说明哥是一个软番茄，烂柿子，谁想捏就捏，想吃就吃，这点小弟想必知道。咱俩在一个单位这些年了，谁的禀性脾气互相都了解，小弟你说是不是？梁英俊这些话，句句绵里藏针，意味深长。

廖坚抿嘴一笑，那嘴抿得有含义，那笑也笑得很深刻，不是冻僵的石头疙瘩进火堆，是火堆里迸出火星子，烧你个满脸开花满堂红。

廖坚说，我说我的亲哥呀，我可是知道起初这评比竞赛的倒数第一是我不是哥，那会儿还寻思着哥会把接力棒传过来，替哥扛下是件好事，谁叫咱俩是铁哥们儿？哪想到哥一马当先，乘胜追击，愣是要替弟走过这道坎，迈过这条渠，把接力棒又接了过去，小弟感动呀，感动得五体投地，只差鞠躬作揖。难怪哥在局里人缘好得不得了，哥这是为了顾全大局、为大家排忧解难呢。昨儿听局里有人议论，说我跟小张串通一气，把哥换成倒数第一，真扯淡，我能坑哥吗？知道哥已经两次倒数第一了，哪能那样不仗义？这样说冤枉小弟呀。

哥仔细想想，分析分析，我俩兄弟不说关系有多好，起码你是哥，先前虽说走动得少，可心里可是把你当亲哥看，先前没跟哥说过，凑今儿跟哥挑明吧，我自家屋里哥哥跟您大哥都在大院上班，俩人也是好得跟亲兄弟一样，哥说说，我能那样坑哥吗？那不是对不起大哥跟自家屋里的哥哥？哥是不是怀疑小弟搞鬼？你要是怀疑小弟，那可是冤屈小弟了，小弟真是有口难辩呀，人要是能死而复生，小弟我一定命赴黄泉，给哥一个证明，小弟以死相证，哥，你说行不行？

廖坚吸口香烟，一脸无辜，对天发誓，对地诅咒，只弄得梁英俊左右为难，六神无主，先前那些气，那些恨，那些怀疑猜测，很快变为一股云，一阵风，像雾像云又像风，究竟是雾是云还是风？他弄不清。该咋办？梁英俊很快想到跟所里弟兄们定的那个计划方案，评比竞赛只能点不能扯，一扯扯出许多事，廖坚老婆躺在病榻上，用拉家常的方式给他温暖，软化他的思想，尽量使第一步骤圆满完成。

梁英俊说，今儿不为评比竞赛的事，主要是来看看弟妹，真想不到小弟也是事连事，要真把我梁英俊当亲哥，以后家里有事说一声，哥多少也能出点儿力，先前哥话少，扒开心窝看一看，哥也是脸黑话少热心肠，今儿才知道你那个自家屋里的哥哥跟我的大哥是兄弟，兄弟间有啥可隐瞒的，你说是不是？

梁英俊说的“隐瞒”是说提拔上的事，他想暗示廖坚，提拔上的事别暗地里搞猫儿腻。这是他梁英俊的片面想法，提拔上的事连他梁英俊也不愿叫人知道，谁想叫人知道？万一有差错，人家还不笑你屎没出来屁出来，组织上的事变化快，必须形成文字，才能说出来。

廖坚为梁英俊添上水，装做不知道梁英俊说的“隐瞒”俩字所隐含的意思，跟梁英俊说起自家屋里的哥哥，说先前不想叫人知道这层关系，是因为自己是工人子弟，没啥炫耀的，更没啥招摇的，这会儿说自家屋里的哥哥，揭开这层关系，也是叫梁英俊消除心理障碍，俩人虽说交往少，但冲着这些盘根错节的亲戚关系，廖坚根本不会打梁英俊的坏主意。这次也算碰巧，在总结大会前一天，他又拘留俩人，这样一来，名次上往前进了两名，跟小张事先真没串通，小张跟侄女谈恋爱，换上谁都会怀疑小张偏袒他，他廖坚上可表天，下可表地，要是他廖坚在这件事上搞阴谋诡计，就叫他死无葬身之地。

廖坚发誓赌咒，层层解释评比竞赛这件事，解释得那样到位，那样无懈可击，只差把心挖出来捧给他梁英俊做点心，嘴里叫着哥呀哥，说得掷地有声，情真意切，谁听了，都会相信他说的情况是真实的。那张脸，始终带着含冤忍辱可怜相，把梁英俊弄得没有主张，他的心，第二次被俘虏了。俩冤家，弄得他分不清真假，俩冤家，不知道葫芦里卖的是啥，为啥要装疯卖傻？梁英俊想，是判断有误，还是从一开始，就出现了方向性的严重错误？

梁英俊追根求源，这九曲十八弯里，究竟隐藏着哪些不为人知的阴谋？倒数“冠军”真就是他梁英俊的能力问题，跟外部环境没有任何关系？

梁英俊将手机放桌上，等待另一班人马打道回府，那班人马杳无音信，他只能硬着头皮往下走，不往下走就等于半途而废，前功尽弃，没有结果的结果，不是他想要的结果。

廖坚说，醉翁之意不在酒，我就知道哥是为那件事来的，看弟妹是捎带看，小弟不埋怨，哥想骂就骂，想打就打，只要能把哥心里那口气儿冒出来，小弟就是遍体鳞伤，也认了。

梁英俊听得目瞪口呆，原本就拙嘴笨舌，碰上廖坚这张万能贴，封住他口粘住他舌，他有些寡不敌众，势单力薄，心里一阵慌乱一阵恼。王八羔子，在他梁英俊前进的道路上埋地雷，扔炸弹，想要炸得他梁英俊体无完肤，魂飞魄散。王八羔子，脑袋跟个琉璃球一样，任我一个个计谋全用完，人家泰然自若，稳如泰山。

梁英俊六神无主，不知道下步该咋办？为那个好前途，胯下之辱全忍了，主管局长说，他梁英俊是个老所长，老党员，凡事要先想到党，再想到组织，最后才想个人恩怨。为了组织为了党，他梁英俊要跟廖坚谈出革命感情，谈得大事化小，小事化了，捐弃前嫌，握手言欢。

继续谈，挖空心思找语言，语言是沟通人心灵的窗口，打开这扇窗口，光明就会重现。

梁英俊没话找话，话里有话问道，弟妹病情重，经济上能不能过得去，家里有没有谁能帮忙，需要的时候说一声，哥会鼎力相助的。

这几句话说出来，一下子缩短了俩人心与心的距离，廖坚一脸愁容，唉声叹气，说起他那个家庭的情况，先前那个火星子，这会儿成个泪珠子。我的那个哥咋能跟哥的那个哥比？哥的那个哥，是大院里的栋梁之才，我的那个哥，是下岗职工，平常就是打工干零活儿。哥的那个嫂子，在银行一个月挣三千多，我那个嫂子，跟我哥一样进入下岗职工的行列。哥的那个妹妹跟妹夫经营着企业，一年收入几十万，我那个妹妹，大学毕业后留在当地，刚找个男朋友，还没有落脚之地呢。还不说哥之妻，县里大名鼎鼎的名律师，我那个妻，半疯半傻，装疯卖傻。哥之子，哥伦比亚大学高材生，我那个人了，初中二年级，沉迷于网吧，逃学打架。目前家里是妻子得了抑郁症，患病后三次自杀，我天天单位医院两头跑，忽略对孩子的管教。这不怪孩子，怪也怪自己忙工作，忙老婆，无暇管孩子，孩子沉迷于网络，他却无能为力。

男人男人，作难之人。廖坚说。

男人男人，真是作难之人。梁英俊也有同感。

我是家里的顶梁柱，为了这个家，想法子进步，身份高啥事都好办，哥，我是不是太急功近利了？廖坚问。

倒是没有，如你说的，谁都在想法子进步，能说出来，还真说明你坦诚，换了哥可不好意思说这些。梁英俊说。

这是心里话，你是哥，比我稳重，这些话我在外人跟前也不说，今天话说到这份儿上，也就不隐瞒哥了，大哥跟自家屋里的哥哥好得跟亲兄弟一样，我应该跟哥多沟通，从今儿往后，凡事多跟哥商量，争取哥的大力支持。虽说单位里跟哥攀上亲戚的不少，多我一个对哥来说不重要，但对我来说很重要，不是因为哥那些有本事的亲戚，而是哥身上个人魅力感染人，哥身上个人魅力可不是想学就能学来，哥待人不存奸不耍滑，年轻人都想跟着哥干。举个简单例子，哥那个副所长原先是刑警队业务骨干，谁想要都要不走，他愣要去哥所在的派出所，说就愿意跟哥干，说哥人格魅力吸引人，廖坚说。他的烟抽到头熄灭了，便把烟头放桌上了。

再举个例子，指导员先前从警令部下去，原本是要分到我的所里，他找局领导要求非去哥那里，说跟哥好配合，要是分到别处，宁愿留在警令部当副主任，当时警令部也想再提拔一个人，他这样的要求，领导只好随其心愿将其调整到哥的派出所。这就是哥身上的个人魅力吸引人，县里局里的人说起哥，谁不是竖着大拇指夸赞哥，家境好，素质高，对人和善心眼好。金无足赤，人无完人，哥也不是十全十美的个人，有个缺点是啥，就是惧内，惧内能算啥缺点？我也惧内，男人哪个不惧内？从另一个角度说是尊重妇女，哥是八十年代的大学生，那个年代的大学生可是货真价实的真秀才，哥说是不是？

廖坚左一个兄弟右一个哥，夸赞梁英俊好品质，只夸得梁英俊掉进蜜糖罐里美滋滋的，那些话就像怒放的花，盛开在梁英俊心田里。多好一个兄弟呀，先前接触少，一接触，就能跟梁英俊肝胆相照，坦诚相待，连家里私事都说个底朝天，连提拔晋级这些旁人都捂得严严实实的想法，也跟他梁英俊开诚布公说出来，换了谁，能说提拔上的事，看来也是个率真的人，比他梁英俊还率真。

廖坚说，早就想跟哥聊一聊，哥第一次登台检讨，就想跟哥说点儿宽心话，那会儿真就这样想，心里认定你是哥，就是担心哥心情不好，怕引起误会，怕哥说我是故意看哥笑话，今儿说了心里话，连家务事都说了，可见哥在小弟心里的位置多神圣。今儿说明了，哥心里疙瘩会解开的，以后咱俩兄弟就是掏心窝的兄弟，再说得亲近点儿，有自家屋里的哥哥跟大哥那层关系，咱兄弟俩就是亲兄弟。

梁英俊听着，不知道究竟哪句是真，那句是假。他无法分辨真真假假，难道评比竞赛真跟他廖坚没牵连？举报人真就是纯粹打击报复他？廖坚那个自家屋里的哥哥跟大哥是好兄弟，想必念在这层关系上，廖坚不会坑害他，看来是他梁英俊想法太不厚道，做人要厚道，要海纳百川，有容乃大。

梁英俊正在想如何退出这场争斗，叫那个完美计划顺利流产，手机响起来，他一接听倒噎气，是那个小珍姑娘打来的。梁英俊本能地看看廖坚，万不能叫他有啥想法。廖坚慢条斯理地抽着烟，好像是把梁英俊放一边。

哥，没事吧？电话那头娇声问。

喔，没事，也不是，这会儿正有事。梁英俊尽量放轻松，听小珍姑娘问没事，梁英俊明白她是说电影看一半被叫走那件事。梁英俊后一句意在跟小珍姑娘说，眼下有事，说话不方便。

经理叫我问一声，晚上有事没有？电话那头继续说。

晚上？说不准。梁英俊说。

咋跟经理说？电话那头接着问。

这会儿正有事，赶明儿，行不行？前句说完，梁英俊又加上行不行这仨字。

哥说哪里了，都知道哥事多，经理是想表示表示，您在宾馆住那两天没照顾好您。电话那头笑起来，娇柔声音配着笑，叫梁英俊心软又心焦，再朝廖坚看过去，他依旧吐着烟冒着雾，没把他梁英俊的电话当回事。

你表示就行了，梁英俊说。他想着主管局长说的话，想着小珍姑娘跟刘广那档子事。

我表示不能代表经理，我是我，他是他，我与哥是私人感情，跟经理，纯粹是工作上关系。电话那头笑着说。

梁英俊又想着小珍姑娘跟刘广那档子事，会不会是误传谣传？小珍姑娘说不准是个受害者。

跟你经理说，我晚上有事实在脱不开身，晚上回宾馆住，明儿再表示。梁英俊说。

哥，真没事？电话那头又柔柔地问。

梁英俊知道小珍姑娘还是担心他在电影院被叫走的事，心里对小珍姑娘生出温情和爱意，再看廖坚，他跟个木头人似的，独自抽着烟。

梁英俊故作轻松地说，小妹，放心吧，绝对没事。梁英俊叫声小妹，有目的性。

电话挂断，梁英俊又朝廖坚溜一眼，对方依旧很坦然。

斗争中的男人表里不一，面上平静，内心藏着汹涌波澜，这是一场人民内部的较量，是心与心之间的较量，人民内部矛盾从来都是在统一中对立，在对立中统一，俩男人各怀心思，鸡鹜争食，相互争雄，进行着一场看不见硝烟的战争，究竟谁是强者？旁观者已猜出几分。

第十七章

梁英俊跟廖坚聊得很艰难，聊得他自己都失望，人家廖坚聊得满心欢喜，胜利在望。正在廖坚聊得满口白沫，神清气爽的时候，一个电话，打断了廖坚的无限风光，廖坚露出愁肠模样，沉默片刻说，我去网吧找。梁英俊明白问题出在孩子身上。

廖坚跟梁英俊说，孩子下午上两节课后便离开教室，老师跟他爷爷打电话，说是可能去了网吧，得去找找。廖坚问梁英俊还有啥话要说？要是没说完跟着一块儿去，找到孩子接着说。

梁英俊见廖坚话里不再藏刀隐剑，露出阶级兄弟般的赤诚模样，那副兄弟情谊叫梁英俊软了心肠，他想想，话说到一半，咽下去堵心堵肠，还是吐出来全身舒畅，就跟廖坚说一块儿去。

俩人下楼，廖坚一眼看见王建党，出乎预料，俩人你握着我的手，我握着你的手，四只手紧紧握一起，两人看似笑容满面，亲密无间。廖坚说，一年多没见，兄弟换了个人，脸跟贴上金粉一样，光彩照人。

王建党回道，兄弟也是容光焕发，一看这长相，就是个局长，听说兄弟要高升了。

廖坚说，我哪有兄弟那富态相，听大龙袍茶社老板说，兄弟日进千金，月进万斗，真叫人羡慕啊，这一转行，转成个大老板啦。

王建党说，哪里话，大龙袍茶社的老板跟兄弟你可是关系密切，他那里真是啥都有，吃的、喝的、唱的、玩的都有，人们进得去，都不舍得出来。我去过一次，那里是一拨人刚走又一拨人赶到，天天爆满。

廖坚说，老板是我的同学，常约着去喝茶，档次比不过兄弟你那家，局里弟兄们这会儿说起兄弟你，谁不竖起大拇指，瞧瞧人家建党哥，当警察一手，做生意又一手，是个多面手，样样精通。

王建党摇头说，兄弟过奖了，我也是跟人家混饭吃，脱了那身衣服，总要找身衣服，天天跟个龟孙子似的，哪有兄弟气派呀！

俩人互相夸奖，你捧我，我捧你，捧一阵子说到正事上。廖坚说，孩子逃学去网吧了，可能在学校附近网吧里。廖坚和梁英俊上了王建党的车，穿过俩十字路口，进入红旗路行驶五十米，有一丁字路口，廖坚说他就在这里下车，梁英俊问要不要他俩跟着一块儿去，廖坚说他一个人去就行了，他边说边下车。下车后只见他顺丁字路口朝右拐，一会儿就不见身影了。

王建党问梁英俊聊得如何，是不是聊出感情来了？梁英俊说刚聊出感情，一个电话打过来，廖坚叫他一块儿找孩子。这小子那张嘴，就跟超市里卖的棉花糖似的，话头子又软又甜，一句一个哥，一句一个亲兄弟，搞得谈话越发就虚不就实，俩人面和心不和，不知道究竟他的话是真是假。

王建党说，面和心不和没事，只要不设计陷害你，也算是兄弟。你也没掏心窝子，谁也不会说掏心窝的话，祖传的，电视上说老外跟中国人打交道，搞不懂中国人，黑的说成白，白的说成红。

梁英俊笑起来，你咋喜欢颜色，凡事都跟色沾上。

王建党说，你是嘴上不说色，心里挂着色，说色的不近色，不说的，偏就日思夜想。

梁英俊说，我是说想色不近色，嘴上满足心里穷，眼撑死了，命根子饿死了。

王建党哈哈大笑。

时间过去了十来分钟，廖坚带着孩子走了过来，孩子耷拉着脑袋，身子瘦削，头发蓬乱，眼神跟个钉子似的，固定在一个水平面上。廖坚那张脸这会儿变成枯茄子，铁青皱着。看那对人影儿走过来时，就像秋季扫过来的两片枯叶子，梁英俊看到这幅惨景，不觉地对廖坚生出同情来。

是不是你梁英俊太残忍了？你自己也曾这般痛不欲生，那滋味，那感觉，不是身临其境，谁能体会其中的苦衷呢？经历过痛苦的人，对痛苦有更深的认识与理解，咋能对廖坚没有丝毫同情？看看廖坚多沮丧，孩子逃学，老婆下岗，家庭沉重负担压在他一个人身上，廖坚这样做，是想为孩子为妻子创造良好的外部环境，改变一下家庭的现状。

这年头，混得好一家人跟着左右逢源，混得不好，一家人受欺遭殃，瞧一瞧这普天之下，哪个男人不是为家庭、为孩子争前恐后，拼命奋斗？哪个男人不是天天盘算着，如何才能官升三级，出人头地，走向一马平川的大道上，享受中国特色社会主义制度的优越性。

廖坚称得上男人堆里的好男人，一大家子全靠他，多不容易呀。再说了，廖坚跟你梁英俊斗，跟你梁英俊争，既正常又合理，男人争权夺利，古来有之，延续到现今就成了男人立足社会的重要标志，上至皇帝老子下至平民百姓，谁不懂得一两个斗争伎俩。毛主席他老人家说，以阶级斗争为纲，梁英俊跟廖坚虽谈不上阶级斗争，也是男人之间的斗争。斗来争去为个啥？还不是为仕途前程能够一片光明。

梁英俊不想斗了，为个仕途前程，斗得一肚子气，斗得失去阶级兄弟的深情厚谊。要是一口气没斗好，说不定就一命呜呼，到阎王爷那儿报到去。梁英俊有个同学，就因为跟人家争权夺利，斗得心脏病突发，三十多岁见了上帝，那还是十年前的事了。当时梁英俊参加同学的追悼会，领导在追悼会上说他的同学，为工作鞠躬尽瘁。梁英俊听几个女同学在说，他太争强好胜了，咱可别走他那条路，生命是自己的，搞啥出人头地，这下可好，一口气没争过来，永远安息了。

依着梁英俊目前的身体，脂肪肝，高血压，这俩病都不能生闷气，脂肪肝生闷气会演变成肝炎、肝硬化、肝癌，高血压生闷气，会导致脑血栓，造成脑血管崩裂，气绝身亡。人哪能生闷气呢？闷气生得时间长了，弄不好招来死神。不斗行不行？职务让给廖坚行不行？梁英俊问自己。

这咋能行呢？要是拱手让出去，跟家里人咋解释？跟所里三个主力军咋交差？梁英俊不知道该咋办，想退，又不忍心退，不想退，良心上又于心不忍。

孩子随父亲走到车前。这孩子看上去长得很清秀，眉眼跟他母亲有几分相像。孩子上车后就坐在梁英俊身边，梁英俊试图跟孩子沟通，孩子扭过头去不理他，几次开口都吃了闭门羹，梁英俊索性以成年人的口气跟孩子讲网吧的危害，讲学习的重要性，说这岁数正是学习的重要阶段，将来你爸还指望你呢。

孩子带着少年逆反心理顶撞道，你爸指望着你吗？

梁英俊被孩子这一问，问得瞠目结舌。梁英俊父母哪指望过他？早年指望他梁英俊出人头地，过了三十人没立，过了四十还在徘徊，这会儿，梁英俊父母对他是可有可无，过年过节回去凑个数，有他没他都行。

孩子说，你问他们平时谁想过我，一个整天待在家里要死不活，一个整天泡单位不管我，在这儿挺好，网吧老板跟亲爷似的伺候着，我喜欢兵器，这里兵器应有尽有，战争格局真叫人佩服，我掌控着战争胜负，独自设计第三次世界大战。在这里我比希特勒还希特勒，希特勒最后战败，我可是统治了整个世界，像恺撒大帝那样，整天由成群的美女伺候着。

孩子说网络战争很刺激，脸上还带着胜利的光芒。

董存瑞也是战斗英雄，举炸药包那个英雄，为啥不学学他，希特勒不是英雄，是刽子手，不能像他那样发动战争。梁英俊带着成年人的说教口气说。

孩子执拗地反驳。你们这代人偏激，看我们这一代人咋看都不顺眼，你怎么不想着我以后当了军官，设计出一套高科技作战方案，董存瑞要是在那个年代有个炸弹遥控器，用得着身子硬撑着炸药包去送死吗？你们天天说小时候没吃没喝，你们没吃没喝又不是我造成的，牢骚发在我身上，不是打就是骂，国家那个《未成年人保护法》就是个馆藏文献，说啥执法必严，违法必究，在自己家里就违法，在外面违法不违法谁知道呢？

孩子一脸怒气，廖坚回头呵斥，孩子带着不满的情绪，闭上嘴巴，目光看着窗外，稚嫩的脸上露出倔强。廖坚叹息一声，不再说话，车在沉寂中驶向一个胡同口，廖坚招呼孩子下车，叫孩子跟俩叔叔打声招呼，孩子从喉咙眼里吐出再见俩字，等廖坚回到车上，王建党安慰廖坚，这个年龄的孩子都喜欢去网吧，廖坚不说话，只是长吁短叹。

梁英俊想着该咋办？看着廖坚那副落魄样子，梁英俊想彻底放弃，做人不能趁人之危，人家已是鲜血淋淋了，你梁英俊不能再补上一枪，叫人家血流满地吧。君子坦荡荡，不能使啥小伎俩。

梁英俊从思想上打退堂鼓，又想起所里那几个骨干力量，弟兄们等着胜利成果，这叫梁英俊很为难，不知道如何跟弟兄们交差。身为一所之长，该为所里弟兄们创造机会，要是太窝囊了，以后谁愿意跟着你梁英俊干？兵熊熊一个，将熊熊一窝，为集体荣誉，为前程，哪能临阵脱逃？

车到医院附近，廖坚招呼王建党停车，说，忙着找孩子，跟哥说的话说一半，兄弟又跟着跑半个城，这会儿到吃饭点上，路南有家小馆子，特色菜做得好，也算小弟表达个心意。廖坚说着下车，招呼梁英俊、王建党跟他走。

梁英俊完全处于被动，廖坚在前方引路，王建党已跟在廖坚身后。梁英俊想，这一吃，会不会更被动？本来是想感化对方，要是不行，拿评比竞赛的事抖一抖，给廖坚来个敲山震虎，把他吓唬住。哪想到事情的发展完全不在他梁英俊掌控之中，梁英俊黔驴技穷，不知道该不该去吃，吃了好不好。

要是不吃，明摆着说不过去，又不是去酒店大吃大喝，路边小店吃顿饭，算不上贿赂，这会儿正赶在饭点上，很家常一顿饭，真要是不吃，明摆着对人家廖坚有意见，有隔阂，要真有意见隔阂，也不能表露得太明显。

廖坚在一家馆子跟前停下来，招呼王建党梁英俊进来。饭店店主是一对中年夫妻，衣服外面套个黑褂子，俩人分工明确，女人做面食，男人做菜。别小瞧县里的小饭馆，家常菜做得一个比一个好，廖坚问梁英俊点啥菜，梁英俊一口气说出来四个菜，都是县里小饭馆常备的菜。一个蒸苋菜，一个干煸豆角，一盘卤羊蹄，一盘牛腱子。县里小馆子盘子大分量多，一盘菜，能顶上酒店两三盘，梁英俊说，四个菜足矣，稍后吃碗糊汤面。女主人在桌上摆仨塑料杯子，倒上开水，馆子里另一桌上坐四个人，四人说着谁赢谁输的事，一听就明白是麻将散场后聚在一起吃对胡。

四个菜除了干煸豆角现炒现做外，其余仨菜都是现成的，滴上芝麻小磨油，浇上蒜泥，撒上小香菜，香味很快蹿出来。王建党从车里取瓶郎酒，县里人喝酒有个习惯，流行一种酒，全县人民都来喝，喝一阵子就不再喝。最近县里流行喝郎酒，到哪个饭店都要推荐郎酒。

兄弟，哪能叫你拿酒，店里有酒。廖坚说。

车屁股里都是酒，自带酒放心，免得喝假酒。王建党说。

俩人相互推让一番，一个说跟着跑了半天辛苦，该表示表示，一个说几年没凑一块儿，该表示表示，梁英俊见俩人抢着表示，不再争着说那些表示的客套话。

两天来梁英俊在酒上过足瘾，一天两顿酒，这顿喝完刚清醒，那顿接着继续喝。这种生活真快乐，先前哪过过这样的生活？天天在派出所里忙碌，想喝场酒，也要等到工休日，喝也是沾一下嘴，就放下酒杯，哪敢天天醉在酒里？县里那些排场男人，天天这样一日三餐。早晨在家吃一餐，中午在外喝半天，下午没有要紧事，到河边小茶馆坐一下午，晚上再出去喝一顿，人醉心醉，玩到半夜，回家时候精疲力尽，这一天的日子过得轻松惬意。

仨人先吃一阵子，廖坚拧开酒瓶子，店老板拿仨小碟子。

先前说过，县里人在小摊小店喝酒都用小碟子，廖坚斟上三碟子酒，说，哥，兄弟，门酒我先喝，以表敬意。廖坚说着，端起碟子，一饮而尽，夹个豆角填嘴里，脸由白变红，更添帅气。

王建党见廖坚喝得利落，不甘落后，端起酒说声谢了，一饮而尽。

梁英俊也不示弱，端起小碟扬一扬，抬头喝起，仨人的脸很快成个统一色。酒说到底就是个调节气氛、烘托场面的调和剂，在世面上混，谁不喝酒？县里不喝酒的男人，说难听点儿，就是个上不了桌面，登不了大雅之堂的男人，在坐的仨男人都是县里的排场人，都是登大雅之堂的男人。

廖坚再倒一碟子酒，说道，哥，兄弟，这一碟了酒，算是惩罚小弟，先前哥儿几个聚得少，小弟忽略了兄弟间的情谊，要是有哪些做得不到位，考虑得不周到，还望哥跟兄弟多包涵，这一碟子酒喝过，歉意、诚意全在里面，喝个诚心诚意，一心一意，从此以后咱仨就是心心相印的亲兄弟。为哥、为兄弟、为咱仨的感情，小弟喝起。廖坚说着，一只手端酒，一只手夹块儿牛腱子填到嘴里，牛腱子咽了，酒也喝起了。

廖坚对称呼很讲究，冲着梁英俊叫哥，冲着王建党叫兄弟，端着空碟子说，都怪他廖坚平时没跟哥沟通，叫哥产生误会，以后要跟哥、跟兄弟多联系多沟通，咱哥仨都是阶级兄弟。

廖坚放下酒碟子，说起评比竞赛的事，说起侄女跟小张谈恋爱。评比竞赛这档子事，完全是误会，啥都不怪，怪只怪上面要求紧，下面执行严，搞啥免职，弄得人心慌乱，个个不安，谁都怕落在后面。哥所里那群弟兄，没授衔的占三分之一，吃闲饭人多，干活人少，谁都知道哥没日没夜熬着，名次上的事，也是心有余力不足呀。

廖坚说着，连连叹气，连连跟王建党说，如今公安如何辛苦，如何不容易。兄弟，你有所不知呀，廖坚总用这句话起头。

王建党从廖坚那些话里找到强有力的证据，跟廖坚说，兄弟这一说，还真能理解，谁想站讲台上叫人数落？你哥也是连站了三次，心里的火气没地方撒，你是自家弟兄，跟你撒一撒，想必你也不会怪罪他。兄弟如手足，手足要联手，从此以后，你哥俩团结一致向前走，共同提高，共同进步。

梁英俊先前那些想法，那些顾虑，经廖坚这样一捋，捋得干净平展；这一捋，也显得梁英俊小肚鸡肠，胡思乱想，以小人之心度君子之腹。人家廖坚深明大义，对他梁英俊不计前嫌，好烟好酒好茶饭，哥长哥短叫得甜，这怎不叫他梁英俊为他当前所作所为感到不安？

梁英俊从心里骂自己，混蛋白痴二百五，没一点儿证据，对人家廖坚猜疑来猜疑去，完全是庸人自扰，自找羞辱，也不知道人家廖坚对他的计谋是视而不见，还是压根就不在乎？

廖坚一如既往，说得幽默，笑得爽朗，只逗得王建党笑声朗朗，仨人在笑声里喝完四碟子酒，瓶里的酒剩个底儿。廖坚招呼店主拿瓶郎酒，店主说有郎酒系列，档次不一样，王建党说车上有酒，廖坚拽着王建党，说，兄弟已经表示了，给个机会也叫小弟表示表示，才不枉小弟一片诚心。

店老板递给廖坚一瓶郎酒，包装上看差个档次，廖坚打开，为梁英俊斟半碟，自己斟半碟，端起来说，不跟哥敬酒，只跟哥碰酒，以后我哥俩要同舟共济。

梁英俊说，你先喝一碟子，哥也该先喝一碟子再碰，这才公平。

廖坚拿酒碟子跟梁英俊碰一下，说，咱哥俩说啥公平不公平，小弟多喝哥少喝，是小弟表达对哥的敬重，小弟对不住哥，叫哥心里有疙瘩，今儿咱哥俩一摊开，啥误会，啥疙瘩全解开了。就为这，咱哥俩碰半碟子，咱哥俩不为喝酒，这半碟子酒一碰，以后咱哥俩以诚相待，肝胆相照。

廖坚说完，一口气喝下，梁英俊不甘落后，端起碟子喝起。

廖坚为王建党斟半碟子，自己再斟半碟子，端起酒说，兄弟，你是兄我是弟，不敬酒只碰酒，赶明儿抽空去茶社消遣，兄弟中彩头，茶社生意兴旺，小弟跟着沾光。

王建党说，是兄弟谦虚，盼着等着兄弟去，话说回来，做兄弟真不能偏心，去同学那里也该去兄弟那里，小兄弟抬举我，领情了，你还年轻，兄弟祝你步步高升。

也不年轻啦，过了今年，虚岁四十，不惑了。

多年轻呀，我跟你哥快知天命了，你还在不惑，不惑好呀。

好啥，人家三十都立起来了，咱这四十，还在摇摇摆摆，惭愧呀。

这话噎死人，小弟要是摇摇摆摆，我跟你哥可就是苟延残喘，活得悲哀啊，在我俩跟前别说这噎死人的话，小弟是年富力强，前程似锦，灿烂辉煌。

兄弟跟小弟一个样，前程似锦，灿烂辉煌。

俩人你说一句，我应一腔，相互奉承着将酒喝个精光。

廖坚这口气儿刚喝过，那口气儿接着喝，跟王建党碰酒，再斟酒端给梁英俊，自己斟上满满一碟，说，为评比竞赛的事，伤咱哥俩和气，这碟子酒，专为这评比竞赛的事跟哥碰着喝，喝过这碟子酒，那件事就是个烟花炮竹，一溜烟而去。看未来，哥与弟共同谱写新赞歌。

是啥赞歌？梁英俊问。

哥喜欢的《英雄赞歌》。廖坚说。

俩人酒碟子碰过去，哈哈大笑，梁英俊学着王芳的调唱《英雄赞歌》，廖坚学着英雄王成的声音说“向我开炮”，俩人哼着烽烟滚滚唱英雄，酒碰过去，吸溜一声，碟子里的酒点滴不剩。

梁英俊说，今儿咱哥俩一沟通，一个自家屋里的哥哥，一个亲哥，都在一起干革命，革命友谊，革命感情，以后咱哥俩共同谱写

《英雄赞歌》。哥今年四十有五，不在提拔岁数，哥有自知之明，真没啥野心，就想着不得罪人，等有一天进棺材盒里，有一俩弟兄鞠个躬，道个别，追悼会上，有个代表上去为俺表表生前那些功劳，说俺几句好听话，哥也心满意足了。小弟年轻，正是奋发有为时候，哥支持都来不及，不会坏小弟的好事情，这点请小弟相信，哥拿人格保证，为小弟前程提供一路绿灯。

王建党说，你哥这些话是真心话，革命队伍需要补充新鲜血液，你哥那血液流在血管里，也是老化地流动，你可是新鲜血液，今天这一聊，俩人都聊到心窝里，以后你哥俩常去我那茶社聚聚，我负责吃喝招待，江山是打出来的，感情是聊出来的，先前要是常聊，也不会心里存疙瘩。打开天窗说亮话，兄弟我在这件事上也没帮好腔，在这里给小弟赔不是，以后咱哥仨都是好兄弟。

王建党的脸因酒的缘故，也因带着点儿愧疚，通红通红。

梁英俊跟廖坚嘴上说着场面话，你看我，我看你，你猜我，我猜你，思忖着该说哪些话，如何说，才显出觉悟高，调子高，思想高尚，品质优良。俩派出所所长，谁不比谁更精更能，谁都想在较量中来个大获全胜。

奶奶的，从今天开始，放眼世界，展望宇宙。梁英俊说着，拿起酒瓶，每人斟上半碟子，仨碟子碰一起，发出砰砰响声。

廖坚手机响起来，手机在这个年代是命令指示，警察关机跟警察拒绝接受使命一样罪不可赦。电话那头啜泣声传过来，廖坚想回避，又担心梁英俊有想法，跟电话那头说正跟你叔解释呢，是误会，你叔心里的疙瘩已经解开了，没事了。

廖坚挂电话，露着笑说，是小张，说是哥所里的指导员带副所长、内勤找他，愣说他里通外国，泄露机密，搞数字游戏，小张委屈，打电话跟我说说，年轻人怕事啊。

梁英俊听到这些话，心里盘算着兵分两路取得的战果，他这头虽说正处在被动局面，但也正朝和谐局面走，小张在电话里头哭，是不是那路人马已掌握了胜利成果？

正想着，手机响了，指导员来电话说任务没有完成，小张很顽固，一再说这事经得起局里调查组调查核实。你那头咋也没动静，是不是进展得不顺利？指导员问。

仨步骤进行完，正进行第四步骤，喝酒。梁英俊说。

就是说跟那小子相互达成谅解，以后各走各的光明路，谁也不挤兑谁，这会儿喝庆功酒呢？指导员电话那头问。

哥，是指导员老兄吧，叫他过来吧，干脆一道解释清楚。廖坚在一旁说。

那就过来吧，带他俩一块儿来。梁英俊说。

那小子也在跟前吧？指导员电话里问。

来了就知道了，在医院旁边的馆子里。梁英俊模糊地说了几句，挂了电话。

他为自己也为廖坚斟上半碟子酒，说，咱俩一对阶级兄弟，为个竞赛评比的事，差点儿成了敌对关系，来，咱哥俩喝个理解酒，春花秋月何时了，往事俱忘却，迈开步子看未来，不久的将来，弟就是公安局当之无愧的将才。

梁英俊场面话说得朗朗上口，心里却揣摩着咋就处处被动，处处被廖坚抓把柄？明天要是局里上下都知道他梁英俊为提拔公安局副局长，找小张搞突击审讯，企图栽赃陷害人家廖坚，肯定要嗤笑他，说他是个官迷，为副局长这个位置你追我抢，搞诡计，使伎俩，侦查手段用到阶级弟兄身上，一个正人君子咋能这样？不行，这件事要改变战略，改变方向，不能再揪着不放，叫影响缩小到最小范围，避免带来不良后果。梁英俊思忖如何圆场，如何收场，如何搞得皆大欢喜。

梁英俊为他和廖坚斟了半碟子酒，说，咱哥俩今天掏出心窝说实话，说的话都不是假、大、空。这件事翻过去了，为这件事画个句号咱哥俩干一杯，以后谁都不准再提这件事，谁要是再提这件事，谁就是乌龟王八蛋。

廖坚斩钉截铁地说，咱哥俩一言为定，谁要是再提，谁就是乌龟王八蛋。

俩碟子一碰，碰出个花瓣，共同说句，谁提谁是乌龟王八蛋。先前那个矛盾点，那个导火线，被俩人这一碰，这一说，燃放成了个烟雾弹，烟消云散，天空灿烂。

梁英俊看着廖坚红彤彤的脸，心想，人家廖坚就是个干大事的料，放眼全球的料，拿他梁英俊跟人家比，人家是天他是地，以后要虚心向人家学习，学习人家大无畏的牺牲精神，跟兄弟喝酒，喝得酣畅淋漓。

廖坚招呼店主添四个菜，拿两瓶酒，跟梁英俊说，哥，今晚只喝酒，再强调一次，不提那件事，我要是提，我就是乌龟王八蛋。

梁英俊说，你强调一次，我也强调一次，一言为定，谁说谁是乌龟王八蛋。

王建党说，我监督，你俩谁再说那件事，谁就是乌龟王八蛋，为你俩都不当乌龟王八蛋，咱仨碰半碟。

王建党给每人斟半碟，仨碟子一碰，碰出个你好我好大家好，你笑我笑仨人笑，笑声从屋里传到屋外。

指导员带着副所长、内勤进馆子，听见笑声，见屋里仨人喝得一脸通红，门口仨人一头雾水，不知该怎么办？内勤那双单眼皮很快瞪成个豌豆瓣，明白眼下这场鸿门宴，沛公舞剑志在项庄，不会有啥好结果，扭身准备走。

廖坚一把拉过内勤，嘴里连连叫着警花妹妹，咋不给哥一个面子，来来来，哥搀扶着，妹妹快坐，知道你们仨过来又点了四个菜，我哥仨已经喝一瓶多了，你们仨先吃点儿菜，待会儿敬酒，再给兄弟姊妹赔个不是，小张才打过电话，一肚子委屈，跟哥说着呢，误会！误会！纯粹是误会，不说那事，刚跟哥赌咒，谁说谁是乌龟王八蛋。

男人在场面上不像女人情绪化，男人心里想的是一个样，面上做着的是另一个样，廖坚说着兄弟情同手足的话，指导员副所长应着，根本看不出来几个钟头以前还是各怀心事，你算计我我算计你，谁也不让谁。

谁是乌龟王八蛋？谁搞鬼谁是乌龟王八蛋。内勤不满地回答道。

廖坚赶忙夹个鸡翅膀放在内勤跟前的小盘里，说道，咱几个都不是乌龟王八蛋，在小妹跟前，哪儿能说乌龟王八蛋。来，小妹吃个鸡翅膀，愿小妹展翅高飞，越飞越高。小妹心里不高兴，哥明白缘由，评比竞赛这件事，跟小妹没啥牵连，哥知道小妹工作认真，责任心强，得个倒数第一，心里不顺畅。看我这张嘴，刚才说过，谁再提这事，谁就是乌龟王八蛋，在小妹跟前，我这就当了两回。啥都不说，只说酒，哥要好好敬个酒，叫小妹心里的疙瘩化为乌有，妹子先吃个鸡翅膀，我再敬酒。

廖坚小妹连着小妹叫，嘴巴里说着好听话，内勤原本满脸不高兴，经这些好听话一滋润，表情不再情绪化了，露出似笑非笑的表情。

廖坚给指导员夹了个羊蹄子。老兄，咱俩同年不同月，你比我大几个月，大一天也是兄，有对不住地方多提醒，咱哥俩自小在一个城窝里长大，也算一个窝里的孩子，两家胡同只隔几条街，光屁股就认识，谁啥样谁能不清楚？虽说小弟进步稍快点儿，那也是天上掉馅饼砸头上，天赐良机，也算小弟有运气，稍后跟哥敬个酒，以后取长补短，共同学习。

指导员经这一说，明白话里有话，弦外有音。伸手不打笑脸人，不好意思跟廖坚说过激话，又不想说好听话，指导员只点头不说话。

廖坚给副所长夹块牛腱子。小弟，吃牛腱子不长脂肪，哥知道你那牛脾气，哥先前也是个牛脾气，长你几岁，性子磨光了，再过几年，你也跟哥一个样。人早来世上走几年，多吃几年粮，多几年磨砺，看事看人都会透彻，小弟从刑警队到派出所，靠一身本领吃饭，哥说句话小弟可别放心上，那牛脾气一定要改一改，警察不能有脾气，只能有性格，也是说笑啊，别放心上。来，牛人吃牛腱子，牛腱子解酒。

副所长吃完牛腱子，保持先前牛脾气。县里警察干了五年以上，沾亲带故的亲戚朋友数不胜数，为那些数不胜数的亲戚朋友，副所长不愿接廖坚话，怕万一哪句接不好，弄得大家心里都不愉快。

廖坚斟酒，跟指导员碰。情谊表在酒里，感情说在口里，老兄，干了。

指导员被廖坚喝酒的气势感动了，劝廖坚少喝点儿，表达一下心情就行。

那哪行？表达心情不能半心半意，要满心满意。

廖坚说着将酒喝完，拿起副所长酒碟子，倒上半碟子，招呼副所长跟他碰酒，说俩牛脾气这一碰，碰得天旋地转，眼冒金星。

副所长说，廖兄是不是喝多啦，这一圈碰下来，你至少喝有半瓶。

廖坚说，小弟可别小看老哥酒量，喝他个半斤八两，面不改色，心不慌张。刚才不过是形容夸张，哥这个人爱显摆，喝点儿酒只差搜肠刮肚，把肚子里那点词儿啊句子啊，全撂出来做展示，班门弄斧，恃才傲物，才薄识浅，叫小弟见笑了。

廖兄谦虚，小弟人粗心粗，一个饭袋酒囊，哪比得上廖兄，满腹经典，学识深远，这酒小弟喝起了，廖兄喝与不喝，小弟不会怪罪，我喝啦。

副所长拿起酒碟子把酒喝完，廖坚二话没说，一口气儿喝完了酒。

廖坚又斟上半碟子，端起来双手递给内勤，说，绅士以尊重女士为前提，小妹，哥知道你平素有酒量，在哥跟前，哪能叫小妹多喝酒，抿一抿就行。说着，一气儿喝完跟前的酒，放下空碟子。

女人最经不起夸赞，经不起真情实意热心肠，内勤情绪被烘托感染，彻底忘记先前那件叫她咬牙切齿的事，拿酒瓶子把自己的小碟子斟满。

来，老兄，为你如此豪放性情，我也喝个满杯。别小瞧派出所女人没能耐，我就不相信啥兵熊熊一个，将熊熊一窝，所长，你说是不是？说完顺势喝起了。

廖坚竖起拇指夸赞，小妹是女中豪杰，关键时候临危不惧，力挽狂澜。

指导员、副所长见这阵势，见内勤一个女流之辈为派出所撑面子，心有不甘，指导员拿酒斟上，多喝少倒，副所长拿酒斟上，多喝少倒，各自脸上带着为集体的荣誉，集体的脸面，奋不顾身地往前冲的表情。

廖坚继续煽情。喝得伟大，醉得光荣，为兄弟而醉，醉得其所，为姊妹而喝，喝死值得，今儿为兄弟姐妹喝，酒逢知己千杯少，醉卧沙场看今朝，不醉不归。

所有人情绪被点燃，开始膨胀，开始热闹，这是一场阶级兄弟的大聚餐，大家忘了评比，忘了平日的是非恩怨，忘了提拔上你追我抢，按县里喝酒风俗，轮番敬酒，轮番说着大哥二哥麻子哥好的话。

廖坚跟仨人敬酒碰酒，又是哥又是小妹小弟地叫着，叫得在场的人分不清东西南北，个个跟廖坚称兄道弟。感情深，一口闷，感情厚，喝不够，感情长，喝六两，杯子碰得叮当响，只碰得满桌人情绪高涨，心花怒放，人人感动得热泪盈眶。

梁英俊又感动又羞愧，他从心里骂自己，梁英俊啊梁英俊，还说你是红色后代，从小接受革命传统教育，亏你梁英俊说得出来。还说人家廖坚是混进革命队伍里的汉奸叛徒，你梁英俊这些行为，这些举动，哪点符合党章要求？骂人家廖坚王八羔子，你梁英俊比王八羔子还要王八羔子。高看自己小瞧别人，从喝酒上就能知道人家廖坚平时为人，敬酒人家多喝，碰酒人家碰满碟，严于律己，宽以待人，性子豪爽，为人坦荡。

梁英俊见廖坚一碟子酒喝完，一碟子又倒上，只喝得眼睛斜着，嘴巴歪着，嘴歪眼斜，还在叫着喝、喝，叫人看了好不感动。

梁英俊带着浓浓的阶级兄弟情谊跟廖坚说，小弟喝高了，待会儿要去医院照顾弟妹，不能再喝了。

廖坚一只手搭在梁英俊肩膀上，亲切地叫着哥，平时想跟哥凑一起，跟几个兄弟凑一桌，哪有机会呀。今天咱可是一个圈里的人，一个战线的人，建党哥也是一个圈里的人，虽说离开了这个战线，进入看不见的战线，但还是自己人。自己人喝酒，就要喝他个脸红心红感情红，头涨脑涨感情涨，这才是兄弟，这才是亲弟兄。

梁英俊看着廖坚一副“兵来将挡，水来土掩”的气派样，羡慕佩服，崇拜敬仰。瞧人家廖坚那英雄壮举样，他梁英俊啥时候能有人家廖坚那股子豪爽样？

他梁英俊不管逢上啥场面，都是瞻前顾后，思前想后，想做，顾虑重重，不做，心里痒痒，拿不起放不下。人家廖坚兄弟，真是干事创业的料，说一不二，果敢干脆，真有英雄称王称霸的气魄胆量。

王建党见廖坚说话时俩嘴唇打架，呜呜啦啦，嘴里不停叫着店主拿酒来，急忙交代店主做七碗烩面。面很快端上来，店主收走空瓶子。县里小饭馆做面最拿手，烩面、糊汤面、臊子面，家家摊位上都有这三种面，可以说是县里的招牌面。

吃完面，廖坚嘴里呜呜啦啦问梁英俊，是住宾馆，还是回家？是不是嫂子不叫你回家？要不我陪着哥回去解释一下？

梁英俊当着一群人，哪能承认老婆不叫回家？跟廖坚说，一身酒气，回去肯定挨骂，跟她有啥好解释，我是户主，想回去她也拦不住，出来透透气，明儿再回去。

廖坚歪歪斜斜走到柜台前，拿了四条香烟，两盒口香糖，一人递过去一条烟，递给小内勤的是盒口香糖。

几个人一阵推辞，梁英俊说这是集体受贿。

哥，瞧不起小弟是咋地，又不是送礼，赶明儿哥请客，回一条得了。

梁英俊说，要是不拿，明显不给小弟面子，自家弟兄，有空我们四个回敬。

王建党说先送廖坚回家，廖坚临走前，呜呜啦啦，哥记着，兄弟姐妹记着，以后谁再提那件事，谁是乌龟王八蛋。

廖坚一走，统一战线聚起来，指导员问梁英俊前仨步骤进行如何？梁英俊说仨步骤以否定式结束，第四步骤喝酒进展顺利，以和谐局面结束。

指导员说，我几个搞啥“廖坚因素”，瞧人家那态度，那思想境界，就是个盛开的木棉花，圆润红透。一场酒喝下来，喝得天蓝蓝，海蓝蓝，个个精神饱满。不叫哥不开腔，不叫妹子不说话，优秀人才埋没了这么长时间，也真该提拔了。这会儿又买礼品又道歉，无论如何也弄不清人家心里啥想法，究竟是心里面上一个样，还是面上亲热心里冷，我喝糊涂了，所长判断吧。

副所长说，所长，你了解我，最见不得软的，这会儿人家喝高了，我们被对方给俘虏了，这场和平谈判究竟胜算有多少，你心里应当有数。

内勤喝得满脸通红，说想吐酒，叫副所长赶紧送她回家，跟所长交代，酒后别扯工作上的事，等醒酒后再坐下来分析。

梁英俊心里也没底儿，几个精英制定的“廖坚因素”，分析得也透彻，计划得也周密，咋到廖坚跟前统统失去效力？三个步骤，都以失败告终，到最后，人家一个人，感化一群人。难道廖坚掌握了啥秘方，学来了啥秘籍？总是搞得他梁英俊措手不及。下一步该咋办？未来那个前程，是光明还是黑暗？公安局副局长的位置，究竟花落谁家？

癞蛤蟆吞月亮，痴心妄想。想提拔，想上进，想当公安局副局长，就不看看你的水有多深？根有多长？

不争了，人不一定活得精彩，但一定要活得尊贵。总不能叫我梁英俊今天去这家串串，明天去那家串串，跟人家干个家务活，说个体己话，年里月里，跑上跑下。人家叫声梁英俊，我跟小狗似的摆尾巴。年里月里，不是给人家送个这，就是给人家送个那，为啥？就为了人家一高兴，随口说句话，给你梁英俊一个小官当当，小钱花花。梁英俊想活得体面尊贵，哪能跟个小狗一样，在人跟前摇头摆尾巴呢？

笨蛋二百五，啥叫活得体面尊贵？被人尊重自然体面尊贵，真要是下台了，免职了，没用了，谁抬举你，谁搭理你，谁见了你就像见了鬼，远远躲了过去，从哪儿找体面尊贵？要是提拔了，不用找，成群的人围着你，夸赞你，敬重你，不体面尊贵都不行，唉，活在当下真难。

梁英俊为活在当下烦恼，王建党来电话，说要带他跟指导员去茶社做个全身按摩，解解酒，消消愁。

梁英俊跟组织上表过态，要经受住糖衣炮弹的侵袭，这茶社是不是糖衣炮弹？女人是不是炸弹，若是炸弹能将人炸得四分五裂。兴许梁英俊会侥幸脱险，可要是脱不了险该咋办？炸个七零八落该咋办？

撑死胆大的饿死胆小的，看你梁英俊怕成啥，活得快成个隐形人了，顾虑太多就是缩手缩脚。瞧人家那些活络人，炸弹炮弹手榴弹，狂轰滥炸，人家进坑道做掩蔽，一阵流弹过去后，人家从掩体里出来，身边跟个活灵活现的美人儿。

人活着要活得一半是鬼，一半是人，流弹过来咱是鬼，流弹过去咱是人。人家廖坚就是这样的活法，喝酒那会儿是鬼，在家人家是人，廖坚分寸把握得好，这点值得梁英俊学习。梁英俊做鬼做人都不合格，该做鬼时偏做人，该做人时偏做鬼。人鬼弄不清，结果呢？炸弹炮弹手榴弹，一齐撂在了他身上，穿着盔甲算个啥，流弹齐轰，就是个金蛋也被炸开花。生当做人杰，死亦为鬼雄，梁英俊分不清自己何时是人杰，何时是鬼雄。

笨蛋二百五，想啥鬼？想啥人？想想当下，主管局长叫你跟廖坚聊一聊，这一聊，完全被动了；这一聊，俩人定下攻守同盟，谁再说评比竞赛的事，谁就是乌龟王八蛋。要是不说评比竞赛的事，咋能抓住廖坚的辫子呢？他梁英俊脑子里那些谜团解不开，再说就是个乌龟王八蛋？梁英俊啊梁英俊，你目光只有寸把短，董贤明用血的教训提醒你，叫你从陷阱里跳出来，你是咋做的？你不但没有跳出来，还是在陷阱里来回转，要是不说评比竞赛那档子事，谁为你昭雪？谁为你伸冤？等到何时组织上才能帮你拨开乌云见晴天？你的晴天是哪一天？

第十八章

茶社门口停着十几辆豪华轿车，都是县里排场人开的私家车。一群人在门口拉拉扯扯，梁英俊朝着那群人看去，这一看，叫梁英俊慌了手脚。那不是酒吧的小老板吗，娇柔狐媚的小美人？小美人站在人堆里，那般醒目，那般出人头地，那双眼睛看过来，跟梁英俊来个四目相对，梁英俊意马心猿，惊惶不已。

咋又意马心猿，惊慌不已？刚才跟主管局长咋表的态，对待女人，不能胡思乱想，啥不良想法都不能有。人家活络人跟女人来啥都正当，你梁英俊跟女人啥也没有，愣是有人捕风捉影，无风起浪，举报到单位领导那里。眼下组织上正对你进行全面的考察，听其言观其行，看你对党的事业是否忠诚。此时此刻，一定要谨言慎行，对待女人，隔山看景，隔水听歌，就是近在咫尺，也要当作远处风景，那边风景独好，这边无动于衷；那边歌声悠扬动听，这边岿然不动。将男人的生理愿望遏制在萌芽状态，消灭在身体之中。星星之火，不叫它燎原。革命人的心是铁打的，岂能被一个小小女子弄得失魄丢魂？

梁英俊流露着对党对老婆负责任的情绪跟王建党说，打道回府去宾馆。

梁英俊这句话刚落地，阿娇迈着小碎步子走过来，小脑袋趴在车窗前，翡翠镯子蹭着梁英俊那张脸，娇声浪气地高喊道，各位兄弟，快来看看车里坐着谁？真是心有灵犀，不约而同来茶社，今晚是县里精英来聚会，所长哥，你说咱是先摸牌，还是先按摩捏脚？

门口那三个，听阿娇这般说，快速走到车跟前，这个敲玻璃，那个连叫所长哥，梁英俊闻到酒味，借着光线看仨人，个个醉眼红脸膛，一个催促梁英俊下车，另一个顺手拉车门，将梁英俊从车上拽下来。梁英俊犹豫、彷徨，怕再因阿娇惹出啥事来，急忙跟仨排场人说，所里有事，改日再来。只见仨男人，一个拽着他左胳膊，一个拽住他右胳膊，再一个推着他后脊梁，仨人连说好长时间没见所长哥，带哥去捏脚。

梁英俊不想进去，人家生拉硬扯，他个人的力量抵不过。梁英俊身不由己，俩人架着后一个推着，梁英俊被连推带搡进了茶社，一个朝王建党挥手说，安排个大房间，我们哥儿几个捏脚，最大那个屋。

梁英俊被仨醉汉子生拉硬拽进 216 房间，屋里摆着六张躺椅，梁英俊被安排到里面躺椅上，阿娇顺势挨着椅子躺下去，接着指导员，仨排场人依次躺下。

墙上挂着电视，电视正播着“一周立波秀”。那话语，那比喻，恰当风趣，六人一躺下，就被电视里的内容吸引了。

一个说，这小子就是能，那些事叫他一编排，就不是鼻子眼睛的事，而是割鼻子挖眼睛的事了，真叫个会幽默。

另一个说，流氓无罪，告状有理，有钱嫖娼，无钱卖淫，啥乌七八糟东西，经他一编排，就是个轻松和谐社会，叫人听了高兴，心里美。

第三个说，看得懂的看门道，看不懂的看热闹，我就喜欢寻思着句子里那些弦外音，跟生活密切相关，说的那些段子，都是市面上流传很火的段子，但凡能流传的，就说明有市场，说出你我他的心里话。

仨人说着，屋里又进来六个人，一男五女，女的个个如花似玉，描眉涂眼，小青年也是俊鼻子俊眼。小青年走到阿娇跟前，俩人认识，阿娇叫小青年给她敲敲背，说着，趴在躺椅上。几个女的也叫五个男人趴躺椅上，按肩膀按腰，再翻过身子，全身按，上下按，左右按，旋转按。

梁英俊先前进娱乐场所，除了捏脚唱歌跳舞打牌，没在娱乐场所按摩过，想按摩都是去医院由盲人医生给按摩，所以这会儿心里有那么一点儿惶惑不安。先为跟俩女人不明不白的那些事受惊吓，这会儿叫小姑娘在身上摸来按去，又不像盲人医生那样为治病而按摩，这种方式按摩，说难听话是寻欢作乐。先前说过，对女人，梁英俊格外心软，他怜香惜玉地跟女孩儿说，不用费力，轻轻按几下意思意思就行了。

女孩儿的手很轻柔，梁英俊想起小珍姑娘那双轻柔的手，拉着他，搂着他，俩人跳舞，无限温柔。多娇柔一双小手呀，那小手是专为男人服务。

梁英俊在小手的轻抚下，渐渐进入梦境，一群美人簇拥着他，她们挖苦讥笑他不懂风花雪月，阿娇拽着他，把他推到美人堆里去，美人这个勾一勾他小鼻子，那个摸一摸他小脑袋，美人在他身上抚摸着，口里叫着平常人们称呼的“所长”头衔。那个头衔带给他光环，光环笼罩下的梁英俊，看到权力赐予他的辉煌，他迷惑而犹豫，犹豫中看到诗人冲他大声叫喊，要他保护好身子，别叫那群女人糟蹋掉。梁英俊看着美人，不知道该听诗人那些话，还是按心愿发挥男人的生理愿望，美人朝他扑过来，他就要享受风花雪月，忽然看见老婆向他走来，老婆长着老虎爪，那爪子伸向他，他就要成为老婆手心里蒸发的汗珠子。他仓皇逃脱，连吓带跑，一身虚汗，睁开眼睛一看，一场噩梦，虚惊一场。

女孩儿在梁英俊头上轻轻敲打，轻轻按摩，敲打按摩几个来回。顺着脊梁骨来回敲打，来回按，按得他身体热腾腾的，心里暖洋洋的，从外到内美滋滋的。约摸半小时过去，女孩儿拉着他翻过身子平躺着，拿起脚浸泡在热水中，女孩儿那双手在梁英俊两只脚上来回搓，轻轻揉，轻轻按，轻轻抚摸，那双脚痒痒的，爽爽的，只感觉全身血液通畅了。

先前谁在意这双脚？先前的人几天不洗脚，臭气熏天钻被窝。现今人们越来越讲究，脚随着经济发展渐渐纳入养生行列，足疗店应运而生，脚跟脸享受同等待遇。脚被人重视，成为经济发展的重要标志。

女孩儿说，脚能打通神经。女孩儿说得不假，那双脚经女孩儿不停敲打按摩，每根神经被打开，梁英俊感到一股热流涌全身。他看着脚上每个部位，隆起部分，凹起部分，分开部分，合拢部分，第一次意识到脚比脸的形状还标志，因为藏匿，不带表情，不需要喜怒哀乐，整个脚面纹路一致，没有明显皱褶，哪像这张脸，除了脸蛋上一小片没皱纹，眼角、嘴角、额头，能够活动的地方，能够表情达意处，布满纹痕，标志着那些部位待人处世何等艰辛。梁英俊那双脚是经济发展带来的劳动果实，泡在药水里，小姑娘捏着，血液循环起来，小姑娘跟他说这就叫中医疗法，梁英俊沉浸在中医疗法里。

仨排场人财大气粗，派头十足，跟女孩子谈笑风生。梁英俊想，人家不伪装自己，狡兔三窟，莺歌燕舞，靠山吃山，靠水吃水，活得有滋有味。他呢？前怕虎后怕狼，养虎为患，放虎下山，只弄得差点儿落入虎口，多亏紧要关头虎口脱险。他哼着那首《女人是老虎》的歌，心情无限愉悦。

梁英俊那双脚在水里泡得软溜溜的，经女孩儿一按热乎乎的，女孩儿从水里捞出两只脚，搓揉擦干，换上新袜子，梁英俊心里真美呀，好长时间没有这么美过，美得美不胜收。阿娇侧着身子凑过来，凑到梁英俊耳边低语，这一来回，红光满面，是不是很舒服？这就叫体验民情，了解民生。

乖乖，这就是体验民情，了解民生？先前还真没想到搞啥都能搞到民情民生上，思想保守狭隘，向你学习。梁英俊说。

阿娇说，你想想看，小姑娘也是人民群众一份子，茶社是人民群众一份子，两份子加起来，可不就是体验民情，了解民生？

阿娇跟梁英俊说足疗的好处可多啦，疏通神经，打通脉络，保护肾脏功能，预防疾病，泡的次数多，血液循环快，人看上去精神焕发。

梁英俊并没拿足疗当回事。啥好处？都是炒作，人能炒作成个神，鬼能炒作成个人。先前他梁英俊太死筋，见不得那些虚晃一枪的玩意儿，经过大浪淘沙，他在想如何做个活络人？就像跟前这几个款哥，下边捏着，上边嘴也不闲着，跟小姑娘说个调情话，说待会儿领小姑娘吃夜宵，跟小姑娘来个五魁首，喝几杯，再去开个房间美一美。梁英俊听得心里直痒痒。都是人，人家活得清凌凌的河水，蓝凌凌的天，轻松自如，快乐无忧，想干啥就干啥，真叫人羡慕。他跟女人没搞啥，人家非说他跟女人有过啥，有啥没啥他清楚，心里有气儿没处撒。也罢，想那么多干吗？进了娱乐场所，好好放松心情，轻松轻松。

阿娇在他跟前晃动那对小扣碗，一晃一晃真惹眼，梁英俊面对小扣碗，他在想，那里面究竟有啥文章？是不是阿娇希望他这样那样？对待阿娇，他究竟该怎样？说实在话，梁英俊见了阿娇就要一想再想，胡思乱想，忘掉老婆忘掉党。

他在想，男人是可以变成女人的，狼吃羊，是合乎常理的，狼爱上羊，是歌里骗人的，狼爱上羊肉，才是千真万确的。他对阿娇的肉体胡思乱想，也是符合男人生理逻辑的。

梁英俊对阿娇七想八想，想到最后，想到党的光辉形象。记吃不记打，见了美女胡乱想，你跟组织上咋表的态？一个女人不算啥，十个女人算个啥，一颗红心向着党，革命的意志更坚强。

梁英俊暗暗提醒自己，要意志坚强，他闭上眼睛，眼不见为净，心不能跟着眼晃动，人不能跟着心摇动。梁英俊闭上眼睛，继续哼着《女人是老虎》。一个排场人跟他说，梁所长，先前进来，像是看见所长嫂子，一闪过去，没有看清楚。

梁英俊一听这话，心里一惊，心口上长出一把仙人掌，仙人掌很快长成仙人球，滚在梁英俊心窝上，心口紧一阵松一阵，梁英俊急忙拔掉仙人球。有啥可怕？来这里的男人多得是，按摩捏脚是中医疗法，来这里是为了身体保养，又不是心存不良，怕啥？虽说阿娇躺在身旁，谁敢在众目睽睽之下调戏妇女？那是调戏王法。老婆真敢闯进来，跟他梁英俊无理取闹，大吵大闹，他一定要捍卫主权，为了主权尊严，他要跟老婆庄重声明，兴你放火，就兴老子点灯，说我跟女人说说笑笑，调侃胡闹，你也跟男人称兄道弟，一派和气，是不是也想挑战老子的脾气？想跟男人来个红杏出墙？真敢那样，你就是红色娘子军，老子也要跟你同生死共存亡。梁英俊这样想，很快理直气壮了。

阿娇懒洋洋地从躺椅上站起来，那双手在小扣碗上提一提，扭着屁股在几个男人跟前走猫步，几个男人望着她，嘴里连连咂舌。

一排场人开口道，妹子这身材真迷人，够得上县里形象代言人，以后进了县政协，要为咱县里经济建设多出力。排场人说着，从躺椅上站起，在阿娇身上碰了一碰，说，帮忙拽一拽衣服。阿娇把他衣服后襟拉一拉，又把前襟拽一拽，排场男人那只手，趁势拉起阿娇攥一攥，俩人相互挤了一下那双传情达意的眼，排场人借着酒劲跟阿娇说起调情话，另俩排场人跟着起哄，指导员抿嘴笑着看热闹。

梁英俊看在眼里，恨在心里。恨啥？说不清楚。他想起举报信上说他跟俩女人那些不清不白的男女关系，那真是血口喷人。我梁英俊光明磊落，两袖清风，咋能糟蹋我梁英俊多年树立起来的好名声。

仨排场人跟阿娇公开调情，字正腔圆，一迎一和，双方互动，梁英俊看着听着，先前觉着公家人走到哪里都是座上贵宾，受人崇敬，这会儿看着仨排场人倚翠偎红，满嘴雌雄，先前公家人的优越感，被社会人的优越感所取代。这时，他跟指导员说，该走了。

阿娇放开排场人的手，说，时侯不早了，该走了。

梁英俊走出房间，阿娇紧随其后，长长的走廊，梁英俊心里有恨，不知道究竟为啥，低头快步，心事重重。阿娇小碎步加快速度，走到楼梯口，梁英俊听到一个熟悉的声音顺着楼道传过来，与梁英俊近在咫尺。他想回避，已经来不及了，老婆那张脸越来越近，俩人碰了个面对面，梁英俊看着那张脸，看得腿发软，心发颤。

阿娇跟在梁英俊身后停下脚步，梁英俊老婆身边一左一右站着俩女人，俩女人是梁英俊老婆的同学，一个同学在县里开摄影楼，一个同学搞客运，梁英俊老婆看着他，只看得他寒气上身，危机四伏。众目睽睽之下，老婆会不会要跟他来个地雷战？炸得他和阿娇粉身碎骨？他不由自主朝后退两步，这一退，跟阿娇紧紧地靠在了一起。

指导员见状，赶忙走过去，叫声嫂子，没想到嫂子也来茶社玩了。

还真是所长嫂子，先前就觉着没看清楚，嫂子，咋不跟哥一块儿来？梁英俊身后那个排场人故意这般说。

哼，那还不扫他的兴，你们几个谁带老婆过来了？梁英俊老婆左边的女同学说。

两路人马，一路人马是仨排场人，等着看好戏呢！另一路人马，梁英俊老婆一左一右俩女同学，左边同学讥讽一句，右边同学挖苦两声，梁英俊老婆拉着脸，不说话，不搭腔，话由两边同学说。俩女人左右开弓，横竖都有理，说得梁英俊面红耳赤。他想解释，又不知道该咋解释。

指导员替他解围。王建党邀请他俩过来，在茶社门口碰上酒吧老板跟几个小弟兄，小弟兄约着去捏脚，想不到嫂子也在茶社，要是知道，肯定跟嫂子一个房间捏脚。指导员说着，朝阿娇使眼色，示意阿娇快离开。

阿娇跟梁英俊老婆先前在酒吧见过，属于面熟人不熟，阿娇经这一暗示，明白仨女人满腔怒火为哪般。说我有事先走，有空去酒吧玩。说完，匆匆下楼。仨排场人也觉出火药味，担心在暴风雨面前自找尴尬，急忙跟梁英俊打招呼，跟梁英俊老婆说，嫂子，有空再来聚，仨排场人说着下了楼。

这样一来，梁英俊身边势力明显减弱，仨女人，带着步步声讨的架势，对着梁英俊准备开火。

梁英俊想，仨女人三张嘴，斗不过，走为上策。

梁英俊跟老婆身边俩女同学打过招呼，将先前指导员那些话再说一遍，王建党邀请他过来，碰上几个小兄弟，跟酒吧女老板不是事先约好过来的，是碰上的，你们几个别误会，这会儿所里有事，有空请二位过来玩。

梁英俊不知道如何解释才解释得清，解释得到位，解释得仨女人相信他。

梁英俊老婆强压怒火没开腔，一左一右俩同学，喋喋不休，埋怨指责。这个说梁英俊不像话，跟老婆闹别扭不回家，在外胡跑瞎玩，做得有些过分了。那个说梁英俊做得有些过火，跟老婆生气，不跟老婆认错，还在外寻欢作乐。

先前梁英俊觉着女人心眼小，没朋友，时代发展了，女人心眼也大了，也能为朋友两肋插刀。过去为朋友两肋插刀是男人的专利，时代发展了，女人对朋友也是两肋插刀。男人之间的斗争，为了谁？说到底，为女人。先前男人抛弃女人，时代发展了，现今男人担心被抛弃，担心女人休自己。时代发展了，男人跟女人，也因身份地位悬殊不大，相互争长论短，互争输赢。这会儿，梁英俊在老婆跟前，明显弱势，先前那些理由，注定在老婆跟前找不到立足之地。

梁英俊老婆不开腔，俩女人数落梁英俊种种不是，弄得梁英俊一脸窘态，浑身不自在。想开口，俩女人你一句我一句，跟斗地主似的，连个说话的机会都没有。指导员见梁英俊无地自容，赶紧插话解释说，改天找个僻静地儿，对所长进行触及灵魂的再教育，跟酒吧女老板是巧遇，嫂子，我发誓，要有一句假话，我就变猪变狗，不得好死。

梁英俊老婆依旧不应腔，俩同学听到这句话倒是心软下来，左一个说，也是给他梁英俊注个强心剂，思想别发岔，别开小差。右一个说，这花花草草的，男人容易迷惑，多提醒，免得走进花草巷子里迷路找不到方向。

梁英俊想起摘桃花的好事来，不是想摘没摘上，是他梁英俊主动放弃，这世道，假话成真，真话变假，谁相信他梁英俊主动放弃？摘了，才符合人之常情；不摘，那是幌子，没人信。保持沉默，在女人跟前，沉默是金。

指导员说，晚上统一行动，十二点开始，这不，还有半小时。指导员跟仨人说，主要是跟梁英俊老婆说。

男人说谎不带表情，假话成真，左右一对儿女人，听说要统一行动，就跟梁英俊交代，赶明儿回去陪个错，男让女，日子好过，女让男，男人堕落。

混账逻辑。梁英俊从心里骂俩女人，好男不跟女斗，梁英俊露出笑容，跟俩女人说，一定注意，往后争取过好日子。梁英俊跟着指导员匆匆离开，老婆自始至终没跟他搭一句话。

下楼碰见王建党，梁英俊没说跟老婆交锋的事，跟指导员上了王建党的车，王建党也没跟梁英俊提他老婆在茶社，梁英俊猜想，王建党不知道他老婆在茶社按摩捏脚。

梁英俊思忖老婆来茶社的事。按老婆生活习惯，晚上不会在外超过十一点，老婆是个生活很有规律的人，这一联想，梁英俊又联想到廖坚身上，会不会这小子跟他老婆通风报信，故意挑拨他跟老婆的夫妻关系？王八羔子，等着老子找着机会再收拾你。

梁英俊在心里骂了一通廖坚，又想起阿娇说的话，不能把人往歪处想，咋一有坏事，就联想到人家廖坚身上？就不想想人家廖坚待你那副热心肠，请你吃饭喝酒，送茶递烟，真有那“老乡见老乡，两眼泪汪汪”的感觉。人家把你当亲哥，啥体恤话、知心话都跟你说，想别人可以，唯独不能往廖坚身上想，这体现你梁英俊的品行和度量。

王建党跟指导员送梁英俊去宾馆，路上，他跟指导员说了举报信上关于女人的事。

指导员连说不可能。你不是那样的人，指导员肯定地说。

我真不是那样的人。梁英俊说。

所长真不是那样的人。指导员跟王建党说。

没人说他是那样的人。王建党跟指导员强调。

谣言就是这样传播开的，一个人知道，就会有第二个人，第三个人，一群人，你说我说都来说，没有的事成了真事。

梁英俊心里真失落，先前想着过一天是一天，过不去腿一伸眼一闭，一生了结。看来不行，老天爷跟梁英俊过不去，叫他挂着，叫他活着，活得不算有质量，但还算健康，想随老天爷他老人家去，人家却不收他梁英俊。总不能叫一个家族的人跟着他丢人现眼吧。可继续战斗，组织上会给他机会吗？老婆一怒，会招来许多不安定的因素。

奶奶的，真是点背运气差，几年没按摩捏脚，刚一来，先碰上阿娇接着碰上老婆，要是单纯碰上老婆麻烦会小一点儿，关键是先碰上阿娇，后遇上老婆，他跟阿娇一前一后，跟老婆碰个正着，俩女人在大庭广众之下，谁也不搭理谁。老婆一脸怒火，阿娇匆匆道别，旁观者谁看不明白，这一怒一走，有啥意思在里头？仨排场人目睹这一怒一走，明天又要捣腾出多少花边新闻呢？要是组织上找他问情况，该咋说？组织上会怒气冲冲指责他，一而再，再而三，警钟长鸣听不见，是聋子，是瞎子，还是装聋作哑？在组织眼皮底下，竟敢无视老婆无视家，这样的人，不能用他！

现今家庭和睦也是组织上考核的一项重要内容，夫妻俩吵嘴，千万不能闹到单位，一旦闹到单位，家庭问题很快上升为社会问题，影响前途，影响提拔，说不定毁了家庭，毁了自己。梁英俊单位就有这样的例子。

局机关的一个中层领导，跟老婆生气，闹腾半个月。老婆一气之下闹到单位，说她男人在外有小三儿，小三儿姓啥名谁说得清清楚楚。局长跟政委一通气，直接将该人调离机关，下到基层小单位。老婆真叫个后悔，后来又找局长，哭天抹泪，说都怨自己，老公跟她生气，她怀疑老公在外有小三儿，只是怀疑，也是随口说说，希望组织上不要生气。局长说，你天天来局里闹得乌烟瘴气，不叫他在机关干中层，也是考虑到你的家庭危机。老婆听了，捶胸顿足。可这世上哪有后悔药？悔之晚矣，只有自认倒霉。

梁英俊不知道今晚碰见老婆，会不会带来严重后果。他的心碎了，捧出来跟饺子馅一样。他此时的心情，如同打翻了五味瓶，啥滋味都有，真不知道该怎么办？

王建党跟梁英俊说刚才得来的小道消息，廖坚可能提拔为公安局副局长，梁英俊也进班子。

王建党说，组织上想用你，拦也拦不住，评比竞赛的事翻过去不提了，向前看，阿娇不能得罪，该联系还要联系，她是连接人脉的重要纽带，关系保持在不远不近。小珍领班也要联系，她跟大龙袍茶社老板是表兄妹，老板跟廖坚是发小，得罪一个得罪一群。组织上没有拍板定音，再争取争取，还是有希望的。

梁英俊得知廖坚可能提拔为公安局副局长，对组织上的决定深感失望，组织上不是说要任用能力强、人品好的革命同志吗，廖坚踩着革命同志的肩膀往上爬，组织上那双慧眼难道就识别不出真假？不行，明天找一找主管局长，跟他道一道心里的困惑忧伤，评比竞赛的结果有问题，廖坚从中玩猫儿腻，组织上不能让心术不正的人混进领导队伍里来，这将是威胁到党的前途、国家生死存亡的大问题。他梁英俊是根正苗红的红二代，一身正气，德才兼备，选拔他，党的事业后继有人。这样一想，梁英俊觉着副局长就应该是他的。

再一想举报信的事，人家说他跟俩女人那些不清不白的事，这件事说有也真没有，说没有，他跟俩女人也真有那么一点儿风雨同舟在里头。俩女人在他倒霉时候跟他风雨同舟，咋能昧着良心说没有关系？再说评比竞赛的事，他跟廖坚已经订下攻守同盟，谁再说就是乌龟王八蛋。君子一言，驷马难追，哪能出尔反尔，东一锤子，西一榔头？这不是正人君子所干的事情。

组织上虽说没有拍板定音，但廖坚提拔副局长应该是板上钉钉的事情。先前梁英俊还想再努力一下，再争一争，哪想到不利于他的因素一件接着一件发生，一件比一件叫他头痛。这会儿，他真不知道该如何努力，如何竞争，才能将副局长的位置牢牢掌握在自己手中。

王建党说，县里俩排场人，想办成事，一个排场人送美女，另一个排场人送人民币。结果，事情办得很顺利。前些天去茶社一哥们儿说个闲话，也是为找人办事，夫妻俩一商量，约上排场人去酒店吃饭，酒喝到深更半夜，夫妻俩开个房间，将排场人送进去，跟着进去一个姑娘。排场人第二天醒来，明白那对夫妻的精心安排，把柄在手，有苦难言，那对夫妻的事没过几天顺利办完，姑娘两头得利，排场人给姑娘一笔钱，封住其口，夫妻俩给姑娘一笔钱，算是补偿。

我知道那两样东西对你来说是缺货，后一种方法你这个耿直人不会用，人家廖坚自家屋里那个哥哥，还不是人家亲哥哥，全心全意地帮助他。你也让大哥出面找找人，疏通疏通关系，这事肯定十拿九稳。

梁英俊知道王建党说的那俩排场人是谁，县里人都知道。人家办大事情，送个美人解解馋，送座房子或送几十万人民币，可梁英俊想送，也得有哇。县里那个排场人，身边美人一大堆，挑一个好的送过去，人家满意，他也没啥伤心的。县里另一个排场人，家财万贯，金银满仓，送过去一半家业，另有半壁江山。梁英俊身边美女没有一个，金钱老婆掌握，好不容易认识俩县里有名的人尖子，就叫组织上翻腾来翻腾去，好像他梁英俊抢吃了谁的好东西。再说那对夫妻搞的阴谋诡计，掏钱雇个姑娘做贡品，他梁英俊打死也不干，死也不会那样做，那是糟蹋自己糟蹋别人。他梁英俊不说是个高尚之人，起码是个正人君子。君子坦荡荡，咋能干那些小人勾当？

梁英俊说，事情弄到这一地步，人家廖坚步步为营，稳扎稳打。他呢，走一步输一步，盘盘皆输，这会儿只有听天由命，免得越挖越被动，越挖越胆战心惊。给自己一条生路，也是给别人一条出路。班子成员也不错，有个接待凑凑数，有个行动跟着溜溜，有个活动挂个名，有个会议点点头，空闲时间多得是，钓钓鱼，养养花，耍耍鸟，跟当下抽调性质一个样，退休前有个高级别的工资待遇。啥都不想了，等着组织上给个说法吧。

第十九章

新的一天来临了，梁英俊听见刘广在外叫门，赶紧穿好衣服，走到外间打开了门。刘广站在走廊里，他跟刘广说，昨儿有事脱不开身。

老同学能不理解你？好不容易得空，就该玩玩，今天有啥打算？

还没想好呢，一下子没事干，真不知道该干啥。梁英俊说。

干脆去山里玩一天，昨儿跟大堂弟陪他上面的领导上山了，玩得真叫那个爽。山里新建了个别墅群，县里有的那里都有，档次比我这家宾馆高，是省城老板投资搞的。刚开业去过一次，还想着没人住，这次去了，真是大开眼界，省城的轿车一辆挨一辆，看人家那派头，一看就是大城市人，说话走路，跟咱山里人就是不一样，连刚会说话的小孩子，都是一句一个“爷死”。瞧我们也是县里排场人，见了人家，慌张得跟臣民见皇上似的。哥趁着空闲，去别墅区见识见识？

见识见识？梁英俊思忖该不该去？去了是不是又要跟组织上说清楚？这些天来，梁英俊就怕组织上误解他，不停地跟组织上解释，解释得连他自己都心烦。大家都在怀疑他梁英俊是不是滑向堕落深渊，他想现在去别墅区可能会带来的负面影响。

屁影响，就是去看看，开开眼，要是不去，辜负了同学的一片好意，为同学那片好意，去别墅区看看又有何妨？人被挂着没事干，总得有个落脚处；去山里转转，见识见识山里别墅区究竟是啥样，为啥能勾得省城人都往山里跑。

梁英俊跟刘广说，就去别墅区看看，开开眼界。

小珍姑娘把早餐端进来，梁英俊看见小珍姑娘，想起她躺到自己怀里那件事。那可是组织上叫他说清楚的一件事。原本很简单一件事，组织上一强调，倒叫他梁英俊想到男女关系上，再见到小珍姑娘，他的身上就像揣着温度计，心里像挂个小闹钟，心跳加速，体温上升。

梁英俊吃着油条喝着稀饭，小珍姑娘提个塑料袋走到他跟前。刘广说，知道哥走得仓促没带换洗衣服，叫小珍给哥买了一套，换上新衣服，来个旧貌换新颜。

梁英俊说，之前以为你是个大老粗，现在看来你也是个细心人儿，连穿衣戴帽的事都能替哥想得周到，叫哥越住越不想回去了。

我哪是个细心人儿，小珍说你两天没换衣服了，也没见你带衣服来，想必是匆匆离开家忘带了。你那脾气我了解，嫂子正在气头上，你不想回去，免得俩人干仗。小珍想得真周到，我这宾馆有小珍，多了个管家跟财务，小珍要是哪天离开宾馆，我就损失了一位外交大臣。

梁英俊看了一眼小珍姑娘，连说谢谢，进里屋换上新衣服，一件浅绿色体恤，一条浅咖啡色裤子，他进了卫生间左右瞧瞧，上下照照，将头发捋一捋，脸蛋摸一摸，人靠衣裳马靠鞍，浅色衣裤穿身上，头发喷上定型胶，脸上抹上润肤霜，这一打扮，跟电影明星不相上下。有女人的地方就有梦想，梁英俊不再想工作上的事，他一步三晃，精神爽朗地走了出来。

刘广说，哥这一打扮，撵上歌手苏有朋。小珍说，哥这气质更像黎明。梁英俊听得心里真高兴，嘴上谦恭地说，哪能跟人家大明星比，咱就是山窝里一只小鹰。

刘广说，哥这一打扮，还真要带上小珍一块儿去，男女搭配，干活不累，带上小珍，咱就是云里看雾，雾里观云，美景美色加美人。

梁英俊犹豫不过两分钟，心想，反正有刘广在，带上小珍姑娘，游山玩水，寻找精神乐园。主管局长说过，刘广跟小珍有那层关系，如此说来，没人去怀疑他梁英俊跟小珍关系的问题，这样一来，他梁英俊就可以放心进山了，没有任何问题。

车很快驶出县城，进入盘山公路，往高处走，空气开始稀薄，梁英俊耳边有轰隆声，那是气压低造成的。车在山里行走了大约四十分钟，进入一片开阔地带，远处看，一片红色房顶格外耀眼。刘广说，咱山里的别墅很壮观，赶得上自由女神、埃菲尔铁塔、香榭丽舍大街、天安门故宫的壮观程度。小珍说，赶得上八达岭长城了。

这段日子，梁英俊为南水北调，为评比竞赛，忙得脚不沾地，哪有时间进山里来享受着这美景。车停在一处竖着“静雅别墅山庄”的牌子跟前，梁英俊隔着车窗伸头看，一排排别墅，一丛丛林荫，一束束花朵，环绕一座座高低起伏的山峦，真是个世外桃源，城市人消遣的居所，山里人向往的宫殿。

路边有几个村民，挑着山里自产的水果，站在别墅区外面。别墅区有电子眼监控，有保安看护，村民不能进去，别墅区门口挂着提示牌，闲人莫入，车辆凭卡出入。挑着担子的村民，个个鼓着嘴瞪着眼，朝别墅区里面一看再看，看见有人出来，赶紧挑着担子追到跟前，问要不要土特产，绿色食品，纯天然的。

梁英俊想起旧中国的大上海，外国人竖的那个招牌，华人与狗不能入内。解放了，人民翻身做主人，这主人跟主人的身份不同，谁是人谁是狗？有些人不像人，有些狗比人还通人性，谁想做人就做人，谁想做狗谁做狗，谁也管不了谁。

保安跟刘广打招呼，放车进去，梁英俊与小珍坐后排，小珍跟梁英俊说别墅区第二排是酒店，她进去过，那豪华、那气派，她也是第一次见。

刘广说，已联系一套别墅，平常别墅区不提供一天半天的服务，都是一住几天，也是因为跟别墅区的负责人熟，人家才行这个方便，待会儿去酒店吃饭，饭后再做打算。这儿有个小型歌厅，一个咖啡厅，东门有条路，直接上山有小亭，能在里面喝茶摸牌。省城老板有情调，专门有人在小亭子里搞茶道，各种各样的茶任你选，昨天随大堂弟的客人去品茶，在亭子里一品一个多小时，咱山里人谁懂那玩意儿，人家慢慢品，咱跟着一直看，看也看不出门道来，一小口茶，愣是要来回倒，真是磨性子。哥是不是对这些知道点儿？

梁英俊说，知道点儿，不精通，文化战线上的几个朋友爱品茶，跟人家品过几次，蛮有味道，不是说茶的味道，是说人，跟钓鱼一个样，修身养性。刘广说，哥也是个有情调的人，知道品茶钓鱼，修身养性，这些年小弟我只顾着赚钱，哪想过修身养性，看来以后也要跟着哥学习学习。

梁英俊说，我跟你一样是个大老粗，哪懂那些雅致的事，会挣钱就是本事，搞啥品茶钓鱼，上瘾了不能自拔，怕是到最后连品茶钓鱼的本钱也没有了。别学那些城市人，还是保持咱山里人的本色。山里人有山里人活法，城市人有城市人活法，不一个团体，不一个环境，虽然归属同一个国家，但心与心的距离远着呢，他瞧不起咱，咱也瞧不起他。咱挣他的钱，他在咱跟前挣个面子，各打各的算盘，别跟个假洋鬼子似的，丢山里人的脸。

哥说得极是，刘广说。他叫司机停车后，便下车，走进物业管理办公室，出来时拿了一串钥匙，叫司机朝左拐，又朝前走过两栋别墅，在角落处招呼司机把车停下来。

哥，就这套，先进去坐一会儿，看一看环境，再去酒店。

梁英俊跟在刘广身后，小珍跟在梁英俊身后，房门打开，梁英俊进去。这一进去，真叫梁英俊眼界大开。这哪是山窝，分明是英国伦敦，法国巴黎，美国洛杉矶，德国柏林。房间宽敞明亮不在话下，关键是房间那些摆设装饰，梁英俊这辈子都没亲眼见过，只在电视上见过。城市豪宅，国外别墅，都这般摆设。这哪是山窝人住的地方？山窝人谁住得起这地方？

乖乖，住一晚要多少钱？梁英俊忍不住好奇地问。

哥，你问多少钱干吗，反正又不叫你掏钱。要是想住，住一晚儿再回去，反正哥挂着没事干，住一晚享受一下。

住一晚？梁英俊思忖，真想住。谁不想住别墅？电视上那些有钱人坐在别墅区的后花园里，搭个遮阳伞，半躺在摇椅上，椅子一摇一晃，人跟着一摇一晃，就跟婴儿躺在摇篮里一样，嘴里哼着小曲，眼上罩个墨镜晒太阳，人家说那叫日光浴。梁英俊也喜欢那种悠闲，可惜没有那个外部条件。这会儿有这个外部条件，不用掏钱就能住别墅，享受一下又何妨碍？

梁英俊先前喜欢摆谱，装得自己就是个干干净净的红二代，总想叫人家说他就是黄继光邱少云，冲向敌人的英雄王成，显摆这些年有啥用？人家是事业高歌猛进，经济日新月异，家庭也是门内开花门外香，他却啥也没有。今天给个好机会，哪能白白送走，不如借此机会，好好享受享受。

梁英俊想着住上一晚，不由自主想到组织上，要是真在这里住一晚，会不会又惹出啥事来？梁英俊跟组织上表过态，严防糖衣炮弹的侵袭，这别墅区是不是糖衣炮弹？糖衣炮弹里有没有炸弹手榴弹？往回想，梁英俊又觉着住宿上的事组织上不会插手干涉，先前为住宾馆的事梁英俊跟主管局长说过，只要不跟女人胡混，组织上允许住宾馆。别墅区一个道理，也就为享受一下新生活，不是跟女人胡混，住一晚组织上也不会说啥。

那就住一晚？梁英俊禁不住诱惑，跟刘广说。

干脆住一晚，回去也在我那儿住，住哪儿都是住。刘广说。

住哪儿都是住，好地方总比赖地方强，住这里是享受，是领略一下生活，住刘广那里纯粹是找个住处。

刘广那家宾馆在县城也属于上档次的宾馆，但跟别墅区一比，就比出差距来了。真是山外有山，天外有天，梁英俊先前没想着还能享受高档次生活，进别墅区，才找出生活的差距来。梁英俊想自己充其量是活着，是个活人，来别墅区居住的人，不是活人是活神仙，不仅仅是活着，而是活出了生活质量来。

梁英俊心里真羡慕，又想起中意跟他说的百八十万。他梁英俊这辈子上哪里挣那些钱呢？挣不来，也就住不起这地方。今天有人请可以让他住在这里，不掏钱叫他享受生活，何乐而不为？总比眼巴巴看着要强得多。这会儿总的说来，口袋里是空的，但面子还实点儿，人家也是冲他梁英俊身后那个家族有面子，才不要钱叫他享受生活的。

人都禁不住诱惑，各方面诱惑。梁英俊先前有个朋友，为房子的事进了监狱，原因就是禁不住人家送给他两套房子的诱惑。那不是别墅，是两座三层小楼房，这里可是别墅区，在这里住一晚，纪检委找不到事，检察院找不到事，督察大队也找不到事。

梁英俊在屋里转一圈，饱一饱眼福，在房间里吃了几枚龙眼，喝了杯咖啡，又跟小珍讨教淋浴房的用法，如何播放音乐，如何打开彩灯，如何调试水龙头，是几个水眼喷洒，还是单洒。就一个淋浴房，叫他研究大半天，他没见过这么先进的淋浴房，人扣在罩子里，跟进到卡拉 OK 小包房一样，能听能唱，边冲澡边听边唱。

卧室里摆架自动按摩器，进口的，梁英俊看了半天也弄不出个所以然。小珍教他如何打开，如何定时，按摩哪个位置，打开哪个按钮。按摩器跟个活人似的，梁英俊躺在上面，小珍打开，他说按一按脖子，按摩器像只手，轻轻在他脖颈上左右按，旋转按，逆时针、顺时针按。乖乖，还真是身边有个机器人，有个百宝箱，想要啥就有啥，想咋享受就咋享受。

梁英俊又想着中意说的百八十万，不当警察，去挣那百八十万，有了百八十万，就能买套山里别墅，天天享受这样的生活。这样想，他又想到组织上，真要去挣这百八十万，组织上一挥手，一跺脚，你梁英俊不是进到监狱里，就是丢掉铁饭碗，又去哪里挣钱？县里有面子的人，都是排场人，排场人跟个公子哥儿似的，衣来伸手饭来张口，想啥啥都有。人家那些排场人，靠面子解决吃喝拉撒睡，你梁英俊在县里面子不算大，也算个有面子的人，今天就靠这面子，享受一下别墅区的待遇。

到了吃午饭时间，刘广带梁英俊进了酒店。小珍跟他说酒店很气派，他想象不出那个气派样，真一进去，那叫个气派呀，真气派呀，梁英俊又不知道该如何夸赞那种气派了。用啥词？一时半会想不起来，早年那个文学青年，在与岁月搏斗厮杀中，四分之一留给了酒精度数，四分之一留给了处世哲学，四分之一留给工作升迁，四分之一留给人情世故。

用啥词形容这奢华，这气派？梁英俊终于想到一个词：仙山琼阁。昔日文学青年，想一个词多难呀。

酒店里有许多城市人，城市人真跟昔日洋人进中国一样，摆着姿态，说着普通话，酒店服务员个个也像经过了城市修炼，神态姿势一看就是城市人。酒店里也有县里人过来消遣的，多是县里那些排场人。梁英俊平素不善接触人，排场人大多都知道他，不打交道知道大名。那些人跟刘广打招呼，见梁英俊在跟前，多是很意外地愣一愣，再冲他笑着说，所长有空进山了。刘广接话道，我俩老同学，进山里散散心。县里排场人受城市人影响，一会儿说当地话，一会儿说普通话，两种话掺和在一起，就成了地方普通话，听起来很像小品演员宋丹丹那一张口的腔调。

刘广订了一个四人小雅间，服务员进屋，穿着红色套裙，涂脂抹粉，青春靓丽，用普通话问道，喝什么茶？刘广说毛尖，最好的。对方又问泡一壶还是各泡一杯？刘广说各泡一杯。服务员将菜单递给刘广，刘广问梁英俊点啥菜？梁英俊叫刘广全权受理。刘广点六个热菜，四个凉菜，大酒店菜就是个摆设，样子好看分量少，跟人讲究外包装一样。这季节玉米新鲜，刘广吩咐服务员为每人打杯玉米汁，司机拿瓶五粮液来。先前说过，县里排场人请客，都喝老牌子酒。刘广打开酒说，按咱县里规矩，先吃一阵子再喝酒。梁英俊喜欢吃红烧肉，酒店里没这道菜，刘广为梁英俊特意点了一盘梅菜扣肉。梁英俊不喜欢虾，不喜欢螃蟹，刘广点了这两道菜，梁英俊跟小珍姑娘说他那份让给她，女孩子多吃海鲜补充蛋白质不增加脂肪。

四人吃了一阵子，服务员打开酒，拿走每人跟前的小盘子，换上干净盘子。刘广招呼服务员拿四个小型高脚杯，一杯能盛五钱酒。刘广说，杯子斟满，喝个满心满意。小珍轻言轻语道，俩哥在跟前，哪能叫小女子跟哥喝得一样多？刘广说，今天进山里，喝醉了，山风一吹，随风飞走。你不是说敬佩你这个哥，咋敬佩？喝酒表达敬佩心情，在俩哥跟前别拿小女子做理由，男女平等，一视同仁。

服务员为每人斟满杯，刘广说，先喝仨门酒，再说敬酒。四人喝三杯，再轮换敬酒。轮换碰酒，一瓶酒喝完，服务员端上滋补烩面。刘广说中午少喝点儿，留点儿空晚上喝，一会儿去小亭子里品茶摸牌。

梁英俊先前在王建党茶社赢了一下午，这会儿余兴未尽，说道，再摸最后一把，回县里不摸了，叫你嫂子知道又要找事。刘广说，远山远地，我们几个不说，嫂子咋会知道，山高皇帝远，你那个组织也看不见，想咋玩就咋玩。城市人摸牌，跟咱玩法不一样，各玩各的，互不干涉。

梁英俊心里那个舒坦呀，没有词可以形容出来。

离开酒店，朝别墅区东门走，走出东门，有条羊肠小路，山里这类羊肠小路多得是。可这条羊肠小路跟山路不一样，上面铺上鹅卵石，有图案造型。小路呈三十度慢坡向上，走一百多米，有一长方形亭子，百十米长，亭子里摆着许多木制桌子椅子，是山里农家做的木桌木椅，城市人在这里，说话不再压着舌，撇着腔，尽显普通话的美妙好听。

四人摆开战场，先喝铁观音，再喝毛尖，又喝普洱茶。人家城市人是品茶，这几个人是品味的，几局下来换一种茶，红茶绿茶喝个遍，梁英俊手里人民币也是多一会儿，少一会儿，等夕阳西下时，已是几摞子人民币摆在面前。

哥手气真好。刘广说。

哥看来要走财运，我仨愣是敌不过一个。小珍姑娘说。

司机不说话，这场合，司机有自知之明。

这里山清水秀有灵气，这一呼吸，灵气来啦。梁英俊说。

在茶社打麻将牌，哥也赢一下午，哥就是财运好。小珍姑娘说。

亏处有补嘛。梁英俊说，心里暖洋洋的。

日薄西山，打牌品茶的人陆陆续续走了，剩下的多是城市里的女人们，坐着闲聊。刘广问梁英俊，晚上去山里吃特色饭菜呢，还是去咖啡厅吃西餐？梁英俊说客随主便。

小珍说，先去西餐厅看看，不行再去特色店吃特色菜。

四人顺小路进入别墅区，朝左拐，再朝右，走到角落处，一栋独立小楼房，外刷绿粉，尖屋顶。四人走进咖啡厅，正是晚餐时间，咖啡厅不像酒店熙熙攘攘，两层房子，一层有四五群人，四人上二层，二层两群人，一群是两男两女，另一群是三口之家，孩子四五岁的样子，是个女孩儿，打扮得跟童话里小公主一样，说着娇滴滴的普通话，吃着披萨饼。

梁英俊不喜欢西餐，儿子临走前，他陪儿子去西餐厅，儿子吃得津津有味，他吃得直皱眉头。土生土长山里人，喜欢地方特色，那些洋食品一吃就恶心，梁英俊看了一圈说，吃西餐跟吃干粮一样，咬一口嚼半天，还是吃咱特色菜。仨人异口同声说，还是特色菜吃起来爽快。

四人走出咖啡厅，离开别墅区，门口有指示栏，栏里提示到哪里能玩，到哪里能吃能喝。四人站在指示栏跟前商量一阵子，决定去路东百十米远的那家山野菜馆。商量好，顺路边走不过二十分钟，就到了那家山野菜馆。说是馆还真像个馆，不是通常那种普通饭馆，带点儿艺术气息，房廊上有雕饰，房门中间镶着椭圆形镀金滚边，里面雕着龙凤吉祥图。馆子分前院后院，前院是餐厅，后院是歌厅，俩院间有条长走廊，走廊上雕着牡丹花、百灵鸟，象征丰收吉祥。服务员说着本地话，穿纯蓝色工作服。四人进了标着666的房间里，服务员拿过来菜单，刘广问梁英俊，梁英俊说你全权代理。刘广点了一罐子炖羊肉，一罐子黄焖鸡，一盘子山野菜，一盘子香椿炒鸡蛋，一盆子鲫鱼汤。山里特色菜都用盆盆罐罐装，几个菜占满桌，别看样数少，份量给得足，四人根本吃不完，等盆盆罐罐端上来，四人猛吃了一阵子。

中午一桌菜不实惠，不是为了填饱肚子，而是为了品味格调，四人早饿了。这才叫吃饭，肉不是一两块，是满盘子，鸡是山里土鸡，焖一锅；鱼，是水库放养的鱼，肉嫩味美；羊肉是从村民手里买过来的，不吃饲料只吃山里的草；山野菜叫雪里蕻，山里自然生长；香椿随吃随掐，从香椿树上掐下来用水冲干净，配上山里的柴鸡蛋，纯天然，原生态，全是绿色食品，不像酒店里那些桌上的菜，加个配菜做点缀，放点儿香菜做陪衬，一盘子菜可口的少，可看却不受吃。

司机从车上拿来两瓶五粮液酒，四人肚里有了支撑，开始商议喝酒的事。梁英俊说，你倒我倒喝不出气氛来，干脆猜拳喝，打通关，轮着谁谁打，这样热闹。

刘广说，小珍不会猜拳，委托梁英俊替她猜。

就这样，一不喝门酒，二不喝敬酒，直接猜拳。第一轮从梁英俊开始。梁英俊跟刘广猜两轮，一轮六杯，梁英俊喝五杯，刘广喝七杯。梁英俊跟小珍姑娘无法猜，各喝六杯算过，梁英俊跟司机猜拳，司机占了上风，梁英俊喝了七杯，司机喝了五杯。梁英俊通关结束，轮到刘广打通关，先从梁英俊开始，再是小珍姑娘，最后是司机，这一轮下来，刘广没输没赢。接下来轮到小珍姑娘，梁英俊替小珍姑娘打通关，先跟刘广猜拳，梁英俊赢了两杯，再跟司机猜拳，梁英俊又赢了两杯，小珍姑娘说梁英俊不自私，叫她少喝几杯酒。最后司机打通关，梁英俊逢自己打就输，替小珍姑娘打就赢，小珍姑娘连夸梁英俊，随时随地为他人着想。

你运气好，老天爷照顾美女，梁英俊说，心里牢记主管局长那些话，要经受住组织的严峻考验，不能在女人身上翻船。

这样四人轮番打通关，瓶里的酒剩个底。刘广说，反正晚上没啥事，再开一瓶吧，说着，又将另一瓶打开。刘广说，他输得不服气，再跟老同学打一轮。俩人又打一轮，各喝六杯。梁英俊喝到兴头上，说先前输给司机，再打一轮看能不能反败为胜。俩人打一轮，各喝六杯。小珍姑娘说，我不会猜拳，干脆揉个纸团猜有没有，再打一次通关。说着，小珍姑娘揉个纸团攥手里，开始猜手里有还是没有，打了一轮通关。刘广说，干脆共同参与猜纸团，猜有没有，有了喝几杯，没有喝几杯。这是县里酒桌上常玩的游戏，这样，四人轮流揉个纸团放手里，让对方猜有没有，左手有还是右手有。

猜纸团是个活跃气氛的游戏，四人笑得前仰后合，服务员在一旁跟着笑，这样喝酒，消磨时间，人不容易醉，等两瓶酒喝完，四个人还保持着良好状态。服务员端上手擀面，山里手擀面筋道，时间在消磨中过得飞快的，待四人酒足饭饱，已经到了晚上九点多，四人借着酒劲兴趣高，又进歌厅放了一阵子歌喉，把酒精从身体内排解掉。梁英俊跟小珍姑娘唱《东方之珠》，唱《敖包相会》，唱《知心爱人》，直唱得心醉魂迷，余音袅袅。

哥，真想不到，你嗓音这么好，业余歌唱家，跳一曲如何？小珍姑娘说。

跳一曲？梁英俊思忖，打死不跳，再跳就是跳进黄河里也洗不清。主管局长交代过，再不能跟女人搂搂抱抱，唱歌是声音交流，跳舞是肉体接触，肉体接触就有说不清的麻烦，跟谁解释？上次刘广也在，诗人、中意也在，都没解释清楚，小珍姑娘跟廖坚共有一个关系圈，跟小珍姑娘的关系要保持在不近不远，跟小珍姑娘的距离，要保持在四五米远，这样才安全保险。再说了，今天进山只为观赏风景，享受生活，不为享受女人，谁说没女人就不能享受生活？住别墅区也能满足欲望，人的欲望有许多种，女人只能算其中之一，不是全部，决不能因女人再惹事端。

这样想，梁英俊坚决拒绝小珍姑娘跳舞的请求，说跟不上节奏，担心踩着她，今天不想跳舞，当然，他没说不想跳舞的真正原因。

小珍姑娘跟刘广跳一曲，梁英俊想从俩人身上看到点儿啥关系，看来看去觉着不像主管局长说的那种关系。县里人爱造谣，一个年轻，一个有钱，正符合爱说闲话人的逻辑推理。

歌厅晚上十一点半关门，四人在关门前离开，踏着夜色，梁英俊度过精彩的一天。明儿干啥？他开始揣摩明天的行程，好好睡一觉，明天再说。

四人走进别墅区，别墅分两层，一层俩卧室，二层俩卧室，站在客厅，刘广问梁英俊怎么个睡法。

怎么个睡法？咱俩睡一楼，小珍跟司机在二楼各睡一个房间。

这次梁英俊态度坚决，没有犹豫。

小珍温柔地看他一眼，那一眼真叫梁英俊心软。不能心软，梁英俊提醒自己，心软意味着没主见，组织上交代过，一定要抵制糖衣炮弹，要经受住组织对你梁英俊的考验，才能有光辉灿烂的明天。梁英俊摆出拒腐蚀永不沾的架势，说完那句话就进了卫生间。

梁英俊脱光衣服扭开彩灯，将几个水眼全打开，水从水眼里直喷身上，彩灯在身上一闪一晃，淋浴头像个小喷泉，喷得梁英俊身心舒坦。他打开音乐，播放着流行歌曲，不会唱跟着溜，溜完一首溜下一首，溜得兴趣全无，将音响调到收音机上，调了几个频道，一个频道正播小品，将声音放大，听着小品时，他的嘴巴里还哼着《我们的生活比蜜甜》这首八十年代的歌。他想，生活究竟是个啥？生活就是水果蔬菜加苦瓜，清淡无味，没有滋味，想在生活上进一层，对不起，你挖我鼻子我抠你眼，目的就是相互踹，看谁踹得好，最后论成败。

早年那个文学青年梁英俊，拿一本主人公是保尔·柯察金的书揣在怀里，这踹跟揣不一样，一个踹出条光明路，一个揣出个好图画，梁英俊先前一直揣着好图画，这会儿见人家个个踹出光明路，梁英俊扔了图画，又想起百八十万来，依旧是先前怀里揣着的好图画。一个警察，不吃不喝也挣不到百八十万，图画中看不中用，跟人家看齐，想想如何踹出条光明路吧。

评比竞赛开始前，梁英俊相信副局长非他莫属，这会儿再想副局长的事，已经遥不可及了。他想，一个船去对岸，为啥半路我掉船，人家顺利到达彼岸？人家干啥都能干成，咱想干啥都干不成，谁来解我的梦？谁知道我的苦衷？

等着组织怜悯吧。不怪天来不怪地，怪只怪他梁英俊生性死筋，运气不济，关键时候不是举报，就是倒数第一，多亏组织上对他伸出了援助之手，他感谢组织对他的帮助关怀。

梁英俊要用行动验明正身，以回报组织上对他的恩情。他深入思考，深刻反省，自己身上还有哪些不足，还有哪些差距。组织上还没有最后拍板，说明组织上对他还是留有余地的，梁英俊要抱着对党的赤胆忠心，叫组织上对他彻底放心。毛主席去世前送给华国锋主席六个字——“你办事我放心”。梁英俊希望组织上能送给他七个字——“你是党的好同志”。组织上要是真送给他七个字，说明他梁英俊能重新回到党组织的怀抱里。梁英俊哼着党啊党啊，我亲爱的妈妈，用清水冲去身上的泡沫。

梁英俊擦干身子进卧室，沉沉睡去。

手机铃声将梁英俊从梦里惊醒，睁开眼，外面光线刺眼，他知道新的一天来临了。看到来电显示，梁英俊惊吓不小，急忙端坐在床上。

兔崽子，这会儿在哪儿？电话那头父亲的声音跟打冲锋枪似的。

在……梁英俊犹豫着是不是要说实话。

父亲问他是不是在山里别墅区。真想挨枪子儿是吗？在外胡混不回家，太不成体统了！快赶回来，回县委家属院。电话那头父亲没等梁英俊说话，就挂断电话。

父亲说回县委家属院，那是梁英俊父母家，父亲咋知道他在山里别墅区？梁英俊想着父亲的信息来源，难不成县里那几个排场人把他在山里的信息告诉给了父亲？或是真有人暗里监视他？和平年代，哪有特务间谍，就是监视，也监视个大人物，一个小萝卜头值得监视？这不是浪费国家资源是啥？

梁英俊想，父亲说他不成体统，不仅仅是跟着刘广在别墅区住一晚这么简单，肯定又把他跟小珍姑娘牵扯上了。这次来别墅区，他跟小珍姑娘连手都没碰过，跟小珍姑娘之间一直保持较远的距离。昨晚刘广跟小珍姑娘搂着跳舞，他跟小珍姑娘唱几首歌，唱歌的时候，他牢记着男女之间的距离，人家站在屏幕前，他拿着话筒坐在位置上，惹得人家总看他。

自从主管局长跟他谈过话后，对待女人，他退避三分，慎之又慎。这次住别墅区，不是因为小珍姑娘，而是经不住别墅区的诱惑。男人一不跟女人接触，二不搞娱乐，三不打牌喝酒，六根清净，活着只为工作，世上哪有这种男人？真有的话，不是男人是怪兽。他梁英俊是男人，不是怪兽，组织上不让他喜欢女人，没说不让他喜欢别墅，同学掏钱在别墅住一夜，纪检委能找啥事？检察院能找啥事？督察大队能找啥事？这下可好，家里人已经开始找事了。

人家排场人活得有滋有味，他想跟着人家开开眼界，学习人家如何混迹于社会的，就为这些不出格的事，组织上干涉，家里人干涉，难不成非要逼他走上绝路，像前段那个跳楼的警花一样，工作压力大，生活压力大，没有人及时开导帮助，一念之差跳楼自杀？共产党员跳楼，要是在“文化大革命”的时候，死有余辜，没人同情，说不准还给你扣上个人民叛徒的帽子，那样，就是跳楼，也是畏罪自杀，死得犹如粪土。

梁英俊越想越窝心，原本就是个胆小鬼，稍一放纵，竟闹出轩然大波，会不会真有人跟踪他？跟踪他究竟为那般？梁英俊想着进别墅区前前后后。先碰见县里几个排场人，进屋那会儿，刘广在前司机落后，他跟小珍姑娘一前一后，一前一后能有啥关系？

他梁英俊说没关系不算数，人家外人说有关系就是有关系。回去咋跟父母说？咋跟强势的老婆解释？父母知道他进别墅区的事，就肯定知道评比竞赛“三连冠”的事，知道抽调的事，会不会也知道他在酒吧跟阿娇吃饭喝酒那档子事？跟小珍姑娘唱歌跳舞那档子事？干脆跟老婆主动坦白这两宗不清不白的事，求得老婆理解原谅。

有啥可坦白呢？他梁英俊跟人家酒吧女老板又没发生啥不正当男女关系，当时那情景，就是喝个酒说个笑话，光天化日之下能干啥？又不是偷偷摸摸跟阿娇搞“地道战”。说他跟小珍姑娘搂搂抱抱，那些话更是胡说八道，他跟小珍姑娘之间，根本扯不上男女关系，搂是跳舞所需要的，怀抱小珍纯粹是个意外，跟老婆咋解释，这不是没事说出个事？有些事不是解释就能澄清的，言多必失，不解释。梁英俊感觉有双手在遏制他，他不知道是谁的手，那双手攥着他梁英俊的命脉。谁的手？谁的手？梁英俊在心里连连问着。

第二十章

梁英俊父母住在县委大院里，八十年代初期，县里为照顾有名望的老领导，在县委后院盖了两栋家属楼，房子算不上阔气，也是一种政治待遇。县里领导换了一茬又一茬，有人提出退休领导不能再住福利房了，可真要去落实，这茬领导不想管前茬的事，谁也不想得罪人。梁英俊父母虽说退休了，其兄梁英杰在县里也是个排场人，梁英俊那些表姐表弟、堂弟堂妹在县里也是声名显赫之人，两代人功绩整合起来，就应了长辈们说的那句话，前三十年看父爱子，后三十年看子敬父。梁英俊的父母就这样一直住在县委大院里。

梁英俊从别墅区赶回父母家时已到中午，在此之前他没跟刘广说父亲发脾气命令他回家的事，只说父亲叫他回家有急事。刘广是个灵性人，哪能猜不出他梁英俊火急火燎回家为啥事，只是不愿意揭梁英俊那块伤疤，所以揣着明白装糊涂。

梁英俊父母住二单元一楼，走到楼道口，就从窗口听见屋里隐隐约约的说话声。仔细听，是老婆在哭，哭着说着，听不清楚说些啥。梁英俊想，这一趟回来，不会少挨骂，一是老婆逞凶瞪眼，跟先前那般，先骂他工作上不努力，再骂他为人处世缺心眼，女人骂人爱翻老账，又要翻开那些陈谷子烂芝麻的小事来，最后会骂得他屁滚尿流，不敢抬头。

老婆骂完，母亲接着骂。母亲骂人跟老婆不一样，老婆是数落着梁英俊身上的致命缺点，母亲是恨铁不成钢。这次看情况是老婆回父母家搬救兵了。

梁英俊父亲不会跟母亲那般连哭带骂，父亲会手放在鼻子上哼一哼，开始跟梁英俊痛说革命史，从那个万恶的旧社会开始讲起，他如何小小年纪就投身革命队伍，跟着老同志，扛起枪来闹革命。那时候他人没枪托子高，意志却是泰山压顶不弯腰，要是没有老一辈抛头颅洒热血，哪有他梁英俊现在的幸福生活？梁英俊要珍惜这来之不易的好生活。

老婆一告状，父亲肯定知道抽调、举报信等一系列影响家族名誉的事，再对他梁英俊进行一番现实主义教育，叫他审时度势，为这个庞大家族，为他个人前途，要与时俱进，开拓进取，要敢于打破一个旧观念，创造一个新观念，力争做到青出于蓝而胜于蓝。

父亲大道理说完，家族的七大姑八大姨开始苦口婆心地引导他，说是引导，实则是对他梁英俊口诛笔伐，用认真的态度跟他说，家族一向推崇搞文斗不搞武斗，希望他洗耳恭听，不要将每个人的好心当作驴肝肺，当作耳旁风，应付了事。

这会儿，全屋子的人肯会定整理衣冠，理理头发，活动活动面部肌肉，整装待发，等待他这个不肖子孙进到房间里来，揭发他的罪状，痛斥他的罪行。想到这些，梁英俊有些害怕。

唉！事情弄到这地步，只能正面回应，谁叫你头脑简单，四肢发达。人家遇上事，跳出三界外，不在五行中，你倒好，遇事不假思索，不计后果，人家挖坑你跟着跳，人家游泳你跟着下河，全然不顾你不会游泳。难怪老婆常说，五十郎当一个人，混得上撑不起天，下立不住地，更不说顶天立地。

老婆说得很有道理，一个男人，不说为家族兴旺发达增砖添瓦，起码不能叫白发苍苍的父母担惊受怕，这会儿弄成个挂着的人，挂着你也不消停，跟俩女人弄出那些不清不白的事情。待会儿进屋里，任凭老婆埋怨，父母亲吹胡子瞪眼，家族每个人数落埋怨，一定要保持好态度，点头哈腰，赔礼道歉，好好解释跟俩女人不清不白的一桩冤案。

梁英俊这几天连着跟组织上解释，跟所有人解释，嘴巴忽然间长了豆芽子，说话脆蹦蹦的，再不是过去那个不爱说话的梁英俊，练就一副好嘴，逢人说话掂量再三，并且很会说些好听的话。

梁英俊进屋，听见老婆正数落他那些事，见他进屋就停了话头。梁英俊将屋里人一一过目，家族精英来了一半，规划局局长大堂弟，法院民事庭庭长是二堂弟，跟妻子一个行业做律师的堂妹，在政府任职的大表姐，审计局人事科长二表姐，俩做生意的姨家表弟。家族另一半核心人物，梁英俊的大哥及大嫂没在，梁英俊三表姐缺席，梁英俊的妹妹、妹夫在不在无关紧要，他们也没回来。

梁英俊眼神在老婆跟前驻足，老婆横眉冷对，眼珠子里跳出火焰来，似乎跟前站的不是梁英俊，而是地主恶霸胡汉三、南霸天。

梁英俊想，老婆已经知道他跟女人那些不清不白的事，父母从老婆那张嘴里，肯定也知道他梁英俊两天来所干的事。好在去别墅区是一群人，就是有个小珍姑娘，也不会怀疑他跟小珍姑娘有啥关系。梁英俊担心老婆说他进茶社的事，举报信老婆没看见，梁英俊想咋解释都行。前天晚上在茶社碰见老婆，他在前，阿娇紧紧跟着他，要是父母问他为啥带个女人去茶社，那可是解释不清的事，要是老婆揪住这件事做文章，跟他大吵大闹，他该如何收场？这可是往家族脸上扣屎盆子的事，影响家族每个人的声望和名誉，梁英俊哪敢掉以轻心呢。

梁英俊家族是县城赫赫有名的大家族，他是标准的红二代，父母虽说退下来，家族的红二代已经站起来了。在这里，先说屋里坐着的红二代，首屈一指的是梁英俊的大堂弟（他是梁英俊二叔的孩子，父辈中梁英俊的父亲为长子），他目前任县里规划局局长。

过去规划局在县里也是个不起眼的单位，近几年，随着房屋开发异常火爆，规划局渐渐成了个吃香的单位，大堂弟的名气随着房地产市场火爆起来，成了县里响当当的人物。梁英俊无论在啥场合，人家都会说，所长堂弟是规划局的局长。一个派出所所长在县里算得上排场人，名气大，但办不了实事，规划局局长能办实事，许多人想通过梁英俊跟他大堂弟套近乎，为这梁英俊得罪不少人。人家一找他，他就说，有事直接去单位找得了，这“得了”俩字，叫不少人背地骂他梁英俊是个死筋蛋，不近人情。前些日子梁英俊听老婆说大堂弟准备调整单位，说在一个单位时间长了，又是热门单位，弄不好会出事，挪挪窝，求平安。

梁英俊破两起大案后，县里局里说要考核提拔他，大堂弟吩咐梁英俊，这段日子一定要慎言从事，公安局副局长位置可不是谁想竞争就能竞争上的，竞争对手之间相互找事，你想扳倒我，我想扳倒你，就跟奥运会上争冠军一样，竞争的激烈程度可想而知。大堂弟顺带跟梁英俊说了一则提拔上的笑话，有个人在提拔的节骨眼上去趟厕所，回来后宣布的结果令他瞠目结舌。大堂弟说一泡尿叫希望成了泡影，他告诫梁英俊节骨眼上存在千变万化，要做到防患于未然。这会儿大堂弟深思熟虑的表情也说明这一点，他正为梁英俊想退路。梁英俊觉着大堂弟有先知先觉，他真就因为粗心大意，没有做到防患于未然，致使命运似乎要重新改写。

梁英俊的二堂弟是他二叔的孩子，叔伯之间关系好也使后代和睦相处。过去梁英俊跟他交往比较多，俩人同属于一个系统，二堂弟在法院工作，前年提拔为民事厅厅长，如果不出意外，会在过渡中稳稳当当地晋升为副院长。二堂弟在县里是小有名气的活络人，性格开朗，不拘小节，见谁都能聊成个兄弟。活络人吃油条，二堂弟自然是吃油条的。二堂弟已经知道梁英俊挂着的事，一个系统，坏消息就像长了翅膀。他对梁英俊有怨气带在脸上，也想数落梁英俊，又觉着俩长辈在跟前，另有二叔孩子比他大，当面数落伤面子，便露着眼神是想叫梁英俊去感悟。从小一起长大，彼此了解性情，梁英俊自然悟出堂弟对他的态度，只是装糊涂，这会儿他牢记郑板桥那句“难得糊涂”的名言。

梁英俊的堂妹跟大堂弟是亲兄妹，一个家族俩律师，一个是梁英俊的老婆，一个是堂妹，俩人时常和二堂弟切磋，律师在县里要风得风，要雨得雨，堂妹对梁英俊抱着以人为本的态度，加之女人那颗柔软的心，这会儿对梁英俊也是真同情，所以语气温和地跟梁英俊打招呼。堂妹的丈夫在部队，梁英俊老婆常夸堂妹找丈夫有眼力，是奔着后半生的幸福找，不是奔着前半生的生活找。堂妹是梁英俊父母跟前的小宠儿，梁英俊父母常夸堂妹为家族争面子，一个女人要干工作，还要带孩子，忙里忙外，真不容易。

梁英俊的父母时常提醒家族人要好好干，要赢得县城人的敬重，做生意的要有生意人的派头，做行政的要有行政人的稳重。

说起梁英俊这个显赫家族，不能不说梁英俊的仨表姐，仨表姐在县里都是赫赫有名的人尖子。前面说过，梁英俊大表姐在政府部门任职，二表姐任审计局人事科科长，这俩表姐虽说没有像三表姐那样在县里占据了重要位置，但这俩表姐的社会地位、社会威望毫不逊色于三表姐。在这个家族里，凡是家族的人都有家族的威严，这会儿这俩表姐摆着家族的威严，等待梁英俊给个合理满意的答案。

梁英俊面对俩表姐的正义凛然，想着如何讨得俩表姐的心欢。俩表姐要是原谅他，肯定会在老婆跟前给他好言，一群人若跟他斗，他就四面楚歌，难以对付了。老婆一个人跟他斗，身单力薄，力量悬殊。梁英俊要争取俩表姐，叫她们跟他结成统一战线。梁英俊鼓起“泡泡糖”，张开“蜜蜂嘴”，跟俩表姐说叫姐操心了。

梁英俊的俩姨家表弟，是县里商界名流，一个经营家电，一个搞装饰装修，因上一辈人积淀下来的人脉，因家族相互牵连出来的名气，生意异常红火，生意人不过问政治，只打听政治路线，俩表弟对梁英俊的态度不明朗，派出所所长这个官在家族里算不上啥官，梁英俊免不免职对俩表弟来说伤不了筋骨，平常也没依靠梁英俊扩大生意规模，现在他们在权衡，不愿说过火话，只起个配合作用，这样才能体现家族的精诚团结，才能共同对付梁英俊这个影响家族名誉的人，两人颇有点儿不达目的誓不罢休的架势。

梁英俊学习那些活络人，嘴里连说着对不起，说什么一大家子人为他操心了。父亲招呼他拿把椅子坐身边，先前家族人各忙各的事，梁英俊在家族里虽说没多大能耐，也不会招惹是非，哪料到在工作评比中惹出一连串事情来，梁英俊的父亲让他把事情的来龙去脉说清楚，他张开“蜜蜂嘴”，鼓起“泡泡糖”，心想，打死都不说跟女人的事，只说工作。他说起评比竞赛，局里定有规矩，三次倒数第一，所长免职。

梁英俊的父亲听他说三次倒数第一免职，整理了一下领口，这是父亲开始解决一件严肃事情的惯常动作，母亲在父亲整理衣领后发出啜泣，这也是母亲多年培养出来的怜子之心。

父亲问梁英俊的老婆，举报信的事究竟咋回事？梁英俊知道，一场斗私批修就要开始了。

梁英俊的老婆瞪着他，梁英俊急忙鼓起“泡泡糖”。老婆对“泡泡糖”不感兴趣，泪珠子从眼里流了出来，跟家族人说起举报信的事，说梁英俊搞女人的事，强调前天晚上在茶社她还碰见梁英俊带着女人去消遣，没说那么细，只说他跟女人有牵扯。

梁英俊老婆说，跟女人去茶社也算了，昨儿离开县城去山里别墅区，听人说，带着宾馆那个小姑娘，晚上睡在一个屋檐下，人家说，只看见他跟小姑娘一块儿进房间，进房间干啥，人家没看见，不敢乱说。我还想着他死筋，不会跟女人有啥事，哪想到他的胆子越练越胆大，敢跟别的女人住一个屋檐下，谁知道在一个屋檐下干些啥，这个家没法儿过了。

梁英俊老婆说到没法儿过时，泪珠子滴答滴答地满脸流。

梁英俊大堂弟看见这种情景，急忙跟梁英俊的老婆解释举报信上的事。说梁英俊就是吃了豹子胆，也不敢跟女人有牵连，梁英俊一个大男人，一个派出所长，在社会上混，啥人都要接触，跟女人接触在所难免，现今的女人又不是古代的女人，坐绣楼里不见人，现今的女人是半边天，参加社会活动，跟男人平分天下，男人跟女人接触无可厚非，接触并不说明就有男女关系。

前天我跟刘广一块儿上山，刘广说你把他从家里撵出去，他没地方去，才叫他去宾馆住。你说那个宾馆的小姑娘我知道，人家跟刘广有一层意思，跟梁英俊扯不上边，是刘广委托小姑娘照顾他，他是不想叫你生气才去宾馆住。要说昨儿去别墅区，刘广还不是想叫他出去散散心，小姑娘就是在一个屋檐下住，人家也不会跟他住，人家跟刘广好着呢，哪能看上他？

梁英俊二堂弟接着说，嫂子哪能相信举报信上那些事？说到男女关系上，我哥真是个清教徒，绝不近女色，酒吧的那个女老板，我跟她是老熟人，离婚单身，对哪个男人都是亲上加亲，人家为生意，不为男人。早先听说也要弄个政协委员呢，可不是那种只顾一日三餐，天天胡乱招摇的女人，人家有宏伟志向呢。

梁英俊大表姐在堂弟说完后接腔说，你是他老婆，关键时候应该相信他，外头看热闹的人正愁逮不住机会，这会儿怕是捂着嘴偷着乐呢。那些风言风语，也就是一阵秋风扫一地枯叶，大树稳着呢。我打听过了，抽调是临时的，等南水北调工程结束，县里要考核一批干部，年初县领导跟公安局领导表过态，准备考核提拔他，你是他老婆，关键时候要跟他步调一致才是，二人同心，其力断金，你就不明白这句话？

得着实底儿了？梁英俊的父亲问。

应该有把握。梁英俊大表姐说。

梁英俊的二表姐说，我也听朋友说，年底那事十拿九稳，举报信的事肯定是有人故意挤兑你，谁挤兑你心里要有数，不能叫人抓住把柄。

梁英俊老婆说，谁挤兑他？自作的，跟小姑娘唱歌跳舞，陪酒吧女老板喝酒，这事有人看见。大庭广众之下都敢跟女人搞那些，背着人不知道会干些啥？

梁英俊二表姐听到这些不乐意了，责怪梁英俊老婆不该在关键时候不信任他。二表姐说，夫妻要同心协力，不能为琐事影响家庭团结，她相信梁英俊不会搞女人。县里哪个男人不唱歌跳舞，喝酒打牌，要是男人不搞这些，说不准还在外包养女人，搞婚外情呢。县里谁不知道他梁英俊平常是个稀屎胆，哪敢跟女人胡来，顶多跟女人跳个舞。跟酒吧那个女老板，更不会有啥实质事，别小瞧那女人，人家跟的都是重量级的，能看上他这个小萝卜秧？

梁英俊二表姐凡事都能道出个理，明出个非，也是县城出了名的会来事的人事科长。她说，要消除举报信造成的不良影响，家族里的每个人要各尽所能，该出力出力，该找人找人，明着为他梁英俊，实际上也为整个家族，整个县城。

干脆说为整个全人类得了，不亏是人事科长，凡事都夸大。梁英俊堂妹插话，惹来一阵笑声，气氛缓和许多，梁英俊老婆听着，脸拉着。

梁英俊俩表弟只配合不说话，话由俩堂弟、俩表姐说，说到对梁英俊的考核提拔，梁英俊的大堂弟跟他父亲强调，梁英俊的事老人家放心，大哥、三表姐掌握大局，他和二堂弟、俩表姐掌握动向，提拔的事十拿九稳，不会抓瞎。

梁英俊父亲听着这些话，明白家族的下一代立足于社会已经形成庞大力量，便露出笑容跟梁英俊说，瞧瞧咱们家族里谁混得不排场，就你一个人落在后面，给家族拖了后腿，我孙子都比你争气，县里谁不夸我孙子，给家族人脸上贴了金。先不说有老一代奠定基础，起码一个院里长大的那些孩子也都混出了名堂，常联系都能相互照顾帮忙，平日就没见你跟先前院里那些孩子联系过，说是派出所忙，没时间联系，整天待在派出所，也没见待出个啥名堂，心思就没用到正道上。不联系以前玩伴也行，家里现成的榜样也该学些，偏就你自以为是，闭关自守，人家是道路越走越宽畅，你倒是进了死胡同，撞到南墙还愣神。现今谁不是寻找着机会，以便抓着机会，你倒好，给个机会偏躲过去，跟啥女人都交往。你就不想想一大家族人，在县里提起来谁不羡慕夸赞，偏你不合群。今天非从思想深处挖一挖，再这样下去，还不叫人笑话，道个长短。

梁英俊父亲喝口水，继续说，我们那个年代，为寻求真理抛头颁酒热血，而你生在和平年代，却是一个竞争激烈的年代，虽说人人都在为名利争夺，但是一个时代有一个时代的特征，现今讲究和谐，在和谐中寻求生存求发展。我们那个年代寻求真理要流血，要付出生命的代价，现在你们寻求真理要在和谐气氛里找真理所在，你是不是不明白这个理儿？

梁英俊父亲停顿一下，缓口气继续说，评比竞赛的事先不说，也不说举报信的事，相信你不敢跟女人胡来，下一步考核是大事，眼下进入了紧要关头，要多注意动向，把握好言行，争取跨上个新台阶。人要是没有信念，失去约束，就会随波逐流，好在你还能把握住大局方向，不至于借酒浇愁吧。

爸，您这是纵容他，他哪是借酒浇愁，他是借酒浇愁浇出花儿了。梁英俊老婆打断他父亲的话。

借酒浇愁浇出花儿？梁英俊思忖着这句话。

老婆说这话啥意思？做律师的老婆常用比喻来讽刺他，这会儿老婆口里说的花儿，自然跟女人有关连，说借酒浇愁浇出花儿，这朵花儿指的是谁？不是小珍姑娘而是酒吧女老板吧，老婆暗指他在酒吧跟阿娇吃饭喝酒的那件事。

梁英俊想，看来老婆是知道他在酒吧那件事，是谁跟老婆说的那件事呢？难道是中意这个小青年？梁英俊回忆那些片段，已经是记忆模糊了，理也理不清楚。当时他喝得昏昏沉沉的，有一点他记得清楚，阿娇那只手从桌上移下去，女人喝酒，把持不住，谁能说人家这是下流。

阿娇拉着他，这举动也好解释，人家是见过场面的女人，又是个狐媚女人，看他心情颓废，情绪低落，想找个动作逗一逗他，叫他摆脱烦恼，快乐生活。再说人家是个善解人意的女人，对他只是抱着人文关怀，抱着同情理解，真说人家故意勾引他，说他跟美人动手动脚，实体操作，实在是冤枉人家也冤枉了他。

真是人家阿娇对他有啥不良想法，不良意图，向他伸出了罪恶之手，那也不是他的错误，他是被动接受的，决不是主动伸手。在美人跟前，梁英俊虽说意志有些动摇，但最终还是保持清醒头脑，抵制了女人侵袭骚扰，没有被美人撂倒。

在美人跟前，梁英俊虽说心有点儿动，但绝对没有行动，当时那情景，他真该动一动，可以说是，不动白不动，动了也白动，不动不在情理之中，动了才符合人情。

县里有个活络人，老婆捉奸，时间错过去几分钟，俩人在一个屋里但死不承认，说是在商谈工作。事后人家说，就是上老虎凳，灌辣椒水，打死也不说跟女人的事。

梁英俊后悔得直咬牙，当时要是来个顺水行舟、不计后果，人家满意，他也舒服。怪只怪他顾虑再三，想得太多，好事没干成，落得一群人的埋怨，真冤，他梁英俊就是窦娥，真冤！

梁英俊跟老婆解释说，自己借酒浇愁倒是有，没浇花来也没浇果，就是把自己心花浇一浇，叫心花滋润一下，免得枯萎。梁英俊学老婆，用暗喻，用心花比喻评比竞赛带来的苦恼烦闷。

梁英俊老婆撇着嘴说，出去几天能耐见长啊，这张嘴能伸能缩了，要是在外住上半月，这张嘴就能卖老鼠药了，把我卖了，我可能还偷乐数钱呢。

梁英俊二堂弟接过话，嫂子别扯酒吧老板娘了，扯也是胡扯，当务之急要安内攘外，结束内战，等着县里考核提拔。

梁英俊母亲说，当着大家面立个保证，以后不准跟女人拉拉扯扯，撕扯不清。

梁英俊父亲说，女人就这本事，五十岁人当五岁养，立啥保证，当着家人表个态，关键时刻该咋做？

父亲这番话，说明斗私批修告一段落。

梁英俊急忙跟家族人做深刻表白。从年轻到现在，心里始终装着一个梦，那就是要学英雄王成，也时刻拿黄继光邱少云作榜样，对照自己的一言一行。虽说这次评比竞赛为何名落孙山，还没弄清楚一个所以然来，但正在积极努力，查找根源，一定会给家族人一个满意的答案。举报信纯粹是造谣诬陷，相信组织上一定会调查清楚的。去别墅区跟宾馆小姑娘根本没啥，一个屋檐下，人家在二楼，他在一楼。先前没有高楼大厦，一个屋檐下泛指一间屋子，现今几十层楼房也在一个屋檐下，不能说他跟女人一个屋檐下，就一定在一个屋里住。

这些天也在想，是不是水平太低，能力太差，交际面窄，本事不大？活了半辈子，还没弄清生活究竟为了啥？人跟人的关系究竟是啥？官位太小，挣钱太少，对不起家人，对不起领导，昨儿差点儿学跳楼的警花，要不是紧要关头想到儿子，想到这个赫赫有名的家族，说不准这会儿就躺在殡仪馆的玻璃罩里呢，说这些绝不是玩笑话，我曾经有过这样的想法。我眼下正在寻找工作上的不足，生活上的差异，不是不努力，是努力了成效不显著，给我一段时间，肯定会有转变的。

梁英俊说到最后，露出沮丧的表情。

梁英俊父亲听他说着那些知错就改的话，见他一副垂头丧气落魄样，知道他心里不好受。说道，不是家里人不相信你，人家说得有鼻子有眼，你叫家里人咋信你？人家证人拿着证据反映你，你要拿出诚意跟单位解释清楚，免得人家误会你。

梁英俊真想学那些叫屈诉冤的人，双腿跪地，两手拍腿，一把鼻涕一把泪，嘴里叫着冤枉呀，大爷，大叔，大姨，大姑，都来听听我受的冤屈吧……

梁英俊从来没跟女人有过那么一腿，为啥总要把他跟女人扯在一起？为了他跟俩女人那些不清不白的关系，组织上始终对他抱有半信半疑的态度，他恨不得去医院把命根子报废了，以澄清自己除了老婆没有别的女人。

县里人爱议论男人跟女人之间的桃色新闻，越传越悬，越传越真，像是俩人睡觉说的私房话也听见过，非让人家闹得家庭不和，鸡犬不宁才算罢休。工作上的事已经叫梁英俊身心疲惫，这下可好，家族人都知道举报信的事，肯定全县人民也会知道举报信的事情，作为桃色新闻的主角，梁英俊很快会在县里声名鹊起，男人女人们坐在湍河岸边，打着麻将嗑着瓜子，相互问道，知道吗？派出所所长梁英俊搞女人，还搞了俩女人，被老婆赶出家门了，正在接受组织上调查呢。这叫他梁英俊今后有何脸面见人？

针对纷纷扰扰的女人事件，梁英俊跟家族人发誓赌咒，积极表态，详细解释，言辞激烈。他说，不敢跟女人有啥事，一怕老婆收拾他，二怕父亲一枪崩了他，三怕单位开除他。工作上的事，都是自己的失误，造成一再被动，以此为鉴，以后会弄出名堂，没有条件，创造条件，争取下半年考核提拔。

梁英俊父亲听着，满意地点头。梁英俊大堂弟问他，是不是去下基层送温暖领导小组的第二天，响应县里号召，给一个没父母的小青年送了温暖？县里正在收集下基层送温暖的典型经验，有空写个总结材料，下步考核也算个政绩拿出来考量。

梁英俊想，也真是个好主意。县里有个活络人，抽到县里一个临时机构里，谁知道人家搞出一套好典型，临时活动一结束，县领导在大会上表彰嘉奖，没过三个月，人家就被顺利提拔了。

看来凡事只要往境界上一靠，就能靠出一个先进典型来。梁英俊先前哪想过搞这些？先前只想着凡事做好就行，对得起良心就行，看来光有这些还不行，水往低处流，人往高处走，早起的鸟儿有虫吃，早起的虫儿被鸟吃，要一分为二看问题，做复合型人才。只有这样的人，做啥事才能做得一鸣惊人，一炮打响，不是表彰，就是嘉奖。

光靠破案管屁用，年初他梁英俊连破两起命案，为那两起命案，他梁英俊一天休息三小时，三天只吃两顿饭，夜不能寐，日夜奋战，速战速决，很快侦破，结果表扬一阵子，冷落半辈子。社会快速发展了，你却停留不前。

梁英俊跟大堂弟说，哥是低调得死筋，小弟是活络得低调，小弟放心，等抽调一结束，一定写一份感人至深的典型材料，交给领导。

梁英俊父亲再跟他强调，考核前再不能出一点儿纰漏，思想上要保持高度警惕，做到万无一失。梁英俊父亲清了清嗓子，意味着这场斗私批修就要结束了。

梁英俊母亲带着埋怨说他老婆，这件事到此为止，今天是为了你，这会儿委屈也道了，气也替你出了，小两口别再闹别扭。在你跟前他就是个天蓬元帅，不说你比他本事大，比他有能耐，单说挣钱吃饭那张嘴，他也不是你的对手，今天你大哥、三表姐在县里开会走不开，大嫂忙得脱不开身，要不是你哭天抹泪，也不会叫这几个孩子回来，撵他走也是你的不对，真有事，也是你把他往外推，推出来的事。

父亲接着说，今晚叫他回去住，你撵他出去，不住宾馆住哪里？这不是明摆着创造条件推他走歪路。夫妻俩为一两句话抬杠很正常，别老抓着不放，你是个明智的人，给他台阶叫他下来算了。

大堂弟说，等事情有了眉目，回来喝大伯珍藏的茅台酒共同庆贺一下。

二堂弟说，人呀，谁没有愚公移山精神呢？看你如何发扬愚公移山的精神，重要的是方法手段的问题。

大表姐说，这件事充分说明，蛮干等于没干，有勇无谋，不是好汉。

二表姐说，吸取教训，以后会有好的发展。

梁英俊经家族人这个一鼓励，那个一认可，很快诞生出谦虚谨慎，戒骄戒躁的好思想。他梁英俊要从灵魂深处继续深挖不健康的思想，继续改造，叫思想跟上形势，一天一个新变化，一天一个新起色。经过深挖深查，梁英俊觉着自己还不够完善，还有个人小私利，心头还因评比竞赛产生不满，对俩女人心里多少有那么一丝好感，一丝牵连，这些还需要从灵魂深处改正。

梁英俊跟家族人表态，他梁英俊以后会不断完善自己，江山如此多娇，引无数英雄竞折腰，风流人物，还看今朝，他梁英俊要做新时代英雄，做引领时代潮流的风流人物。

家族人见梁英俊表态表得气壮山河，认罪认得痛心疾首，跟他说，事情过去了，以后注意就行。

梁英俊还想跟家族人表达没有表达出来的真实想法，从今天开始，过去那个梁英俊死了，新的一个梁英俊站了起来，他梁英俊从今以后，要跟家族人保持步调一致，做个紧跟时代潮流的弄潮儿。

梁英俊正要表达这些想法，内勤打来电话，一对老年夫妻去派出所报案，值班民警正做记录，报案女方可能因心肌梗死突然死亡，内勤叫他立即回去。

梁英俊担心家族人知道新情况，面上装得很平静，心里七上八下，不清楚究竟发生啥事情，会不会是内勤说假话，好端端一个人，咋会为报案死在派出所呢，这理儿到哪里都说不通，肯定又要闹出啥乱子来，弄不好当事人会围攻派出所。

命运之神真混账，总跟他梁英俊过不去，才跟家族人解释清楚，换来了家族人的信任，还没缓口气，报案人却死在派出所。人一倒霉，喝凉水都会噎着，这件事如何跟社会交代，跟百姓交代，跟网友交代，跟记者交代，跟领导交代，跟家族人交代？当然，还有随之而来的纪检、督察、检察院、上级部门……梁英俊提醒自己，关键时候，一定保持冷静，先回所里探个究竟，命运之神步步紧逼，梁英俊有些不祥的预感。

第二十一章

梁英俊匆匆离开家，一路上想着人怎么会死在派出所里。这一死，会给他带来啥后果？在社会上会造成啥恶劣影响？那些影响带来的直接后果是梁英俊被罢免，弄不好被辞退，老婆会跟他离婚，他的命运跟董贤明那样被重新改写。

命运之神欺软怕硬，尽欺负善良老实人，先还想着明哲保身，但求无过，顺利地再跨上一个台阶。哪想到，越想做得尽善尽美，命运之神越是捉弄自己，叫梁英俊无还手之力。该咋办？是逢山开路，遇水搭桥，还是任人宰割，束手就擒？

哪能束手就擒？你梁英俊行为端正，处事光明，心里那杆秤公平，不做亏心事，不怕鬼敲门，身正不怕影子斜，还怕那妖魔鬼怪肆意横行？梁英俊平静下来，打电话详细询问事情的来龙去脉。

内勤说不存在刑讯逼供，不存在恐吓威胁，属于偏巧在派出所里犯了病，没有谁规定，心脏病人必须在哪里犯病，只不过死者犯病场所属于特殊场所，是在报案过程中，当时她正在接受民警的询问。

有没有被吓着的可能？梁英俊电话里问内勤。

内勤说，就是没见过警察，也不止于被警服吓着，她是报案人，不是犯罪嫌疑人，就是态度再不好，我们也不会对报案人耍特权。她病犯得太突然，没来得及录像，男人这会儿在所里，想对我们翻脸，我们越哄，他越有上头的架势，只能任他翻脸。来报案那会儿，他还是一副可怜相，可能是他明白老伴儿死在这里，所里无法解释清楚，就上脸了。内勤在电话里催梁英俊赶紧回所里，死者家属有闹事迹象。

人毕竟死了，不能说过激的话伤害死者家属，尽量稳定他的情绪。梁英俊电话里跟内勤交代，心里想，这是他当警察二十来年，碰上的最为蹊跷的事，他不相信，社会上也不会有人相信老太太是意外死亡，肯定会怀疑派出所欺上瞒下，伪造事实，逃避处理。

报案人无故死在派出所，谁相信？新闻部门不信，网民不信，百姓不信，上级不信，连各兄弟派出所也不会信。由此说来，家族人不会信，老婆不会信，有谁能信？看来这回真要大动干戈了，领导、纪检、督察……全部出动，电视台、报纸、网站……所有媒体争相报道，直至事件结束，死者家属得到个满意结果为止。

梁英俊悲观绝望，精神彻底崩溃，脑袋跟个弹簧似的，膨胀开来，一阵眩晕。这些天，他时不时眩晕，他真想学那些半身不遂的警察，嘴歪眼斜，拄着拐杖，走路一瘸一拐，这样就不用上班了，不用为案件操心，为人际关系操心，熬一天算一天，那也是一种安逸生活。

眼下他活得不能说健康，只能算是亚健康，高血压、脂肪肝，各种潜在危险随时有可能发生，但总不能还没有嘴歪眼斜，就跟组织上说自己中风，那是消极怠工。只要看上去是个健全的人，就要为党尽忠。

梁英俊想着这件蹊跷事该如何处理，这几天脑子那根弦绷得太紧了，一想事情头就疼，就眩晕，不想又不行，事情摆在跟前，又是急事，难以把握的事，他想，先跟主管局长打电话汇报，这件事他一个人处理不了。

主管局长说，已知道这件事，正在所里等他。梁英俊从出租车上下来，走到派出所门口，见所里有人争吵，他走到主管局长跟前，廖坚也在，廖坚跟他说，主管局长担心家属闹事，叫他带人过来增援。

这时候，一个五十开外的男人豁着嗓子跟一个穿警服的年轻民警磨牙斗嘴，年长的因情绪原因手指头不时戳到民警脸上，民警躲闪着跟他争辩，没有丝毫表现出理亏。梁英俊从年轻民警的表情上分析判断，内勤没说瞎话，死者没有遭遇任何外界暴力，属于病发突然，自然死亡。

梁英俊走过去，跟死者家属摆明身份，又强调了主管局长的身份，死者家属知道了对方是派出所所长，身边站着的是主管局长，就不再跟小民警争吵了。他到主管局长身边，诉说老婆死亡的经过，一口咬定是民警恐吓造成了老婆死亡。小民警抱着冤屈说自己正做记录，女方突然倒地，他急忙拨了“120”，医生检查是突发心肌梗死死亡的，小民警说不相信可以跟医生联系，当时所里另有俩传唤人可以作证、内勤及值班民警在此之前一直跟死者家属交涉，死者家属声称一定要讨个说法，一定要派出所赔偿他十万元，小民警拿上祖宗八辈子赌咒，要是碰女方一指头，说一句恐吓的话，家族人不得好死。

年轻民警说着说着，因委屈哭得越来越凶，死者家属因伤心还带着个人的目的，哭声一浪高过一浪。死者家属通过手机，很快将信息传递出去，不到半小时的工夫，派出所进进出出的人已造成水泄不通的局面。

梁英俊这些日子一直为工作上一拨一拨的杂事操心，加之这些日子精神上遭受了前所未有的打击，想等事情弄明白再给死者家属一个合理解释。

死者家属见梁英俊始终不开腔，也不承认错误，赔礼道歉，就把主管局长当作救命恩人，一会儿声泪俱下，一会儿讨价还价，拉着主管局长，声讨派出所民警种种劣迹。男方召集来的喜欢凑热闹的亲朋好友，跟着他声讨民警的种种不是，所有值班民警很快产生了自救的想法，不再是先前一个劲儿替小民警辩护，人人自危，小民警无法掌握事态进展，判断不出利弊，也不再信誓旦旦，而是低声啜泣，廖坚跟死者家属好言相劝，说事实会弄清楚的，不会冤枉好人，也不会漏掉坏人，廖坚这会儿对梁英俊非常同情，甚至担心梁英俊因这件事受牵连，被罢免、被辞退。

人往往就是这样，喝几场酒，模几把牌，交往过几次，很有可能从路人变为友人，梁英俊跟廖坚就是这情形，先前谁也懒得搭理谁，自评比竞赛这件事俩人有了牵连，喝酒，聊生活上的事，这一聊，聊成自己人，紧要关头，廖坚带人马增援，梁英俊感激涕零，这真是兄弟情，战友情，这情谊。梁英俊今生今世，不会忘记的。

死者家属要梁英俊给他一个合理答案，梁英俊只思忖，不表态。凭以往工作经验，梁英俊分析对方意图是想敲诈派出所，叫派出所拿钱消灾。主管局长抱着息事宁人态度一直在做工作，跟死者家属商量，先把死者送火葬场保存尸体，会给死者一个公平合理的解决方案。

时间在主管局长跟死者家属几个回合的交谈中过得很快，天黑下来了，死者那些亲朋好友露出倦意，主管局长一再表态会有个圆满结果的，先让死者暂时有个安息的去处。

死者家属说，要在派出所门口设个临时灵堂，等事情处理后再去火葬场。前些日子有个死者的家属把尸体放公安局的大门口，并摆设了灵堂，死者家属亲戚披麻戴孝，事情解决后才把尸体拉走。死者家属说，俺不在公安局设灵堂，不影响局里办公，冤有头债有主，俺在派出所设灵堂，啥时候事情圆满解决，啥时候尸体拉走火化。

梁英俊听死者家属说要在派出所设灵堂，怒发冲冠，火冒三丈，瞪起那双黑芝麻眼跟死者家属说，你敢，要是不把尸体拉走，就是把我辞退也休想得到一分钱，不信你瞧瞧，你这是违法的，知道吗！

梁英俊跟死者家属相互僵持着，人群里有人说梁英俊算不上人民警察，不为人民群众着想，眼看人死了，死者家属说几句牢骚话，派出所所长就伸胳膊瞪眼。

梁英俊说对方是人民中的败类，是打着人民旗号干非人民的勾当。

死者家属说梁英俊不像警察，一点儿觉悟都没有，人都死了还为钱计较。

梁英俊说，钱的事不是给不给的问题，是有没有的问题，要是换上他梁英俊是比尔·盖茨，别说十万，一千万也给，是无私赞助、无私奉献。

梁英俊这时候完全忘记灵魂深处查找纠错的事，带着山里土霸王那种愣的怕横的，横的怕不要命的态度，完全没有平常那种遇事沉着冷静的态度，双方就这样僵持着，互不相让。

那群人愣是被梁英俊那种天不怕地不怕的架势给弄得不知所措，加之主管局长从中调停，廖坚也将平常类似案例的处理方案摆出来，供死者家属及亲朋好友参考，梁英俊听廖坚心平气和地跟死者家属说着以往那些案例，不由心生感慨。

人跟人是有差距的，看人家廖坚那胸怀，那境界，紧要关头慢条斯理，不慌不忙，镇静自如，泰然处之。哪像你，暴跳如雷，火冒三丈。死者家属正在气头上，说几句牢骚话也很正常，你没有人家廖坚处事稳当。为个评比竞赛名次排列，你跟人家廖坚掐来算去，制定啥“廖坚因素”。人家不计前嫌，急人所急，想人所想，关键时刻，挺身而出，顾全大局，以人为本，帮你梁英俊解围救急，多好的一位兄弟啊！以后再不能只想着自己，以后要把廖坚当作真正的好兄弟。

死者家属跟亲戚嘀咕一阵子，最后同意将尸体送火葬场保存。

第二天，整座县城都在传这个蹊跷事，所有人都怀疑梁英俊的派出所里出了鬼，更有甚者，一些算卦的、抽签的来派出所凑热闹，说这个地方真有鬼，连报案都能报出人命来。

梁英俊稍事休整，开始接待报社记者、上级部门、所有职能部门的调查，所有人劝梁英俊跟死者家属协商，给予物质补偿，息事宁人。梁英俊偏不采纳那些意见，他想，干脆召集记者，召集网友，召集部分群众代表，在派出所开个记者招待会，把情况公之于众，好洗清派出所遭受的冤屈。

梁英俊将这一想法跟主管局长汇报，主管局长跟局长汇报，局长跟县领导汇报，最终同意梁英俊的作法。

事件发生后的第三天下午，新闻通气会在派出所举行，梁英俊作为一所之长，在许多闪光灯的照射下，将事件作了详细的汇报。

梁英俊说，这件事可以让记者在大报小报上报道，网民在网上、微博上、QQ空间里、微信里充分发表意见看法，让群众百姓深入所里获取准确信息。梁英俊说，对死者表示哀悼，为死者家属遭遇的不幸表示同情，出于人道主义，派出所可以帮助死者家属料理后事。

会后，报刊上、网络上、个人微博上，出现大量这样的报道，一报案女性，因心脏病突发在派出所死亡。当然，也有少数人提出质疑，虽是质疑，语言不过分也不过激。

梁英俊通过这件事明白，记者也好，网民也好，群众也好，只要及时通气，及时将事件的前因后果说清楚，广大群众是会给予一个公正合理的说法的。虽然，恶某种程度上能抑制善，但取代不了善，大众的眼睛是雪亮的，人民群众才是创造生活的主力军。

这件事情发生后的第四天，新任局长带梁英俊去了上级机关，上级主管领导要亲自听取梁英俊的汇报。

先前梁英俊跟上级各个业务部门打过交道，但没有接触过上级主管领导，上级主管领导下基层检查，都是局里领导陪同，一般抽几个派出所看看，检查时多是一问一答的形式，问完答完，鼓励几句，就离开派出所了，梁英俊只能盯着车屁股多看一眼。如今，为了这件蹊跷事情，梁英俊有幸跟上级主管领导当面汇报。

上级主管领导首先告诫梁英俊要充分认识事态的严重性，要善于承担责任，勇于认识到自己思想深处为人民服务的意识淡薄，针对这件事，决不能给大局带来不良影响，该承担的责任必须承担，要顾全大局。

梁英俊从上级主管领导的话里，听明白了领导的意图。不过，梁英俊是个死筋蛋，他还要坚持自己的观点，他跟上级主管领导说了这样的话：一是死者的死跟派出所无关；二是出于人道主义可以出点儿丧葬费，但数额有限；三是这件事派出所及他个人没有任何过错，不会接受组织上的批评处理。

大众的眼睛是雪亮的，人民群众才是创造生活的主力军。梁英俊就这样强调着自己的观点。

上级主管领导听完梁英俊这番话，脸上明显不悦，却还保持着领导者的优雅风范，他告诉梁英俊应当对上尊重，对下体恤，在老百姓跟前，充分体现人民警察宽广胸襟。作为人民警察，要摆出诚恳的态度，耐心地帮死者家属做善后工作，只有这样才能不断进步。

上级主管领导摆出现实生活中许多事例，训诫梁英俊做人该做怎样的人。梁英俊偶尔插几句话，总被上级主管领导强硬的态度压了下来。新任局长偶尔插话，也完全是为梁英俊包揽责任，梁英俊因为没有接触上级主管领导的经验，这会儿不知所措，他想走，又不知道该不该走，走了好不好，走了领导会不会生气。

梁英俊看着新任局长，他摆着维护安定团结的平和面孔。

在拜见上级主管领导之前，新任局长叮嘱过梁英俊，要端正态度，提高思想觉悟，上级主管领导说过，基层民警素质不高，见了上级主管领导，一定要让基层民警的形象高大起来。

梁英俊寻思上级主管领导的那些话，再寻思死者家属跟他说的那番对话，心里骂上级主管领导说话不切合实际。基层百姓跟基层警察的素质水平都在一个层面上，要是基层警察天天一张嘴就来一句 Yes，No，基层百姓会骂他是个二百五，天天咒着他爷死。基层警察要跟基层百姓心连心，就要做到一个素质一个水平，他说你笨蛋，你说他二百五。要是他说你笨蛋，你说 Yes，No，他会接着骂你一句二百五。上级主管领导哪知道基层警察的遭遇苦衷呢？随他说去，只听不辩，梁英俊采取迂回法，耐心听不说话。

上级主管领导继续讲那些革命道理，他并不喜欢梁英俊，因地位悬殊，不便明确表示。又因国家赋予他神圣的权力，他又是经过党多年培养，具备极高的政治理论知识和业务素质，梁英俊只能耐着性子倾听。

上级主管领导跟梁英俊和新任局长说，这件事也算给梁英俊一个表现机会，只要把事情处理好，没有带来不良的社会影响，就不给他处分。

新任局长跟上级主管领导表态，所有责任自己承担，以后要严防这类事情的发生。

上级主管领导见新任局长脸上摆着执法必严，违法必究的诚恳态度，梁英俊一言不发，洗耳恭听，满意地说相信这件事会得到圆满解决。这句话意味着这次高端谈话结束，新任局长带着梁英俊离开上级主管领导的办公室。

奶奶的，免就免吧，有啥大不了的，咋处理都行。梁英俊走出办公大楼时说。

新任局长没应腔，先前说过，他是非常注意安定团结的。

这时候梁英俊已从灵魂深处查找落后原因，意识到不能再像先前那样说牢骚话，急忙补充说，他还是放松了从思想上的改造。

新任局长说，发牢骚行，不能在上级领导跟前发牢骚，不能在社会上的人跟前发牢骚，不能在同事跟前发牢骚，牢骚只能对着家人发，要是没选准场合，没选对人，到头来引祸上身。

梁英俊想，家里那个强势老婆凶得撵上孙二娘，天天跟他发牢骚，他哪敢跟老婆发？以后有牢骚就憋心里，自己找机会自我排解吧。如何排解？唱歌跳舞，喝酒摸牌，不行，跟组织上表过态，这些事情少去做，做了容易惹麻烦。以后钓鱼，局里有个副局长喜欢钓鱼，夏天晒成个非洲人，冬天冻成个木乃伊。他问过副局长，副局长说钓鱼的时候啥都忘了。以后自己跟副局长一块儿钓鱼，俩男人，钓上来的是鲤鱼，不是美人鱼，看谁说闲话。

梁英俊自打拜见了上级主管领导后，琢磨着这次会面，从上级主管领导身上发现了闪光点。他已经善于思索，善于总结，也善于归纳问题了。

梁英俊的思想上还真上了一个新台阶，对上下级关系有了新的认识，一定程度上明白人民警察不仅要树立为人民服务的正确思想，还要真正提高掌握尊重领导，体恤下属的认识。

梁英俊从素质上对自己提出新的要求，以后不再说那句“奶奶的”，他觉着人民警察咋能那样粗鲁，更何况自己是生在新社会，长在红旗下的人民警察，又是专业学校毕业的大学生，更不能说那句没有水准的口头禅，以后想说奶奶的时，就说No，这样显得有水准。通过这次跟上级主管领导的接触，梁英俊思想境界达到了一个质的飞跃。

梁英俊回到派出所，心里揣摩如何跟死者家属沟通的事。

先前梁英俊不善言谈，不善言谈是他的致命弱点，他要向那些演说家学习，把青蛙说成蟾蜍，毒蛇说成泥鳅，蜗牛说成甲壳虫，蜻蜓说成蝴蝶翩翩行。人要不断学习，才能不断进步，这是上级主管领导跟他说过的话。

梁英俊约见死者家属，要跟死者家属来一次推心置腹的交谈。

他跟死者家属说，从解放初期到“文化大革命”，到改革开放，再到社会繁荣发展，人民警察与老百姓的关系经过几十年的风雨历程，经得起老百姓的考验。地震、海啸、泥石流这些自然灾害中，到处都能看到人民警察的身影。交警天天在太阳底下挥汗如雨，刑警为案件侦破日夜忙碌，治安民警为社会治安东奔西走，派出所民警不仅仅为维持一方安宁操心，而且啥瓷器活都揽，啥脏活累活都干。警察这一职业，用个不恰当的比喻，就是个包子，素的、肉的，啥馅都有，皮要把这些馅包好，包出好的香的包子来。梁英俊说，你想想，多不容易。

死者家属听得两眼发愣，表情激动。梁英俊这番比喻形象生动，深深打动了死者家属的心灵。他深有感触地跟梁英俊说，听您一席话，感觉一下子把警民之间的距离拉近了，我也在所长辖区住，所长不一定记得，四年前，我开家副食店，有几个小混混喝醉了去店里要这要那，还是所长去帮我解决了那件事。先前是我个人私心作怪，觉着警察爱耍特权，对群众脸色难看，办事拖拉，这会儿想来警察也不容易。所长比喻得形象生动，我就是那些包子馅，所长要包容我，把我加工成好的香的肉包子。这次真要感谢所长了，要不是所长教育，先前哪知道那些法律规定呢。

死者家属说着包子的事，并表示以后要做个优质肉包子，不做臭包子，不但自己要做优质肉包子，还要带着全家人、亲戚朋友都做优质肉包子，不辜负梁所长的一片苦心。

梁英俊见死者家属态度转变得很快，为了让死者家属从灵魂深处对人民警察产生深厚的感情，梁英俊举一反三，拿出许多警民鱼水情的感人故事，只说得死者家属内心感动泪两行，无言以对。

梁英俊那张嘴，不是笨嘴拙舌，是鹦鹉嘴，弹簧舌，一句一个感人的词，巧妙运用比喻，说品行坏的人，犹如脚底下埋的一个地雷，随时能将人炸得体无完肤。品行好的人，则犹如寒冬里那株梅花，在冰雪中绽放，为人增添心灵上的温暖。

死者家属原本想鼓动不明真相的人摇旗呐喊，经过梁英俊一番又一番苦口婆心的沟通疏导，死者家属那颗冰冻三尺的心，竟然被梁英俊感人肺腑的话给融化了，声称给适量丧葬费，这件事不再追究了。死者家属还跟梁英俊坦白先前那些诡计与陷害，请求梁英俊原谅。俩人这会儿相互体谅，相互尊重，把警民鱼水情发挥得感人至深。

梁英俊在跟死者家属做推心置腹交谈时这样说：不工作、不穿警服他也是百姓，跟所有百姓一样有脆弱的心灵需要呵护，死者家属先前那些行为明显属于敲诈，人民警察应该执法如山。这次要是赔偿钱财，一则派出所平日里连经费都捉襟见肘，根本拿不出那么多钱；二则要证明死者的确属于派出所工作失误造成死亡；三则若真这样进行高额赔偿，他梁英俊就不是坚持实事求是，而是纵容社会上不良风气，往严重处说是纵容敲诈犯罪，这不是一名优秀警察应有的作为；四则他梁英俊想树立人民警察的正面形象，你拿人民这个词相要挟，本人理解人民就是劳苦大众的统称，要真是这样的话，你就是人民的罪犯，警察若是跟这样的罪犯妥协，也就意味着警察跟罪犯同流合污，跟人民背道而驰。好在当事人能认识到先前行为不妥，及时纠正过来，梁英俊不再追究了。

对方听了梁英俊这些言之有理的话，感谢梁英俊让他懂得平常没有掌握的法律知识。这件事很快化干戈为玉帛，梁英俊这一举成为其他派出所长之间传颂的佳话。

梁英俊在平息这件事后，跟所有人坦言自己做人的宗旨：警察只是他的工作代号，警察也是人。毛主席说过，人不犯我，我不犯人，人若犯我，我必犯人。这也是梁英俊自小为自己定的宗旨，神圣不可侵犯。

梁英俊妥善处理这件事后，家族所有人对他赞不绝口，梁英俊父母更是将他的工作能力大力宣扬，使其形象化、扩大化，梁英俊老婆夸赞他的脑子灵活多了，命运之神重新向他绽开了笑脸，梁英俊开始朝着宽阔的大路走去。

这次真得感谢你。梁英俊在蹊跷事件平息后跟廖坚说。

咱俩谁跟谁，廖坚说。

俩人就此成为真正的阶级兄弟。

梁英俊依然挂在那个虚设机构，新任局长明确表态，派出所死人事件梁英俊处理妥当，得到上级部门及社会各界认可，梁英俊可以名正言顺地回所里工作，他在那个虚设机构只是挂个名。

局长这些话表明梁英俊又回到先前的生活轨道上，不过，他心里明白，工作调整是早晚的事，少也就是一俩月，多也不会超过半年。局里有个别民警议论梁英俊“三连冠”的事，主管局长说，梁英俊在处理那宗报案死人事件上，表现出人民警察的高素质高水平，将功补过。经局领导出面这么一说，局里那些议论声慢慢平息下来，“三连冠”免职的事就这样不了了之，没人再提了。

就在梁英俊重新回到工作岗位上的那个周六下午，阿娇打来电话，说祝贺梁英俊重回岗位，想邀几位朋友为他压一压惊，再当面为他祝贺。

免了吧，还在那个机构挂名呢，梁英俊说。他心里琢磨，究竟去不去，该不该去，能不能去，去了会不会惹麻烦。

阿娇装娇卖乖道，哎哟我的情哥哥，你是怕老婆还是怕领导，我又不是七仙女，要跟你过男耕女织的生活。我俩是啥关系？还不是一清二白的朋友关系。虽说我称呼你为情哥哥，这个情哥哥，就是有情有义的哥哥，不是那个意思的情哥哥。我一不会向你求婚，二不会做个第三者，就是喜欢交朋友，喜欢跟朋友喝酒玩耍，别往歪处想啊。一往歪处想，能想出一段罗密欧与朱丽叶的爱情故事来。不去酒吧，不去酒店，就去派出所附近那家水饺店，没有其他意图，纯粹朋友聚餐，已约了茶社那哥们儿，中意，还有……其余客人保密，留给你个惊喜，见了就知道，全是你的阶级兄弟，挂了。

电话那头出现忙音。

梁英俊继续思忖去还是不去。王建党来电话，电话里说阿娇请客的事。王建党说，这顿饭一定得去，不是吃不吃的问题，是人际关系的问题，阿娇可是县里的人精，与各路人马来往频繁，左右逢源，关系连关系，这不是一顿普通的饭，是一个社会阶层跟另一个社会阶层的拉近。真想不到，山窝里出来一只百灵鸟，从一个阶层跨入另一个阶层，要真为这顿饭心里生疙瘩，不值。

梁英俊说，他顾忌的不是一顿饭，是那封举报信，老婆跟他还是面和心不和，对外是夫妻，对内打冷战，要是再惹出麻烦，又要被揪着不放，不想逮不住狐狸惹一屁股骚。

王建党说，一顿饭不至于那么严重，我跟你老婆解释清楚，这个女人不寻常，跟她处好关系，益处多坏处少。再说了，她年底也要进政协，你注意方方面面的关系吧，再过些日子，估计想请都请不去了。这会儿也是人家抬举你，别自命清高。还有件事，见了详说，兴许这才是人家请客的主要原因。王建党挂了电话。

梁英俊想，请客不外乎几种情况，一是相互有事托付，请客吃一顿，表示表示。这类事多是小事，一顿饭就能解决问题。二是亲戚朋友有事没事聚在一起，图个热闹，相互聊一聊，增进感情。三是同事间关系处得好，有空吃个饭，聚一聚，为以后合作更顺利。四是纯粹为联络人脉，扩大交际范围，这群人联络那群人，一个桌上坐一坐，很快合二为一，成为一个槽里的人。今晚，也就为人脉关系聚，阿娇人脉广泛，这类女人，不可深交，不可不交，更不能断交。

梁英俊想着跟阿娇如何交，是神交还是心交，还是身心相交？是交得如胶似漆，心心相印，还是交得各怀鬼胎，貌合神离？梁英俊希望跟阿娇之间的关系是若即若离，不离不弃，男女间最纯洁的碳粉知己。

梁英俊对着镜子照个来回，镜子里，阿娇仿佛栩栩如生地站在那里，轻声叫着“情哥哥”，叫得肉麻，叫人听得欢喜。这称呼，哪个男人不愿意听？这称呼，叫所有男人倾肝吐胆，不知道今昔是何年？男人就这德性，禁不起女人夸赞，一赞他变成潘安郎，二赞他变成陈世美，三赞他就是那个妻妾成群，三宫六院的古代皇上。

黄粱美梦，一场虚空，镜子里哪有阿娇身影，自作多情。梁英俊已经步入中年，身体里火苗子一点就燃，他想，一会儿见到酒吧女老板，会不会火苗燃成了烟雾弹？

第二十二章

梁英俊站在镜子跟前左顾右盼，女为悦己者容，男为女阅者荣，自己这副德行，哪个女人以阅你为荣？老啦，真老啦，咋就未老先衰了呢？梁英俊捏一捏那张脸。这哪是脸？分明是一张饱经风霜的枯树丫。男人四十一朵花，梁英俊哪是一朵花，要说真是一朵花，梁英俊只能算朵苦菜花。梁英俊羡慕那些活络人，跟他一个岁数的人，看上去风度翩翩，风流倜傥。人家咋就越活越年轻？

阿娇约他去饺子店，说他行事低调，不喜欢张扬。梁英俊自嘲，啥行事低调，屁大一个官儿，哪能说得上低调？是胆小不是低调，凡事都想到了纪检委、检察院、督察大队等监督和检查部门，慢慢地，外人就觉着他低调，外人只看一个外表，不了解本质。

这年代讲究低调，低调也是一种好品质，低调吃，低调喝，低调拿，不张扬，外人就觉着你思想高尚，就像那个谁谁谁，喜欢美人，人家不说喜欢，人家说，看见美人，就当是床上躺着个植物人，橱窗里一个小芭比，是怜惜美人，欣赏美人，跟喜欢没有关系。

梁英俊想，能不能把酒吧女老板当作一个植物人，当作橱窗里的小芭比？混蛋想法，那样一个活灵活现、搔首弄姿的美人鱼，咋能当作植物人？当作小芭比？这是装腔作势，口是心非。

梁英俊从心里骂那个人，隐君子，伪君子，荒淫无道，自私虚伪。要真是个正经人，就别跟美人“亲上加亲”，别叫人传到老婆的耳朵里。老婆质问，还说没跟美人混，只是看一眼，权当看橱窗里的小芭比，床上躺着的植物人。呸呸呸，说出来这些话哄人、骗人，谁能相信呢？但他那个笨蛋老婆相信。女人一傻，就傻得一塌糊涂，一败涂地，相信男人那张蜂蜜嘴。蜜蜂在女人嘴上一涂抹，甜在嘴里，美在心里。

梁英俊没有那福气，老婆精明得叫他连连败退。他想美人也不像人家那个谁谁谁，人家跟美人动真格，真格动完，形同陌路，矢口否认。

梁英俊一旦想美人，是心口如一，想得认认真真，劳神伤肺。一根筋想事都这样，一旦认准，比骡子比驴还执拗。梁英俊是个死筋蛋，是一根筋。

梁英俊走出洗手间，点上“英雄牌”香烟，指导员打来电话，酒吧女老板拿了瓶五粮液，约哥几个去饺子店，说跟所长联系过了，还说你已经同意了。

梁英俊口是心非地跟指导员说，小老板真是个热心人儿，看来我所警民共建搞得很成功，辖区百姓如此爱戴我们。你说该去还是不该去？梁英俊故意问。

你是所长，当然你说了算。指导员说。

那就笑纳吧。梁英俊嘴上说着光堂话，心里甜蜜蜜的，但他转念一想哪能如此甜蜜蜜的？要警钟长鸣，要端正革命思想，一会儿见到酒吧女老板，要以礼相待，颐神养性，不能魂不守舍，心存不轨。自己是久经考验的共产党人，哪能把自己的前程断送在美人手里？

梁英俊边抽着香烟边提醒自己。

王建党接上梁英俊，穿过两条街，进入梁英俊管辖区域。路过一个大型超市时，梁英俊见超市门口人头攒动，围得里三层外三层，梁英俊探头想看个究竟。一个男人站在车窗外说，梁所长，俩女人打架，你是不是下来制止一下？

梁英俊招呼王建党将车靠路边停下，俩人下车去想看个究竟。

人群里俩女人撕扯在一起，你揪我头发，我踹你肚子，围观的人没有一个上前劝阻，男人们嘻嘻哈哈说着下流话，女人们跟着看笑话。梁英俊走到人群前，有人冲着俩女人大声喊，梁所长来啦，别打了。

看热闹的一看是梁英俊，自觉地给梁英俊腾出一条路，梁英俊走到俩女人跟前，短头发女人揪着长头发女人的头发，骂骂咧咧，手脚不闲着，嘴里还骂着“破鞋”，敢跟我男人搞“地道战”，老娘今天不叫你毁容，就叫你破相。

长头发女人使劲用脚踹着，气喘吁吁，毫不示弱，破口骂道，贱婆娘，不看看你长得那木瓜样，肥得跟个老母猪似的，老得跟个烂红薯一样，不知道天高地厚，缠着男人不放手，老娘搞“地道战”也算对得起你，惹老娘恼了，搞个地雷炸死你。

揪头发的女人说，老娘搞个滚雷溜死你。

踹肚子的女人说，老娘搞瓶毒药害死你。

揪头发的女人说，老娘拿瓶硫酸泼死你。

俩女人她踹她一脚，她回她一脚，短头发女人揪着长头发女人的头发，一绺一绺头发掉在地上。长发女人掰着短头发女人的手，一只脚猛往对方小肚子上踹，只踹得短头发女人嗷嗷叫。她俩互相骂着，啥乌龟王八蛋，全都骂个遍，人群里发出一阵接一阵的笑声。

梁英俊知道又是为男人跟女人之间的那些事，他不想管这些事，眼下不管又不行，俩女人在街上打架，不制止影响市容，万一弄不好，出现过激行为，说不准还会酿成一起故意伤害案件。梁英俊走到俩女人跟前，将俩女人强行拉开。俩女人见是派出所所长梁英俊，嘴里虽然还骂骂咧咧，但在肢体上不再相互伤害了。

揪头发的女人说自己是受害者，要梁所长要主持公道。踹肚子的女人说自己是受害者，那个男人天天缠她，说要是她离开他，就死在她跟前。

梁英俊说，这里不是评理的地方，为个男人，在街上打架，也不嫌丢人，值不值得？

梁英俊这句话刚出口，俩女人都冲他吼起来。一个说，为了丈夫，咋不值得？另一个说，那个男人为她要死要活，咋不值得？

俩人的气，俩人的怒，似乎一下子转移过来，冲着梁英俊一句一个值得。揪头发的女人嘴里骂了句“跟你有球相干。”踹肚子的女人接过去骂道，“跟你球不相干。”

梁英俊哭笑不得，跟俩女人说，为个球打架值不值得？想打回去打，别在这儿堵塞交通。

人群里的哄笑声此起彼伏，有人叫道，听梁所长的话，别为个球在大街上吵骂，丢人现眼，都回去吧。

短头发的女人嘴里骂着烂破鞋，同时整理一下蓬乱的头发，走出了人群，骑上电动车离开超市。长头发女人捂着肚子，嘴里骂着老母猪，也走出人群。看热闹的很快散去，梁英俊上车，王建党笑得接不上气来，说，俩女人嘴上拴个球。梁英俊也笑着说，一对儿泼妇。

车刚走百十来米远，又是一群人围在那里堵塞交通，只听一个女人高一声低一声，小流氓小混蛋的骂个不停。梁英俊隔着车窗问行人咋回事？一行人说，抓个小偷，被偷的人正在打小偷耳光子。

王建党说，今儿是不安生了，说着将车停靠在路边。梁英俊下车走过去，扒开那堆人，见一个蓬头垢面的男孩儿，跪在地下哭着求情，身边站个三十多岁打扮时髦的女人儿，女人见来人是梁英俊，气冲冲地说，梁所长，这个小混蛋也不知道是谁家的野种，小小年纪当贼，这不，刚把我手机摸走了，要不是我反应快，这野种肯定溜了。我这可是新上市的苹果手机，所长来了正好，带所里打他一顿，关他三天，看他以后还敢不敢偷东西。

孩子一听，连叫阿姨，说我跟阿姨磕头作揖了，阿姨只要不送我去派出所，让我叫你奶奶都行。

女人朝孩子头上扇一巴掌，说，小混蛋，谁是你阿姨？叫老祖宗都不行，小小年纪不学好，打死都不亏你，带到派出所打你个皮开肉绽，再饿你个三天三夜，看你还偷不偷？

梁英俊扶起孩子，问他叫啥，几岁了，家住哪里？

孩子一脸灰，穿得很邋遢，见梁英俊问他，战战兢兢地说叫石头，今年十三岁，家住郊区，父母出车祸死了，跟着叔叔婶婶。婶婶常打他，还不给他饭吃，已经两天没吃饭了，想偷个手机换点儿钱吃饭，这是第一次，以后不敢了。

孩子脱口而出这些话，梁英俊听个八九不离十。前一段话，可能是真的，这后一段，分明是假的。孩子那贼溜溜的眼神，不是看人看物，是探人探物，明显有丰富的观察经验，哪是十三岁孩子的眼神？梁英俊想起自己十三岁的时候，看电影《英雄儿女》，喜欢王芳，崇拜英雄王成。对于一个未成年人来说，生活环境是多么重要啊！

梁英俊往派出所打电话，很快，一个年轻民警过来。梁英俊跟年轻民警说，带所里叫老陈给他做碗面，吃饱了送他回去，跟他家人交代，以后不准打孩子，更不能虐待孩子。年轻民警说，老陈到晚上才来做饭。梁英俊说，灶上有快餐面，你给他泡一碗。年轻民警说，臭小子，还叫我伺候你，走，吃饱喝足了送你回家，再叫我看见你，打断你的腿。

丢手机的女人不愿意了，一脸气愤地说，梁所长，你咋待贼娃跟待自己亲娃一样？梁英俊安慰女人几句，朝年轻民警摆一摆手，年轻民警将孩子带走了。丢手机的女人说，贼三天不挨打，就得上房揭瓦，过不了几天，他肯定又出来偷。梁所长是东郭先生，好人一个。说完，朝梁英俊看了一眼走出人群，围观的人也散了。

梁英俊上车跟王建党说，看你多幸福，啥杂事闲事都不用管，自己管好自己就行。王建党哼着《红星照我去战斗》，梁英俊跟着哼，他不是哼《红星照我去战斗》，他哼的是《再回首》。

车到饺子店门口，这家店的小老板见是梁英俊，那双眼笑得只剩一条缝了，说，水饺做了十多年，开宴席可是头一遭，这都是托所长大人的福。为了所长以后能常来小店，他要扩大生意，扩大门面，小本生意也要往大生意上靠一靠，日后发展成酒店，跟上时代步伐，多挣钱多纳税，也能为国家多做贡献。

真没想到，开个饺子店，也能放眼全中国，也懂得与时俱进，比我境界高。你这一说给我个提醒，我们靠纳税人养活，不说先前保驾护航那些份内事，跟你夸个海口，从明天开始，任何困难只要找到我们，只要能帮忙解决，我们责无旁贷。

小老板说，平常所长帮大家解决那么多事，大家都记挂着呢，这会儿可不能夸口，真要是夸这个口，凡事都找所长，所长不成了杂家学会会长了。虽说百姓无小事，其实百姓还真无大事，电跳闸了，管道坏了，水表老化了，柴米油盐涨价了，房子常年失修漏雨了，下岗失业了，老人无人赡养了，小夫妻反目成仇了，反正多得说不完。靠所长能处理得了？我可是替所长你说话，保持这火候就行，要是把责任揽完了，叫那些闲人喝西北风去？

这些话还真是为我着想，过去只知道你嘴巴能倒出一堆糖果，想不到你嘴巴里也能倒出一片河山，这灵通劲儿跟谁学的？

小老板嘿嘿一笑，说道，来这儿十来年，生意仰仗所长照顾，境界仰仗所长培养，见人多听话多，揣摩出方针路线来，跟着所长也懂得刑事拘留，治安拘留，行政拘留，犯啥罪量啥刑，偶尔帮人搞个法律咨询。有些人过来吃碗饺子，咨询案子涉及哪些法律条文，我就热心帮忙，跟他们说根据《刑法》第几条，根据《民法》第几条，该咋行动。不是说近水楼台先得月嘛，谁叫咱这小饭馆挨着派出所呢，法律知识是自学的。

小老板高声大调一阵子后，对着梁英俊耳朵悄声说，跟所长说个小秘密，这秘密可是知道的人寥寥无几。所长可知道，我的觉悟为啥这般高？我为啥就比别人知道得多，看得远？今儿跟所长把秘密说出来，所长不必张扬，心里有数。我老表先前在乡里任党委书记，有空喜欢来我这里，我哥俩弄几个小菜，喝几盅，老表喝到兴头上，跟我说这道那。老表见多识广，我也跟着老表开眼界，懂得的越来越多。所长知道不知道酒吧女老板为啥在我这里请所长吃饭？

梁英俊摇摇头，不知道。小老板接着说，人家可是讲究人，咋不去酒店，偏要来这小饭店，你说为啥？

小老板还说，我老表去政协了，他先在乡里任党委书记，比别的乡党委书记规格高一级。年初县里调整人，老表进政协任副主席，听说酒吧小老板想进政协，前些日子跟老表拉上了关系。这不，我跟她也成远房亲戚了。女老板说先前不知道这层关系，以后要多帮我拉生意，小饭店争取做成大酒店。

小老板继续说，人家那眼界，就是不一般。我可是想都没想过，一个小饭馆，碰上个贵人，贵人一指点，档次往上蹿。今天过来的客人，全是县里的排场人，咱这小店哪接待过如此高规格的人？这么多的排场人，弄得我受宠若惊，忐忑不安啦，真不知道该咋接待，咋应酬。要是照顾不周，请梁所长跟排场人解释一下，叫人家高抬贵手，手下留情。

梁英俊说，女老板请客，她自会解释，客人都知道这里是个小馆子，愿意来，是看女老板面子，不是看你面子，你只管饺子味道好，数量够，服务周到就行。

梁英俊见阿娇从二楼走下来，紫色衣服裹着阿娇小蛮腰、小臀部，那对小扣碗，扣在胸前真惹眼，那身段、那脸蛋，叫人看一眼，就会魂不附体，真是一朵娇美的花，时刻怒放在男人的心田里。俩人目光一碰，梁英俊即刻乱了章法，那目光像是个小磁场，吸引着梁英俊，他想躲，躲不及，想脱离，却被牢牢捆绑着。

梁英俊的眼睛急忙转移。咋能见了阿娇，忘乎所以？要保持共产党员的先进性，对待美人，牢记老婆“接触美人”那段话。圣人言，明德于天下者，先治其国；欲治其国者，先齐其家；欲齐其家者，先修其身；欲修其身者，先正其心。家和万事兴，事业才能欣欣向荣。

梁英俊边提醒自己，边跟着阿娇上了二楼。

阿娇懂得不同场合不同应酬方式，这会儿跟梁英俊在大庭广众之下，再没有在酒吧时那些轻佻举动，她甩着模特步，摆着水蛇一样的腰身，带着女人身上独有的自尊，将梁英俊引进屋里。梁英俊看见屋里一群人，都是县里有头有脸的排场人，愣一愣，很快露出笑容。

乖乖，真有号召力，邀来一群大人物。梁英俊说。

房间里有廖坚、大龙袍茶社老板、刘广、中意、梁英俊所里的指导员、副所长、刑警队小张。

一群人见梁英俊进来，个个站起来，廖坚说声为哥压惊了，其余的人齐声应腔，刑警队小张叫声叔，中意急忙说，干爹好！指导员、副所长啥也没说，只等着阿娇安排就坐。

阿娇说，今晚群贤毕至，人才荟萃，本姑娘全面负责，客随主便，咋安排咋坐，都不许推脱。

阿娇先拉梁英俊坐中间，说今晚这场宴席是为梁英俊压惊的，上位必须留给他。阿娇再拉过廖坚，说他跟梁英俊是兄弟，坐梁英俊左首。拉过王建党，说他是梁英俊拜把弟兄，坐右首，俩人是梁英俊的左膀右臂，铁打的关系，一会儿陪所长哥喝他个日落西山打靶回。

阿娇又拉过大龙袍茶社老板坐廖坚身边，说同学关系紧挨着坐，拉指导员跟大龙袍茶社老板紧挨着，说指导员喜欢喝茶，俩人坐在一起切磋茶道方便，又让副所长挨着刘广坐，说刘广是梁英俊的同学，梁英俊是副所长领导，俩人以后常联系，培养感情。剩下小张和中意，阿娇让小张坐副所长身边，说副所长从刑警队出来，叫小张跟副所长聊聊刑警队里那些关系。一切安排就绪，阿娇坐在指导员身边，拉中意坐在她的身边。

坐定后，指导员说，今晚真是一花独秀啊。

刘广说，一花独秀红艳艳啊。

大红袍茶社经理说，红艳艳加亮灿灿啊。

王建党说，有文学青年在，你们仨别显摆了。

梁英俊叹息一声。昔日文学青年这会儿一肚子酒精，一肚子青菜屎，人家小张才是当之无愧的文学青年。

大龙袍茶社老板说，咱这岁数能跟小张比？小张是血气方刚的有志青年，咱这岁数得过且过，过一天是两晌，不知道啥时候交了饭票，进了天堂。人家小张是享受生活，咱是荒废时光。想一想咱这一天过的啥生活？天刚蒙蒙亮，慌里慌张离开床，匆匆忙忙一上午，中午寻个酒场，找个饭庄，三五成群喝得烂醉，到河边茶社继续灌水，晚上再凑一桌，喝到后半夜，一天光阴打发了。日复一日，年复一年，天天这般，文学细胞早叫酒精杀死了，就是个别没杀死，也杀个半身不遂，叫啥文学青年？我们几个天天在酒场里混，从酒场里学来的知识，也真是学富五车，那赶得上诗人那些浅唱低吟，作家那些曲折迂回，评论家那些慷慨激昂。说学逗唱，样样都行，不必天天捧书本，只消天天坐酒场就行。

这话说到点子上，我认识个杂家，初中文化，愣是古往今来，西洋的东洋的，包罗万象，无所不通。那天听他侃一天，增长不少见识，真赶上历史学家啦。刘广说。

实践出真知，先天不足，后天弥补，我就是例子。阿娇插话说。

这一说，所有人的注意力都被阿娇吸引过去了，大家都围绕着阿娇做文章，这个夸一句，那个赞一声，说得阿娇小脸蛋红溜溜的。

阿娇宣布筵席开始，要梁英俊先来个开场白。

梁英俊坐在贵宾席上，挺起胸膛，晃晃肩膀，清一清嗓子，哼哈两声，试试音量。这真是个难得的好机会，平时都是他梁英俊听人家讲话，听人家演讲，弄得他嗓子发痒，舌头发僵，这两天跟组织上解释来解释去，说话一多，舌头上像撒了冰块似的，只想吐一吐，凉爽凉爽。

梁英俊站起来鞠个躬行个礼，开始演讲。感谢各位兄弟平时的关爱，这场酒体现朋友情，战友情，兄弟情，同学情，当然了，还有跟酒桌上这朵盛开的玫瑰，说啥情好呢，不是亲情，不是爱情，统称为友情。跟中意，隔着辈儿，是他干老子，在坐的都是他叔，小张例外，小张跟中意哥弟相称，这几天督察大队时不时查岗，我跟指导员两人少喝点儿表示表示，望兄弟们原谅。

阿娇刚打开酒瓶，听梁英俊这一说，赶紧插腔，那哪成呢，凑到周六晚上就想着多喝几盅，咋就要扫大家兴呢。

梁英俊说，派出所哪有周末？是怕晚上督察大队去派出所，这几天督察大队半夜突击检查，搞得大家措手不及，要是突击检查，那可不好交差。

阿娇不满地说，规定是死的人是活的，再说了，县里逢上喜事，哪有不喝酒的道理？县里不也常摆庆功宴，逢上过节单位也摆慰问宴，赶上谁结婚也摆喜宴，就是孩子考上好大学也摆贺宴，逢上孩子十二岁开锁子摆酒宴，说难听点儿，逢上年老的去世，不也说喜丧摆宴席吗？这一年才过去一半，光参加这些宴席就送出去几万块钱的红包，可都是大张旗鼓地喝酒。今天不是宴席，不是酒席，是朋友亲戚小范围聚会，不为酗酒，只为心情，这也是人之常情。中国人最讲究礼仪，连礼仪都不遵守哪还能遵守规定？几千年文明也体现在酒文化上，总不能为那些规定毁掉传统文化，落个千古罪人？

满桌人随声附和，说梁英俊今晚唱主角，哪能不喝酒，不喝不够意思，不够哥们儿，喝了才是哥们儿，才是兄弟。

阿娇又说，之前就说你不跟人民群众打成一片，说你脱离群众，这会儿又拿规定跟人民群众划清界限。平时大谈特谈为人民服务，人民警察爱人民，真要落实到行动上，拿个规定做幌子，明摆着不想跟人民群众拉近距离，为这点儿小事伤害百姓感情。

虽说规定一套一套的，制度一条一条的，可也是本着为人民服务的精神制定的。今天也算为人民喝这场酒，见到你的上司我跟他摆明道理，他不一定信你那些话，但会相信人民群众说的话。你坐在四个人民公仆、四个纳税人中间，不喝酒能行？再说在坐的都是亲戚连亲戚，凭这些亲戚关系，这场酒是人之常情酒，这场酒为人民而喝，为亲情而喝，不喝得罪的是人民，不喝就是不顾及亲戚，不顾及人民，不顾及兄弟姐妹，就是冷血动物木头人。

乖乖，这张嘴跟个滚刀似的，啥脱离群众，跟人民背道而驰，冷血动物木头人，再说下去，真就成了千古罪人。梁英俊说着，心里开始痒痒，不是为美人而是为酒，五粮液可不是想喝就能喝、随时都能喝的，只有碰上县里的排场人，才能喝上五粮液，酒摆在跟前的诱惑力，不亚于美人的诱惑力，这会儿有美人有美酒，要是错过，会不会留下终身遗憾，落个里外不是人呢？

不行，要做活络人，跟美人喝酒，把美人说成木乃伊，要是领导问起，是不是跟美人喝酒？就说跟木乃伊喝酒，木乃伊具有极高的考古价值，喝酒是为了保护文物。要是叫督察大队逮着他，一大堆理由准备着，跟人民群众喝酒，跟人情世故喝酒，跟人际关系喝酒，不喝人家不叫走。

县城像个小河流，河流里一群鲤鱼泥鳅繁衍生息，谁跟谁都能攀成个远亲近邻，不说别的，今晚这几个，哪个不能攀上亲戚关系？先从阿娇身上攀起。

阿娇跟廖坚白家屋里哥哥是亲戚，跟廖坚成了个间接亲戚。廖坚跟大龙袍茶社老板是同学，阿娇通过廖坚，跟大龙袍茶社老板也成了个间接关系。刑警队小张跟廖坚侄女谈恋爱，不久的将来，跟廖坚就是亲戚关系了，跟廖坚攀上亲，就跟阿娇连上了亲。今天这一桌，仅跟阿娇攀上亲戚的就是一群人，还不说他梁英俊是中意的干爹，也算跟阿娇有层关系。

大龙袍茶社的老板跟小珍姑娘是表兄妹，小珍姑娘是刘广宾馆里的领班，如此一来，大龙袍茶社老板跟刘广也成了个间接关系。梁英俊跟指导员也是远亲，跟王建党攀不上亲戚，但先前是同事，王建党老婆跟梁英俊的大嫂是发小，也是间接关系，跟副所长是上下级关系……

梁英俊将这些关系一捋顺，一连接，一桌人连成一个亲戚体系，这场酒要是不喝，得罪的是亲戚摞亲戚，摞出来的人际关系。

县里逢上宴席，只要你坐在那里，不管你有病没病，不管你生命垂危，敬酒一视同仁，就是不敢喝，在嘴巴上抿一抿，也算给了人家面子。梁英俊在宴席上见过这样的人，刚动完手术，医生嘱咐不能沾酒，敬酒的说，在嘴唇上碰一下，沾一滴，过程走完，谁都满意。

酒场上喝酒耍滑的招儿一个比一个狠，昂脖子喝起勾下头吐掉，看着喝起，实则吐到茶里。总之，酒不进到胃里，主人客人都有面子。

今天是人家阿娇摆酒席，县里的美人，能赶上阿娇的能有几人？阿娇不仅美得叫人欢喜，关键人家是个有底蕴的女人，思想进步，志向高远，要为县里经济建设做贡献。这样的美人，身前英雄护着，身后裙带帮着，要是为喝酒叫阿娇不高兴，英雄裙带们能饶了他？

梁英俊一脸笑容，开口表白。今天美人设场，兄弟们捧场，这场酒，说啥也要喝，要是不喝，辜负美人，辜负兄弟，刚才也是说两句谦虚话，美人别计较，兄弟们别放在心上，待会儿叫副所长敬个酒先回去，维持着所里的工作，应付督察大队一下，我跟指导员陪兄弟们喝，这样都能顾全方方面面。

阿娇说，那就叫遵从礼仪的多喝点，遵从规定的多吃点，我也表达了心意，三全其美，等菜端上来，我们几个胃里垫了底儿，副所长吃了一阵子先敬酒，今天不让副所长喝，留个前沿做阵地，应付督察大队的检查。先前警察腰里别个“小盒子”（枪），见谁不顺眼，拿出来亮一亮，把人吓得魂儿飞，现今“小盒子”统一管，没“小盒子”真就没了胆，难怪毛主席他老人家说，枪杆子里面出政权，警察没有枪，老虎成螳螂。

王建党说，螳螂捕蝉，黄雀在后，那个后，就是督察大队。眼睛是个对视眼，聚到哪里，哪里就成了焦点，焦点曝光，成个热点，热点成个沸点，沸点一燃，把你烧个稀巴烂。

阿娇说，烧跟烧不一样，孙猴子一烧，烧成个火眼金睛，我要是进火里烧，烧成灰星了。

刘广说，你要是一烧，烧成了仙丹，人吃了长生不老。

刘广话音刚落，满桌大笑，梁英俊自然知道笑啥？平常男人们拿阿娇开玩笑，“阿娇”谐音“阿胶”，吃阿胶补身子，这仙丹跟阿胶，道理相同。

梁英俊想，酒桌上真能练嘴皮子，先前梁英俊参加酒场少，不是请他的人少，而是能推就推。老婆不让喝酒，坐桌不喝酒，影响了气氛，喝了回家生气，索性不去，弄得他梁英俊那张嘴少了锻炼的机会。梁英俊原本就是个文化人，肚子里装着经典，藏着古训，只不过先前没将经典古训用在为人处世上。人要是在哪方面用心，哪方面肯定出类拔萃，只要用心，动动脑子晃晃头，计上心头，挂在眉头，锦囊妙计六十九，说学逗唱，样样在行。此时的梁英俊已不是彼时的梁英俊，此时的梁英俊，恰似英雄，胜似英雄。

桌上端上来六个菜，三荤三素，水饺店老板说，刘经理专门叫宾馆厨子带上调料备好菜，说水饺店几个凉菜没啥吃头，人家大厨子水平高，一下子弄出来十全菜，说要在座的十全十美，另备四个汤，三个解酒的，一个营养的，厨子说，老鳖是厨子在宾馆后院自己养的。

刘广说，宾馆后院的池子里养着老鳖，不供给客人，只供自家兄弟，这一桌全是自家兄弟。

满桌人都夸刘广仗义，这一桌，能吃上刘广后院家养的老鳖，也是福气。

六个菜下去一半，副所长拿起酒瓶敬酒。为了集体荣誉，牺牲个人利益，今天滴酒不沾，就不怕督察大队手里那个测酒仪了，下次再遇上这种场合，小弟定一马当先。

副所长说着，先从阿娇开始，举起酒杯递过去。辖区警民鱼水之情开花结果，以后要有所节制，免得节外生枝，美人搞警民鱼水情，能搞出个“追鱼”故事来。

副所长说的“追鱼”故事，在坐的四十岁以上的人都知道，八十年代有个电影《追鱼》，上海越剧演员王文娟主演，副所长这样说，说明他看过这个电影。故事讲的是一个美人鱼跟一个书生演绎出来的爱情故事。阿娇显然不知道这一故事，跟副所长说，哪能追鱼，是吃鱼，没喝酒先醉。副所长说，见了美女，是酒不醉人人自醉。

副所长给每人敬了三杯，梁英俊喝下三杯酒，五粮液犹如跟前酒吧女老板，辛辣刺激，酒不醉人人自醉。梁英俊为眼前的美人陶醉，他在想副所长那句话，副所长那句话是暗示他，担心他把持不住，跟酒吧女老板演绎一段“追鱼”情。要是真跟酒吧女老板演绎一段“追鱼”情，那该是多么浪漫的事情。

敢不敢跟阿娇来个“追鱼”情？人家活络人跟女人混，混得五星红旗迎风飘扬，胜利歌声多么嘹亮。他梁英俊先前没有人家那个胆量。而今，一个新的梁英俊站起来了，站起来的这个梁英俊，那就是共产党像太阳，照到哪里哪里亮，太阳最红，美人最亲，月亮代表他对美人的心。

副所长离开酒桌，王建党说看梁英俊这架势，今晚要甩开膀子喝一场。梁英俊说，初中时候学过一首歌，《我为亲人熬鸡汤》，是电影《沂蒙颂》的插曲。战争年代没别的，鸡汤赶上现今的鲍鱼、茅台、五粮液。那时候没有酒可以送亲人，这会儿跟前摆着五粮液，慰问亲人的上等酒，岂能不喝？督察大队要是问起来，美人跟督察大队说，督察大队不相信他梁英俊，能不相信人家美人那些话。今晚要高歌一曲，喝他个猴翻跟头，猪拱山墙，看看兄弟们谁比谁猖狂。

阿娇挤眉弄眼，大声说道，弟兄们放心喝，督察大队真是要来查，我这个人民群众的代表跟督察大队说。今天咱就是喝他个狗啃屎，驴打滚，你那个督察大队也不敢吭一声。按规矩先敬酒再碰酒，最后来个大团圆。

阿娇举起纤纤玉手，胳膊上翡翠镯子叮当响，这会儿不像是在酒吧里一句一个“情哥哥”，这会儿活脱脱成了个温柔大方、善解人意的邻家妹妹，一举一动，一招一式，尽显女人的娇柔贤良，楚楚动人。

男人见不得独身女人，更见不得卖乖撒娇的妙龄姑娘，阿娇这会儿就是那个哭倒长城的孟姜女，那个为情所伤的杜十娘，惹得一桌男人被她吸引，为她感伤。多好的狐媚姑娘，咋就没有个如意郎？靠她一个人儿，在外打拼，在外奋斗，也没个知冷知热的痴情人儿站她身旁。真是红颜薄命，红颜不幸呀。

阿娇斟上酒，说今天设宴为所长压压惊，去去灾。所长脸黑心红，古道热肠，不摆红二代架子，跟人民群众心连心，所长带领手下一群人，为辖区百姓办实事办好事，博得百姓赞扬，真是当之无愧的好所长。

阿娇说到激动处，说要写封感谢信，送幅锦旗和镜框，表彰派出所的丰功伟绩。阿娇说，不是有句话叫有困难找警察嘛，今天俺也夸个口，警察有烦恼去酒吧。这也应了所长爱说的那句话，警民鱼水情，过了今天，警民鱼水情会越来越浓。

王建党插话说，那就演一段“追鱼”故事，叫弟兄们欣赏欣赏，你说中不中？

阿娇说，又来酒不醉人人自醉，没沾着酒人先醉。

大龙袍茶社老板、刘广、指导员、廖坚哈哈笑，小张、中意听不出啥来头，跟着傻笑。

阿娇举杯说，啥追鱼吃鱼，我知道你们几个拿我做开心果，哥几个把我当自家人，开个玩笑不算啥。来，先敬第一杯酒，这第一杯，祝在座的各位事业风调雨顺，前途一片光明，做官做成个管人的官，挣钱挣成个巴菲特。

阿娇说着，酒杯跟那个红溜溜的嘴唇一接吻，杯子里滴酒不剩。一桌男人一个美人，美人先喝，男人能不喝？个个争先恐后，生怕落到最后，只听到吸溜一声，个个杯子空。

阿娇一杯酒喝下去，脸蛋娇艳欲滴，跟前男人这个看看，那个看看，看完阿娇，再相互看看。梁英俊在阿娇脸上溜一眼，转移视线。美人跟前，稳若泰山，不能贪眼。

阿娇再拿起酒瓶子，每人斟上第二杯，纤纤玉手端起杯。这第二杯，祝在场各位越活越年轻，越活越精神，今天比明天青春，明天比后天靓丽。

大龙袍茶社老板插话说，咋青春，咋靓丽，吃阿胶，补身体。

阿娇接过话说，阿胶补元气，小妹这酒补身体，喝酒。说着喝下第二杯。刘广说，阿胶跟酒，都是补，今儿要大补，来，哥几个补身体。一桌人笑着喝下第二杯。

阿娇斟上第三杯，说，这第三杯，祝各位寿比南山不老松，活出个快乐，活出个健康，活出个英雄美人长相随。

谁是英雄，谁是美人？大龙袍茶社老板问。

这还用问，在场的都是英雄，一枝独秀美人儿。刘广说。

满桌哈哈大笑，喝去第三杯。

酒桌上喝酒，要是纯爷们儿，都是五魁首，六六顺，喝他个顺地打滚，就地耍猴。要是加上一俩女人，男人女人尽显阅历丰富，看谁嘴皮子薄，谁能说得一桌人尽情开怀，喝他个东倒西歪。要是有美女在，男人们会使尽浑身招数，讨美女欢心，跟美女喝酒越喝越有劲头。要是有个像阿娇这样的狐媚女子，男人们就要想入非非地喝，想入非非地叫阿娇喝，男女喝高了，说不定碰上个千年等一回。

阿娇懂得你进我退，你守我攻这些毛主席的战略方针，对待男人，该眨眼时眨眼，该闭眼时闭眼，该说话时说话，该装哑时装哑。阿娇在男人跟前应对自如，也真是县里一朵奇葩，一枝独秀，能引来蜂蝶无数。

大龙袍茶社老板放下酒杯说，够性情，比一桌男人都性情。今天咱要喝他个天昏地暗，日月同辉，也不枉为人父、弟兄、男人。

阿娇说，不如分两个列队，你四个官老爷，我四个财神爷，外加一个中意做督察，两个队列比输赢，看看经济基础能不能战胜上层建筑。

乖乖，我四个能跟你四个比，我四个加起来充其量能挣个小轿车，你四个，能重建一个县城。梁英俊说。

大龙袍茶社老板说，不能用钱来衡量，我四个想进你那个单位进不去。你想呀，我四个挣的那些钱，还不是为你四个服务，你四个说是为人民服务，我四个作为人民，自然要一报还一报，再回敬你四个，为你四个服务。钱多了总要有个流向去处，去哪里？去为人民服务的群体中，这就构成和谐社会新景象，是不是？

王建党说，小弟真会说话，总结得生动到位，不说资金流向问题，也不说上层建筑跟经济基础谁战胜谁，一个桌上都是兄弟，叫中意敬酒。

中意虽说没个正经工作，但有个混得排场的小姨，跟着小姨认识县里一群排场人。在这样环境里锻炼，快速成长起来，又到处宣扬他是梁英俊的干儿子，牵带出许多沾亲带故的人，这会儿摆出梁英俊干儿子的身份，跟几个排场人说，从今儿往后，向干爹看齐，做人做事无愧于干爹，无愧于警察叔叔，无愧于这些有钱的叔叔，更无愧于警察干儿子的光荣称号。中意这些话引来满桌哄笑。

奶……的，这话响亮，无愧于警察干儿子的称号。梁英俊说，心中记挂着基层警察素质形象，把吐出口的仨字咽下去一个。

中意拿酒瓶子敬酒，在座的一是念起中意那个排场小姨，二是念起他跟梁英俊的关系。三是中意那张嘴，像捧着一把爆米花，夸这个叔叔有能耐，那个叔叔本事大，这个叔叔是财神，那个叔叔是官爷，听得个个心里乐开花，在喜悦中把敬酒喝了。

阿娇说，红二代思想好，人品好，素质高，把我这个无家可归的穷外甥认做干儿子，所长真是个大善人。咱这酒桌上还有一个大善人，听说廖所长是个代理爸爸，一直照顾山区一个失去父母的孩子，供孩子上学。听到这一消息后，我感动得热泪盈眶，不说别的，我也算个没有注册的企业家，也算个企业小老板，手头那些钱，赞助一俩穷孩子还是绰绰有余的，咋就没想到这点上？还是境界比不过你俩，俩所长都是大善人，真是社会主义好，共产党亲呀。

梁英俊从阿娇嘴里知道廖坚是个代理爸爸，这消息对于梁英俊来说有点儿意外。县里每年搞各类活动，他从电视上看见过，只知道有代理妈妈，还不知道有代理爸爸。

他想，自己哪方面跟人家廖坚比，都没有可比性。人家廖坚时刻关注人类的发展，社会的文明进步。他呢，虽说也关注人类进步，关注社会文明，具体到一些扶危济困的事情上，却没有身体力行，没有把自己的幸福同全人类的幸福联系在一起。

且不说跟人家廖坚比较，单说跟人家酒吧女老板比，梁英俊也是比不过的。

人家从山窝里走出来，大字不认识几个，世面没见过多少，经过环境熏陶，思想政治觉悟得到空前提高，知道在任何场合都歌颂祖国，歌颂党，歌颂社会主义制度优越性。他梁英俊从小生长在革命家庭，在摇篮里，母亲就给他哼唱没有共产党就没有新中国。牙牙学语时，就会唱东方红，太阳升，中国出了个毛泽东，他为人民谋幸福，他是人民的大救星。懂事后，又学会了唱唱支山歌给党听，我把党来比母亲，母亲只生我的身，党的光辉照我心。他梁英俊对党的感情是娘胎里带来的，咋只藏在心里不表达呢？

梁英俊听着，想着，对照着。处处留心皆学问，学海无涯，学无止境，善于学习的人，一定是个善于思考的人，善于思考的人，才能拥有独立的思想。

酒瓶从一个人手里传到另一个人手里，轮番轰炸，轮番跟梁英俊说“压惊”俩字。中国酒文化，中国习俗，几千年流传下来的传统文明，这会儿通过这一场面得到诠释，每句话都能激起梁英俊感情上的潮起潮涌，梁英俊找到男人哭吧哭吧不是罪的感觉，他想哭，却忍着没有哭出来。为啥没有哭出来？他是党培养出来的红色后代，哪能想哭就哭，说哭就哭？此时此刻，笑才是最好的回报，他要用驴饮水的方式来饮酒，回报这群为他压惊的好弟兄。

酒到醉时方觉美妙，怎仅得美人笑？人也妖娆，心也妖娆，烟雾缭绕，幸福环绕。梁英俊即兴作起诗，酒为他带来前所未有的感觉，此时此刻的梁英俊，诗兴大发。

生命诚可贵，爱情价更高，若为酒精故，二者皆可抛。来，为兄弟情谊，为朋友情谊，为同学情谊，也为半老不死得个干儿子，干杯。

梁英俊说着，举起酒杯，跟所有人碰杯。这会儿的梁英俊，就是那个能言善辩的英国首相丘吉尔。高谈阔论，谈笑风生，胸怀祖国河山，说着辽阔大地，哼着那首《我的中国心》。在坐的个个竖起拇指夸赞梁英俊。酒后的梁英俊歌唱得好，说话也更近人情。

阿娇为桌上每个人倒茶夹菜，关照每个人，对待梁英俊更是体贴入微，无限关怀。一会儿给他夹块儿鸡，一会儿给他夹个青菜叶，夹菜时不忘跟他说句关心话。所长哥，别只惦记喝酒，吃点儿热菜暖暖胃呀。

梁英俊听着那些温暖话，吃着阿娇给他夹的青菜叶，小鸡块儿，顿时对阿娇生出暖暖情意，暖暖感情来。他是阿娇的情哥哥，阿娇是他的小情妹，他喜欢她千娇百媚，楚楚动人，温柔体贴，善解人意。

想到小情妹，梁英俊心里笑起来，老不正经的贪色鬼，真要晚节不保？活大半辈子，连跟老婆热恋那会儿，也没想到这些肉麻的词，咋到这岁数又春心荡漾啦？不行，把握意志，不能被美人摧毁意志，摧毁内心坚强的堡垒，要时刻不忘老婆“接触美人”那段话。

本性里那个梁英俊，连连跟自己敲警钟，现实里这个梁英俊，禁不住阿娇的挑逗吸引。

阿娇就是一枚炸弹，一触即发。梁英俊意志瓦解，思维瓦解，整个身体处于瘫痪状态。他不想假正经，不想见美人不动凡人心。英国有个温莎公爵，为美人宁愿舍弃江山。梁英俊不想跟人家温莎公爵比，他只想尊重自己的感受。他是个山窝里不起眼的小人物，充其量只能算是鲁迅笔下那个阿Q。他想跟阿娇打交道，来个亲密接触，跟阿娇来个警民共建，警爱民，民拥警，警民鱼水情深意长。梁英俊真想，想得眼神里蹦火花，想得心窝里只发痒。

喝上二两，人心彷徨，喝上三两，人心动荡，梁英俊已经喝了四两以上，对待阿娇，眼动心动，跟阿娇眉来眼去，你来我去，打情骂俏，眉目传情。

谁相信呢，眼神也能打情骂俏？梁英俊相信，他跟阿娇四目以对，情意绵绵。当着一桌子人，哪敢用行动？只能用眼神，瞳孔里放射出一部精彩的爱情电影，这部电影何其精彩，何其感人，何其有恃无恐，此地无声胜有声。

兴许没人相信瞳孔里的爱情，梁英俊相信，他与阿娇，今晚用瞳孔将这部爱情电影放映了俩钟头。电影里，由开始的拘谨，到后来的试探，再到后来的你追我赶，到最后的眉目生情。瞳孔里的爱情是不是爱情？梁英俊自作多情地想，电影继续放映，瞳孔里的爱情结局咋样？

指导员见梁英俊跟阿娇真要演绎出“追鱼”故事来，急忙催促小老板端水饺。小老板端上水饺，在梁英俊身边低声说道，以后要跟阿娇联手办个提供全方位服务的娱乐城，有梁英俊帮着维护治安稳定，生意肯定兴隆。

梁英俊听小老板说跟阿娇合作搞娱乐城，俩手啪啪啪鼓起掌，他梁英俊是阿娇那个情哥哥，当然要捧场，要帮助她，这不是充当保护伞，是为辖区经济腾飞做贡献。

奶……的，这生意靠谱，我的职责就是为辖区百姓排忧解难，先前我不是人民的好公仆，通过这些天的深刻反省，我以后要做人民的好公仆，想群众所想，急群众所急，全心全意为人民服务，放心干吧。

梁英俊嘴上说着高风亮节的话。眼睛一闪一闪亮晶晶，那是我俩瞳孔里的爱情。梁英俊跟阿娇继续瞳孔里的爱情，先前那仨字的口头禅一下子改不掉，总在吐口时临时转化，叫人听起来就跟结巴人说话似的，口舌总要放长音。

小老板感激地说，梁所长真是我的再生父母，再生父母啊。

阿娇犹如一瓶烈酒，一杯苦咖啡，一壶散发着清香的茶，梁英俊想去品尝她。就在梁英俊跟阿娇瞳孔里的爱情愈演愈烈的时候，手机响了，他一接听，那些美好念头，更是锦上添花。

电话是小珍姑娘打过来的，电话那头温柔地问他，哥，听经理说晚上你们几个在水饺店，这会儿吃饭没？要是吃了，时候还早呢，一块儿去“钱柜”歌舞厅唱歌跳舞如何？

俩女人，精品极品，俩女人，一个为他压惊，一个约他唱歌跳舞，真是三生有幸，好福气呀。

不能，跟组织上咋表的态，哪能见了美女就出尔反尔，忘记跟组织上的那些保证？梁英俊提醒放飞的心，收拢，再收拢，回归，再回归。

我跟你几个哥一块儿，都叫上吧，梁英俊说。这样说是有他的目的。一群人唱歌跳舞，鱼目混珠，谁能只盯着他不放松？就是盯着，也抓不住把柄。

行呀，我表哥也在吧，中意说晚上跟哥一块儿吃饭，难得凑这么齐。我先联系房间，去东南角那家“钱柜”，上次联系没去，老板一直等着呢。电话那头说。

好吧，就去那家。梁英俊说。

电话挂断，梁英俊的心有了新去向，想着小珍姑娘那副温柔体贴的贤惠样，女人真是一人一个样，各有各的美，哪个都很美。呸呸呸，这是应酬，是联络人脉，是人际关系，不是跟美人想咋地就咋地。

梁英俊在心里骂自己。跟一群排场人说，宾馆小珍在“钱柜”歌舞厅订了个房间，邀几位去“钱柜”玩玩。

排场人都认识宾馆小珍，男人对女人，心相近，嘴相远，男人的心思你别猜，猜来猜去猜不明白。在座的纷纷说，就是看大龙袍茶社老板的面子也该去，毕竟小珍是老板的亲表妹，这个面子要是不给，得罪的是一对表兄妹。

每个男人包装好自己，准备去歌厅继续陶醉。

阿娇一听是小珍姑娘，心中妒意有增无减，俩女人，都漂亮，一个虽说满三十，不算年轻也不老，一个可是活脱脱的大姑娘，男人的倾向，不用说，阿娇自己去掂量。

阿娇说，你们几个去，一天没回酒吧了，我要回去收账。

几个男人，自然懂得其中奥妙。大龙袍茶社的老板说，多谢小妹好酒好饭，过几天酒吧见，喝他个腾云驾雾上九天。阿娇说，喝他个你是鸭子我是鹅，咱俩水里吃海螺，下次再说。

阿娇送客人坐上车，梁英俊与指导员、中意搭乘王建党那辆车，廖坚搭乘大龙袍茶社老板的车，刘广独自开辆车，刑警队小张说要送阿娇回酒吧。

小张临走前跟梁英俊说，叔，我先回去了，回去跟女朋友网聊一会儿。梁英俊说，年轻人恋爱要紧，心里疙瘩已解开，以后不准把那件事挂在心上，你紧张我尴尬。

阿娇上了小张那辆车，梁英俊跟阿娇说一些感谢盛情款待的话，阿娇那对媚眼闪几闪，那张小嘴努一努，算个回答。

三辆车呼啸离开，水饺店小老板脸上挂满彩霞。

真该带上酒吧老板一块儿去，今儿辛苦一晚上。王建党说着，哼起《沙家浜》里句子，这个女人不寻常……

还真该叫她一块儿去，为我压惊，搞得多隆重，梁英俊说。这会儿他把瞳孔里的爱情放一放，后悔先前没挽留阿娇，真该带阿娇去“钱柜”了。俩人来个情歌对唱，虽说警民鱼水情已演绎得如火如荼，还应该芝麻开花节节高。

这几天找个时间去酒吧吧，人家为你压惊，你得还个人情，这也是人之常情。指导员说。

你是安神补脑液，他心里肯定这样想，男人就这点儿出息，禁不住美女诱惑。王建党说。

男人都是这副熊样子，吃着碗里，瞧着锅里，盯着盘里，望着罐里，谁不想做古代皇帝？三宫六院，嫔妃成群？虽说得不到，连想都不能想？你俩不也想跟美女套近乎吗？想是想，做是做，只想不做总可以吧！我可是党培养几十年的好干部，思想很坚定，哪敢跟女人来个交锋。

梁英俊已经深刻认识到，善意的谎言是多么美丽，展开了是一篇散文，浓缩了是一首诗歌，要是演绎成一首抒情歌，那就这样唱，才更加高亢。谎言的花儿，竞相开放，谎言的歌儿，多么嘹亮，我们的心儿，为你飞翔，飞到那幸福的地方。啊！亲爱的人儿，携手前进，我们的生活充满阳光，充满阳光。

“钱柜”门口停着不少车，梁英俊一行的三辆车一前一后到门口。老板三十来岁，瘦得前胸贴后背，眼珠子也是滴溜溜转，脸上笑容一片。小珍姑娘在门口翘首以待，见梁英俊跟着一群人，从车上下来走跟前，小珍姑娘温柔地说，几位哥，房间定好了，在206房。

小珍姑娘的这几位哥，个个对她顶礼膜拜，嘴里叫着小美女，说待会儿跟小美女跳几曲，一起唱首《请跟我来》。

梁英俊听着，心里有些酸溜溜的，说不清楚为啥酸溜溜的，可能是男人的占有欲，吃不到葡萄就晒葡萄干泡酒，得不到天使也不能让魔鬼带走。

先前说过，今晚梁英俊唱主角。梁英俊也是县里有名的红二代，德高望重的老所长，一群人捧着他。桌上放着啤酒、瓜子盘、水果盘、口香糖，另加两盒烟。小珍问他酒咋喝？他说，酒不喝了，放开歌喉唱几曲，叫几个兄弟跳几个来回。

小珍姑娘喊来“钱柜”的老板，嘱咐他物色几个能歌善舞、长得水灵的小姑娘。房间进来五位婀娜多姿、长相标致的小姑娘，一群喝过酒的男人，见着妙龄姑娘，嘴上说着夸赞的话，身子朝姑娘们靠一靠，俩心急的，顺势拉着姑娘的手，随着音乐跳起来。五个男人，五个姑娘，成双入对，戏水鸳鸯。点歌总点男女情歌对唱，这一对唱歌，剩下几对也不闲着，拉起姑娘轻歌曼舞，飘若神仙，投入到火热的生活当中去。

多美好的一个时代啊，要是晚生几年该多好，要是再过一次单身生活该多好。红二代，派出所所长，身份地位，也算勉强，窈窕淑女，君子好逑，成群姑娘围追堵截，多美呀。梁英俊连连感叹光阴似箭，连连为岁月蹉跎扼惋叹息。

一群男人来回交换舞伴，男人们借着酒劲跟姑娘们边跳边说，搂搂抱抱，越搂越紧，只差来个亲密接吻。梁英俊因举报信的事心理有障碍，跟姑娘们跳舞保持距离，姑娘们不明原因，有俩姑娘说他太青涩，不像大老板。他说，自己就不是老板，只是个小跑堂的，逗得姑娘们嘻嘻笑。

碰到他与小珍姑娘跳时，他更是不知道该如何跳，是搂着跳，还是拉着跳，会不会一跳，就跳出男女关系来？会不会一跳，就跟董贤明一样，身败名裂，命运改写？梁英俊因顾虑重重，小珍姑娘搂着他跳舞时，他好像再没有先前那种纯洁的思想了，就想着男女间搂搂抱抱，不只是纯粹跳舞，而是男女间不清不白的那些事。

越这样想，心里越不自在，一曲下来，身心紧张，一身冷汗。等再次轮到与小珍姑娘跳舞时，他急忙说，时候不早了，待会儿要回所里，督察大队半夜可能突查值班情况。梁英俊说，不影响大家的兴致，他跟指导员坐王建党的车先走，几位小弟留下来陪姑娘们再玩一会儿。

梁英俊这样一说，在座的也不好意思留下来，时间已过了晚上十一点，也该离开了。一群男人跟妙龄姑娘恋恋不舍地道别，姑娘们说，抽空过来，等着啊。

先送指导员回家，再送中意回住处。中意跟梁英俊说，干爹有事没事多来楼上走动走动，一走动，楼上仨人就能迎来个艳阳天。梁英俊跟中意说，要将下基层送温暖活动搞到底，搞得全县人民都知道他梁英俊认了个干儿子，干儿子是他下基层送温暖活动的劳动果实。中意得到梁英俊这句话，高兴地哼着《好大一棵树》进了院子里。

剩下梁英俊与王建党，王建党跟梁英俊说起刚刚知道的新情况。

县里年初准备考核提拔梁英俊为副局长，这会儿情况有变化，可靠消息说他不再担任所长了，进班子。王建党说，消息很准确，酒吧女老板今天请客，肯定是提前得到消息了，县里人事调整，各单位都在走动，谁不想提拔。要是排队提拔，能从县城排到山窝里，再从山窝里排到省城。没宣布前谁也说不准，但基本是这样定的调。

瞧瞧，官场如战场，稍一疏忽，中弹中枪。年初说提拔副局长，现在差点儿连班子成员都黄了。要不是派出所死人那件事处理得当，说不准真给免了。评比竞赛的结果对他有影响，举报信起了重要作用，大意失荆州啊。

王建党说，廖坚早开始挖道修渠了，这件事自然是水到渠成。县里有位人物夸廖坚身上具备领导素质，虚怀若谷，夸那小子品德好，老婆下岗患抑郁症，不离不弃照顾着，人品好该提拔。

梁英俊听着不做声，心想，他梁英俊老婆太强势，连个同情照顾的机会也不给，这不能说他梁英俊品德不好，只是没表现的机会。

人家廖坚是县里有名的活络人，见人不笑不说话，说的全是夸赞的话。他梁英梁是县里有名的死筋蛋，见人总是绷着脸，话一出口，一针见血，戳你个满身是血。人家廖坚皓首穷经，苦学经典，深入学习中国特色社会主义理论和“三个代表”的重要思想，助人为乐，热情豪放，堂堂正正的英雄模样，一颗红心向着党。他梁英俊在党考验他的紧要关头，完全置党和组织于不顾，将美女放在党组织之上，自掘坟墓，自取灭亡。

那天在医院，廖坚跟他说过，想趁着年轻，在事业上有新起色。人家是相信他梁英俊，才跟他说那些推心置腹的话。派出所死人那件事，廖坚也是豁上命来保护他，还不说人家是个代理爸爸，多有爱心呀。人家那些善举，就是不说，摆在跟前，谁都看着。不能再跟廖坚针尖对麦芒了，这不是一个男子汉该做的事情。要是跟别人一争高下，他梁英俊兴许眼都不眨，他一向是个重情义之人，爽直男儿，岂能将身外之物当作人生全部？廖坚提拔副局长，大势所趋，人心所向，组织上选定他做班子成员，是考虑他连破两起命案，顺天意，顺民意，人间正道是沧桑。

王建党说，小道消息传梁英俊没提副局长另有原因，王建党没摸清啥原因，凑机会一定帮他弄清楚啥原因。

梁英俊想，会是啥原因？评比竞赛的事糊里糊涂算没事了，举报信这件事梁英俊也是跟廖坚套关系，拉家常，这会儿成了亲密无间的好兄弟。派出所死人的事在社会上没带来不良影响，能有啥原因？

为了事业前途，梁英俊不遗余力，肝脑涂地，但活得不如一条宠物狗。这会儿梁英俊真想做条宠物狗。大街上那些打扮时尚的女人，怀里抱着宠物狗，宠物狗打扮得跟个小人精一样，穿衣戴帽，脖子上挂个小铃铛，女人们一上车，狗坐副驾驶位置上，女人们一回家，狗一下蹿到她怀里，女人们亲呀搂呀摸呀抱呀。狗吃的粮食高蛋白高营养，狗不挣钱，靠女人们挣钱养活它，享受女人们的青睐和爱抚，拉屎撒尿，吃饱喝足睡一觉，女人们跟伺候皇帝那般伺候着狗。

梁英俊正想着女人与宠物狗的关系，董贤明打来电话，跟他说，明天是周日，先前库存一瓶洋酒，想约梁所长一块儿喝了。这天气在河堤上喝个小酒，吹个凉风，是件美事。董贤明末一句话说，有个事跟梁所长有牵连。

梁英俊听着他末了的一句话，心又悬起来。真是一波未平，一波又起，也不知道是啥事情？是不是还要说他跟女人的事情？

梁英俊没有跟王建党说董贤明约他。

在北岸意外碰见董贤明后，梁英俊牢记董贤明那句话，做个智者，不能走他董贤明那条路。对于董贤明，他心里总有一种说不出来的感觉，那感觉总叫他的心隐隐作痛。似乎董贤明就是他，他就是董贤明，俩人犯同一个错误，男女作风问题，道德问题。

想着同一个问题，梁英俊忿忿不平，他跟董贤明怎么能算同一个问题？董贤明兴许、可能、估计在醉酒状态下，跟年轻姑娘跳舞，把持不住自己，跟人家动手动脚了。他梁英俊跟女人，就是隔岸观火，隔山望月，根本就没有男女关系之说。

梁英俊有一种感觉，要是跟董贤明吃饭碰见熟人，人家肯定要指指点点，说他跟董贤明是一根绳上的蚂蚱，俩人同流合污，这会儿竟敢大张旗鼓地坐在河边喝酒吃肉，真是恬不知耻。要是往好听的话上说，人家会说，俩倒霉蛋同病相怜，凑一块儿借酒浇愁，相互诉苦，俩倒霉蛋成了知己。

人都有虚荣心，排场人的虚荣心更胜一筹，梁英俊不想叫王建党知道他去董贤明那里，也是因这不好的感觉。俩人命运何其相似，只是梁英俊那个未来还不明朗，组织上还没有给他一个明确的答案。

他想，时间是检验真理的唯一标准，还是让时间来说话。当然，他也在思索，以后如何才能杜绝来自各方面的不利影响。四十多岁，没名没利，好不容易逮个机会，命运之神却一下将他推倒在地。不行，明知山有虎，偏向虎山行，鹿死谁手还不好说，最后的结果，不是东风压倒西风，就是西风压倒东风。成事在天，谋事在人，放眼世界，展望未来，劈波斩浪，奋勇前进，红色后代哪能轻言失败？

起来，饥寒交迫的人们，起来，全世界受苦的人，满腔的热血已经沸腾，要为真理而斗争……梁英俊唱着国际歌，朝自己的家走去。

第二十三章

周末，河堤两岸比平时热闹，茶馆饭馆个个爆满，人们在两岸走动，车辆在两岸穿梭，菜农们肩挑背扛，新鲜水果、煮花生、爆米花、时令蔬菜一样不缺。菜农吆喝着穿行在人群之中。男女一桌的，男人掏钱不还价，大大咧咧。女人一桌的，讨价还价，你争我抢，争着付账。一桌全是男人的，任凭菜农磨破嘴皮，打牌摔牌，不理不睬，菜农临走会小声骂一句，一群吝啬鬼。

董贤明的小饭馆坐得满满当当。董贤明说，逢上周末，生意比平时好，老婆带娘家俩侄女过来帮忙。董贤明搬一个小方桌，两个小板凳，放到河堤上，跟梁英俊说，今儿跟老婆请假，特意陪梁所长。老婆说，以后叫梁所长联系些人过来捧捧场。女人比男人吃苦耐劳，干啥事都要干得有模有样，小饭馆自打老婆参与进来，管理得有条不紊，生意比先前更红火。老婆说，要叫人们重新审视他，重新尊重他，为了这些，苦点儿累点儿不算啥。

梁英俊见董贤明老婆也是一副清秀模样，跟董贤明很有夫妻相，要是董贤明没出意外，俩人不说小日子过得多么丰富多彩，起码也能安逸舒适。这飞来横祸差点儿毁掉一个家庭，董贤明咋看也不像是个品行不端的人。梁英俊想，人要是在关键时候犯了事儿，再想起死回生也真不是件容易事。明枪易躲，暗箭难防，兴许董贤明真是被冤枉了呢。前事不忘，后事之师，不经一事不长一智，做人还是要懂得惜福，不能总想着圆满，所谓月盈则食，月满则亏，有一定道理。梁英俊那也是过五关斩六将，才混成个派出所所长，这会儿宁可原地踏步，也不能为再上一个台阶，出现意外差错。董贤明不也是为了再晋一级，弄得鸡飞蛋打。王建党先前也想晋一级，提拔个指导员，才拼上命地想立功，结果下场跟董贤明一样。逆水行舟，不进则退，有时候也讲究天时地利人和，循序渐进，功到自然成。急于求成不行，弄不好前功尽弃。

董贤明叫厨师做了盘红烧肉，又端上来一盆牛骨髓，配一个菠菜炒鸡血。董贤明打开酒，说是马爹利。梁英俊喝过 XO，没喝过马爹利。董贤明说，他也没喝过，一个做生意的同学送他的，放几年没舍得喝。

梁英俊说，咱俩喝这种酒太不像话了，要是碰上个熟人，还不骂咱俩饕餮之徒，已经混得鹑衣百结，还要打肿脸充胖子。

董贤明说，胜败乃兵家常事，咱先前是靠天吃饭之人，虽说这会儿跟先前不可同日而语，却也在尽心尽力做苦力，养家糊口，也不是饱食终日，无所用心。先前干啥事都要前思后想，考虑影响，这会儿不在其位不谋其政，还怕谁说这道那不成？

梁英俊听了此言，心里又开始隐隐作痛，这话听起来也是合情合理，可咋就觉着这些话带些自我嘲讽的意思在里面。先前王建党就说，给个金山银山，也无法弥补精神上遭受的打击。别人梁英俊不敢说，但他可以肯定自己将名誉视若生命，他不会为一时之利，丧失做人应有的尊严，先做人，再谋事，这是他遵循的处事之道。

董贤明这些话听起来很洒脱，里面有说不出的苦辣酸甜。兴许外人悟不出来，但梁英俊因跟董贤明有同样的遭遇，对董贤明的理解就如同对自己的理解一样。人在无奈、绝望的时候，想从中解脱，往往会采取调侃的方式，也算是个好办法，总不能沉浸在痛苦里不能自拔。男人要是沉浸在痛苦里，一大家子人跟着倒霉，只要还有一口气，就不能只想着自己。

董贤明拿了两只小碗，倒上酒说，洋酒该用高脚杯喝，配上冰块、柠檬片，拿着杯子来回晃，那样才有雅兴。话说回来，喝洋酒适合在咖啡厅，或有情调的酒店、西餐厅，今儿咱是土洋结合，享受着自然风景，洋为中用，不管雅兴不雅兴，只管尽兴就行。

俩人吃了几筷子的菜，端着杯子碰了一下，谁也不说酒场上那些客套话，相对一望，似是心有灵犀，饮下碗里的酒。

董贤明又倒满两碗，跟梁英俊说，县里人这些天都在议论你提拔的事，工作上有点儿差错不算啥，只要不是原则上的事，算不上啥事。常在河边走哪有不湿鞋？别担心鞋湿了，鞋湿了总比鞋破了强。做生意讲究扭亏为盈，你这会儿不亏不盈，争取双赢。我先前不注意这些，要是注意到这些，也不至于弄成这般惨状。去年县里一个能人，不便指名道姓，人家就懂得双赢，跟另一个竞争对手原本有隔阂，受高人指点，俩人很快建成统一联盟，结果俩人双双晋升。人跟人很微妙，为了利益，瞬间能成为朋友，瞬间也能成为敌人。君子之交淡如水，真正成为友人的，是有共同爱好、兴趣、理想、信念，无话不谈，跟利益不沾边，纯粹是感情上的交流沟通。真可谓朋友千千万，知己有几人？我喜欢看《动物世界》，不管是猛兽还是河里的小鱼虾，跟人一样有生存规则，谁破坏了规则，就要面临死亡的威胁。人跟动物的区别在于，人除了有与生俱来的生存规则外，还制定了法律、法规、制度、规定，人要遵循这些规章制度而生存，违背这些就要受到法律的严惩。有些人谙熟法律和规则，即便违法违纪，没有证据就不能将其绳之以法。也有些人游离在法律与规则的边缘，即便证据确凿，也很难用某一条法规去约束他的言行。当狮子用头脑进攻猎物的时候，不是张牙舞爪。要知道思想上的禁锢比肉体上的进攻更可怕。看不见的魔爪叫你在顷刻间粉身碎骨，你还在懵懂中就已成为猎人的美餐。机不可失，时不再来，从长远着想，从现实着手，抓住有利时机，力争俩人都吃上面包喝上牛奶，真吃不上，别人吃营养餐给你分杯羹也行。

董贤明说着，拿起碗跟梁英俊碰了一下。梁英俊明白董贤明说这一番话是啥意思，董贤明知道他跟廖坚俩人都在竞争公安局副局长，这些话，是肺腑之言，也算是鼓励的话，战争双方总要有牺牲的，和平谈判对任何一方来说都是双赢。来之前梁英俊顾虑再三，他并不想来，心想着董贤明是不是惦记自己和他犯同一个错误，等着看他的笑话，会不会俩人结局一样呢？他对董贤明心里多少有些气，咋能把我梁英俊跟你董贤明捆绑在一起？

这会儿梁英俊看董贤明待他也是一片真心，心里有些埋怨自己是个小心眼儿，先前咋就对人家以怨报德呢？这哪是你梁英俊这个坦荡之人该干的事情？俩人都经历过不测之祸，虽说这祸跟祸不一样，终究是心灵上经历了同样的打击，心路轨迹多少有些相似。董贤明一番话，叫梁英俊突然觉着俩人的心走得近了，等第二碗酒喝下去，梁英俊对董贤明似乎有了那种不求同年同月同日生，但求同年同月同日死的兄弟般的感觉了。

梁英俊时不时朝饭馆望去，看有没有熟人？他心里还是有那么一丝顾虑，不想叫熟人看见他跟董贤明在河堤上喝酒。

河堤边不时有路人走过，路人总是朝他和董贤明看去，是不是那瓶洋酒摆桌上太显眼了呢，谁会坐在河堤边喝洋酒呢？这可能是人家看他俩的原因所在。明白了这一点，梁英俊心里多少有些安慰。

河堤边的茶馆、小饭馆一个挨着一个，一个又一个身影从他俩跟前过去，董贤明老婆忙碌的身影在眼前来回晃动。梁英俊想，也许她从心里相信董贤明不是那样的人，董贤明是酒后无德，感情上没有背叛她。如果人到哪一步说哪一步的话，可以说是命运推着人走，有些人走在坦途上，有些人走在泥泞里，谁敢保证，坦途里没有荆棘丛生？但是从泥泞里走出来的步伐会更坚定。

董贤明倒满第三碗酒。洋酒虽说度数低，正常情况下喝洋酒都要加冰块勾兑，俩人啥也不加，这样一来，真赶上 46 度的白酒，两碗以后，他俩的脸，红得跟一抹夕阳似的。

董贤明又开了口。他不是说酒令酒辞，而是说，其实不瞒梁所长，今儿是青萍叫我约你的。

啥？梁英俊很是惊讶。青萍是梁英俊的老婆，他一时弄不明白董贤明说的话。

董贤明说，你有所不知，我跟青萍是中学同学。那次咱俩在这儿碰面，我跟她打电话说了，说你看上去状态不好，她听了半天没吱声。先前我们也是常联系的，后来出了那事，跟她联系少了。我俩是同学，我了解她，刀子嘴豆腐心，对人实心实意，当年也是同学们的主心骨。先前每年同学都要搞个会餐，她是中心人物，这四年我都没参加了，同学们倒是打电话来约过，是我自己不好意思去。青萍跟我说，同学之间只看友情，不会冷落我。说归说，我还是没脸跟同学坐在一个桌子，可能是我太敏感多心了。人在台上，只顾着高兴，啥事都不会放在心上，等从台上下来，想事情就复杂了，我就是这样。

梁英俊真没想到老婆跟董贤明是同学，难怪以前老婆时常拿董贤明的事在他跟前做警示，原来俩人是同学。过去老婆跟同学聚餐时也叫过他，可不是派出所有事，就是有人约他吃饭，梁英俊从没参加过。对老婆那些同学朋友，非常要好的认识几个，其他知道得不多，自然也不知道董贤明是老婆的同学。

梁英俊好奇地问董贤明，老婆为啥叫他约自己过来坐？

董贤明说，青萍昨儿打电话叫我约你过来跟你聊聊，她啥也没说，我猜想，她是想叫你把我做个反面教材吧。

梁英俊原本也在想董贤明为啥约他，现在才明白是老婆叫董贤明约他的，这不在他意料之中。老婆哪是个细心人？这一次，老婆悄无声息地叫董贤明约他，他明白老婆的用意，如董贤明说的，董贤明现身说法，当反面教材教育他。

这会儿他心里对老婆有些感激。她还是很爱我的。他用一个爱字，化解了对老婆的许多不满，他原本就是个大度的人，咋能跟一个朝夕相处的女人斤斤计较呢？她成了你法定的妻子，你就要呵护她，爱护她，包容她的缺点，放大她的优点，这样，一个家庭才能过得幸福美满。

梁英俊端起第三碗酒，跟董贤明说，士为知己者死，以后咱俩是患难兄弟。他相信董贤明是被人陷害，他要帮助董贤明侦破这起案子。法网恢恢疏而不漏，他一定要给董贤明一个交代。

流水无情，落花有意，那些挂羊头卖狗肉的勾当早已被识破，留得青山在，不愁没柴烧，这会儿我活得很自在，先前那哪能叫生活？天天流星赶月，浑浑浊浊，哪享受过天伦之乐？那件事就叫它不了了之吧，我不会翻案的。董贤明轻描淡写地说，拿起碗儿口就喝个底朝天。

梁英俊说，我以后多听多做少说，跟你这般，大隐隐于市。

董贤明再倒满一小碗酒，跟梁英俊说，还有一件事，跟你说道说道。

梁英俊说，就是电话里说的跟我有牵连的事？

董贤明点点头。这件事我也是才知道，县里那个冠名诗人，你知道他兄长是谁吧？

梁英俊说，知道，跟我三表姐是同学。

董贤明说，跟廖坚是自家屋里的兄弟。

梁英俊一惊。啥？不可能吧。

梁英俊想着廖坚跟他说过的话，自家屋里的哥哥跟大哥关系好得跟亲兄弟一样。梁英俊知道诗人那个兄长在县里混得很风光，原来廖坚这个自家屋里哥哥就是诗人那个混得排场的兄长。诗人说兄长跟三表姐是同学，也就是说，廖坚自家屋里的哥哥跟三表姐是同学，廖坚不会不知道这层关系。

梁英俊怀疑廖坚这个自家屋里的哥哥跟廖坚关系的真实性。要是廖坚自家屋里的哥哥是诗人的兄长，诗人也该认识廖坚。咋就没听诗人说过跟廖坚是亲戚？如此说来，廖坚嘴里说的这个自家屋里的哥哥有可能是攀出来的亲戚，不是名副其实的亲戚。

梁英俊问董贤明，是攀上的亲戚还是真亲戚？

董贤明说，道听途说，真是亲戚，不出五服，也算近亲。

梁英俊说，我跟诗人很熟，咋就没听他说过跟廖坚是个亲戚？

穷在大街无人问，富在深山有远亲，县里一个冠名诗人对廖坚来说一点儿用处也没有，廖坚自然忽略跟他的关系。诗人有个排场兄长罩着，也不会把廖坚放眼里，俩人谁也不在乎攀上这门亲戚，相互不认识也很正常。董贤明说。

梁英俊脑子转了几个来回，他在想，廖坚没跟他说过自家屋里的哥哥跟三表姐是同学，只强调跟大哥亲如兄弟，看来三表姐对廖坚来说作用不大，他看重的是大哥。县里小道消息说，再过几个月大哥要从前院调到后院，廖坚看得很长远。

梁英俊想完大哥跟三表姐，再想廖坚那些亲戚关系。他跟廖坚那些亲戚总有扯不清的关系。阿娇、小珍姑娘，这会儿又冒出来个诗人，这两天他咋就混在廖坚这些亲戚关系里，好像自己是个鱼儿，钻进渔网里游来游去，成了瓮中鳖罐里蛙。这是不是巧合？要是巧合，也真是天造地设，命中注定，对他来说无法取舍。

董贤明说，每个人都想做智者，真正的智者是隐居在深山的饱学之士，真要做那样的智者，有几个人愿意？人还是愿意做现实里的智者。只可惜，现实里没有智者，现实里只有一群又一群的谋士，你一群他一群，争个你高我低，打得头破血流，到最后都被智者收走，走的是灵魂不是肉体，肉体变成灰，灵魂被智者收走变成思想。

你上次跟我说做个智者，就是说，叫我做隐士？隐士没有名利之争，权利之争，隐士与世无争。我怎样才能做个隐士呢？梁英俊问。

董贤明笑起来。智者天下无敌，这个天下无敌是抽象的，思想层面上的东西，也是自己战胜自己的法宝。孤军作战，会陷入四面楚歌的境地，要是在思想上成为智者，谁能打败你在思想上的坚守？真理在你心中，真理至高无上，你掌握着真理，就成为智者。

我明白了，在众敌压境、孤立无援的情况下，智者能自救，凡夫俗子则只会庸人自扰，拿我跟廖坚的事来说，咱也是好事没来到，坏事不请自到，评比竞赛的前两次，人家廖坚名次也在前面，人家各项工作、各项指数，啥时候都在前面。吉人自有天相，不争之争胜于强攻。智者咱做不了，争取做个能者，互助双赢。

俩人相视一笑，喝完酒，董贤明将空瓶子装进盒子里，说留个纪念，吆喝老婆端上芝麻叶绿豆面条。

董贤明说，梁英俊的事迫在眉睫，该明白老婆的良苦用心，女人跟着你，不图享福，平安就行。

梁英俊想，他的事的确到了该收尾的时候，他好比一个出头鸟，枪打出头鸟，他要避开潜伏的枪口，避开一波三折的暗箭伤害，给老婆一个合理的交代。

跟董贤明见这次面，对梁英俊来说意义深远。梁英俊思索着董贤明那些话，人在经历刻骨铭心的挫折之后，形成自己独有的感触。所有的思想家都是从痛苦中蜕变出来的，梁英俊要改变自己。

有的人死了，他还活着，有些人活着，他已经死了。梁英俊要做个名副其实的活人，至于死了能不能活着，后人说了算。

阿娇给梁英俊打电话，说中意在酒吧已能独当一面，她任命中意为副经理，先给他个锻炼机会，建农庄的事正在办理，等中意翅膀硬了，农庄建起来，交给中意管理。阿娇说，她想叫梁英俊去酒吧给中意鼓劲打气。

改变自己从小事做起，梁英俊要先从女人这方面入手，重新树立良好形象。古人在结婚入洞房之时，还要说句“非色也，为后也”，你梁英俊已是有妻有儿之人，在一个文明的社会，对女人尊重，是考量文明程度的一个重要标准。

梁英俊大张旗鼓地带上老婆，约上指导员、廖坚、王建党、刘广，这样有几个证人，可以证实梁英俊跟阿娇没有一点儿男女关系。

梁英俊老婆跟阿娇在酒吧见面，俩女人似乎忘记了前几天在茶社相遇那件事，亲密无间，相互夸赞，她夸她天生丽质，国色天香，她夸她仙姿玉色，仪态万方。俩女人夸着对方美丽，说着各自那些老亲旧眷，很快兴奋地尖叫起来。梁英俊老婆说，阿娇和她自家屋里的表姨家是亲戚。

哎哟，真没想到还是亲戚。阿娇说。

由此说来，我跟嫂子也是亲戚。廖坚说。

这又从何说起？梁英俊的老婆问廖坚。

廖坚将这些亲戚关系一一捋顺，阿娇跟廖坚自家屋里的哥哥是亲戚，廖坚跟阿娇是间接亲戚，梁英俊老婆的表姨跟阿娇是亲戚，这样一联系一循环，廖坚跟梁英俊夫妻俩就成了个间接亲戚。

几个人很快形成新的关系链，远房的、直系的、自家屋里的、不出五服的。一桌人为认亲而喜悦，为壮大亲戚队伍庆贺，又是碰杯，又是敬酒，两瓶酒很快没了，阿娇端上梁英俊喜欢吃的羊肉萝卜糊汤面。

窗外雷声响动，下起沥沥小雨，这季节山里天气变幻无常，一会儿晴空万里，一会儿瓢泼大雨，面吃完，雨停了，阿娇拉着梁英俊老婆的手，深情地说，姐，今儿才知道是亲戚，以后你就是我的亲姐姐啦。

梁英俊老婆声情并茂地说，妹子，真想不到，一下子认成个亲戚，千言万语下次再说，多联系呀。

从那儿往后，梁英俊老婆在周末总要约上梁英俊去酒吧，县城里的人见梁英俊常带老婆去酒吧，先前的谣言不攻自破。

梁英俊下基层送温暖活动搞得也是轰轰烈烈，一有空就带老婆去中意那个偏僻地儿，还跟小珍、诗人吃了几次饭，再一次粉碎了有关他和小珍姑娘的谣言。

就在梁英俊等待组织上重新认知他的时候，辖区一栋家属楼发生火灾。当时是晚上十一点，梁英俊接到报警，带着全所民警赶赴现场，等他到达现场的时候，大火已吞噬了整个房顶。现场是栋老式居民楼，没有消防设施及消防通道，消防车停在楼房外面，消防队员正在接管子。梁英俊冲进现场，这是他第一次处理火灾现场，当时他脑子里就一个念头：决不能让一个人在火灾中死亡！

第二十四章

这是一栋四层楼房，着火点在四楼。已是晚上十一点多了，晚上有风，风助火势越烧越猛，梁英俊急忙询问情况。一个五十多岁的男人说，火是从一单元四楼烧起来的，当时他从外面喝酒回来，发现四楼有火苗子，赶紧喊楼上的人，多亏发现及时，火着起来的时候，楼上的人都下来了。听说一单元四楼有一对母子没下来，好像孩子脚脖子崴了，走不成路，没来得及下来。他在二单元住，是他先跑到一单元一楼拉了电闸，他怕电线着火。

楼下已聚集了不少居民，有些孩子哭着说电脑忘带了，几个老太太说家里电器不知道以后还能不能用？人们焦急地看着滚滚浓烟。有些人跑到路口店铺里借来水桶、洗脸盆，可站在楼下才明白，这不过是杯水车薪，何况根本没有那么大力气将水泼到楼上。

梁英俊安排内勤和两名民警帮助消防队员接管子，其他人跟着他，看能不能上楼将那对母子救出。

梁英俊从路边店铺主人的家里要了床被子，洒上水，叫副所长进楼里去探探情况。很快，副所长从里面气喘吁吁地跑出来，说只能上到二楼，三楼全是烟雾，呛得人根本上不去。这时候，隐约听见有孩子的哭声从楼上传来，接着，有女人撕心裂肺的叫声。楼下居民催促梁英俊赶紧安排人上去，不然，孩子肯定会被熏死。这时候，只听见女人大叫着救救孩子，有居民朝楼上高呼“快跳楼！”

也有人叫“不能跳！”

梁英俊想冲上楼，然而，火势太凶猛，整栋楼像是要爆炸似的，破碎的玻璃发出噼里啪啦的声音，指导员、副所长跟另外两名民警一边维持秩序，一边问他该咋办，是不是安排人上去。

楼上孩子的哭声时隐时现，女人的叫声也是若隐若现，有居民开始破口大骂，啥球警察，关键时候袖手旁观，等着人死。也有人说，上去不烧死也会熏死，不能上！

梁英俊将先前副所长披的被子拿过来，让居民浇上水，披在身上。指导员见状说，我去吧，我比你腿脚利索点儿。他啥也没说，进入楼道里。很快，他从楼道里跑出来，居民围拢过来，他说，烟太大，啥也看不见，只好出来。

这时候，一个三十多岁的男人冲到梁英俊跟前，一把拽住他，叫他上去救救自己的老婆孩子。男人说，孩子才六岁，他上夜班刚回来，没想到着火了，求求你，梁所长。男人说着开始号啕大哭起来。

梁英俊犹豫片刻，正要进去，副所长拦住他，说，我去！说着，揭走他身上的被子，进了楼道。

管子终于接到居民楼前，水枪对着楼房冲着，梁英俊惦记着副所长，大声叫着副所长的名字。火熄灭了，他第一个冲进去，等他再下来时，身上背着不省人事的副所长。指导员迅速联系急救车，他背着副所长，飞速朝路边跑去。那一刻他啥都忘了，忘记火灾，忘记火灾现场孩子的哭声，孩子母亲的惨叫，脑子里就一个念头，副所长的孩子才五岁，不能叫孩子成个没爹的孩子。他背着副所长，这会儿犹如背着风。风带着他，他背着风，他看见救护车前那盏灯，穿白大褂的护士从车上下来。他大叫着，快上车，快开车，去县医院！

他低下头，汗水顺着脸，流到他的眉毛和眼睛上，流入他的嘴里。汗水咸咸的，有些苦涩。他用手摸了一下，却发现，不全是汗水，他的泪跟着汗水，流到他的嘴里，流到大腿上，很快在腿上印了一个牡丹花图案。

他抬起头，看见抢救室这三个字，混沌的大脑开始想，他是如何离开火灾现场的，如何进了医院，又如何在此等候。几点了？他看看表，已经凌晨两点多，他不记得啥时候到了医院，居民楼火灾发生时间是晚上十一点多，已经过去三个小时了。

这时候，他突然想起火灾现场孩子的哭声，女人的惨叫。那对母子现在怎样了？他想站起来，两条腿愣是不给力，他一阵眩晕，站不起来。他掏出手机，给指导员打电话，没人接听，打给内勤，也没人接听，给所里每个人打，都没人接听。他突然明白，火灾现场人声鼎沸，所里全体同志都在火灾现场。

他摇摇头，瞧这所长当的，临阵脱逃！他突然想到这个词。

这时候，抢救室的门打开了，医生走过来，跟他认识，医生笑着说，那小子没事了，输几天液再回去。他想站起来跟医生握一握手表示感谢，又是一阵眩晕，他没能站起来。

医生说，你是回去还是在这儿陪他？要不安排个房间，你先睡一会儿，折腾半夜，够累的。

他说，再坐一会儿，等指导员过来再说。

医生走了，他眯上眼，想火灾现场。他听见孩子在叫他，梁所长，救救我。他听见孩子母亲乞求他，求求你，救救我的孩子吧！他冲进火海，没有发现那对母子，他们是不是得救了？是不是从窗口跳下去了？是不是被浓烟熏得窒息过去了？他寻找着，听见屋顶上发出一阵笑声，孩子是咯咯咯的笑，女人是嘻嘻嘻的笑，那笑声听着那么阴森，不像是人发出的笑声。一个男人的声音说，母子得救了。一群男人的声音说，母子得救了。一个女人说，母爱是世界上最伟大的爱。他朝女人发出声音的地方看去，浓烟消失殆尽，一个年轻的女子，怀里抱着孩子，驾着轻风而去。那个母亲朝他挥手，他也跟那母子俩挥手，不一会儿母子俩消失在云端。他正诧异着，有人晃晃他的胳膊，他抬头，见是指导员和内勤站他身边。原来是做了个梦，他笑笑。

指导员说，孩子的母亲脑缺氧，正在抢救，估计没有生命危险。孩子可能受到惊吓，有些癔症，正在输液。

内勤问副所长怎么样了？他说，那小子，扔进炼钢炉都没事，这会儿正呼呼大睡呢。

指导员说，所长，有个事你要有防备，火扑灭后，我跟消防队员把那对母子救下来的时候，孩子的父亲在我们身边叫骂，说你不作为，玩忽职守，要去公安局告你。

梁英俊听到指导员这番话，突然感到阵阵寒意向他袭来。他整理一下自己的思绪，回忆着火灾现场的点点滴滴。他究竟有没有玩忽职守呢？是不是不作为？当时那情景，不是作为与不作为就能解释清楚的问题。

副所长从医院回到所里，看上去有点儿消瘦，衬衣扣子紧扣着。他问副所长，你一向都是袒胸露背，啥时候变得如此斯文了？

副所长解开扣子，挽起袖子，他看见副所长胳膊上留下一层黑乎乎的东西。瞧，我儿子说是烤香肠，怕感染，才学你平时的斯文样，穿衬衣，扣扣子。医生说不出一个月，就能长出一层嫩皮。副所长将扣子重新扣上，跟他说，所长，真想不到，平时看你跟个书生似的，没想到你能背着我跑了一条街。听当晚值班的护士说，你背着我快步如飞，半夜里大老远看去，就像武侠大片里在半空中飞行的侠客。人家说你嘴里一直不停地叫我，人家不让你叫，你说，一直叫着，小鬼就不敢把我带走，想不到所长也迷信。

梁英俊想着当时那情景，也觉得不可思议。难怪有些人喜欢挑战极限，要不是经过这件事，这辈子梁英俊也想不到自己竟然力大无比，副所长一百八十多斤的体重，他愣是背起来一路小跑，跟运动员在运动场上冲刺一样。

他没跟副所长说当时的想法，当时他害怕副所长死了，怕他的儿子成个没爹的孩子。他冲着这一点才使出浑身劲头，人的极限能力是很强大的。

这时候，他接到主管局长打来的电话，主管局长叫他带上指导员、副所长去局里，说当事人已找到公安局，提出当时梁英俊不作为，提前离开火灾现场，玩忽职守，要求赔偿家属在医院的医疗费。要是不能按要求赔偿，当事人就继续上告，追究梁英俊的责任。

梁英俊想，真是祸起萧墙，从哪儿冒出来这滔天大祸？他有腹背受敌的感觉，似乎不利的因素都冲着他来，倒霉的事都叫他碰上。人家救人，救成个英雄，他救人倒好，咋就救得叫人家告他？他摇头晃脑，愁肠百结，这会儿真想遁入空门，过离群索居的生活，像董贤明那样，不再承担对某一个单位、某一个组织、某一种职业带来的责任，过自给自足的生活。他已经身心疲惫，过去，他还会为某一件事呐喊，为自己争得一席之地，还自己清白。这会儿不知道咋了，他竟跟个木头疙瘩似的，坐在那儿发呆。此一时彼一时，先前那个梁英俊，身上似是有无尽的能量，激情燃烧，情绪奔放。这会儿的梁英俊，自惭形秽，四肢无力，似是病入膏肓，很快就要进入坟墓了。

副所长见他失神落魄，人像被掏空了一样，只剩下一个空壳，不说，不笑，呆若木鸡，便安慰他说，所长，你是为救我，不存在不作为，当时那情景，你也尽力了。副所长说着，一副焦急的样子。

梁英俊给指导员打电话，对方很快到他办公室，见梁英俊一副魂不附体的模样，知道发生了不好的事。副所长跟指导员说当事人到局里告状的事。指导员说，公道自在人心，人跟人不一样，当事人是想要钱，真不行跟主管局长商量一下，给点儿钱息事宁人。看来咱得找个卜卦先生来所里看看，是不是咱这地气儿有问题，尽出怪事。指导员说。

梁英俊经指导员这一说，也觉着派出所是不是阴气太重，阳气不足？先前报案死人的事，一些卜卦先生就过来说些不明不白的话，当时为那件事他也是累得焦头烂额，没把卜卦先生那些话放在心上。他想，等见过主管局长，真得找个卜卦先生过来看看，或许能解解心中的烦恼。人咋能背时到这种地步？先是报案死人，这会儿为救火人家状告你，真是福无双至，祸不单行，梁英俊有些自顾不暇，不知道接下来该如何处理这件事。

先前梁英俊没有处理过火灾事故，这一次，他有些手忙脚乱，顾头不顾尾，自己也是有失误的。当时应该先叫救护车在现场等候，火灾现场就是没有人受伤，也要做到有备无患。当时火灾现场，他自己也是心慌意乱，不知道该咋办，关键时候没有做到沉着应战，没有制订一套快速处置的方案，这些，都是自己的过错。离开现场更是自己的错。一个指挥官离开现场，就如同战场上临阵脱逃的军官，换在战争年代，说不准还要枪毙他。当时情况危急，他本该救百姓于水火之中，无论如何都要坚守阵地，哪能感情用事呢。

他想，这次他是真有责任，要是为这件事处理他，他没有怨言。幸亏火是从另一家烧起来，那位母亲懂点儿消防知识，用湿毛巾捂住孩子的鼻子。要不是那位母亲镇静，说不定母子俩真让烟雾熏死了。

当事人去局里状告他，看来这次肯定是在劫难逃了，他已经无所谓了，大不了进班子的事黄了，所长不干了，做个老民警也行。局里老民警成群结队，又不是他梁英俊一个人，有啥面子上过不去的呢？走到哪儿说到哪儿，就像董贤明说的，人是凑堆儿玩，这堆儿人不跟你玩了，找另一堆儿人玩，真要是没人玩了，落个孤家寡人，那就一个人听听小曲，养养小鸟，在小地摊上看看盗版书籍杂志，到小商小贩那里听听如何造假，咋逃避打假，或者去河边看老头们下棋，看他们吵得唾沫星子喷脸上，就为争个输赢。晚上回家帮老婆做做家务，洗衣做饭，做个贤内助。总之，不再跟人斗嘴了，做个谁见谁爱的老好人。梁英俊也曾是个有志向的人，这会儿愣是听天由命。他实在看不到路在何方，他的运气一直都不是那么好，以后就与世无争，过遁世离群的小日子吧。

见到主管局长后，梁英俊说，一人做事一人当，当时自己离开现场，人家咋说都不为过，何况当事人那会儿一直在乞求他。人心换人心，换了谁，看着老婆孩子置身火海，都会心疼？人家就是打他、骂他，他都要忍着。是他给当事人带来感情上的伤害，他愿意接受任何处理，包括经济上的赔偿。

副所长说是当事人胡闹，当时现场的情况，百十号人都在看着，所长命令我先冲进去，接着所长第二个冲进去，再接着我又一次冲进去，直到昏迷。我是到二楼准备上三楼时，烟雾形成的巨大冲击力一下子熏得我失去了知觉，要不是消防队员及时灭火，所长将我及时背下来送医院，说不定我已经被熏死在楼道里。所长是为救我才离开现场的，那会儿火已经扑灭，所里人都在现场配合消防队员，要是硬说我们不作为，拿证据来说话，三栋楼上的居民都是证人，谁也不会昧着良心说话。

主管局长问梁英俊，当时为什么没让指导员送副所长去医院？你是指挥官，指挥官怎么能擅离职守？

主管局长这么一问，问到梁英俊心口的伤痛，他叹口气，原本不想说，为还原当时情景，他将积压在心里多年没说的话说了出来。那些话，对于他来说，是个无法抹去的伤心往事。他说，可能是那件往事对他刺激太大，以至于在他心里留下深深的烙印，留下无法磨灭的痛楚。

他先前一起工作的老刘，因一件意外事故死亡，当时孩子刚到上学的年龄，第二年，老刘的妻子再婚，找了个比她大十来岁的生意人，第三年，老刘的妻子跟生意人生下一个男孩儿，老刘的孩子被奶奶接走，等他再见到孩子的时候，是在前年，孩子去派出所找他，说爷爷奶奶相继去世，他没考上大学，想去南方打工。孩子说，不想去找母亲，母亲另有家庭，担心给母亲带来麻烦，知道梁英俊跟他过世的爸爸关系好，想过来问一问，去南方打工能不能挣钱？从孩子流露出来的眼神里，梁英俊仿佛看到当年的老刘，睹物思人，他心如刀绞。他跟孩子说，哪儿也不去，他帮孩子联系了工作，并说让他攒了钱把爷爷奶奶留下的老房子拆了重盖，将来娶个媳妇，对得起父亲的在天之灵。当时，他找局长说明情况后，就把孩子安排在交警队里当个协警。

当时啥也没想，就想着不能叫孩子失去父亲。可能我自私，那会儿没想着人家的孩子还在火海里，要是人家提啥要求，只要我有能力赔偿，我一定赔偿。

梁英俊跟主管局长和盘托出，副所长揉着鼻子，梁英俊已是潸然泪下。他没在外人跟前流过泪，今天不知怎么回事，说着说着，眼泪竟然不知不觉流了出来，说完这件事，他急忙用手揉了几下眼睛，泪水凝固到眼眶里。

他跟主管局长说，马上去医院见当事人，跟人家赔礼道歉，争取人家的谅解，要是对方提出赔偿，他愿意赔偿，只要能大事化小，小事化了，不给局里带来负面影响，叫他做啥都行。

他跟指导员、副所长走出主管局长的办公室。

天空蔚蓝，难得看见这样的好天气，副所长说，今儿 PM2.5 肯定正常。他想，空气指数正常，他的心情也很正常，没有起伏，静如止水，没有快乐，没有悲伤，就如眼眶里凝固的泪水。

人要是接二连三地经历痛苦，可能就会麻木，梁英俊在痛苦里挣扎，就如一个人游荡在生死边缘，当生的欲望不再强烈的时候，面对死亡，也会很坦然。

仨人商量着一块儿去了医院，仨人一块儿跟人家赔礼道歉，兴许对方心一软，啥都不计较了。

副所长买了两箱牛奶，两箱核桃露。梁英俊跟院长认识，打电话联系院长，院长叫他去办公室，见过主治医生。医生说，小孩儿被吓着了，女人刚送过来时脑缺氧，这会儿已脱离危险，再住几天，观察一下，要是无大碍，就可以出院了。

梁英俊跟院长说明情况，说这会儿带指导员、副所长跟当事人道歉，求得人家谅解。院长笑着说，县里这几天正在搞学习雷锋活动，是不是想学雷锋，学反把了？

梁英俊苦笑着，啥也没说。

院长跟主治医生一块儿去那位母亲的病房，她正躺在病床上输液，双眼闭着。床边坐个男人，是她丈夫，他看见梁英俊跟几个人进屋，脸拉得很长。院长说，梁所长跟所里的指导员、副所长带些营养品过来看你爱人啦。

对方说，梁所长的老婆刚才过来，拿了一堆营养品，临走还留下两万块钱，说是给我老婆买点儿营养品。院长，我不是个不明理儿的人，老婆没工作，靠我一个人挣钱养家，她这一倒，全家乱套了，孩子在另一个病房里，他奶奶照护着输液，真没想着去告梁所长，也是一时冲动。

院长摆手说，能理解你的心情，你看，所长夫人就是怕你身上的钱不够用，给你带来些医疗费。所长跟所里人又过来看望，还说要给你赔礼道歉。这几天在医院，我看你也是个明理儿的人，跟主治医生交代过，重点护理你老婆跟孩子，有啥不满意的直接找我，我帮你解决，你看行不行？

梁英俊说，这件事真怨我，你要是生气，就当面解解气。

副所长说，这件事因我而起，有气儿朝我发吧。

指导员说，我们仨跟你赔礼道歉了。

主治医生说，都是自己人，不看僧面看佛面。所长夫人过来送营养品送钱，所长夫人可是咱县里有名的大律师，不定啥时候你还能找所长夫人帮忙呢。所里主要领导都来赔礼道歉，得饶人处且饶人吧。梁所长事情多，叫他们先回去，等想开了跟院长说，叫院长转达。

院长跟对方说，事情到了这种地步，是谁也不想看到的，你放心，在对你老婆和孩子的治疗上保证叫你满意。院长说着，跟梁英俊等人使眼色，一行人离开了病房。

院长说，放心吧，医患关系也是叫人头疼的事，处理得多了，方法就多，估计他想叫你们把药费解决了。你老婆办事就是全面，把事情处理得这般圆满，这两天我再跟他说说，他也会给自己找个台阶下，其目的不外是要点儿钱，钱给了就不会有啥事。

接下来的日子，梁英俊听天由命地等着。是会出现转机？还是陷入危机？他不知道。他老婆也没有跟他说去医院送钱的事，有几次他想问，欲言又止。他想，等这件事彻底完结了，好好跟老婆说几句感谢的话。一个女人，跟着自己担惊受怕，这多少有点儿伤梁英俊的自尊。这些天来，梁英俊总想去董贤明那个小饭馆，有时候见小饭馆生意红火，为了不影响董贤明做生意，他就远远看着。有时候趁着饭馆歇业，梁英俊假装在河堤边散步，散到董贤明那里。俩人泡上一杯毛尖，董贤明问火灾的事，他说得轻描淡写，甚至是一笔带过。所里人这段时间跟他说话也分外小心，怕触动他内心那根痛苦的神经。他个人呢，过着三点一线的生活，单位、家、董贤明的小饭馆。许多时候，他跟董贤明一坐俩小时，其间相对无言，品茶看景。董贤明想，梁英俊过来找他可能是为自己疗伤吧。他想，董贤明是最能理解他心里苦衷的人。

半个月过去，梁英俊接到主管局长打来的电话，那会儿他正跟董贤明在河边喝茶。

他听着，先是一脸惊讶，接着那张脸因激动抽搐起来，再接着，似乎有泪水漫过眼眶，紧跟着，那张多日没有笑容的脸上，绽放出灿烂微笑。挂断电话的时候，先前那个梁英俊又回来了，那个被冷冻的人解冻了，四肢轻盈，活力四射，像是突然回到青年时代。

他看着董贤明说，那件事结束了，当事人说误解了他。主管局长说，当事人还要跟他赔礼道歉呢。你看，人跟人之间，有时候生出误解，慢慢就能化解，人跟人心气儿是通的。这件事，他反思了好长时间，自己也有不可推卸的责任。人都是在挫折中不断成长，只要不死，就在成长，死了，身体变成灰，思想留在世上。要是有天退休了，他一定写一部成长启示录，刊登在公安刊物上。这部启示录，对于青年警察来说，就是一部工作指南。

梁英俊说着，哈哈笑着，为他未来那部工作指南，猛笑一阵子，笑得眼泪都流出来了。董贤明跟着他笑，俩人笑得连河堤边的花花草草都摇动着枝叶。

下了几天连阴雨，空气里带着一丝凉意。梁英俊回到家里，走进卧室，老婆正躺在被窝里。他掀开被子，被窝里暖融融的。

第二十五章

手机铃声将梁英俊从梦里惊醒，三表姐打来电话，说他提拔的事有眉目了，不用再担任派出所所长了，回局里任班子成员，规格上提一级。派出所所长太辛苦，又是出力不讨好的苦差事，还说他过去常为人情世故烦心，不当所长后，这类事就会少一些，也算是个好的归宿。

先前说缺个副局长指标，冷不丁冒出个班子成员名额，梁英俊说。这表明他有自己的想法，没干上朝思暮想的副局长，他有些耿耿于怀。

三表姐说，副局长名额有人选，跟你关系不错，也是你常说的阶级兄弟，年龄占优势，工作能力、协调能力都很强。考虑到你的年龄因素，周旋出了个班子成员的位置。明天先公示一批实职的科级干部，等正式任命后再宣布一批虚职，相差也就个把月时间，我先给你通个气，做好思想准备。

前些日子单位投票，还想着咱是个死筋蛋，廖坚是个活络人，组织上肯定会独具慧眼，选拔活络人，咱靠边站算了，真没想到能进班子。梁英俊说。

谁说你是个死筋蛋，年初破两起大案，工作能力不比谁差，组织部门不会违背原则提拔。你们局长说你不在乎个人得失，是个好干部，能经受住党对你的严峻考验，再碰上冲锋陷阵，肯定能义无反顾。这理由够充分吧，提拔你没人提意见。电话那头三表姐说。

领导们过奖，岁数不饶人啊，再遇上冲锋陷阵的事，让给年轻人一马当先吧，我也该歇歇了。梁英俊说。

你有高血压、脂肪肝，这个结果也算组织上对你的照顾，这段日子要格外谨慎。三表姐挂断了电话。

梁英俊坐在床头，想着前些日子考核投票，这个人打电话，那个人打电话，都问他能不能提拔成副局长。王建党叫他赶紧拉票，免得票数不过半。那会儿梁英俊没发现有迹象表明他要进班子，有希望、有条件的人，都在东奔西跑请客送礼拉选票。梁英俊左思右想，不敢贸然竞争。举报信的事组织上还没有给定论，要是谁想竞争，都把他梁英俊当作个拦路虎，还会揪住他跟俩女人那些不明不白的事不放，这样他岂不是自取其辱？虽说这段日子他一直在做修补，也难免有人继续在这件事上做文章。想想这些，梁英俊真要感谢组织上给他一个机会。

梁英俊走出卧室，餐桌上摆着老婆为他做的早餐。他想，生活很快就要翻开新的一页，重新谱写新的篇章。梁英俊穿着老婆为他添置的浅紫色T恤，好多年没穿过鲜艳的衣服了，他对着镜子打量一阵，才发现自己是一个很有派头的男人。

他想，当副局长的事虽说成了南柯一梦，当个班子成员也行，贪心不足蛇吞象，不能好高骛远。人活着，活法有许多，岂能吊死在一棵树上？董贤明就懂得“人挪活树挪死”的道理。以后要跟先前的生活彻底决裂，人家廖坚把你当亲戚，以后，你也要将廖坚视为兄弟。

梁英俊哼着前苏联歌曲《三套马车》，进卫生间洗漱，想着最近一连串的好事，派出所死人，化险为夷，火灾当事人闹事，不但取得谅解，还跟他一个劲儿地表示谢意，他在阿娇的邀请下，跟县里一群排场人喝着五粮液，吃着老鳖肉，阿娇一串接一串的祝酒词，喝酒的理由说得撵得上山东快书了。

梁英俊原本不想喝酒，身体也不允许他喝酒，可他必须一场接着一场喝，一则喝酒能联系人脉，结交社会上各阶层的人才。这方面先前梁英俊认识不足，阿娇跟他说那些人情世故的好经验，再拿人家活络人做榜样，叫他从灵魂深处认识到人际交往的重要性。酒是生活里的一个“托儿”，托儿越多，事情越好办。二则喝酒能赢得美女赏识。美女评论某男人，瞧瞧，纯爷们，喝酒洒脱，办事肯定洒脱。再评论某男人，瞧瞧，软蛋一个，喝酒磨叽，平时肯定利索不到哪里。美女多欣赏喝酒洒脱的男人。三则喝酒能搞到经费。一次为经费，某领导说只要梁英俊喝三碟子酒，就给他三万元经费。梁英俊一听这话，眼都不眨喝下三碟子酒，经费很快搞到了手。

酒这个“托儿”作用太大了，梁英俊才入警的时候，常听老警察说一个顺口溜，酒是我的心儿，酒是我的肝儿，酒是我胃的四分之三。那时候梁英俊还嘲笑老警察是个酒囊饭袋，现在想来，还真是那么一回事。天天酒场泡一泡，认识这个，结识那个，不是兄弟，就是领导，好生活从酒场开始，好运道在酒场把握，以后梁英俊要喝他个只争朝夕一片红，迎接未来的好前程。

梁英俊又是一阵眩晕，对着镜子瞧那张脸，颜色泛黄，不是蜡黄，泛黄是营养不良，没休息好，蜡黄是病态反应。他相信他梁英俊抵抗能力强，高血压、脂肪肝不会打倒他，四十五岁，年富力强，病魔偶尔戏耍他，不会击败他。

梁英俊进客厅倒了杯水，先吃降血压药，医生说药一定要按时吃，他从来没有按时吃过，一忙忘了，一喝酒，吃药不起作用，等于白吃。没事儿，他正是年富力强的时候，人都不能将他打倒，何况病魔呢?

吃完药准备吃饭，指导员来电话问他提拔上的事。指导员说一大早进所里，副所长就跟指导员说这件事，指导员怪梁英俊嘴巴太严，自家弟兄也没走漏一点儿风声。梁英俊说刚得知这一消息。指导员催梁英俊赶紧去所里，所有人都在等他，提拔了，准备祝贺，酒吧女老板打电话来，邀请他去酒吧，说祝贺所长提拔。

是不是同志们都知道这件事了？还要等段时间才宣布呢，不会是全县人民都知道了吧？梁英俊问。

好事传千里，宣布是早晚的事，老板是个机灵人，消息灵通着呢，指导员说。

这节骨眼上去不合适吧，再惹出些闲话来，梁英俊说。

是不是担心嫂子收拾你？指导员问。

你嫂子相信我不是那种人，梁英俊说。

哪种人？指导员电话那头露出笑声。

奶……的。梁英俊想起跟新任局长表过态，提高基层民警素质，压抑了那句口头禅。我跟那娘儿们真没啥交往，越说越说不清楚，梁英俊说。

别解释了，越抹越黑，指导员在电话里说。

梁英俊挂断了电话，心里有些惴惴不安，紧要关头，哪能再跟阿娇有来往？董贤明就是在紧要关头，人家黄花姑娘状告他跟人家跳舞碰了一下嘴，结果呢，单位辞退，众叛亲离。

当前正是关键时候，千万不能想阿娇，说阿娇，这一说一想，肯定要前途渺茫。梁英俊就要进班子，心里要是再对女人胡思乱想，那就是道德品质出现问题。组织上考核有这一项内容，想女人也要专一，有妇之大，只能想老婆一个人，不要想别的女人。董贤明就是个例子，处理他就是杀鸡给猴看，死一只鸡，惊醒一群猴。想老婆以外的女人？似乎谁也不敢想。

电话再次响起，梁英俊拿起电话，小珍姑娘温柔的声音传过来。

哥，经理说哥要提拔，祝贺哥，我跟中意、诗人说了，他俩激动得像是自己要提拔一样。中意说哥以后就是我们仨的救世主，还说没想到哥能再上一个新台阶，这下我仨跟大人物成了亲戚，县里不出三天肯定都知道我们仨跟大人物攀上了亲戚，我们仨也就是皇亲国戚了，以后跟着哥吃香的喝辣的，没有问题。中意激动得快哭了，诗人说，等哥有空过来，再为哥做一桌菜，先前的五粮液还放在家里没舍得喝，就等哥去喝呢。哥，先在电话里祝贺，随后当面贺喜。

小珍姑娘的电话刚断，派出所副所长接着来个电话，不是祝贺，而是说刚办了个刑事拘留，往看守所送人，看守所的领导拒绝接收，理由是经检查嫌疑人的血压偏高，担心有潜在疾病死在看守所。副所长说叫梁英俊跟看守所所长通融一下。

梁英俊急忙跟看守所所长联系，电话那端看守所所长很为难，说再做个血压检查，身体正常可以接收。就这样，梁英俊在等待中跟副所长联系，说跟看守所所长联系了。副所长埋怨看守所所长，看守所所长希望梁英俊能理解他的苦衷，一朝被蛇咬，十年怕井绳，就是没被蛇咬，也要防患于未然。前阵子你老兄就是个活生生的例子，多亏死者家属也算是个明理人，没跟老兄闹下去，也算老兄运气好。教训呀，该吸取，看守所所长说。

那你说人该往哪儿送？总不能变成个手绢装裤兜里。梁英俊问。

没说不叫送，身体做了全面检查后再送。看守所所长说。

梁英俊没有反驳，很快就要进班子了，以后不再办理这类具体的事了，死人的事也不会找他梁英俊，他也不用承担任何责任后果。做一个班子成员，协助哪个副局长，有事没事去派出所遛一遛，转一转，跟先前弟兄谈一谈；有事没事，跟同学朋友聚一聚，喝一场酒，侃一侃大山；有事没事，摸个麻将钓个鱼，旅游登山，强身健魄，梁英俊就要过上如此美好的生活了。

副所长又来电话，说看守所所长同意人送进去。副所长说，所长，我跟你弟妹商量，那件事嫂子给当事人两万块，你弟妹说你是为我担的责任，后果该我承担，我准备了两万，这几天还给嫂子。

梁英俊说，你嫂子那脾气，肯定不要。至今她都捂得严严实实的，没跟我说拿钱的事，怕我难为情。你嫂子挣钱多，就当她献爱心。这事已经过去，再说就外气了。我还有事，挂了。

梁英俊不想叫副所长再提那件事，破坏他好情绪。挂断电话，他继续哼着那首《三套马车》，刷牙洗脸后，坐到餐桌边，吃着老婆准备的早餐。

一杯牛奶、一个馒头、两个鸡蛋、一盘咸菜，这是一顿丰盛的早餐。老婆何以给他做如此丰盛的早餐？还不是他梁英俊用实际行动给了老婆一个满意的答案。

梁英俊想起刘胡兰，生得伟大，死得光荣，这是毛主席送给刘胡兰的话。他觉着老婆要是出生在炮火连天的岁月，肯定是又一个刘胡兰，立场坚定，旗帜鲜明，对党的事业忠心耿耿，对他梁英俊关心、体贴，还不厌其烦地教育他、挽救他。老婆曾经说，朽木不可雕也。但老婆后来又说，枯木逢春犹再发。

梁英俊放下碗筷。很快就要进班子，要注意仪表形象，再不能跟先前那般胡子拉碴，灰头土脸，要学县里那些排场人，在公众面前，头发梳得光溜溜，衣服穿得整齐笔挺，嘴上没胡子，脸上有光色，言谈举止恰如其分，对得起自己，才能对得起他人。

梁英俊又对着镜子照了照，把头发朝稀疏部分转移，遮盖自己头顶上那荒芜的部分，打上老婆新买的发油。发油一打，头发得了养分，黑黝黝，亮晶晶的。常言说，见人先看头，再看脚，头部修饰齐整，开始脸部修饰。男人脸部修饰不比女人，什么先拍营养水，再抹润肤霜，第三步隔离霜，眼部还要涂上眼霜，不讲究细节的男人时常忘记在脸部打上膏或是抹上霜。

梁英俊先前是个粗人，从今天开始，他要注意形象仪表，洗过脸，抹上玉兰油，玉兰油是老婆买给他的，跟他交代过如何抹，如何揉，皮肤才能吸收。这些程序操作完，再看镜子，面色红润，神采飞扬，那双聚光的黑芝麻眼，这会儿显出灵光神气，再穿上老婆为他买的新皮鞋，自头到脚看一遍，新衣裳新打扮，从内到外全新改版。

这是不是梁英俊？正是，正是，这是改版后的梁英俊。他继续哼着《三套马车》，有节奏地踏着楼梯到一楼，坐上了三路公交车。

快到派出所时，指导员打来电话，说局里通知开会，宣布人事调整的事。指导员说，先前小道消息说，梁英俊通过考核提拔为公安局副局长，不知道是咋回事，副局长换成廖坚，所里人正聚在一起议论这件事呢。说啥话的都有，说有人举报梁英俊跟哪个女人有牵扯。所里一群人谁也不相信，平常就没见所长跟女人有来往，咋会扯到女人身上？是不是所长暗里挖地道藏女人，跟女人搞“地道战”？县里这类事传得快，一个人知道，一窝人都知道，所长要真搞“地道战”，兄弟们也不会坏所长的好事，要是没搞，一定要澄清，抓紧时间找组织上解释清楚，免得误会。

梁英俊这些天为女人的事被搞得头昏脑胀，为消除跟女人的那些谣言，他带着老婆见过阿娇，见过小珍姑娘，这会儿听指导员说所里那群弟兄们议论他跟女人的事，说他跟女人搞“地道战”，叫他气不打一处来。

真是无风三尺浪，造谣也造得太荒唐，人家搞女人搞得风风火火，无限风光，也没见谁去单位告状。他梁英俊跟女人就是吃饭喝酒，唱歌跳舞，啥事没有，可人家非要往男女关系上大做文章，梁英俊真想一头撞死在南墙上。

他说，你不也跟我去了几次酒吧嘛，你嫂子跟酒吧女老板是亲戚，我就是想找女人，也不至于找个亲戚吧。宾馆领班人家是个大姑娘，能看上我？又是谁故意这样说？

可能另有其人吧，只说跟女人，没说跟这俩女人。指导员说。

梁英俊想，咋一说到提拔，就扯到女人身上，就不能扯点儿别的事？是不是别的方面找不到啥事，才扯到女人身上？过去想着不贪污受贿，不敲诈勒索，不吃拿卡要，不违法违纪就行，这下可好，自我修养得再好，还是遭到人家的暗算，真理究竟掌握在谁手里？不提拔副局长也就算了，为啥非要找个理由安个罪名，硬说你跟女人有啥关系？真是岂有此理！

指导员见他不吱声，安慰道，弄个班子成员干干也是好事，总归是提拔了，要是真挖“地道战”，等地道巩固了，叫弟兄们进去看看。

看个鬼，没修好就叫小鬼子炸了，梁英俊生气地说。挂断电话，他扭头朝原路走，走到最近的公交车站牌前。

第二十六章

县里统一的人事调整，梁英俊大堂弟从规划局局长调整为财政局局长，二堂弟提拔为法院副院长，二表姐提拔为单位纪检组组长，局长在全体民警大会上宣布廖坚提拔为公安局副局长。

宣布廖坚任命之前，政委通知梁英俊去趟办公室，跟他做了一番沟通。

政委说，组织上这样决定，也是站在多方面考虑，对梁英俊和廖坚进行综合考评，梁英俊年龄上略显劣势，廖坚年富力强。公安局目前任务繁重，需要年轻干部冲锋在前，也是为他梁英俊长远着想，暂时在所里过渡，合适时机调整为班子成员，不再担任派出所所长了。

对梁英俊说自己有高血压、脂肪肝，长年在派出所加班熬夜，生活没规律，病哪会轻易好？组织上这样安排，也是考虑到他的健康，以后有空多锻炼一下身体，活个八九十岁不成问题。梁英俊的老婆是县里人大代表，以后要兼顾许多事情，为家庭和睦，梁英俊也该把精力往家庭转移，再不能像先前那样，全部精力都用到工作上，影响家庭生活质量。组织上还从另一角度考虑问题，梁英俊在基层干了二十多年，一直在一线岗位上任劳任怨，等进了班子后协助主管局长做好参谋，一线岗位让年轻人去干，让他发挥传帮带的作用。

真要感谢组织，我领情了，梁英俊说。这次短暂谈话在和谐气氛中结束。

廖坚被宣布担任副局长职务后的一个月，梁英俊进班子的事进入议事日程，廖坚跟他说，周末开党委会，会上要针对他进班子的事进行讨论。梁英俊这个红色革命后代，经过党的正确引导，经过组织上严峻考验，终于百炼成钢了。

梁英俊将这一喜讯告诉老婆，老婆又将他进班子的喜讯通过网络告诉给大洋彼岸的儿子。周六上午，梁英俊的老婆为他做了几个精致的菜，老婆跟他说，趁着周末，下午在家歇歇，明天再去派出所。

梁英俊的老婆打开一瓶红酒，俩人来了一个浪漫午餐。

梁英俊记得，还是他提拔所长的那年，老婆给他做了几个菜，俩人喝了一瓶红酒，那是八年前的事情了。今天他跟老婆重温旧梦，俩人犹如新婚燕尔，你看着我，我看着你，一片痴情。

菜端上来，有他喜欢的红烧肉，老婆说他有脂肪肝，以后不准再吃红烧肉了，今天破例吃最后一次。

他夹着红烧肉，香而不腻，咸甜适宜，正是他喜欢的味道。他眯起那双小而敏锐的芝麻眼，夸老婆上得了厅堂，下得了厨房，善解人意，美丽漂亮。老婆经他一夸奖，双目闪亮。老婆跟他碰一杯，他回老婆一杯，老婆说喝个互敬互爱酒，他说，再喝个互帮互学酒；老婆说喝个家庭和睦、事业丰收酒，他说，喝个全家健康、孩子平安酒。夫妻俩很像一对小情人，琴瑟和谐，情投意合。

一瓶红酒喝完，梁英俊的老婆为他做了他最喜欢吃的芝麻叶面条。或许是心情舒畅，他觉着今天这面条比平时的味道还香，他连吃两碗，跟老婆说，从今天开始，为了健康，以后少吃面食，减少饭量。老婆说，今天是个特殊日子，就是要叫你吃个肚子圆，明天开始健康饮食，保准叫你身体渐渐复原。

吃过面，俩人一起进厨房，刷碗洗筷，打扫卫生，将厨房收拾得一尘不染。梁英俊老婆换上丝绸睡衣，面庞红润，柔情似水，梁英俊心中充满着激情，不由自主地朝老婆走去……

电话铃声响起，是派出所内勤打来的电话，她说辖区内发现死尸，指导员跟副所长已去现场，司机正在去家里接他的路上。

真混蛋，正要跟老婆来个云里雾里，就接到辖区内出现命案的通知，不叫人安生一天。梁英俊心里骂着，脑子一下子就绷紧了，只要发现死尸，甭管是不是案子，都要熬上几宿。评比竞赛才画上句号，举报信的事不了了之，火灾事故当事人也是心满意足，眼下正等着组织上开党委会，给他梁英俊一个任命，他就可以脱离所长岗位，再不为案件操心了。这下可好，又冒出个死尸，梁英俊诅咒命运之神跟他过不去。老婆听说辖区发现死尸，跟梁英俊说先去办案，破了案不又立新功了。

破案立新功？梁英俊捉摸那具死尸，究竟是不是棘手的案子。人咋会死在水里？是溺水死亡还是杀人移尸？作案人是图财害命，还是情仇谋杀，或是报复杀人，等等。社会千变万化，作案目的也是千奇百怪。

要真是棘手的案子，一时半会儿无法侦破，如何立新功？班子成员的事就要宣布，会不会因案子冒出个是非争端，再一次陷入麻烦之中？最近，梁英俊心情好一会儿，差一会儿，他也是一会儿诅咒命运，一会儿感谢命运。这会儿，梁英俊心乱如麻。

梁英俊坐上所里那辆桑塔纳轿车，从司机嘴里对死尸有了初步了解。现场位于辖区西头拱桥下，先前拱桥下是条主干道，县里道路改造，另开辟一条新路，拱桥下道路已经废弃。晴天没有积水的时候，抄近道的人从拱桥下走，由于桥下地势较低，渐渐形成了一个凹坑，只要有暴雨，水会聚成一条沟，前几天连着下几场雨，桥下凹坑聚满水，尸体漂浮在水面上，被过往的群众发现。死者系男性，法医没到现场前无法断定其年龄，民警只能从尸体来判定死者是男性。

梁英俊到达现场。现场有几名围观群众，副所长正在水里拽尸体，积水散发出青涩的味道，梁英俊站在水边问副所长，指导员去哪里了？副所长说辖区有一起打架，指导员回所里带人去现场处理。

梁英俊看着漂浮的尸体，从外观上看尸体是个高大肥胖的男人，或许是因为在水里浸泡时间过长，尸体才膨胀得如此严重。副所长拉了几次也没将尸体固定住，副所长朝他看了看，叫道，所长，我一个人拉不动，要不等法医来了再拉上去？

路边几个观望的群众自告奋勇要下水帮忙，梁英俊哪能叫群众下去，自己袖手旁观呢？这是警察分内的事。他将手机放路边，准备下水。

他有些眩晕，这些天先是评比竞赛的事，接着是报案人死在派出所的事，梁英俊天天奔波劳累，紧接着这个请客，那个请客，祝贺他梁英俊马上高升。还没缓过劲，火灾当事人又闹腾半个月，才算有个结果。好不容易没事了，这时候河里又发现死尸，梁英俊不知道死尸是意外死亡还是涉及一宗案子，要是案子，又要忙乎一阵子了。

副所长尽力把死尸推到路边，水的浮力，尸体的重量，副所长来回推，一副很吃力的样子。梁英俊二话没说跳进水里，感觉水有些冰凉，这季节不该有这种感觉，可能是身体虚脱造成的。

他想，等把眼前死尸案弄清楚缘由，真得去医院做一次全面检查，这些天总是眩晕，看来身体已拉响警报。廖坚跟他说周末局里开党委会，党委会一开，他就能清闲了，病是累出来的，一清闲，养精蓄锐，身体会慢慢好起来。

梁英俊朝死尸靠过去，浮肿的死尸经他用力一拉，身子上下摆动起来，先是背部朝上，这会儿面部又朝上，看到那张浮肿的脸，梁英俊有些恶心。平常他最讨厌摆弄死尸，局里法医是个警花，梁英俊无法理解一个外表清秀的女孩子为啥要选择法医这一职业，只要看见女法医那双白皙的手在爬满蛆虫、臭气熏天的死尸上刨肠刮肚，梁英俊都要捂着嘴避开。平常他见到女法医也会不由自主地回避，不是针对一个警花，而是针对她从事的工作，梁英俊觉着一个女孩子不该从事成天跟死尸打交道的法医工作。

梁英俊用手拽住死尸的胳膊，与副所长俩人一个推一个拉，终于将死尸弄到路边。俩人再用力抬起死尸，梁英俊嘴里骂道，这小子跟个水牛似的，起码有二百斤。俩人将死尸抬到平地上，几个群众围拢过来，议论着死尸。

从外表看尸体浸泡的时间不会超过十小时，尸体穿绿色体恤，上衣没口袋，梁英俊让副所长掏裤子口袋，口袋里就三张十元钞票，没有任何身份证明，梁英俊坐在死尸旁，跟副所长说打电话联系主管局长、刑警队长、法医。

究竟是他杀还是自杀？梁英俊看着尸体，死者那张脸没有一点儿伤痕，敞开的脖子上也没有被勒或被割伤的痕迹，衣服穿戴得很整齐，不像是命案。

围拢过来的群众好奇地看着死者，梁英俊问谁见过死者，几个群众弯下腰仔细看，看后摇了摇头。一个群众跟梁英俊说，所长，估计是喝醉酒掉进水里淹死了。去年这时候下暴雨，这桥下就淹死个醉汉子，肯定不是我们这一片儿的人，咱这一片儿人都熟悉路，不会掉到水里。

梁英俊一想，真有这事，当时他专程跑到办事处，针对桥下积水问题反映过，这次，很有可能也是溺水身亡。法医还没有进行尸检，暂时不能下结论。梁英俊希望是溺水身亡，不是案子，真要是案子，上级来人，刑警队来人，常驻派出所，哪儿来钱应付？他梁英俊又不是个孙猴子，变个虫，变个鸟，变个妖怪，在天上打个筋斗，就能把犯罪嫌疑人捉拿归案。真是案子，侦破需要过程，这过程又要吃掉他手头那点儿经费。

梁英俊骂县里抠门小气，主要路口也不安个摄像头，要是有摄像头，破案就方便了。去年电视上播放伦敦地铁爆炸案，伦敦市摄像头遍布每个角落，案子第二天就告破了，这可是摄像头的功劳。梁英俊想，县里咋就不在主要路口安装摄像头呢？又是钱的问题。县领导就不明白，这摄像头就是个协警，甚至比协警还强，一次性投入，一劳永逸。县里常说，钱要用在刀刃上，难道摄像头就不是刀刃上的事？

平常梁英俊想要点儿经费，都是托亲带故，找门路托关系，他要来的那点儿钱只够应付上面检查。派出所每天只要开开门，电费、水费、伙食费、卫生费、客来人往招待费、网络费、电话费、汽车维修费、汽油费，光这些算下来，哪一个月都要不少钱。他手头上欠有电费、电话费、汽油费这三大开支，他抱着一个宗旨，欠公家不欠个人，当个黄世仁比当杨白劳强，没钱先赊账，这一任所长还不清，下一任所长接着还。梁英俊就接过前任所长欠下的几万元条子，慢慢还，总有还清的时候。

梁英俊看看天空，天空是蓝蓝的，太阳灼热地烤红他的脸，强烈的光线刺得他睁不开眼。他这会儿只想躺下，感到大脑无法支撑身体。他躺了下来，听身边几个群众说话，他懒得插腔，合上眼，从心里说，多舒服呀，就这样躺着，在阳光下，不远处是一片茂密的树林，空气里能闻到花草的清香。他萌发了文学青年的多愁善感，躺在大地的怀抱里，聆听自然界发出来的声音，像是儿子喜欢听的莫扎克的音乐，音乐在大地上萦绕，多美妙的一幅画卷呀。只可惜他太累了，有些体力不支，可他还想听，听着，就仿佛看见远方的儿子。突然，他感觉脸上有些湿润，眼睛有些酸涩，他想，是不是眼泪，是河水在太阳下渐渐干涸，渗入皮肤深处，叫他产生的错觉吗？他哪会流泪呢，一个大男人。

又是一阵眩晕，头比先前更疼些，他将手放在额头上轻轻按，听见有汽车喇叭声，勉强睁开眼，像是主管局长跟法医的身影在他跟前晃了几下。他想站起来，可身体不听使唤，他试了几次，也没有成功。都怪老婆，搞啥浪漫呢，俩人喝一瓶红酒，应该先睡一觉醒醒酒再说。

他想起老婆酒后那张红润的脸，那会儿老婆真像个新娘，那般娇媚，那般温柔，他年轻时候的新娘。他抿一下嘴，露出笑意，想着，跟这娘们儿斗了半辈子嘴，看来还要继续斗下去，很快就要进班子了，以后有空多帮这娘们儿干点儿家务活，跟着他梁英俊吃苦受累半辈子，还真没享过他啥福。为火灾那件事，老婆暗地里帮助他，到现在那张纸还没戳开，老婆是怕他知道了没面子。他呢，也没有主动说出来，不知道怎地，每次话到嘴边，又咽下去，可能是男人的虚荣心作怪吧。

他想，进班子也算是给老婆长了长脸，免得县里人说起他，总是摇头撇嘴的。几十个派出所长，能进班子的也是寥寥无几，干到今天这程度，在所长队伍里也算是个好的归宿，他梁英俊也算所长队伍里一个大能人了。梁英俊为自己是个大能人高兴一阵子。再想起老婆说的话，办案立新功，派出所死人的事，他梁英俊已经将功补过，这会儿就是不立功也能进班子。梁英俊觉着老婆的境界比他高，他是亦步亦趋，老婆是大踏步前进，家里有个好女人，就能走上正确路线，不会跌跤摔跟头，这点梁英俊是验证了再验证的。

梁英俊见主管局长跟副所长凑他跟前，俩人嘀咕着，没听清楚说些啥，主管局长一只手在他额头摸一摸，他好像跟主管局长说想睡一会儿，对方没吱声。他想，哪能在尸体边上安稳睡觉呢？你要找尸体源头呀，死者是哪里人？尸体咋会在水里？是意外死亡还是他杀？弄不清楚这些哪能睡觉呢。

梁英俊再度用力想站起来，头上像是扎了无数根针，不是眩晕，是疼痛，脑子有炸裂的感觉，死者膨胀的身体在他跟前晃动，被水冲刷的面孔苍白浮肿。他想从那张脸上找到蛛丝马迹，两只眼睛不听从大脑指挥，不行，必须睡一会儿，睡一觉就好了，他想着，紧闭双眼，静静地睡了，深深地睡了。

他梦见自己躺在花海里，听儿子为他播放莫扎特的音乐，他看看身边，没有死尸。他在哪里？他并不知道，反正不在桥下，不是在打捞尸体，更不是睡在尸体边。他闻着身边朵朵盛开的鲜花的香味，难道是老婆送给他的鲜花？早年梁英俊是个浪漫的文学青年，老婆是个温柔漂亮的女人，梁英俊真想不到，老婆又回到早年的生活里，跟他说情话，尽显温柔与贤良，他想跟老婆说句话，突然又一阵眩晕，梦醒了。

梁英俊眼前一片空白，啥也看不见听不见了。他竭力想看看这个世界，看看这块土地，他在这块土地上生活了四十多年，他爱这里的一草一木。他再度努力想挣开眼，这一次，他没有成功，那双眼睛不再听他的使唤，他的脑海里浮现着无数的影子，是他熟悉的一张张面孔。他想，看不见也行，让他听一听大地的声音，听一听儿子为他播放的莫扎特的音乐。他侧耳倾听，一切仿佛静止了，没有一丝声响。他想，可能下水那会儿耳朵进水了，影响了听力，那就闻一闻花儿的芳香吧，闻一闻自然界草木的清新。他急忙用力呼吸，鼻腔里像是被水里淤泥塞满了。他想伸手掏那对鼻孔，他想闻着大自然带来的气息，他伸手，手在哪里？他寻找着，四肢与大脑彻底分开，大脑与意识渐渐分离，他企图拼接起来，拼接出一个完整的梁英俊，一个充满活力的梁英俊。他想看看天空，听鸟儿在空中啼鸣，他想闻一闻花儿的芳香，他是爱这个世界的。他努力着，再努力着，渐渐地，他的意识与他的大脑、与他的身体彻底分离，他听到这个世界留给他的最后一句话是副所长的声音：我不该叫所长下水。

梁英俊死了，死前也没能见到大洋彼岸的儿子，没能见到老婆和年迈的父母。组织上任命他为班子成员的会议记录，这时候刚刚落笔……

（完）

图书在版编目（CIP）数据

网眼/李晓燕著．—北京：群众出版社，2015.1

ISBN 978-7-5014-5316-0

Ⅰ．①网…　Ⅱ．①李…　Ⅲ．①长篇小说—中国—当代

Ⅳ．①I247.5

中国版本图书馆 CIP 数据核字（2014）第 300897 号

网　眼

李晓燕　著

出版发行：群众出版社

地　　址：北京市丰台区方庄芳星园三区 15 号楼

邮政编码：100078

印　　刷：北京通天印刷有限责任公司

版　　次：2015 年 1 月第 1 版

印　　次：2015 年 1 月第 1 次

印　　张：10.75

开　　本：880 毫米×1230 毫米　1/32

字　　数：284 千字

书　　号：ISBN 978-7-5014-5316-0

定　　价：30.00 元

网　　址：www.qzcbs.com

电子邮箱：qzcbs@163.com

营销中心电话：010-83903254

读者服务部电话（门市）：010-83903257

警官读者俱乐部电话（网购、邮购）：010-83903253

啄木鸟杂志社电话：010-83901867